F. Scott Fitzgerald

The Great Gatsby
Der große Gatsby

Francis Scott Fitzgerald

The Great Gatsby
Der große Gatsby

Roman

Zweisprachige Ausgabe

Aus dem Amerikanischen
von Kai Kilian

Anaconda

Titel der amerikanischen Originalausgabe: *The Great Gatsby* (New York: Charles Scribner's Sons 1925). Hier abgedruckt und Grundlage dieser Übersetzung ist der Text der Ausgabe Oxford: Oxford University Press 1998 [Oxford World's Classics].

Die Deutsche Nationalbibliothek verzeichnet diese Publikation in der Deutschen Nationalbibliografie; detaillierte bibliografische Daten sind im Internet unter http://dnb.d-nb.de abrufbar.

Lektorat: Jan Strümpel, Göttingen
Umschlagmotiv: Martin Justice (1869–1961), »As Others See Us« (1920er Jahre), Private Collection / bridgemanart.com
Umschlaggestaltung: www.katjaholst.de
Satz und Layout: InterMedia, Ratingen
Printed in Czech Republic 2011
ISBN 978-3-86647-708-7
www.anacondaverlag.de
info@anaconda-verlag.de

Content / Inhalt

Chapter 1 10
Kapitel 1 .... *11*

Chapter 2 60
Kapitel 2 .... *61*

Chapter 3 96
Kapitel 3 .... *97*

Chapter 4 146
Kapitel 4 .... *147*

Chapter 5 194
Kapitel 5 .... *195*

Chapter 6 232
Kapitel 6 .... *233*

Chapter 7 268
Kapitel 7 .... *269*

Chapter 8 348
Kapitel 8 .... *349*

Chapter 9 386
Kapitel 9 .... *387*

Once again
To
Zelda

Einmal mehr
für
Zelda

Then wear the golden hat, if that will move her;
If you can bounce high, bounce for her too,
Till she cry "Lover, gold-hatted, high-bouncing lover,
I must have you!"

– Thomas Parke D'Invillier

So trag denn den goldnen Hut, falls solches sie rührt;
Kannst du hoch fliegen, flieg auch für sie,
Bis sie ruft: »Goldbehüteter, hochfliegender Liebling,
Dich muss ich haben!«

– Thomas Parke D'Invilliers

Chapter 1

In my younger and more vulnerable years my father gave me some advice that I've been turning over in my mind ever since.

"Whenever you feel like criticizing any one," he told me, "just remember that all the people in this world haven't had the advantages that you've had."

He didn't say any more, but we've always been unusually communicative in a reserved way, and I understood that he meant a great deal more than that. In consequence, I'm inclined to reserve all judgments, a habit that has opened up many curious natures to me and also made me the victim of not a few veteran bores. The abnormal mind is quick to detect and attach itself to this quality when it appears in a normal person, and so it came about that in college I was unjustly accused of being a politician, because I was privy to the secret griefs of wild, unknown men. Most of the confidences were unsought—frequently I have feigned sleep, preoccupation, or a hostile levity when I realized by some unmistakable sign that an intimate revelation was quivering on the horizon; for the intimate revelations of young men, or at least the terms in which they express them, are usually plagiaristic and marred by obvious suppressions. Reserving judgments is a matter of infinite hope. I am still a little afraid of missing something if I forget that, as my father snobbishly suggested, and I snobbishly repeat, a sense of the fundamental decencies is parcelled out unequally at birth.

KAPITEL 1

Als ich noch jünger und verwundbarer war, gab mein Vater mir einen Rat, der mir seither nicht aus dem Kopf geht.

»Wann immer du glaubst, jemanden kritisieren zu müssen«, sagte er zu mir, »denk daran, dass unter all den Menschen auf dieser Welt niemand solche Vorzüge genossen hat wie du.«

Mehr sagte er nicht, doch auf eine zurückhaltende Art pflegten wir uns außerordentlich viel mitzuteilen, und ich verstand, dass er weit mehr meinte als das. Seither halte ich mich in der Regel mit jeglichem Urteil zurück, eine Angewohnheit, die mir schon zahlreiche merkwürdige Charaktere erschlossen hat, mich zugleich aber auch so manchem altgedienten Schwätzer in die Fänge trieb. Außergewöhnliche Naturen wittern diese Eigenschaft rasch, und sie klammern sich daran, sobald sie sie an einem gewöhnlichen Menschen bemerken; so kam es, dass ich auf dem College ungerechterweise bezichtigt wurde, ein Intrigant zu sein, da ich in die geheimen Nöte ausschweifend fremdartiger Männer eingeweiht war. Die meisten dieser Bekenntnisse kamen ungebeten – oft stellte ich mich schlafend, tat beschäftigt oder gab mich leichthin feindselig, sobald ich an irgendeinem untrüglichen Zeichen erkannte, dass ein vertrauliches Geständnis heraufdämmerte; im Großen und Ganzen nämlich sind die vertraulichen Geständnisse junger Männer, oder zumindest die Worte, in die sie sie kleiden, abgekupfert und durch offenkundige Heimlichkeiten verzerrt. Mit Urteilen zurückhaltend zu sein ist eine Sache grenzenloser Zuversicht. Ich bin noch immer leicht be-

And, after boasting this way of my tolerance, I come to the admission that it has a limit. Conduct may be founded on the hard rock or the wet marshes, but after a certain point I don't care what it's founded on. When I came back from the East last autumn I felt that I wanted the world to be in uniform and at a sort of moral attention forever; I wanted no more riotous excursions with privileged glimpses into the human heart. Only Gatsby, the man who gives his name to this book, was exempt from my reaction—Gatsby, who represented everything for which I have an unaffected scorn. If personality is an unbroken series of successful gestures, then there was something gorgeous about him, some heightened sensitivity to the promises of life, as if he were related to one of those intricate machines that register earthquakes ten thousand miles away. This responsiveness had nothing to do with that flabby impressionability which is dignified under the name of the "creative temperament"—it was an extraordinary gift for hope, a romantic readiness such as I have never found in any other person and which it is not likely I shall ever find again. No—Gatsby turned out all right at the end; it is what preyed on Gatsby, what foul dust floated in the wake of his dreams that temporarily closed out my interest in the abortive sorrows and short-winded elations of men.

sorgt, dass mir etwas entgeht, sollte ich vergessen, dass, wie mein Vater hochnäsig fallenließ und ich hier hochnäsig wiederhole, der Sinn für grundlegenden Anstand nicht allen gleichermaßen in die Wiege gelegt ist.

Nachdem ich nun derart mit meiner Toleranz geprahlt habe, muss ich auch eingestehen, dass sie durchaus ihre Grenzen hat. Ein bestimmtes Verhalten mag auf harten Fels oder feuchtes Marschland gegründet sein, doch ab einem gewissen Punkt ist es mir gleich, worauf es sich gründet. Als ich letzten Herbst aus dem Osten zurückkehrte, wünschte ich mir die Welt auf ewig in Uniform und in einer Art moralischer Habachtstellung; ich legte keinen Wert mehr auf wilde Streifzüge mit privilegierten Einblicken in die menschliche Seele. Nur Gatsby, der Mann, der diesem Buch seinen Namen gibt, blieb von meiner Reaktion ausgenommen – Gatsby, der für all das stand, was ich aus tiefstem Herzen verachte. Falls Persönlichkeit nichts anderes ist als eine durchgehende Abfolge gelungener Gesten, so hatte er etwas Schillerndes an sich, eine erhöhte Sensibilität für die Verheißungen des Lebens, ähnlich einem dieser komplizierten Apparate, die noch zehntausend Meilen entfernt ein Erdbeben registrieren. Seine Empfänglichkeit hatte freilich nichts zu tun mit jener läppischen Erregbarkeit, die man als »schöpferische Wesensart« überhöht – sie war eine außergewöhnliche Gabe der Hoffnung, ein romantisches Vermögen, wie ich es bei keinem anderen je gefunden habe und wahrscheinlich nie wieder finden werde. Nein – Gatsby erwies sich am Ende als rechtschaffen; was mein Interesse an den kümmerlichen Leiden und kurzlebigen Freuden der Menschen vorübergehend erkalten ließ, war das, was an Gatsby zehrte, was als fauliger Dunst seinen Träumen entstieg.

My family have been prominent, well-to-do people in this Middle Western city for three generations. The Carraways are something of a clan, and we have a tradition that we're descended from the Dukes of Buccleuch, but the actual founder of my line was my grandfather's brother, who came here in fifty-one, sent a substitute to the Civil War, and started the wholesale hardware business that my father carries on to-day.

I never saw this great-uncle, but I'm supposed to look like him—with special reference to the rather hard-boiled painting that hangs in father's office. I graduated from New Haven in 1915, just a quarter of a century after my father, and a little later I participated in that delayed Teutonic migration known as the Great War. I enjoyed the counter-raid so thoroughly that I came back restless. Instead of being the warm centre of the world, the Middle West now seemed like the ragged edge of the universe—so I decided to go East and learn the bond business. Everybody I knew was in the bond business, so I supposed it could support one more single man. All my aunts and uncles talked it over as if they were choosing a prep school for me, and finally said, "Why—ye-es," with very grave, hesitant faces. Father agreed to finance me for a year, and after various delays I came East, permanently, I thought, in the spring of twenty-two.

Die Mitglieder meiner Familie leben seit drei Generationen als angesehene, wohlhabende Leute hier in dieser Stadt im Mittleren Westen. Die Carraways sind so etwas wie ein Clan, und es wird überliefert, wir stammten von den Dukes of Buccleuch ab, doch der eigentliche Gründer meiner Linie war der Bruder meines Großvaters, der einundfünfzig herkam, einen andern statt seiner in den Bürgerkrieg schickte und den Eisenwarengroßhandel eröffnete, den mein Vater noch heute betreibt.

Ich habe diesen Großonkel nie zu Gesicht bekommen, aber man sagt, ich sähe ihm recht ähnlich – mit besonderem Hinweis auf das ziemlich nüchterne Porträt, das im Büro meines Vaters hängt. Meinen Abschluss in New Haven machte ich 1915, genau ein Vierteljahrhundert nach meinem Vater, und kurz darauf nahm ich an jenem verspäteten Teutonenfeldzug teil, der als Großer Krieg in die Geschichte einging. Ich genoss den Vergeltungssturm derart gründlich, dass ich nach meiner Rückkehr keine Ruhe mehr fand. Statt als wärmender Nabel der Welt erschien mir der Mittlere Westen nun als zerklüfteter Rand des Universums – also beschloss ich, in den Osten zu gehen und mich im Aktienhandel zu versuchen. All meine Bekannten waren im Aktienhandel, sodass ich annahm, einen Mann mehr werde er wohl noch ernähren können. Meine Onkel und Tanten beratschlagten die Sache, als ginge es um das richtige College für mich. Schließlich setzten sie sehr ernste, unschlüssige Mienen auf und sagten: »Also schön – ja-a.« Vater willigte ein, mich ein Jahr lang zu finanzieren, und nach ein paar Verzögerungen kam ich im Frühjahr zweiundzwanzig – für immer, wie ich dachte – an die Ostküste.

The practical thing was to find rooms in the city, but it was a warm season, and I had just left a country of wide lawns and friendly trees, so when a young man at the office suggested that we take a house together in a commuting town, it sounded like a great idea. He found the house, a weather-beaten cardboard bungalow at eighty a month, but at the last minute the firm ordered him to Washington, and I went out to the country alone. I had a dog—at least I had him for a few days until he ran away—and an old Dodge and a Finnish woman, who made my bed and cooked breakfast and muttered Finnish wisdom to herself over the electric stove.

It was lonely for a day or so until one morning some man, more recently arrived than I, stopped me on the road.

"How do you get to West Egg village?" he asked helplessly.

I told him. And as I walked on I was lonely no longer. I was a guide, a pathfinder, an original settler. He had casually conferred on me the freedom of the neighborhood.

And so with the sunshine and the great bursts of leaves growing on the trees, just as things grow in fast movies, I had that familiar conviction that life was beginning over again with the summer.

There was so much to read, for one thing, and so much fine health to be pulled down out of the young breath-giving air. I bought a dozen volumes on banking and credit and investment securities, and they stood on

Am praktischsten wäre gewesen, in der Stadt eine Bleibe zu finden, doch der Frühling war damals recht warm und ich kam geradewegs aus einer ländlichen Gegend mit viel Grün und freundlichen Bäumen, sodass ich es für eine gute Idee hielt, als ein junger Kollege mir vorschlug, gemeinsam ein Haus in einem Vorort zu mieten. Er fand auch tatsächlich ein Haus, eine einstöckige verwitterte Pappschachtel für achtzig Dollar im Monat, doch in letzter Minute beorderte ihn die Firma nach Washington und ich zog allein aufs Land. Ich hatte einen Hund – zumindest für ein paar Tage, bis er davonlief –, einen alten Dodge und eine Finnin, die mir das Bett machte und das Frühstück zubereitete und über den Elektroherd gebeugt finnische Weisheiten vor sich hin murmelte.

Für einen Tag oder mehr war es einsam, bis mich eines Morgens auf der Straße ein Mann ansprach, der wohl noch nach mir eingetroffen war.

»Wie kommt man von hier nach West Egg Village?«, fragte er ratlos.

Ich sagte es ihm. Und als ich weiterging, war ich nicht mehr einsam. Ich war ein Wegweiser, ein Pfadfinder, ein echter Siedler. Ganz beiläufig hatte er mich zum rechtmäßigen Bürger dieser Gegend gemacht.

Und so, unter dem Sonnenschein und den kräftig ausschlagenden Bäumen, an denen die Blätter wie im Zeitraffer wuchsen, kam mir die vertraute Gewissheit, dass mit dem Sommer das Leben von Neuem begann.

Zunächst gab es so viel zu lesen, dann auch so viel Kraft aus der frischen, belebenden Luft zu ziehen. Ich kaufte ein Dutzend Bände über das Banken- und Kreditwesen sowie über Anlagepapiere, sie standen rot und golden in meinem

my shelf in red and gold like new money from the mint, promising to unfold the shining secrets that only Midas and Morgan and Maecenas knew. And I had the high intention of reading many other books besides. I was rather literary in college—one year I wrote a series of very solemn and obvious editorials for the *Yale News*—and now I was going to bring back all such things into my life and become again that most limited of all specialists, the "well-rounded man." This isn't just an epigram—life is much more successfully looked at from a single window, after all.

It was a matter of chance that I should have rented a house in one of the strangest communities in North America. It was on that slender riotous island which extends itself due east of New York—and where there are, among other natural curiosities, two unusual formations of land. Twenty miles from the city a pair of enormous eggs, identical in contour and separated only by a courtesy bay, jut out into the most domesticated body of salt water in the Western hemisphere, the great wet barnyard of Long Island Sound. they are not perfect ovals—like the egg in the Columbus story, they are both crushed flat at the contact end—but their physical resemblance must be a source of perpetual confusion to the gulls that fly overhead. to the wingless a more arresting phenomenon is their dissimilarity in every particular except shape and size.

Regal wie frisch geprägte Münzen und schienen jene funkelnden Geheimnisse preisgeben zu wollen, um die nur Midas und Morgan und Mæcenas wussten. Ich hatte mir fest vorgenommen, nebenher noch viele andere Bücher zu lesen. Im College war ich literarisch recht interessiert gewesen – in einem Jahr hatte ich sogar eine Reihe todernster und ziemlich trivialer Leitartikel für die *Yale News* geschrieben –, und nun würde ich all diese Dinge zurück in mein Leben holen und wieder zum beschränktesten aller Experten werden, zum »vielseitig gebildeten Mann«. Das ist beileibe nicht bloß ein Sinnspruch – schließlich lässt sich das Leben weit besser überblicken, wenn man es nur durch ein einziges Fenster betrachtet.

Der Zufall wollte es, dass ich ein Haus in einer der eigenartigsten Gemeinden Nordamerikas gemietet hatte. Es lag auf jener schmalen, wild-turbulenten Insel, die sich direkt östlich von New York erstreckt – und auf der es, neben anderen Launen der Natur, zwei ungewöhnliche Landgebilde gibt. Zwanzig Meilen vom Stadtzentrum entfernt ragen zwei riesige Eier, gleich in ihren Umrissen und nur durch eine hübsche Bucht voneinander getrennt, in die wohl kultivierteste Salzwasserfläche der westlichen Hemisphäre hinaus: den großen nassen Scheunenhof des Long Island Sound. Es sind keine perfekten Ovale – wie das Ei in der Kolumbus-Geschichte sind sie beide am Landende platt gedrückt –, doch ihre so ähnliche Gestalt muss den über sie hinwegfliegenden Möwen ein Quell fortwährender Verwunderung sein. Für alle Flügellosen dagegen dürfte der Umstand interessanter sein, dass sie abseits von Größe und Form völlig verschieden waren.

I lived at West Egg, the—well, the less fashionable of the two, though this is a most superficial tag to express the bizarre and not a little sinister contrast between them. my house was at the very tip of the egg, only fifty yards from the Sound, and squeezed between two huge places that rented for twelve or fifteen thousand a season. the one on my right was a colossal affair by any standard—it was a factual imitation of some Hôtel de Ville in Normandy, with a tower on one side, spanking new under a thin beard of raw ivy, and a marble swimming pool, and more than forty acres of lawn and garden. It was Gatsby's mansion. Or, rather, as I didn't know Mr Gatsby, it was a mansion inhabited by a gentleman of that name. My own house was an eyesore, but it was a small eyesore, and it had been overlooked, so I had a view of the water, a partial view of my neighbor's lawn, and the consoling proximity of millionaires—all for eighty dollars a month.

Across the courtesy bay the white palaces of fashionable East Egg glittered along the water, and the history of the summer really begins on the evening I drove over there to have dinner with the Tom Buchanans. Daisy was my second cousin once removed, and I'd known Tom in college. And just after the war I spent two days with them in Chicago.

Her husband, among various physical accomplishments, had been one of the most powerful ends that

Ich wohnte in West Egg, dem – nun ja, dem weniger mondänen der beiden Inselteile, wenngleich dieses Etikett den bizarren und ziemlich beunruhigenden Kontrast zwischen ihnen nur höchst oberflächlich beschreibt. Mein Haus stand genau an der Spitze des Eis, keine fünfzig Meter vom Ufer entfernt und zwischen zwei riesige Villen gequetscht, die für zwölf- und fünfzehntausend Dollar pro Saison vermietet wurden. Die zu meiner Rechten war ein in jeder Hinsicht gigantischer Kasten – ein detailgetreuer Nachbau irgendeines Hôtel de Ville in der Normandie mit einem Turm an der Seite, funkelnagelneu unter einem dünnen Bartgespinst aus jungem Efeu, mit einem marmornen Swimmingpool und mehr als vierzig Morgen Park- und Rasenfläche. Dies war Gatsbys Anwesen. Oder vielmehr, da ich Mr Gatsby noch nicht kannte, das Anwesen, das ein Herr dieses Namens bewohnte. Mein eigenes Haus war ein Schandfleck, allerdings ein kleiner Schandfleck, den man geflissentlich übersah, und so konnte ich den Blick aufs Wasser, die Aussicht auf Teile des nachbarlichen Gartens und die tröstliche Nähe von Millionären genießen – und das Ganze für achtzig Dollar im Monat.

Jenseits der geschwungenen Bucht glänzten die weißen Paläste des mondänen East Egg am Ufer, und eigentlich beginnt die Geschichte dieses Sommers an jenem Abend, als ich dort hinüberfuhr, um mit den Buchanans zu Abend zu essen. Daisy war die Tochter einer Cousine zweiten Grades von mir, und Tom kannte ich noch vom College. Gleich nach dem Krieg hatte ich zwei Tage bei ihnen in Chicago verbracht.

Daisys Mann hatte sich vielfach als Sportler hervorgetan und war unter anderem einer der schlagkräftigsten Vertei-

ever played football at New Haven—a national figure in a way, one of those men who reach such an acute limited excellence at twenty-one that everything afterward savors of anti-climax. His family were enormously wealthy—even in college his freedom with money was a matter for reproach—but now he'd left Chicago and come East in a fashion that rather took your breath away: for instance, he'd brought down a string of polo ponies from Lake Forest. It was hard to realize that a man in my own generation was wealthy enough to do that.

Why they came East I don't know. They had spent a year in France for no particular reason, and then drifted here and there unrestfully wherever people played polo and were rich together. This was a permanent move, said Daisy over the telephone, but I didn't believe it—I had no sight into Daisy's heart, but I felt that Tom would drift on forever seeking, a little wistfully, for the dramatic turbulence of some irrecoverable football game.

And so it happened that on a warm windy evening I drove over to East Egg to see two old friends whom I scarcely knew at all. Their house was even more elaborate than I expected, a cheerful red-and-white Georgian Colonial mansion, overlooking the bay. The lawn started at the beach and ran toward the front door for a quarter of a mile, jumping over sun-dials and brick walks and burning gardens—finally when it reached the house drifting up the side in bright vines as though

diger gewesen, die je für New Haven Football gespielt hatten – gewissermaßen eine Art Volksheld, einer jener Männer, die es mit einundzwanzig zu solch spezieller Höchstleistung bringen, dass der Rest ihres Lebens nach Abstieg schmeckt. Seine Familie war unverschämt wohlhabend – schon auf dem College hatte sein verschwenderischer Umgang mit Geld für Unmut gesorgt –, doch die Art und Weise, in der er nun Chicago verlassen hatte und an die Ostküste gezogen war, verschlug einem schier die Sprache: So hatte er eine ganze Koppel von Polo-Ponys aus Lake Forest mit herübergebracht. Es war kaum zu begreifen, dass ein Mann in meinem Alter derart reich sein konnte.

Weshalb sie an die Ostküste kamen, weiß ich nicht. Zuvor hatten sie ohne besonderen Grund ein Jahr in Frankreich verbracht und sich dann rastlos mal hierhin, mal dorthin treiben lassen, wo immer die Leute Polo spielten und gemeinsam reich waren. Dieser Umzug sei nun endgültig, sagte Daisy am Telefon, aber das glaubte ich nicht – ich konnte ihr zwar nicht ins Herz sehen, doch ich hatte das Gefühl, Tom würde sein Leben lang weiter umhertreiben, ein bisschen wehmütig auf der Suche nach der erregenden Wildheit irgendeines unwiederbringlichen Football-Spiels.

So fuhr ich also eines warmen windigen Abends hinüber nach East Egg, um zwei alte Freunde zu besuchen, die ich kaum richtig kannte. Ihr Haus war noch prachtvoller, als ich erwartet hatte, eine freundliche rot-weiße Villa im georginischen Kolonialstil mit Blick auf die Bucht. Der Rasen begann direkt am Strand, lief über eine Viertelmeile auf die Eingangstür zu, sprang dabei über Sonnenuhren und Steinpfade und flammhelle Beete – und endlich beim Haus angelangt, drängte er wie noch im Schwung seines Laufs

from the momentum of its run. The front was broken by a line of French windows, glowing now with reflected gold and wide open to the warm windy afternoon, and Tom Buchanan in riding clothes was standing with his legs apart on the front porch.

He had changed since his New Haven years. Now he was a sturdy straw-haired man of thirty with a rather hard mouth and a supercilious manner. Two shining arrogant eyes had established dominance over his face and gave him the appearance of always leaning aggressively forward. Not even the effeminate swank of his riding clothes could hide the enormous power of that body—he seemed to fill those glistening boots until he strained the top lacing, and you could see a great pack of muscle shifting when his shoulder moved under his thin coat. It was a body capable of enormous leverage—a cruel body.

His speaking voice, a gruff husky tenor, added to the impression of fractiousness he conveyed. There was a touch of paternal contempt in it, even toward people he liked—and there were men at New Haven who had hated his guts.

"Now, don't think my opinion on these matters is final," he seemed to say, "just because I'm stronger and more of a man than you are." We were in the same senior society, and while we were never intimate I always had the impression that he approved of me and wanted me to like him with some harsh, defiant wistfulness of his own.

in leuchtenden Reben die Seitenwand hinauf. Die Front war von einer Reihe Fenstertüren durchbrochen, die jetzt glühend das goldene Licht spiegelten und, weit geöffnet, die warme Brise des frühen Abends hineinließen. Tom Buchanan stand im Reitdress breitbeinig auf der Veranda.

Er hatte sich verändert seit seiner Zeit in New Haven. Jetzt war er ein stämmiger Dreißiger mit strohigem Haar, einem leicht verhärteten Zug um den Mund und herablassendem Auftreten. Zwei hochmütig funkelnde Augen hatten die Herrschaft über sein Gesicht angetreten und verliehen ihm einen Ausdruck, als recke er sich unentwegt angriffslustig vor. Selbst der eher feminine Schick seiner Reitkleidung vermochte die enorme Kraft dieses Körpers nicht zu verbergen – seine Waden schienen noch die oberste Schnürung der blitzblanken Stiefel sprengen zu wollen, und wenn er unter der dünnen Jacke seine Schulter bewegte, sah man ein riesiges Muskelpaket zucken. Es war ein Körper von gewaltiger Wucht – ein unbarmherziger Körper.

Seine Sprechstimme, ein rauer, heiserer Tenor, verstärkte noch den Eindruck der Reizbarkeit, den er vermittelte. Ein Anflug von überheblicher Geringschätzung lag darin, selbst gegenüber Menschen, die er mochte – und in New Haven hatte es viele gegeben, die ihn abgrundtief hassten.

»Nun, du musst nicht glauben, dass meine Meinung in dieser Sache unumstößlich ist«, schien er zu sagen, »nur weil ich stärker und männlicher bin als du.« Wir hatten derselben Senior Society angehört, und obwohl wir nie wirklich befreundet gewesen waren, hatte ich schon damals den Eindruck, dass er mich akzeptierte und auf seine schroffe und wehmütig trotzige Weise wollte, dass ich ihn gern hatte.

We talked for a few minutes on the sunny porch.

"I've got a nice place here," he said, his eyes flashing about restlessly.

Turning me around by one arm, he moved a broad flat hand along the front vista, including in its sweep a sunken Italian garden, a half acre of deep, pungent roses, and a snub-nosed motor-boat that bumped the tide offshore.

"It belonged to Demaine, the oil man." He turned me around again, politely and abruptly. "We'll go inside."

We walked through a high hallway into a bright rosy-colored space, fragilely bound into the house by French windows at either end. The windows were ajar and gleaming white against the fresh grass outside that seemed to grow a little way into the house. A breeze blew through the room, blew curtains in at one end and out the other like pale flags, twisting them up toward the frosted wedding-cake of the ceiling, and then rippled over the wine-colored rug, making a shadow on it as wind does on the sea.

The only completely stationary object in the room was an enormous couch on which two young women were buoyed up as though upon an anchored balloon. They were both in white, and their dresses were rippling and fluttering as if they had just been blown back in after a short flight around the house. I must have stood for a few moments listening to the whip and snap

Wir unterhielten uns ein paar Minuten auf der sonnigen Veranda.

»Nettes Plätzchen, das ich hier habe«, sagte er und seine Augen irrlichterten rastlos umher.

Er nahm mich beim Arm, drehte mich um und wies mir dabei mit einem Schwung seiner breiten flachen Hand den Ausblick von der Veranda, der einen niedriger gelegenen italienischen Garten, einen halben Morgen tiefdunkler, intensiv duftender Rosen und ein stumpfnasiges Motorboot einschloss, das vor der Küste in der Strömung schaukelte.

»Es gehörte Demaine, dem Ölunternehmer.« Wieder drehte er mich herum, höflich und abrupt. »Lass uns hineingehen.«

Wir durchquerten eine hohe Eingangshalle und gelangten in einen lichten, rosenfarbenen Raum, den Fenstertüren an beiden Seiten vage mit dem Innern des Hauses verbanden. Die Fenster waren weit geöffnet und hoben sich strahlend weiß vom frischen Gras draußen ab, das ein kleines Stück ins Haus hineinzuwachsen schien. Eine Brise ging durch den Raum, wehte Vorhänge wie blasse Fahnen zur einen Seite herein und zur andern hinaus, wirbelte sie hinauf zur glasierten Hochzeitstorte von Zimmerdecke, kräuselte den weinfarbenen Teppich und hinterließ darauf ein Schattenspiel wie der Wind auf dem Meer.

Der einzige vollkommen unverrückbare Gegenstand im Raum war eine riesige Couch, auf der zwei junge Frauen schwebten wie auf einem fest verankerten Ballon. Beide waren ganz in Weiß, und ihre Kleider wogten und flatterten, als wären sie nach einem kurzen Flug ums Haus eben erst wieder hereingeweht worden. Einige Augenblicke stand ich wohl nur so da, lauschte dem Schlagen und Peit-

of the curtains and the groan of a picture on the wall. Then there was a boom as Tom Buchanan shut the rear windows and the caught wind died out about the room, and the curtains and the rugs and the two young women ballooned slowly to the floor.

The younger of the two was a stranger to me. She was extended full length at her end of the divan, completely motionless, and with her chin raised a little, as if she were balancing something on it which was quite likely to fall. If she saw me out of the corner of her eyes she gave no hint of it—indeed, I was almost surprised into murmuring an apology for having disturbed her by coming in.

The other girl, Daisy, made an attempt to rise—she leaned slightly forward with a conscientious expression—then she laughed, an absurd, charming little laugh, and I laughed too and came forward into the room.

"I'm p-paralyzed with happiness."

She laughed again, as if she said something very witty, and held my hand for a moment, looking up into my face, promising that there was no one in the world she so much wanted to see. That was a way she had. She hinted in a murmur that the surname of the balancing girl was Baker. (I've heard it said that Daisy's murmur was only to make people lean toward her; an irrelevant criticism that made it no less charming.)

At any rate, Miss Baker's lips fluttered, she nodded at me almost imperceptibly, and then quickly tipped

schen der Vorhänge und dem Ächzen eines Bildes an der Wand. Dann ertönte ein dumpfer Knall, als Tom Buchanan die hinteren Fenster schloss, der im Zimmer gefangene Luftzug erstarb und die Vorhänge und der Teppich und die jungen Frauen sanken langsam zu Boden.

Die Jüngere der beiden kannte ich nicht. Sie lag ausgestreckt auf ihrer Seite des Diwans, vollkommen reglos und mit leicht erhobenem Kinn, als balancierte sie etwas darauf, das jeden Moment herunterzufallen drohte. Falls sie mich aus den Augenwinkeln wahrnahm, ließ sie es sich nicht anmerken – unwillkürlich hätte ich fast eine Entschuldigung gemurmelt, dass ich sie durch mein Erscheinen gestört hatte.

Das andere Mädchen, Daisy, machte Anstalten, sich zu erheben – sie lehnte sich mit gewissenhafter Miene ein wenig nach vorn –, dann lachte sie, ein albernes, bezauberndes kleines Lachen, und ich lachte auch und trat näher ins Zimmer.

»Ich bin wie g-gelähmt vor Freude.«

Sie lachte erneut, als hätte sie etwas sehr Geistreiches gesagt, und hielt für einen Moment meine Hand, während sie mir von unten herauf ins Gesicht sah mit einem Blick, der versicherte, dass sie sich niemanden auf der Welt so sehr herbeigewünscht hatte wie mich. Das war so ihre Art. Wispernd gab sie mir zu verstehen, der Nachname des balancierenden Mädchens sei Baker. (Manch einen habe ich sagen hören, Daisys Wispern diene nur dazu, dass die Leute sich zu ihr hinüberneigen; ein belangloser Vorwurf, der es nicht weniger hinreißend machte.)

Miss Bakers Lippen jedenfalls zitterten kurz, sie nickte mir fast unmerklich zu und legte dann rasch ihren Kopf

her head back again—the object she was balancing had obviously tottered a little and given her something of a fright. Again a sort of apology arose to my lips. Almost any exhibition of complete self-sufficiency draws a stunned tribute from me.

I looked back at my cousin, who began to ask me questions in her low, thrilling voice. It was the kind of voice that the ear follows up and down, as if each speech is an arrangement of notes that will never be played again. Her face was sad and lovely with bright things in it, bright eyes and a bright passionate mouth, but there was an excitement in her voice that men who had cared for her found difficult to forget: a singing compulsion, a whispered "Listen," a promise that she had done gay, exciting things just a while since and that there were gay, exciting things hovering in the next hour.

I told her how I had stopped off in Chicago for a day on my way East, and how a dozen people had sent their love through me.

"Do they miss me?" she cried ecstatically.

"The whole town is desolate. All the cars have the left rear wheel painted black as a mourning wreath, and there's a persistent wail all night along the north shore."

"How gorgeous! Let's go back, Tom. Tomorrow!" Then she added irrelevantly: "You ought to see the baby."

zurück in den Nacken – offenbar war der Gegenstand, den sie balancierte, ein wenig ins Wanken geraten und hatte ihr dadurch einen leichten Schreck versetzt. Wiederum lag mir eine Entschuldigung auf der Zunge. Die Zurschaustellung derart vollkommener Selbstgenügsamkeit ringt mir fast jedes Mal ehrfürchtige Hochachtung ab.

Ich wandte den Blick wieder meiner Cousine zu, die mir jetzt mit ihrer leisen, elektrisierenden Stimme Fragen zu stellen begann. Es war eine Stimme, der das Ohr in alle Höhen und Tiefen folgt, als wäre jeder Satz ein Arrangement von Noten, das kein zweites Mal so erklingt. Daisy hatte ein trauriges, hübsches Gesicht mit leuchtenden Stellen darin, leuchtenden Augen und einem leuchtenden, sinnlichen Mund, doch in ihrer Stimme lag eine Erregung, die Männer, denen sie etwas bedeutet hatte, nur schwer vergessen konnten: ein singendes Drängen, ein raunendes »Hör doch«, eine Verheißung, sie habe eben erst köstliche, aufregende Dinge erlebt und schon die nächste Stunde halte weitere köstliche, aufregende Dinge für sie bereit.

Ich erzählte ihr, dass ich auf meinem Weg an die Ostküste einen Tag in Chicago haltgemacht hatte und ihr von einem Dutzend Leute herzliche Grüße ausrichten sollte.

»Vermissen sie mich?«, rief sie verzückt.

»Die ganze Stadt ist untröstlich. Die Autos fahren zum Zeichen der Trauer allesamt mit schwarz gestrichenen linken Hinterreifen, und am Nordufer herrscht in der Nacht ein einziges stetiges Wehklagen.«

»Wie herrlich! Lass uns zurückgehen, Tom. Gleich morgen!« Dann fügte sie wie beiläufig hinzu: »Du solltest die Kleine sehen.«

"I'd like to."

"She's asleep. She's two years old. Haven't you ever seen her?"

"Never."

"Well, you ought to see her. She's—"

Tom Buchanan, who had been hovering restlessly about the room, stopped and rested his hand on my shoulder.

"What you doing, Nick?"

"I'm a bond man."

"Who with?"

I told him.

"Never heard of them," he remarked decisively.

This annoyed me.

"You will," I answered shortly. "You will if you stay in the East."

"Oh, I'll stay in the East, don't you worry," he said, glancing at Daisy and then back at me, as if he were alert for something more. "I'd be a God damned fool to live anywhere else."

At this point Miss Baker said: "Absolutely!" with such suddenness that I started—it was the first word she uttered since I came into the room. Evidently it surprised her as much as it did me, for she yawned and with a series of rapid, deft movements stood up into the room.

"I'm stiff," she complained, "I've been lying on that sofa for as long as I can remember."

"Don't look at me," Daisy retorted, "I've been trying to get you to New York all afternoon."

»Das würde ich gern.«

»Sie schläft. Sie ist jetzt zwei Jahre alt. Hast du sie noch nie gesehen?«

»Nein, nie.«

»Nun, das solltest du aber. Sie ist –«

Tom Buchanan, der währenddessen ruhelos durch den Raum gewandert war, blieb stehen und legte mir die Hand auf die Schulter.

»Was treibst du so, Nick?«

»Ich bin Börsenmakler.«

»Für wen?«

Ich sagte es ihm.

»Nie von denen gehört«, bemerkte er entschieden.

Das ärgerte mich.

»Wart's ab«, erwiderte ich. »Das wirst du schon noch, wenn du im Osten bleibst.«

»Oh, ich bleibe im Osten, keine Sorge«, sagte er, blickte erst kurz zu Daisy und dann wieder zu mir, als sei er wegen irgendetwas auf der Hut. »Nur ein gottverdammter Idiot würde anderswo leben wollen.«

An diesem Punkt sagte Miss Baker: »Allerdings!«, und zwar derart unvermittelt, dass ich erschrak – es war das erste Wort, das sie von sich gab, seit ich den Raum betreten hatte. Offenkundig überraschte es sie ebenso sehr wie mich, denn sie gähnte und stand dann mit einer Folge schneller, flinker Bewegungen auf.

»Ich bin ganz steif«, klagte sie. »Ich muss eine halbe Ewigkeit auf diesem Sofa gelegen haben.«

»Sieh nicht mich an«, gab Daisy zurück, »ich habe den ganzen Nachmittag versucht, dich zu einem Trip nach New York zu bewegen.«

"No, thanks," said Miss Baker to the four cocktails just in from the pantry, "I'm absolutely in training."

Her host looked at her incredulously.

"You are!" He took down his drink as if it were a drop in the bottom of a glass. "How you ever get anything done is beyond me."

I looked at Miss Baker, wondering what it was she "got done." I enjoyed looking at her. She was a slender, small-breasted girl, with an erect carriage, which she accentuated by throwing her body backward at the shoulders like a young cadet. Her gray sun-strained eyes looked back at me with polite reciprocal curiosity out of a wan, charming, discontented face. It occurred to me now that I had seen her, or a picture of her, somewhere before.

"You live in West Egg," she remarked contemptuously. "I know somebody there."

"I don't know a single—"

"You must know Gatsby."

"Gatsby?" demanded Daisy. "What Gatsby?"

Before I could reply that he was my neighbor dinner was announced; wedging his tense arm imperatively under mine, Tom Buchanan compelled me from the room as though he were moving a checker to another square.

Slenderly, languidly, their hands set lightly on their hips, the two young women preceded us out onto a rosy-colored porch, open toward the sunset, where four candles flickered on the table in the diminished wind.

»Nein, danke«, sagte Miss Baker mit Blick auf die vier Cocktails, die gerade aus dem Anrichteraum hereingebracht wurden, »ich bin strikt im Training.«

Ihr Gastgeber sah sie ungläubig an.

»Ach wirklich!« Er schüttete seinen Drink hinunter, als wäre er nur ein Tropfen auf dem Boden des Glases. »Wie du je irgendwas fertigbringst, ist mir ein Rätsel.«

Ich warf einen Blick auf Miss Baker und fragte mich, was es wohl war, das sie ›fertigbrachte‹. Es gefiel mir, sie anzusehen. Sie war ein schlankes, flachbrüstiges Mädchen mit einer aufrechten Körperhaltung, die sie noch unterstrich, indem sie die Schultern zurücknahm und sich straffte wie ein junger Kadett. Ihre grauen, sonnenstrapazierten Augen erwiderten meinen Blick mit höflicher Neugier aus einem blassen, reizenden, unzufriedenen Gesicht. Jetzt fiel mir ein, dass ich sie oder zumindest ein Bild von ihr irgendwo schon einmal gesehen hatte.

»Sie wohnen also in West Egg«, bemerkte sie abschätzig. »Ich kenne dort jemanden.«

»Ich kenne nicht einen einzigen –«

»Sie müssen doch Gatsby kennen.«

»Gatsby?«, fragte Daisy dazwischen. »Welchen Gatsby?«

Bevor ich antworten konnte, dass er mein Nachbar war, rief man uns zum Essen; und indem er seinen sehnigen Arm gebieterisch unter meinen klemmte, beförderte Tom Buchanan mich aus dem Raum, als bewegte er eine Schachfigur auf ein anderes Feld.

Feingliedrig, träge, die Hände leicht auf die Hüften gelegt, schlenderten die beiden jungen Frauen uns voran auf eine rosenfarbene, sich zum Sonnenuntergang öffnende Veranda, wo vier Kerzen auf einem Tisch im schwächer gewordenen Wind flackerten.

"Why *candles*?" objected Daisy, frowning. She snapped them out with her fingers. "In two weeks it'll be the longest day in the year." She looked at us all radiantly. "Do you always watch for the longest day of the year and then miss it? I always watch for the longest day in the year and then miss it."

"We ought to plan something," yawned Miss Baker, sitting down at the table as if she were getting into bed.

"All right," said Daisy. "What'll we plan?" She turned to me helplessly: "What do people plan?"

Before I could answer her eyes fastened with an awed expression on her little finger.

"Look!" she complained; "I hurt it."

We all looked—the knuckle was black and blue.

"You did it, Tom," she said accusingly. "I know you didn't mean to, but you *did* do it. That's what I get for marrying a brute of a man, a great, big, hulking physical specimen of a—"

"I hate that word hulking," objected Tom crossly, "even in kidding."

"Hulking," insisted Daisy.

Sometimes she and Miss Baker talked at once, unobtrusively and with a bantering inconsequence that was never quite chatter, that was as cool as their white dresses and their impersonal eyes in the absence of all desire. They were here, and they accepted Tom and me, making only a polite pleasant effort to entertain or to be entertained. They knew that presently dinner would be over and a little later the evening too would be over and casually put away. It was sharply different

»Wozu *Kerzen*?«, beschwerte Daisy sich stirnrunzelnd. Sie schnippte sie mit den Fingern aus. »In zwei Wochen haben wir den längsten Tag des Jahres.« Sie blickte uns strahlend an. »Wartet ihr auch immer auf den längsten Tag des Jahres und verpasst ihn dann? Ich jedenfalls warte immer auf den längsten Tag des Jahres und verpasse ihn dann.«

»Wir sollten uns irgendwas vornehmen«, gähnte Miss Baker und setzte sich an den Tisch, als ginge sie zu Bett.

»Also gut«, sagte Daisy. »Was sollen wir uns vornehmen?« Ratlos wandte sie sich an mich. »Was nehmen Menschen sich vor?«

Bevor ich antworten konnte, heftete sie ihren Blick mit entsetztem Ausdruck auf ihren kleinen Finger.

»Seht nur!«, klagte sie. »Ich hab mich verletzt.«

Wir sahen genauer hin – der Knöchel war dunkelblau.

»Das warst du, Tom«, sagte sie vorwurfsvoll. »Ich weiß, du wolltest es nicht, aber du warst es *trotzdem*. Das habe ich nun davon, dass ich so ein Untier von Mann geheiratet habe, ein riesiges, klotziges, grobschlächtiges Exemplar eines –«

»Ich hasse das Wort grobschlächtig«, unterbrach Tom sie gereizt, »auch im Scherz.«

»Grobschlächtig«, beharrte Daisy.

Manchmal redeten sie und Miss Baker gleichzeitig, unaufdringlich und mit einer neckischen Flatterhaftigkeit, die nie ganz zum Geplauder wurde, die so kühl war wie ihre weißen Kleider und ihre teilnahmslosen, nichts begehrenden Blicke. Sie waren hier, sie nahmen Tom und mich hin und machten den allenfalls höflichen, netten Versuch, zu unterhalten oder sich unterhalten zu lassen. Sie wussten, bald würde das Essen vorbei sein, und etwas später würde auch der Abend vorbei und erledigt sein. Wie vollkommen

from the West, where an evening was hurried from phase to phase toward its close, in a continually disappointed anticipation or else in sheer nervous dread of the moment itself.

"You make me feel uncivilized, Daisy," I confessed on my second glass of corky but rather impressive claret. "Can't you talk about crops or something?"

I meant nothing in particular by this remark, but it was taken up in an unexpected way.

"Civilization's going to pieces," broke out Tom violently. "I've gotten to be a terrible pessimist about things. Have you read 'The Rise of the Colored Empires' by this man Goddard?"

"Why, no," I answered, rather surprised by his tone.

"Well, it's a fine book, and everybody ought to read it. The idea is if we don't look out the white race will be—will be utterly submerged. It's all scientific stuff; it's been proved."

"Tom's getting very profound," said Daisy, with an expression of unthoughtful sadness. "He reads deep books with long words in them. What was that word—"

"Well, these books are all scientific," insisted Tom, glancing at her impatiently. "This fellow has worked out the whole thing. It's up to us, who are the dominant race, to watch out or these other races will have control of things."

"We've got to beat them down," whispered Daisy, winking ferociously toward the fervent sun.

anders war das im Westen, wo man solche Abende von einer Etappe zur nächsten und bis an ihr Ende jagte, in unablässig enttäuschter Erwartung oder in blanker Furcht vor dem Augenblick selbst.

»Deinetwegen fühle ich mich schon ganz unzivilisiert, Daisy«, gestand ich bei meinem zweiten Glas korkigen, aber ziemlich imposanten Bordeaux'. »Kannst du nicht mal über die Ernte oder so etwas reden?«

Meine Bemerkung bezog sich auf gar nichts Bestimmtes, doch sie wurde auf unerwartete Weise aufgegriffen.

»Die Zivilisation geht sowieso vor die Hunde«, platzte Tom lautstark heraus. »Ich bin bei so was inzwischen ein schrecklicher Schwarzseher. Hast du ›Der Aufstieg der farbigen Völker‹ von diesem Goddard gelesen?«

»Habe ich nicht, nein«, erwiderte ich, etwas befremdet über seinen Ton.

»Tja, ist ein gutes Buch, sollte jeder gelesen haben. Der Tenor ist, dass, wenn wir nicht aufpassen, die weiße Rasse vollständig – vollständig überschwemmt wird. Ist alles wissenschaftlich belegt; alles erwiesene Tatsache.«

»Tom wird jeden Tag tiefsinniger«, sagte Daisy mit einem Ausdruck gedankenloser Traurigkeit. »Er liest schwierige Bücher mit langen Wörtern darin. Wie hieß noch das Wort, das wir –«

»Nun, diese Bücher sind allesamt wissenschaftlich«, insistierte Tom und warf ihr einen ungeduldigen Blick zu. »Der Bursche hat das Ganze gründlich durchdacht. Wir, die überlegene Rasse, müssen auf der Hut sein, sonst werden diese anderen Rassen die Macht übernehmen.«

»Wir müssen sie niederschlagen«, flüsterte Daisy und blinzelte grimmig in die glühende Sonne.

"You ought to live in California—" began Miss Baker, but Tom interrupted her by shifting heavily in his chair.

"This idea is that we're Nordics. I am, and you are, and you are, and—" After an infinitesimal hesitation he included Daisy with a slight nod, and she winked at me again. "—And we've produced all the things that go to make civilization—oh, science and art, and all that. Do you see?"

There was something pathetic in his concentration, as if his complacency, more acute than of old, was not enough to him any more. When, almost immediately, the telephone rang inside and the butler left the porch Daisy seized upon the momentary interruption and leaned toward me.

"I'll tell you a family secret," she whispered enthusiastically. "It's about the butler's nose. Do you want to hear about the butler's nose?"

"That's why I came over to-night."

"Well, he wasn't always a butler; he used to be the silver polisher for some people in New York that had a silver service for two hundred people. He had to polish it from morning till night, until finally it began to affect his nose—"

"Things went from bad to worse," suggested Miss Baker.

"Yes. Things went from bad to worse, until finally he had to give up his position."

For a moment the last sunshine fell with romantic affection upon her glowing face; her voice compelled me forward breathlessly as I listened—then the glow

»Ihr solltet in Kalifornien leben –«, begann Miss Baker, doch Tom unterbrach sie, indem er heftig auf seinem Stuhl herumrutschte.

»Er sagt, wir gehören zur nordischen Rasse. Ich und du und du und –« Nach kaum merklichem Zögern schloss er mit einem leichten Nicken auch Daisy mit ein, und sie zwinkerte mir abermals zu. »– und wir haben all das hervorgebracht, was Zivilisation ausmacht – na ja, Wissenschaft und Kunst und das alles. Versteht ihr?«

Seine Konzentration hatte etwas Klägliches, als würde ihm seine Selbstgefälligkeit, heftiger denn je, nicht mehr genügen. Als fast unmittelbar darauf im Haus das Telefon klingelte und der Butler die Veranda verließ, nutzte Daisy die kurze Unterbrechung und neigte sich zu mir herüber.

»Ich verrate dir ein Familiengeheimnis«, flüsterte sie lebhaft. »Es geht um die Nase des Butlers. Willst du sie hören, die Geschichte von der Nase des Butlers?«

»Deswegen bin ich ja hergekommen.«

»Nun, er ist nicht immer Butler gewesen; davor hat er als Silberputzer bei irgendwelchen Leuten in New York gearbeitet, die ein Silberservice für zweihundert Gäste besaßen. Das musste er von morgens bis abends polieren, bis die Politur eines Tages seine Nase anzugreifen begann –«

»Die Sache wurde immer schlimmer«, warf Miss Baker ein.

»Genau. Die Sache wurde immer schlimmer, und schließlich musste er seine Anstellung aufgeben.«

Einen Augenblick lang strichen die letzten Sonnenstrahlen mit zärtlicher Hingabe über ihr glühendes Gesicht; ihre Stimme zwang mich immer weiter nach vorn,

faded, each light deserting her with lingering regret, like children leaving a pleasant street at dusk.

The butler came back and murmured something close to Tom's ear, whereupon Tom frowned, pushed back his chair, and without a word went inside. As if his absence quickened something within her, Daisy leaned forward again, her voice glowing and singing.

"I love to see you at my table, Nick. You remind me of a—of a rose, an absolute rose. Doesn't he?" She turned to Miss Baker for confirmation: "An absolute rose?"

This was untrue. I am not even faintly like a rose. She was only extemporizing, but a stirring warmth flowed from her, as if her heart was trying to come out to you concealed in one of those breathless, thrilling words. Then suddenly she threw her napkin on the table and excused herself and went into the house.

Miss Baker and I exchanged a short glance consciously devoid of meaning. I was about to speak when she sat up alertly and said "Sh!" in a warning voice. A subdued impassioned murmur was audible in the room beyond, and Miss Baker leaned forward unashamed, trying to hear. The murmur trembled on the verge of coherence, sank down, mounted excitedly, and then ceased altogether.

"This Mr Gatsby you spoke of is my neighbor—" I began.

"Don't talk. I want to hear what happens."

"Is something happening?" I inquired innocently.

während ich ihr atemlos lauschte – dann erlosch das Glühen, zögernd, bedauernd wich alles Licht von ihr, wie Kinder in der Abenddämmerung eine heitere Straße verlassen.

Der Butler kam zurück und flüsterte Tom etwas ins Ohr, worauf dieser die Stirn runzelte, seinen Stuhl zurückschob und wortlos ins Haus ging. Als hätte seine Abwesenheit etwas in ihr zu neuem Leben erweckt, lehnte Daisy sich abermals vor, mit glühender, singender Stimme.

»Ich sehe dich so gern an meinem Tisch, Nick. Du erinnerst mich an – an eine Rose, eine vollkommene Rose. Findest du nicht?« Sie wandte sich um Zustimmung an Miss Baker. »Eine vollkommene Rose?«

Das war Unsinn. Ich erinnere nicht einmal entfernt an eine Rose. Sie improvisierte nur, doch sie verströmte dabei eine betörende Wärme, als versuchte ihr Herz, zu dir herauszukommen, verborgen in einem dieser atemlosen, erregenden Wörter. Dann plötzlich warf sie ihre Serviette auf den Tisch, entschuldigte sich und ging ins Haus.

Miss Baker und ich wechselten einen kurzen, bewusst ausdruckslosen Blick. Ich wollte gerade etwas sagen, als sie sich flink aufrichtete und mir ein warnendes »Sch!« zuwarf. Im angrenzenden Zimmer war ein gedämpftes, aufgebrachtes Flüstern zu hören, und Miss Baker beugte sich ungeniert vor, um zu lauschen. Das Flüstern war einen Augenblick lang fast zu verstehen, verebbte, brandete leidenschaftlich auf und versiegte dann ganz.

»Dieser Mr Gatsby, den Sie erwähnt haben, er ist mein Nachbar –«, begann ich.

»Nicht reden. Ich will hören, was passiert.«

»Passiert denn was?«, fragte ich arglos.

"You mean to say you don't know?" said Miss Baker, honestly surprised. "I thought everybody knew."

"I don't."

"Why—" she said hesitantly, "Tom's got some woman in New York."

"Got some woman?" I repeated blankly.

Miss Baker nodded.

"She might have the decency not to telephone him at dinner time. Don't you think?"

Almost before I had grasped her meaning there was the flutter of a dress and the crunch of leather boots, and Tom and Daisy were back at the table.

"It couldn't be helped!" cried Daisy with tense gaiety.

She sat down, glanced searchingly at Miss Baker and then at me, and continued: "I looked outdoors for a minute, and it's very romantic outdoors. There's a bird on the lawn that I think must be a nightingale come over on the Cunard or White Star Line. He's singing away—" Her voice sang: "It's romantic, isn't it, Tom?"

"Very romantic," he said, and then miserably to me: "If it's light enough after dinner, I want to take you down to the stables."

The telephone rang inside, startlingly, and as Daisy shook her head decisively at Tom the subject of the stables, in fact all subjects, vanished into air. Among the broken fragments of the last five minutes at table I remember the candles being lit again, pointlessly, and I was conscious of wanting to look squarely at every one, and yet to avoid all eyes. I couldn't guess what Daisy and Tom were thinking, but I doubt if even Miss

»Soll das heißen, Sie wissen es nicht?«, entgegnete Miss Baker ehrlich erstaunt. »Ich dachte, alle Welt wüsste es.«

»Ich nicht.«

»Na ja …«, sagte sie zögernd, »Tom hat da so eine Frau in New York.«

»So eine Frau?«, wiederholte ich einfältig.

Miss Baker nickte.

»Sie sollte doch wenigstens so viel Anstand besitzen, ihn nicht zur Essenszeit anzurufen. Finden Sie nicht?«

Noch ehe ich ganz begriffen hatte, was sie meinte, hörte man ein Kleid rascheln und Lederstiefel knarren und Tom und Daisy standen wieder bei uns am Tisch.

»Tja, so ist das manchmal!«, rief Daisy angestrengt fröhlich.

Sie setzte sich, warf erst Miss Baker, dann mir einen forschenden Blick zu und fuhr fort: »Ich habe eben mal kurz nach draußen geschaut, dort ist es richtig romantisch. Da sitzt ein Vogel auf dem Rasen, eine Nachtigall, glaube ich, die bestimmt mit der Cunard oder der White Star Line herübergekommen ist. Sie singt und singt –« Ihre Stimme sang: »Ist das nicht romantisch, Tom?«

»Sehr romantisch«, sagte er, und dann kläglich, an mich gewandt: »Wenn es nach dem Essen noch hell genug ist, würde ich dir gern die Stallungen zeigen.«

Im Haus klingelte das Telefon, durchdringend, und während Daisy Tom ansah und entschieden den Kopf schüttelte, löste sich das Thema Stallungen, lösten sich sämtliche Themen buchstäblich in Luft auf. An die letzten fünf Minuten bei Tisch erinnere ich mich nur bruchstückhaft, ich weiß noch, dass jemand sinnlos die Kerzen wieder entzündete und dass ich jedem offen ins Gesicht sehen und doch allen Blicken ausweichen wollte. Ich konnte nicht

Baker, who seemed to have mastered a certain hardy scepticism, was able utterly to put this fifth guest's shrill metallic urgency out of mind. To a certain temperament the situation might have seemed intriguing—my own instinct was to telephone immediately for the police.

The horses, needless to say, were not mentioned again. Tom and Miss Baker, with several feet of twilight between them, strolled back into the library, as if to a vigil beside a perfectly tangible body, while, trying to look pleasantly interested and a little deaf, I followed Daisy around a chain of connecting verandas to the porch in front. In its deep gloom we sat down side by side on a wicker settee.

Daisy took her face in her hands as if feeling its lovely shape, and her eyes moved gradually out into the velvet dusk. I saw that turbulent emotions possessed her, so I asked what I thought would be some sedative questions about her little girl.

"We don't know each other very well, Nick," she said suddenly. "Even if we are cousins. You didn't come to my wedding."

"I wasn't back from the war."

"That's true." She hesitated. "Well, I've had a very bad time, Nick, and I'm pretty cynical about everything."

Evidently she had reason to be. I waited but she didn't say any more, and after a moment I returned rather feebly to the subject of her daughter.

ahnen, was in Daisy und Tom vorging, aber ich glaube, dass selbst Miss Baker, die sich eine gewisse robuste Skepsis anerzogen zu haben schien, das schrille metallische Drängen dieses fünften Gastes nicht völlig aus ihrem Kopf verbannen konnte. Einem anderen Naturell wäre die Situation vielleicht faszinierend erschienen – ich aber hätte am liebsten augenblicklich die Polizei gerufen.

Die Pferde wurden natürlich mit keinem Wort mehr erwähnt. Tom und Miss Baker schlenderten, mit einigen Armlängen Zwielicht zwischen ihnen, zurück in die Bibliothek wie zur Nachtwache bei einem tatsächlich greifbaren Körper, während ich mich freundlich interessiert und ein wenig verschlossen gab und Daisy über eine Reihe miteinander verbundener Veranden zur Vorderseite des Hauses folgte. Dort setzten wir uns im tiefen Abendschatten Seite an Seite auf eine Korbbank.

Daisy legte ihr Gesicht in die Hände, wie um seine hübsche Form zu ertasten, und ihr Blick wanderte langsam hinaus in die samtene Dämmerung. Ich sah, dass heftige Gefühle von ihr Besitz ergriffen hatten, und so erkundigte ich mich nach ihrer kleinen Tochter, in der Hoffnung, dass meine Fragen sie beruhigen würden.

»Wir kennen uns nicht sonderlich gut, Nick«, sagte sie plötzlich. »Obwohl wir verwandt sind. Du warst nicht auf meiner Hochzeit.«

»Ich war noch nicht aus dem Krieg zurück.«

»Richtig.« Sie zögerte. »Tja, ich hab ziemlich viel durchgemacht, Nick, und ich bin ganz schön zynisch geworden.«

Dazu hatte sie offenbar guten Grund. Ich wartete, aber sie sprach nicht weiter, und kurz darauf kam ich recht unbeholfen wieder auf ihre Tochter zurück.

"I suppose she talks, and—eats, and everything."

"Oh, yes." She looked at me absently. "Listen, Nick; let me tell you what I said when she was born. Would you like to hear?"

"Very much."

"It'll show you how I've gotten to feel about—things. Well, she was less than an hour old and Tom was God knows where. I woke up out of the ether with an utterly abandoned feeling, and asked the nurse right away if it was a boy or a girl. She told me it was a girl, and so I turned my head away and wept. 'all right,' I said, 'I'm glad it's a girl. And I hope she'll be a fool—that's the best thing a girl can be in this world, a beautiful little fool."

"You see I think everything's terrible anyhow," she went on in a convinced way. "Everybody thinks so—the most advanced people. And I *know*. I've been everywhere and seen everything and done everything." Her eyes flashed around her in a defiant way, rather like Tom's, and she laughed with thrilling scorn. "Sophisticated—God, I'm sophisticated!"

The instant her voice broke off, ceasing to compel my attention, my belief, I felt the basic insincerity of what she had said. It made me uneasy, as though the whole evening had been a trick of some sort to exact a contributory emotion from me. I waited, and sure enough, in a moment she looked at me with an absolute smirk on her lovely face, as if she had asserted her membership in a rather distinguished secret society to which she and Tom belonged.

»Ich nehme an, sie spricht und – isst und so weiter.«

»Oh, ja.« Geistesabwesend sah sie mich an. »Hör zu, Nick, ich will dir erzählen, was ich sagte, als sie geboren wurde. Möchtest du's hören?«

»Ja, sicher.«

»Du kannst daran sehen, wie ich inzwischen über – über die Dinge denke. Nun, sie war noch keine Stunde alt und Tom war weiß Gott wo. Ich wachte aus der Narkose auf, fühlte mich unendlich verlassen und fragte die Schwester sofort, ob es ein Junge oder ein Mädchen sei. Ein Mädchen, sagte sie mir, und ich wandte mich ab und weinte. ›Na schön‹, sagte ich, ›ich bin froh, dass es ein Mädchen ist. Und ich hoffe, sie wird ein Dummkopf – das ist das Beste, das ein Mädchen in dieser Welt sein kann, ein hübscher kleiner Dummkopf.‹

Du siehst, ich finde sowieso alles ganz furchtbar«, fuhr sie mit Nachdruck fort. »Alle denken so – auch die kultiviertesten Leute. Und ich *kenne* das alles. Ich bin überall schon gewesen, hab alles gesehen und alles gemacht.« Ihre Augen flackerten aufsässig, ähnlich wie Toms, und sie lachte schrill und höhnisch. »Weltklug – Gott, ich bin so weltklug!«

Kaum war ihre Stimme abgebrochen und meine Aufmerksamkeit, mein Zutrauen nicht länger in Bann geschlagen, ahnte ich die völlige Unaufrichtigkeit ihrer Worte. Ich fühlte mich unbehaglich, als wäre der ganze Abend nur eine Art Trick gewesen, um mir eine Regung der Anteilnahme abzuringen. Ich wartete, und tatsächlich, im nächsten Moment sah sie mich an mit einem ganz und gar affektierten Lächeln auf ihrem hübschen Gesicht, als hätte sie soeben unmissverständlich klargestellt, dass sie und Tom einem besonders exklusiven Geheimbund angehörten.

Inside, the crimson room bloomed with light. Tom and Miss Baker sat at either end of the long couch and she read aloud to him from the *Saturday Evening Post*—the words, murmurous and uninflected, running together in a soothing tune. The lamp-light, bright on his boots and dull on the autumn-leaf yellow of her hair, glinted along the paper as she turned a page with a flutter of slender muscles in her arms.

When we came in she held us silent for a moment with a lifted hand.

"To be continued," she said, tossing the magazine on the table, "in our very next issue."

Her body asserted itself with a restless movement of her knee, and she stood up.

"Ten o'clock," she remarked, apparently finding the time on the ceiling. "Time for this good girl to go to bed."

"Jordan's going to play in the tournament to-morrow," explained Daisy, "over at Westchester."

"Oh—you're *Jordan* Baker."

I knew now why her face was familiar—its pleasing contemptuous expression had looked out at me from many rotogravure pictures of the sporting life at Asheville and Hot Springs and Palm Beach. I had heard some story of her too, a critical, unpleasant story, but what it was I had forgotten long ago.

"Good night," she said softly. "Wake me at eight, won't you."

"If you'll get up."

"I will. Good night, Mr Carraway. See you anon."

Im Haus war der karmesinrote Raum strahlend hell erleuchtet. Tom und Miss Baker saßen je an einem Ende der langen Couch, und sie las ihm aus der *Saturday Evening Post* vor – die Worte, ein unmoduliertes Gemurmel, zerflossen zu einer sanfttönenden Melodie. Das Lampenlicht glänzte auf seinen Stiefeln, lag matt auf ihrem herbstlaubgelben Haar und schimmerte auf dem Papier, während sie mit zittrigem Spiel ihrer schlanken Armmuskeln eine Seite umblätterte.

Als wir eintraten, gebot sie uns mit erhobener Hand, noch einen Moment still zu sein.

»Fortsetzung folgt«, sagte sie und warf das Magazin auf den Tisch, »in unserer nächsten Ausgabe.«

Ihr Körper rief sich mit einem nervösen Zucken des Knies in Erinnerung, und sie stand auf.

»Zehn Uhr«, bemerkte sie und schien die Zeit an der Decke abzulesen. »Dieses artige Mädchen gehört jetzt ins Bett.«

»Jordan spielt morgen bei dem Turnier«, erklärte Daisy, »drüben in Westchester.«

»Oh – Sie sind *Jordan* Baker.«

Ich wusste jetzt, weshalb ihr Gesicht mir vertraut war – sein angenehm hochmütiger Ausdruck hatte mir aus vielen Tiefdruckfotografien vom sportlichen Treiben in Asheville, Hot Springs und Palm Beach entgegengeblickt. Ich hatte über sie auch eine Geschichte gehört, eine unschöne, heikle Geschichte, aber worum es ging, hatte ich längst vergessen.

»Gute Nacht«, sagte sie leise. »Weckt mich um acht, ja?«

»Wenn du dann aufstehst.«

»Das werde ich. Gute Nacht, Mr Carraway. Auf bald.«

"Of course you will," confirmed Daisy. "In fact I think I'll arrange a marriage. Come over often, Nick, and I'll sort of—oh—fling you together. You know—lock you up accidentally in linen closets and push you out to sea in a boat, and all that sort of thing—"

"Good night," called Miss Baker from the stairs. "I haven't heard a word."

"She's a nice girl," said Tom after a moment. "They oughtn't to let her run around the country this way."

"Who oughtn't to?" inquired Daisy coldly.

"Her family."

"Her family is one aunt about a thousand years old. Besides, Nick's going to look after her, aren't you, Nick? She's going to spend lots of week-ends out here this summer. I think the home influence will be very good for her."

Daisy and Tom looked at each other for a moment in silence.

"Is she from New York?" I asked quickly.

"From Louisville. Our white girlhood was passed together there. Our beautiful white—"

"Did you give Nick a little heart to heart talk on the veranda?" demanded Tom suddenly.

"Did I?" She looked at me. "I can't seem to remember, but I think we talked about the Nordic race. Yes, I'm sure we did. It sort of crept up on us and first thing you know—"

"Don't believe everything you hear, Nick," he advised me.

»Auf sehr bald sogar«, bekräftigte Daisy. »Im Ernst, ich glaube, ich werde euch beide miteinander verkuppeln. Komm nur oft zu uns, Nick, und ich bringe euch zwei schon irgendwie – oh – ans Anbändeln. Ihr wisst schon, euch versehentlich im Wäscheschrank einsperren, in einem Boot aufs Meer hinausstoßen und all solche Sachen –«

»Gute Nacht!«, rief Miss Baker von der Treppe aus. »Ich habe nicht ein Wort verstanden.«

»Ein nettes Mädchen«, sagte Tom nach einer Weile. »Sie sollten sie nicht so allein in der Gegend herumlaufen lassen.«

»Wer sollte das nicht?«, erwiderte Daisy kühl.

»Ihre Familie.«

»Ihre Familie besteht aus einer einzigen Tante, die ungefähr tausend Jahre alt ist. Außerdem kümmert Nick sich ja jetzt um sie, nicht wahr, Nick? Sie wird diesen Sommer einige Wochenenden hier draußen verbringen. Der häusliche Einfluss wird ihr bestimmt guttun.«

Daisy und Tom sahen sich einen Augenblick schweigend an.

»Ist sie aus New York?«, fragte ich rasch.

»Aus Louisville. Dort haben wir gemeinsam unsere weiße Kindheit verbracht. Unsere prächtige weiße –«

»Hast du Nick auf der Veranda dein Herz ausgeschüttet?«, fragte Tom jäh dazwischen.

»Hab ich das?« Sie schaute mich an. »Ich weiß es nicht mehr so genau, aber ich glaube, wir sprachen über die nordische Rasse. Ja, ganz sicher. Es kam wie aus heiterem Himmel, und ehe man sich's versieht –«

»Glaub nur nicht alles, was du hörst, Nick«, riet er mir.

I said lightly that I had heard nothing at all, and a few minutes later I got up to go home. They came to the door with me and stood side by side in a cheerful square of light. As I started my motor Daisy peremptorily called: "Wait! I forgot to ask you something, and it's important. We heard you were engaged to a girl out West."

"That's right," corroborated Tom kindly. "We heard that you were engaged."

"It's libel. I'm too poor."

"But we heard it," insisted Daisy, surprising me by opening up again in a flower-like way. "We heard it from three people, so it must be true."

Of course I knew what they were referring to, but I wasn't even vaguely engaged. The fact that gossip had published the banns was one of the reasons I had come East. You can't stop going with an old friend on account of rumors, and on the other hand I had no intention of being rumored into marriage.

Their interest rather touched me and made them less remotely rich—nevertheless, I was confused and a little disgusted as I drove away. It seemed to me that the thing for Daisy to do was to rush out of the house, child in arms—but apparently there were no such intentions in her head. As for Tom, the fact that he "had some woman in New York" was really less surprising than that he had been depressed by a book. Something was making him nibble at the edge of stale ideas as if his sturdy physical egotism no longer nourished his peremptory heart.

Ich sagte leichthin, ich hätte überhaupt nichts gehört, und einige Minuten später erhob ich mich, um nach Hause zu gehen. Sie begleiteten mich zur Tür und standen Seite an Seite in einem fröhlichen Rechteck aus Licht. Als ich den Motor anließ, rief Daisy gebieterisch: »Warte! Ich habe vergessen, dich etwas zu fragen, etwas Wichtiges. Wir haben gehört, dass du draußen im Westen mit einem Mädchen verlobt bist.«

»Stimmt«, bestätigte Tom freundlich. »Wir haben gehört, du hättest dich verlobt.«

»Eine Verleumdung. Dafür bin ich zu arm.«

»Aber wir haben es gehört«, beharrte Daisy und blühte zu meiner Überraschung noch einmal auf wie eine Blume. »Wir haben es von drei Leuten gehört, es muss also wahr sein.«

Ich wusste natürlich, wovon sie sprachen, aber ich war nicht einmal im Ansatz verlobt. Die Tatsache, dass man in der Gerüchteküche bereits das Aufgebot bestellt hatte, war einer der Gründe, warum ich in den Osten gezogen war. Derlei Gerede ist sicher kein Anlass, einer alten Freundin den Laufpass zu geben, andererseits hatte ich nicht vor, mich in eine Ehe hineintratschen zu lassen.

Das Interesse der beiden rührte mich und ließ sie in ihrem Reichtum weniger unerreichbar erscheinen – dennoch war ich verwirrt und leicht verärgert, als ich davonfuhr. Mir schien, das einzig Richtige für Daisy wäre gewesen, wenn sie auf der Stelle das Haus verlassen hätte, mit dem Kind auf dem Arm – doch offenbar hatte sie nichts dergleichen im Sinn. Was Tom betraf, so überraschte mich weniger der Umstand, dass er »so eine Frau in New York hatte«, als dass er sich von einem Buch hatte deprimieren

Already it was deep summer on roadhouse roofs and in front of wayside garages, where new red gas-pumps sat out in pools of light, and when I reached my estate at West Egg I ran the car under its shed and sat for a while on an abandoned grass roller in the yard. The wind had blown off, leaving a loud, bright night, with wings beating in the trees and a persistent organ sound as the full bellows of the earth blew the frogs full of life. The silhouette of a moving cat wavered across the moonlight, and turning my head to watch it, I saw that I was not alone—fifty feet away a figure had emerged from the shadow of my neighbor's mansion and was standing with his hands in his pockets regarding the silver pepper of the stars. Something in his leisurely movements and the secure position of his feet upon the lawn suggested that it was Mr Gatsby himself, come out to determine what share was his of our local heavens.

I decided to call to him. Miss Baker had mentioned him at dinner, and that would do for an introduction. But I didn't call to him, for he gave a sudden intimation that he was content to be alone—he stretched out his arms toward the dark water in a curious way, and, far as I was from him, I could have sworn he was trembling. Involuntarily I glanced seaward—and distinguished nothing except a single green light, minute and

lassen. Irgendetwas ließ ihn an den Rändern schaler Ideen nagen, als könnte seine beharrliche physische Selbstsucht sein herrisches Herz nicht länger ernähren.

Es war bereits Hochsommer auf den Dächern der Rasthäuser und vor den Werkstätten am Straßenrand, wo neue rote Zapfsäulen in Teichen aus Licht thronten, und als ich mein Grundstück in West Egg erreicht hatte, fuhr ich den Wagen in seinen Unterstand und setzte mich für eine Weile auf eine vergessene Rasenwalze in den Garten. Der Wind war abgeflaut und hatte eine geräuschvolle, lebhafte Nacht hinterlassen, erfüllt vom Flügelschlag in den Bäumen und einem beständigen Orgelton aus den vollen Lungen der Erde, die den Fröschen das Leben einbliesen. Der Schattenriss einer Katze flackerte über das Mondlicht, und als ich den Kopf wandte, um ihm zu folgen, bemerkte ich, dass ich nicht allein war – fünfzig Fuß entfernt war eine Gestalt aus dem Dunkel der Nachbarvilla getreten, stand nun da, die Hände in den Taschen vergraben, und betrachtete die silbrigen Sternensprenkel. Irgendetwas an seinen gemächlichen Bewegungen und am festen Stand seiner Füße auf dem Rasen sagte mir, dass dies Mr Gatsby persönlich sein musste, der herauskam, um nachzusehen, welcher Teil unsres hiesigen Himmels der seinige war.

Ich entschloss mich, ihn anzusprechen. Miss Baker hatte beim Essen seinen Namen erwähnt, das sollte als Anknüpfungspunkt genügen. Doch es kam nicht dazu, denn plötzlich ließ er deutlich erkennen, dass er allein sein wollte – er streckte seine Arme auf seltsame Weise gegen das dunkle Wasser hin aus, und trotz der Entfernung hätte ich schwören können, dass er zitterte. Unwillkürlich blickte ich Richtung Meer – und sah dort nichts als ein einzelnes grünes

far away, that might have been the end of a dock. When I looked once more for Gatsby he had vanished, and I was alone again in the unquiet darkness.

Licht, winzig und weit entfernt, vielleicht am Ende eines Piers. Als ich mich noch einmal nach Gatsby umschaute, war er verschwunden, und ich war wieder allein in der unruhigen Dunkelheit.

CHAPTER 2

About half way between West Egg and New York the motor road hastily joins the railroad and runs beside it for a quarter of a mile, so as to shrink away from a certain desolate area of land. This is a valley of ashes—a fantastic farm where ashes grow like wheat into ridges and hills and grotesque gardens; where ashes take the forms of houses and chimneys and rising smoke and, finally, with a transcendent effort, of men who move dimly and already crumbling through the powdery air. Occasionally a line of gray cars crawls along an invisible track, gives out a ghastly creak, and comes to rest, and immediately the ash-gray men swarm up with leaden spades and stir up an impenetrable cloud, which screens their obscure operations from your sight. But above the gray land and the spasms of bleak dust which drift endlessly over it, you perceive, after a moment, the eyes of Doctor T. J. Eckleburg. The eyes of Doctor T. J. Eckleburg are blue and gigantic—their irises are one yard high. They look out of no face, but, instead, from a pair of enormous yellow spectacles which pass over a nonexistent nose. Evidently some wild wag of an oculist set them there to fatten his practice in the borough of Queens, and then sank down himself into eternal blindness, or forgot them and moved away. But his eyes, dimmed a little by many paintless days, under sun and rain, brood on over the solemn dumping ground.

Kapitel 2

Etwa auf halber Strecke zwischen West Egg und New York schließt sich die Autostraße urplötzlich der Eisenbahntrasse an und läuft für eine Viertelmeile neben ihr her, als schreckte sie vor einem bestimmten trostlosen Landstrich zurück. Es ist ein Tal der Asche – eine fantastische Farm, wo Asche wie Weizen gedeiht und sich zu Graten und Hügeln und grotesken Gärten auswächst; wo Asche die Form von Häusern und Schloten und Rauchsäulen annimmt und schließlich, mit übernatürlicher Anstrengung, auch die Form aschgrauer Menschen, die sich wie schon zerfallende Schatten durch die pudrige Luft bewegen. Hin und wieder kriecht eine Reihe grauer Waggons über ein unsichtbares Gleis, stößt ein gespenstisches Kreischen aus und kommt zum Stehen, und augenblicklich schwärmen die aschgrauen Menschen mit bleiernen Spaten aus und wirbeln eine undurchdringliche Wolke auf, die ihre düstere Geschäftigkeit vor allen Blicken verbirgt. Oberhalb der grauen Landschaft aber und noch über den trostlosen Staubschwaden, die beständig darüber hinwegziehen, bemerkt man nach einer Weile die Augen von Doktor T. J. Eckleburg. Die Augen von Doktor T. J. Eckleburg sind blau und riesengroß – mit Augäpfeln, fast einen Meter im Durchmesser. Sie schauen aus keinem Gesicht, sondern hinter einer riesigen gelben Brille hervor, die auf einer nicht vorhandenen Nase sitzt. Offenbar hat irgendein Witzbold von Augenarzt sie dort hingepflanzt, um seine Praxis im Stadtbezirk Queens anzukurbeln, und ist anschließend selbst in ewiger Blindheit versunken, oder er hat sie vergessen und ist fortgezogen. Seine Augen jedoch, ein wenig trüb geworden von vielen

The valley of ashes is bounded on one side by a small foul river, and, when the drawbridge is up to let barges through, the passengers on waiting trains can stare at the dismal scene for as long as half an hour. There is always a halt there of at least a minute, and it was because of this that I first met Tom Buchanan's mistress.

The fact that he had one was insisted upon wherever he was known. His acquaintances resented the fact that he turned up in popular restaurants with her and, leaving her at a table, sauntered about, chatting with whomsoever he knew. Though I was curious to see her, I had no desire to meet her—but I did. I went up to New York with Tom on the train one afternoon, and when we stopped by the ashheaps he jumped to his feet and, taking hold of my elbow, literally forced me from the car.

"We're getting off," he insisted. "I want you to meet my girl."

I think he'd tanked up a good deal at luncheon, and his determination to have my company bordered on violence. The supercilious assumption was that on Sunday afternoon I had nothing better to do.

I followed him over a low whitewashed railroad fence, and we walked back a hundred yards along the road under Doctor Eckleburg's persistent stare. The only building in sight was a small block of yellow brick sitting on

farblosen Tagen unter Sonne und Regen, brüten weiter über der düsteren Schutthalde.

Das Tal der Asche wird auf einer Seite von einem kleinen stinkenden Fluss begrenzt, und wenn die Brücke hochgezogen ist, um Lastkähne passieren zu lassen, dürfen die Fahrgäste der wartenden Züge bis zu einer halben Stunde lang auf die trostlose Szenerie starren. Man steht dort eigentlich immer wenigstens eine Minute, und bei einer solchen Gelegenheit traf ich zum ersten Mal auf Tom Buchanans Geliebte.

Dass er eine hatte, schien in seinen Kreisen eine allseits bekannte Tatsache zu sein. Die Leute verübelten es ihm, dass er mit ihr in beliebten Lokalen auftauchte und sie am Tisch zurückließ, während er umherschlenderte und mit wer weiß wem plauderte. Obwohl ich durchaus neugierig auf sie war, legte ich keinerlei Wert darauf, ihr zu begegnen – und doch kam es dazu. Eines Nachmittags fuhren Tom und ich mit dem Zug nach New York, und als wir bei den Aschehalden anhielten, sprang er auf, packte mich am Ellbogen und zerrte mich förmlich aus dem Waggon.

»Wir steigen aus«, drängte er. »Ich möchte, dass du mein Mädchen kennenlernst.«

Ich glaube, er hatte zu Mittag einiges in sich hineingeschüttet, und die Art, wie er auf meiner Gesellschaft beharrte, konnte man geradezu hitzig nennen. Selbstherrlich ging er davon aus, dass ich an einem Sonntagnachmittag nichts Besseres vorhatte.

Wir stiegen über einen niedrigen, weiß getünchten Zaun an der Trasse und gingen unter Doktor Eckleburgs starrem Blick etwa hundert Meter die Straße zurück. Das einzige Gebäude weit und breit war ein kleiner Block aus gelben Zie-

the edge of the waste land, a sort of compact Main Street ministering to it, and contiguous to absolutely nothing. One of the three shops it contained was for rent and another was an all-night restaurant, approached by a trail of ashes; the third was a garage—*Repairs*. GEORGE B. WILSON. *Cars bought and sold*—and I followed Tom inside.

The interior was unprosperous and bare; the only car visible was the dust-covered wreck of a Ford which crouched in a dim corner. It had occurred to me that this shadow of a garage must be a blind, and that sumptuous and romantic apartments were concealed overhead, when the proprietor himself appeared in the door of an office, wiping his hands on a piece of waste. He was a blond, spiritless man, anaemic, and faintly handsome. When he saw us a damp gleam of hope sprang into his light blue eyes.

"Hello, Wilson, old man," said Tom, slapping him jovially on the shoulder. "How's business?"

"I can't complain," answered Wilson unconvincingly. "When are you going to sell me that car?"

"Next week; I've got my man working on it now."

"Works pretty slow, don't he?"

"No, he doesn't," said Tom coldly. "And if you feel that way about it, maybe I'd better sell it somewhere else after all."

"I don't mean that," explained Wilson quickly. "I just meant—"

His voice faded off and Tom glanced impatiently around the garage. Then I heard footsteps on a stairs,

geln am Rand der Einöde, der über eine Art schmale Hauptstraße zugänglich war und an rein gar nichts angrenzte. Einer der drei Läden, die er beherbergte, war zu vermieten, der zweite ein Restaurant, das die ganze Nacht geöffnet hatte; der dritte war eine Autowerkstatt – *Reparaturen*. GEORGE B. WILSON. *An- und Verkauf* –, und ich folgte Tom hinein.

Der Innenraum wirkte dürftig und kahl; nur ein einziges Auto war zu sehen, das staubbedeckte Wrack eines Ford, das sich in eine düstere Ecke duckte. Mir schoss bereits durch den Kopf, dass dieser Schatten von einer Werkstatt eine Attrappe sein müsse und dass sich im Obergeschoss wohl romantische Luxus-Apartments verbargen, als in einer Bürotür der Besitzer erschien und sich die Hände an einem alten Lappen abwischte. Er war ein blonder, kraftloser Mann, blutarm und leidlich gut aussehend. Als er uns bemerkte, sprang ein leiser Schimmer der Hoffnung in seine hellblauen Augen.

»Tag, Wilson, mein Alter«, sagte Tom und schlug ihm jovial auf die Schulter. »Was macht das Geschäft?«

»Kann nicht klagen«, erwiderte Wilson wenig überzeugend. »Wann verkaufen Sie mir den Wagen?«

»Nächste Woche; einer meiner Männer arbeitet noch dran.«

»Lässt sich wohl Zeit damit, was?«

»Nein, tut er nicht«, sagte Tom kalt. »Und wenn Sie so darüber denken, sollte ich ihn wohl besser woanders verkaufen.«

»So meinte ich's nicht«, erklärte Wilson hastig. »Ich meinte nur …«

Seine Stimme verklang, und Tom schaute sich ungehalten in der Werkstatt um. Dann hörte ich Schritte auf der Treppe,

and in a moment the thickish figure of a woman blocked out the light from the office door. She was in the middle thirties, and faintly stout, but she carried her surplus flesh sensuously as some women can. Her face, above a spotted dress of dark blue crêpe-de-chine, contained no facet or gleam of beauty, but there was an immediately perceptible vitality about her as if the nerves of her body were continually smouldering. She smiled slowly and, walking through her husband as if he were a ghost, shook hands with Tom, looking him flush in the eye. Then she wet her lips, and without turning around spoke to her husband in a soft, coarse voice:

"Get some chairs, why don't you, so somebody can sit down."

"Oh, sure," agreed Wilson hurriedly, and went toward the little office, mingling immediately with the cement color of the walls. A white ashen dust veiled his dark suit and his pale hair as it veiled everything in the vicinity—except his wife, who moved close to Tom.

"I want to see you," said Tom intently. "Get on the next train."

"All right."

"I'll meet you by the news-stand on the lower level." She nodded and moved away from him just as George Wilson emerged with two chairs from his office door.

We waited for her down the road and out of sight. It was a few days before the Fourth of July, and a gray, scrawny Italian child was setting torpedoes in a row along the railroad track.

und einen Augenblick später schob sich die üppige Gestalt einer Frau vor das durch die Bürotür hereinfallende Licht. Sie war ungefähr Mitte dreißig und etwas füllig, gehörte aber zu den Frauen, die ihre Rundungen mit Sinnlichkeit zu tragen verstehen. Ihr Gesicht über dem getupften Kleid aus dunkelblauem Crêpe de Chine zeigte nicht den leisesten Anflug von Schönheit, doch sie strahlte eine unvermittelt spürbare Vitalität aus, als herrschte in den Nerven ihres Körpers ein beständiges Glühen. Sie lächelte leise, als sie durch ihren Mann hindurchging wie durch einen Geist, schüttelte Tom die Hand und sah ihm dabei direkt in die Augen. Dann befeuchtete sie ihre Lippen, und ohne sich umzudrehen, sagte sie mit leiser, rauchiger Stimme zu ihrem Mann:

»Hol ein paar Stühle, sei so gut, damit man sich setzen kann.«

»Oh, natürlich«, antwortete Wilson eilig, ging in das kleine Büro und verschmolz augenblicklich mit der Zementfarbe der Wände. Ein weißer, aschfahler Staub bedeckte seinen dunklen Anzug und sein bleiches Haar, so wie er alles in der Umgebung bedeckte – ausgenommen Wilsons Frau, die sich nun dicht an Tom heranschob.

»Ich möchte dich sehen«, sagte Tom eindringlich. »Nimm den nächsten Zug.«

»Ist gut.«

»Wir treffen uns am Zeitungsstand, unten am Bahnsteig.«

Sie nickte und entfernte sich wieder von ihm, gerade als Wilson mit zwei Stühlen aus seinem Büro trat.

Wir warteten auf sie außer Sichtweite, ein Stück die Straße hinunter. Es waren nur noch wenige Tage bis zum Vierten Juli, und ein graues, knochiges Italienerkind legte Knallerbsen in einer Reihe auf die Eisenbahnschienen.

"Terrible place, isn't it," said Tom, exchanging a frown with Doctor Eckleburg.

"Awful."

"It does her good to get away."

"Doesn't her husband object?"

"Wilson? He thinks she goes to see her sister in New York. He's so dumb he doesn't know he's alive."

So Tom Buchanan and his girl and I went up together to New York—or not quite together, for Mrs Wilson sat discreetly in another car. Tom deferred that much to the sensibilities of those East Eggers who might be on the train.

She had changed her dress to a brown figured muslin, which stretched tight over her rather wide hips as Tom helped her to the platform in New York. At the news-stand she bought a copy of *Town Tattle* and a moving-picture magazine, and in the station drug-store some cold cream and a small flask of perfume. Up-stairs, in the solemn echoing drive she let four taxicabs drive away before she selected a new one, lavender-colored with gray upholstery, and in this we slid out from the mass of the station into the glowing sunshine. But immediately she turned sharply from the window and, leaning forward, tapped on the front glass.

"I want to get one of those dogs," she said earnestly. "I want to get one for the apartment. They're nice to have—a dog."

We backed up to a gray old man who bore an absurd resemblance to John D. Rockefeller. In a basket swung

»Grässliche Gegend ist das«, sagte Tom und wechselte einen finsteren Blick mit Doktor Eckleburg.

»Zum Fürchten.«

»Es tut ihr gut, hier mal rauszukommen.«

»Hat ihr Mann nichts dagegen?«

»Wilson? Der glaubt, sie besucht ihre Schwester in New York. Der ist so dämlich, der merkt ja nicht mal, dass er lebt.«

Und so machten Tom Buchanan und sein Mädchen und ich uns gemeinsam auf den Weg nach New York – wenn auch nicht eigentlich gemeinsam, denn Mrs Wilson saß diskret in einem anderen Wagen. So viel Rücksicht nahm Tom dann doch auf die Empfindlichkeiten der East Egger, die vielleicht mit im Zug waren.

Mrs Wilson hatte sich umgezogen und trug jetzt ein gemustertes braunes Musselinkleid, das sich über ihre recht breiten Hüften spannte, als Tom ihr in New York auf den Bahnsteig half. Am Zeitungsstand kaufte sie eine Ausgabe des *Town Tattle* und ein Filmmagazin, im Drugstore etwas Hautcreme und eine kleine Flasche Parfüm. Oben an der pomphaften, hallenden Zufahrt ließ sie vier Taxis davonfahren, ehe sie sich für einen neuen, lavendelfarbenen Wagen mit grauen Polstern entschied, und in diesem glitten wir schließlich aus dem Bahnhofsgetümmel hinaus in den strahlenden Sonnenschein. Doch schon im nächsten Moment wandte sie sich jäh vom Fenster ab, lehnte sich nach vorn und klopfte an die Trennscheibe.

»Ich möchte einen von den Hunden dort haben«, sagte sie feierlich. »Ich möchte einen für die Wohnung. Es ist schön, einen zu haben – einen Hund.«

Wir setzten zurück und hielten bei einem grauen alten Mann, der eine absurde Ähnlichkeit mit John D. Rocke-

from his neck cowered a dozen very recent puppies of an indeterminate breed.

"What kind are they?" asked Mrs Wilson eagerly, as he came to the taxi-window.

"All kinds. What kind do you want, lady?"

"I'd like to get one of those police dogs; I don't suppose you got that kind?"

The man peered doubtfully into the basket, plunged in his hand and drew one up, wriggling, by the back of the neck.

"That's no police dog," said Tom.

"No, it's not exactly a *police* dog," said the man with disappointment in his voice. "It's more of an Airedale." He passed his hand over the brown wash-rag of a back. "Look at that coat. Some coat. That's a dog that'll never bother you with catching cold."

"I think it's cute," said Mrs Wilson enthusiastically. "How much is it?"

"That dog?" He looked at it admiringly. "That dog will cost you ten dollars."

The Airedale—undoubtedly there was an Airedale concerned in it somewhere, though its feet were startlingly white—changed hands and settled down into Mrs Wilson's lap, where she fondled the weather-proof coat with rapture.

"Is it a boy or a girl?" she asked delicately.

"That dog? That dog's a boy."

"It's a bitch," said Tom decisively. "Here's your money. Go and buy ten more dogs with it."

feller hatte. In einem Korb, der um seinen Hals hing, kauerte ein Dutzend erst kürzlich geborener Welpen unbestimmter Rasse.

»Was sind das für welche?«, fragte Mrs Wilson eifrig, als der Mann ans Taxifenster trat.

»Alle möglichen. Was für einen möchte die Dame denn?«

»Ich hätte gern einen dieser Schäferhunde; Sie haben wohl nicht zufällig einen von der Sorte?«

Der Mann spähte skeptisch in den Korb, tauchte seine Hand hinein und zog am Nackenfell einen zappelnden Welpen hervor.

»Das ist kein Schäferhund«, sagte Tom.

»Nein, ein echter *Schäferhund* ist er nicht«, sagte der Mann und klang etwas enttäuscht. »Schon eher ein Airedale.« Er strich mit der Hand über den flauschigen braunen Rücken. »Sehen Sie sich dieses Fell an. Ein herrliches Fell. Bei dem brauchen Sie jedenfalls keine Sorge zu haben, dass er sich erkältet.«

»Also, ich finde ihn süß«, sagte Mrs Wilson verzückt. »Was kostet er?«

»Der hier?« Er musterte ihn bewundernd. »Der hier kostet Sie zehn Dollar.«

Der Airedale – irgendwo hatte bei ihm zweifellos ein Airedale mitgemischt, auch wenn die Pfoten überraschend weiß waren – wechselte den Besitzer und machte es sich in Mrs Wilsons Schoß bequem, während sie hingerissen sein wetterfestes Fell streichelte.

»Ist es ein Junge oder ein Mädchen?«, fragte sie sanft.

»Der da? Der ist ein Junge.«

»Das ist eine Hündin«, sagte Tom entschieden. »Hier ist Ihr Geld. Kaufen Sie sich davon die nächsten zehn Hunde.«

We drove over to Fifth Avenue, so warm and soft, almost pastoral, on the summer Sunday afternoon that I wouldn't have been surprised to see a great flock of white sheep turn the corner.

"Hold on," I said, "I have to leave you here."

"No, you don't," interposed Tom quickly.

"Myrtle'll be hurt if you don't come up to the apartment. Won't you, Myrtle?"

"Come on," she urged. "I'll telephone my sister Catherine. She's said to be very beautiful by people who ought to know."

"Well, I'd like to, but—"

We went on, cutting back again over the Park toward the West Hundreds. At 158th Street the cab stopped at one slice in a long white cake of apartment-houses. Throwing a regal homecoming glance around the neighborhood, Mrs Wilson gathered up her dog and her other purchases, and went haughtily in.

"I'm going to have the McKees come up," she announced as we rose in the elevator. "And, of course, I got to call up my sister, too."

The apartment was on the top floor—a small living-room, a small dining-room, a small bedroom, and a bath. The living-room was crowded to the doors with a set of tapestried furniture entirely too large for it, so that to move about was to stumble continually over scenes of ladies swinging in the gardens of Versailles. The only picture was an over-enlarged photograph, apparently a hen sitting on a blurred rock. Looked at from a distance, however, the hen resolved itself into

Wir fuhren hinüber zur Fifth Avenue, die an diesem sommerlichen Sonntagnachmittag warm und mild war, beinahe ländlich. Es hätte mich nicht überrascht, hinter der nächsten Ecke eine große Herde weißer Schafe zu sehen.

»Haltet mal an«, sagte ich, »ich sollte hier aussteigen.«

»Nein, solltest du nicht«, wehrte Tom eilig ab.

»Myrtle wäre gekränkt, wenn du nicht noch mit ins Apartment hinaufkämst. Stimmt's, Myrtle?«

»Kommen Sie schon«, drängte sie. »Ich werde meine Schwester Catherine anrufen. Sie ist wunderschön – sagen Leute, die es wissen müssen.«

»Tja, wirklich gern, aber ...«

Wir fuhren weiter, glitten wieder hinüber auf die andere Seite des Parks und in Richtung Hunderterstraßen der Westside. In der 158. hielt das Taxi vor einem schmalen Stück eines langen weißen Apartmenthaus-Kuchens. Mit dem Blick einer heimkehrenden Majestät schaute Mrs Wilson sich um, griff nach ihrem Hund und ihren übrigen Einkäufen und stolzierte hinein.

»Ich werde die McKees heraufbitten«, verkündete sie, als wir im Fahrstuhl nach oben fuhren. »Und natürlich meine Schwester anrufen.«

Das Apartment befand sich im obersten Stock – ein kleines Wohnzimmer, ein kleines Esszimmer, ein kleines Schlafzimmer und ein Bad. Das Wohnzimmer war bis an die Türen mit einer Garnitur gobelinverzierter, viel zu großer Polstermöbel vollgestellt, und man konnte sich kaum bewegen, ohne über Szenen mit in den Gärten von Versailles schaukelnden Damen zu stolpern. Das einzige Bild war eine zu stark vergrößerte Fotografie, dem Anschein nach eine Henne auf einem verschwommenen Felsen. Betrachtete man es jedoch

a bonnet, and the countenance of a stout old lady beamed down into the room. Several old copies of *Town Tattle* lay on the table together with a copy of *Simon Called Peter*, and some of the small scandal magazines of Broadway. Mrs Wilson was first concerned with the dog. A reluctant elevator-boy went for a box full of straw and some milk, to which he added on his own initiative a tin of large, hard dog-biscuits—one of which decomposed apathetically in the saucer of milk all afternoon. Meanwhile Tom brought out a bottle of whiskey from a locked bureau door.

I have been drunk just twice in my life, and the second time was that afternoon; so everything that happened has a dim, hazy cast over it, although until after eight o'clock the apartment was full of cheerful sun. Sitting on Tom's lap Mrs Wilson called up several people on the telephone; then there were no cigarettes, and I went out to buy some at the drugstore on the corner. When I came back they had disappeared, so I sat down discreetly in the living-room and read a chapter of *Simon Called Peter*—either it was terrible stuff or the whiskey distorted things, because it didn't make any sense to me.

Just as Tom and Myrtle (after the first drink Mrs Wilson and I called each other by our first names) reappeared, company commenced to arrive at the apartment-door.

The sister, Catherine, was a slender, worldly girl of about thirty, with a solid, sticky bob of red hair, and a

aus einiger Entfernung, verwandelte sich die Henne in einen Hut und das Antlitz einer fülligen alten Dame strahlte ins Zimmer herab. Auf einem Tisch lagen mehrere ältere Ausgaben des *Town Tattle* neben einem Exemplar von *Simon Called Peter* und einigen Broadway-Skandalblättchen. Mrs Wilson kümmerte sich zunächst um den Hund. Ein wenig diensteifriger Liftboy besorgte eine Kiste voll Stroh und etwas Milch und zusätzlich aus eigenem Antrieb eine Dose mit großen, harten Hundekuchen – von denen einer den ganzen Nachmittag über in der Untertasse mit Milch lag und sich apathisch in seine Bestandteile auflöste. Tom holte inzwischen aus einer verschlossenen Kommode eine Flasche Whiskey hervor.

Ich bin nur zweimal in meinem Leben betrunken gewesen, und an jenem Nachmittag war das zweite Mal; daher liegt ein trüber, dunstiger Schleier über allem, was geschah, obwohl das Apartment noch bis nach acht von freundlichem Sonnenlicht erfüllt war. Mrs Wilson saß auf Toms Schoß und rief mehrere Leute an; irgendwann hatten wir keine Zigaretten mehr, und ich ging los, um im Drugstore an der Ecke welche zu kaufen. Als ich zurückkam, waren die beiden verschwunden, also setzte ich mich diskret ins Wohnzimmer und las ein Kapitel von *Simon Called Peter* – entweder war es fürchterlich schlecht oder der Whiskey verzerrte die Dinge, denn es ergab nicht den leisesten Sinn für mich.

Kaum waren Tom und Myrtle (nach dem ersten Drink nannten Mrs Wilson und ich uns beim Vornamen) wieder aufgetaucht, als nach und nach schon die Gäste vor der Apartmenttür standen.

Die Schwester, Catherine, war eine schlanke, weltzugewandte Frau um die dreißig mit einem dichten, steifen

complexion powdered milky white. Her eye-brows had been plucked and then drawn on again at a more rakish angle, but the efforts of nature toward the restoration of the old alignment gave a blurred air to her face. When she moved about there was an incessant clicking as innumerable pottery bracelets jingled up and down upon her arms. She came in with such a proprietary haste, and looked around so possessively at the furniture that I wondered if she lived here. But when I asked her she laughed immoderately, repeated my question aloud, and told me she lived with a girl friend at a hotel.

Mr McKee was a pale, feminine man from the flat below. He had just shaved, for there was a white spot of lather on his cheekbone, and he was most respectful in his greeting to every one in the room. He informed me that he was in the "artistic game," and I gathered later that he was a photographer and had made the dim enlargement of Mrs Wilson's mother which hovered like an ectoplasm on the wall. His wife was shrill, languid, handsome, and horrible. She told me with pride that her husband had photographed her a hundred and twenty-seven times since they had been married.

Mrs Wilson had changed her costume some time before, and was now attired in an elaborate afternoon dress of cream-colored chiffon, which gave out a continual rustle as she swept about the room. With the influence of the dress her personality had also undergone a change. The intense vitality that had been so remarkable in the garage was converted into impres-

Schopf roter Haare und einem milchweiß gepuderten Teint. Ihre Augenbrauen waren gezupft und anschließend in etwas kühnerem Winkel nachgezogen worden, doch das Bestreben der Natur, die alte Linienführung wiederherzustellen, gab ihrem Gesicht einen verschwommenen Ausdruck. Wenn sie sich bewegte, war ein stetes Klirren zu hören von unzähligen Emailreifen, die an ihren Armen auf und ab klimperten. Sie rauschte mit derartiger Selbstverständlichkeit herein und blickte mit solcher Besitzermiene auf das Mobiliar, dass ich mich fragte, ob sie hier wohne. Doch als ich sie darauf ansprach, lachte sie unmäßig, wiederholte laut meine Frage und erklärte mir, sie wohne mit einer Freundin in einem Hotel.

Mr McKee war ein blasser, femininer Mann aus der Wohnung ein Stockwerk tiefer. Er hatte sich wohl frisch rasiert, denn auf seiner Wange saß noch ein weißer Schaumfleck, und er begrüßte jeden im Raum höchst ehrerbietig. Er teilte mir mit, er sei in der »Kunstbranche«, und später erfuhr ich, dass er Fotograf war und das unscharf vergrößerte Bild von Mrs Wilsons Mutter gemacht hatte, das wie ein Ektoplasma an der Wand hing. Seine Frau war schrill, träge, hübsch und nicht auszuhalten. Stolz erzählte sie mir, ihr Mann habe sie seit ihrer Hochzeit einhundertsiebenundzwanzigmal fotografiert.

Mrs Wilson hatte sich bereits einige Zeit zuvor umgezogen und trug jetzt ein aufwändiges Nachmittagskleid aus cremefarbenem Chiffon, das ein beständiges Rascheln von sich gab, während sie durch den Raum glitt. Unter dem Einfluss des Kleides hatte sich ihre Ausstrahlung verändert. Die kraftvolle Vitalität, die in der Werkstatt so auffallend gewesen war, verwandelte sich in imposanten Hochmut.

sive hauteur. Her laughter, her gestures, her assertions became more violently affected moment by moment, and as she expanded the room grew smaller around her, until she seemed to be revolving on a noisy, creaking pivot through the smoky air.

"My dear," she told her sister in a high, mincing shout, "most of these fellas will cheat you every time. All they think of is money. I had a woman up here last week to look at my feet, and when she gave me the bill you'd of thought she had my appendicitus out."

"What was the name of the woman?" asked Mrs McKee.

"Mrs Eberhardt. She goes around looking at people's feet in their own homes."

"I like your dress," remarked Mrs McKee, "I think it's adorable."

Mrs Wilson rejected the compliment by raising her eyebrow in disdain.

"It's just a crazy old thing," she said. "I just slip it on sometimes when I don't care what I look like."

"But it looks wonderful on you, if you know what I mean," pursued Mrs McKee. "If Chester could only get you in that pose I think he could make something of it."

We all looked in silence at Mrs Wilson, who removed a strand of hair from over her eyes and looked back at us with a brilliant smile. Mr McKee regarded her intently with his head on one side, and then moved his hand back and forth slowly in front of his face.

Ihr Lachen, ihre Gesten, ihre Bemerkungen gerieten ihr jeden Moment noch affektierter, und während sie sich aufplusterte, wurde der Raum um sie her immer kleiner, bis sie sich auf einem lärmenden, quietschenden Angelpunkt durch die rauchige Luft zu drehen schien.

»Meine Liebe«, rief sie ihrer Schwester in hoher, gezierter Tonlage zu, »die meisten dieser Leute betrügen dich, wo sie können. Die denken doch nur ans Geld. Letzte Woche hatte ich eine Frau hier wegen meiner Füße, und als sie mir die Rechnung gab, hätte man denken können, sie hätte mir den Blinddarm rausgenommen.«

»Wie hieß diese Frau noch gleich?«, fragte Mrs McKee.

»Mrs Eberhardt. Sie kommt zur Fußpflege zu den Leuten nach Hause.«

»Ich mag Ihr Kleid«, bemerkte Mrs McKee, »ich finde es hinreißend.«

Mrs Wilson verschmähte das Kompliment, indem sie verächtlich eine Augenbraue hochzog.

»Das ist bloß ein komischer alter Fetzen«, sagte sie. »Ab und zu zieh ich ihn über, wenn's mir egal ist, wie ich aussehe.«

»Aber Sie sehen fabelhaft darin aus, Sie wissen schon, was ich meine«, fuhr Mrs McKee fort. »Wenn Chester Sie in dieser Pose vors Objektiv bekäme, könnte er ganz sicher was draus machen.«

Wir alle schauten schweigend auf Mrs Wilson, die sich eine Haarsträhne aus den Augen strich und unsere Blicke mit einem strahlenden Lächeln erwiderte. Mr McKee betrachtete sie eingehend mit schief gelegtem Kopf und bewegte dann langsam eine Hand vor seinem Gesicht hin und her.

"I should change the light," he said after a moment. "I'd like to bring out the modelling of the features. And I'd try to get hold of all the back hair."

"I wouldn't think of changing the light," cried Mrs McKee. "I think it's—"

Her husband said *"Sh!"* and we all looked at the subject again, whereupon Tom Buchanan yawned audibly and got to his feet.

"You McKees have something to drink," he said. "Get some more ice and mineral water, Myrtle, before everybody goes to sleep."

"I told that boy about the ice." Myrtle raised her eyebrows in despair at the shiftlessness of the lower orders. "These people! You have to keep after them all the time."

She looked at me and laughed pointlessly. Then she flounced over to the dog, kissed it with ecstasy, and swept into the kitchen, implying that a dozen chefs awaited her orders there.

"I've done some nice things out on Long Island," asserted Mr McKee.

Tom looked at him blankly.

"Two of them we have framed down-stairs."

"Two what?" demanded Tom.

"Two studies. One of them I call 'Montauk Point—The Gulls', and the other I call 'Montauk Point—The Sea'."

The sister Catherine sat down beside me on the couch.

"Do you live down on Long Island, too?" she inquired.

»Ich müsste das Licht ändern«, sagte er nach einer Weile. »Ich würde gern die Form der Gesichtszüge herausarbeiten. Und ich würde versuchen, das ganze hintere Haar zu erwischen.«

»Auf keinen Fall würde ich das Licht ändern!«, rief Mrs McKee. »Ich finde es –«

Ihr Mann machte »Sch!« und wir alle blickten wieder auf das Motiv, woraufhin Tom Buchanan geräuschvoll gähnte und aufstand.

»Ihr McKees werdet jetzt erst mal was trinken«, sagte er. »Besorg mehr Eis und Mineralwasser, Myrtle, bevor hier noch alle einschlafen.«

»Ich hatte schon diesem Boy gesagt, er soll Eis holen.« Myrtle runzelte verzweifelt über die Nachlässigkeit der niederen Ränge die Stirn. »Diese Leute! Ständig muss man hinter ihnen her sein.«

Sie schaute mich an und lachte sinnlos. Dann stürzte sie sich auf den Hund, küsste ihn ekstatisch und rauschte in die Küche, als wartete dort ein Dutzend Köche auf ihre Anweisungen.

»Draußen auf Long Island hab ich einige schöne Sachen gemacht«, erklärte Mr McKee.

Tom sah ihn ausdruckslos an.

»Zwei davon haben wir gerahmt unten hängen.«

»Zwei was?«, wollte Tom wissen.

»Zwei Studien. Die eine nenne ich ›Montauk Point – Die Möwen‹ und die andere ›Montauk Point – Das Meer‹.«

Die Schwester, Catherine, setzte sich neben mich auf die Couch.

»Wohnen Sie auch drüben auf Long Island?«, fragte sie.

"I live at West Egg."

"Really? I was down there at a party about a month ago. At a man named Gatsby's. Do you know him?"

"I live next door to him."

"Well, they say he's a nephew or a cousin of Kaiser Wilhelm's. That's where all his money comes from."

"Really?"

She nodded.

"I'm scared of him. I'd hate to have him get anything on me."

This absorbing information about my neighbor was interrupted by Mrs McKee's pointing suddenly at Catherine:

"Chester, I think you could do something with *her*," she broke out, but Mr McKee only nodded in a bored way, and turned his attention to Tom.

"I'd like to do more work on Long Island, if I could get the entry. All I ask is that they should give me a start."

"Ask Myrtle," said Tom, breaking into a short shout of laughter as Mrs Wilson entered with a tray. "She'll give you a letter of introduction, won't you Myrtle?"

"Do what?" she asked, startled.

"You'll give McKee a letter of introduction to your husband, so he can do some studies of him." His lips moved silently for a moment as he invented. "'George B. Wilson at the Gasoline Pump', or something like that."

Catherine leaned close to me and whispered in my ear: "Neither of them can stand the person they're married to."

»Ich wohne in West Egg.«

»Wirklich? Vor ungefähr einem Monat war ich dort auf einer Party. Bei einem Mann namens Gatsby. Kennen Sie ihn?«

»Ich wohne direkt nebenan.«

»Also, es heißt, er wär ein Neffe oder Cousin von Kaiser Wilhelm. Da soll er auch sein ganzes Geld herhaben.«

»Tatsächlich?«

Sie nickte.

»Ich hab Angst vor ihm. Ich will ihm um keinen Preis in die Quere kommen.«

Diese fesselnden Mitteilungen über meinen Nachbarn wurden von Mrs McKee unterbrochen, die plötzlich auf Catherine zeigte:

»Chester, aus *ihr* könntest du doch bestimmt was machen«, hob sie an, aber Mr McKee nickte nur gelangweilt und wandte sich wieder Tom zu.

»Ich würde gern öfter auf Long Island arbeiten, wenn mich nur irgendwer bei den Leuten dort einführen würde. Einen guten Einstieg, mehr brauche ich gar nicht.«

»Fragen Sie Myrtle«, sagte Tom und lachte laut auf, als Mrs Wilson mit einem Tablett hereinkam. »Sie schreibt Ihnen sicher eine Empfehlung, stimmt's, Myrtle?«

»Was tue ich?«, fragte sie entgeistert.

»Du schreibst Mr McKee eine Empfehlung für deinen Mann, damit er ein paar Studien von ihm machen kann.« Seine Lippen bewegten sich tonlos, während er überlegte. »›George B. Wilson an der Zapfsäule‹ oder etwas in der Art.«

Catherine beugte sich zu mir herüber und flüsterte mir ins Ohr: »Die beiden können ihre Ehegatten nicht ausstehen.«

"Can't they?"

"Can't *stand* them." She looked at Myrtle and then at Tom. "What I say is, why go on living with them if they can't stand them? If I was them I'd get a divorce and get married to each other right away."

"Doesn't she like Wilson either?"

The answer to this was unexpected. It came from Myrtle, who had overheard the question, and it was violent and obscene.

"You see," cried Catherine triumphantly. She lowered her voice again. "It's really his wife that's keeping them apart. She's a Catholic, and they don't believe in divorce."

Daisy was not a Catholic, and I was a little shocked at the elaborateness of the lie.

"When they do get married," continued Catherine, "they're going West to live for a while until it blows over."

"It'd be more discreet to go to Europe."

"Oh, do you like Europe?" she exclaimed surprisingly. "I just got back from Monte Carlo."

"Really."

"Just last year. I went over there with another girl."

"Stay long?"

"No, we just went to Monte Carlo and back. We went by way of Marseilles. We had over twelve hundred dollars when we started, but we got gypped out of it all in two days in the private rooms. We had an awful time getting back, I can tell you. God, how I hated that town!"

»Nicht?«

»Nicht *ausstehen*.« Sie schaute auf Myrtle, dann auf Tom. »Was ich sagen will, ist, warum mit jemandem zusammenleben, den man nicht ausstehen kann? Wenn ich sie wäre, ich würde mich scheiden lassen und auf der Stelle heiraten.«

»Kann sie Wilson denn auch nicht leiden?«

Die Antwort darauf war unerwartet. Sie kam von Myrtle, die die Frage gehört hatte, und sie war ungestüm und schamlos.

»Da sehen Sie's!«, rief Catherine triumphierend. Dann senkte sie ihre Stimme wieder. »Eigentlich ist es seine Frau, die ihnen im Weg steht. Sie ist Katholikin, und die halten nichts von Scheidung.«

Daisy war nicht katholisch, und ich war ein wenig entsetzt über die Raffinesse dieser Lüge.

»Und wenn sie irgendwann doch heiraten«, fuhr Catherine fort, »gehen sie für eine Zeit lang in den Westen, bis der Sturm sich gelegt hat.«

»Klüger wär's, nach Europa zu gehen.«

»Oh, Sie mögen Europa?«, rief sie unvermittelt. »Ich war gerade erst in Monte Carlo.«

»Tatsächlich.«

»Erst letztes Jahr. Ich war mit einer Freundin drüben.«

»Für länger?«

»Nein, wir fuhren nach Monte Carlo und wieder zurück. Über Marseille. Bei unserer Ankunft hatten wir zwölfhundert Dollar, aber die haben sie uns an den Spieltischen in nur zwei Tagen abgeknöpft. Die Rückfahrt war fürchterlich, sage ich Ihnen. Gott, wie ich diese Stadt gehasst habe!«

The late afternoon sky bloomed in the window for a moment like the blue honey of the Mediterranean—then the shrill voice of Mrs McKee called me back into the room.

"I almost made a mistake, too," she declared vigorously. "I almost married a little kyke who'd been after me for years. I knew he was below me. Everybody kept saying to me: 'Lucille, that man's 'way below you!' But if I hadn't met Chester, he'd of got me sure."

"Yes, but listen," said Myrtle Wilson, nodding her head up and down, "at least you didn't marry him."

"I know I didn't."

"Well, I married him," said Myrtle, ambiguously. "And that's the difference between your case and mine."

"Why did you, Myrtle?" demanded Catherine. "Nobody forced you to."

Myrtle considered.

"I married him because I thought he was a gentleman," she said finally. "I thought he knew something about breeding, but he wasn't fit to lick my shoe."

"You were crazy about him for a while," said Catherine.

"Crazy about him!" cried Myrtle incredulously. "Who said I was crazy about him? I never was any more crazy about him than I was about that man there."

She pointed suddenly at me, and every one looked at me accusingly. I tried to show by my expression that I had played no part in her past.

Der Spätnachmittagshimmel erstrahlte hinter dem Fenster einen Augenblick lang im honigsüßen Blau des Mittelmeers – dann rief Mrs McKees schrille Stimme mich wieder ins Zimmer zurück.

»Mir wäre auch beinahe mal ein Malheur passiert«, erklärte sie lebhaft. »Ich hätte beinah irgend so ein Jüdchen geheiratet, das jahrelang hinter mir her war. Ich wusste, er stand unter mir. Alle sagten mir immer wieder: ›Lucille, dieser Mann steht weit unter dir!‹ Aber wenn ich Chester nicht begegnet wäre, hätte er mich gekriegt, ganz sicher.«

»Ja, aber wissen Sie«, sagte Myrtle Wilson und nickte dazu mit dem Kopf, »wenigstens haben Sie ihn nicht geheiratet.«

»Hab ich nicht, nein.«

»Tja, ich hab ihn geheiratet«, sagte Myrtle zweideutig. »Und das ist der Unterschied zwischen ihrem Fall und meinem.«

»Warum eigentlich, Myrtle?«, wollte Catherine wissen. »Kein Mensch hat dich gezwungen.«

Myrtle überlegte.

»Ich habe ihn geheiratet, weil ich dachte, er wäre ein Gentleman«, sagte sie schließlich. »Ich dachte, er wüsste, wie man sich benimmt, dabei war er es nicht mal wert, meine Stiefel zu lecken.«

»Eine Zeit lang warst du verrückt nach ihm«, sagte Catherine.

»Verrückt nach ihm!«, rief Myrtle ungläubig. »Wer sagt, dass ich verrückt nach ihm war? Ich war genauso wenig verrückt nach ihm wie nach diesem Mann da.«

Sie zeigte plötzlich auf mich, und alle sahen mich vorwurfsvoll an. Mit meinem Gesichtsausdruck versuchte ich klarzustellen, dass ich derlei Zuneigung auch nicht erwartete.

"The only *crazy* I was was when I married him. I knew right away I made a mistake. He borrowed somebody's best suit to get married in, and never even told me about it, and the man came after it one day when he was out: 'Oh, is that your suit?' I said. 'This is the first I ever heard about it.' But I gave it to him and then I lay down and cried to beat the band all afternoon."

"She really ought to get away from him," resumed Catherine to me. "They've been living over that garage for eleven years. And Tom's the first sweetie she ever had."

The bottle of whiskey—a second one—was now in constant demand by all present, excepting Catherine, who "felt just as good on nothing at all." Tom rang for the janitor and sent him for some celebrated sandwiches, which were a complete supper in themselves. I wanted to get out and walk southward toward the park through the soft twilight, but each time I tried to go I became entangled in some wild, strident argument which pulled me back, as if with ropes, into my chair. Yet high over the city our line of yellow windows must have contributed their share of human secrecy to the casual watcher in the darkening streets, and I was him too, looking up and wondering. I was within and without, simultaneously enchanted and repelled by the inexhaustible variety of life.

»*Verrückt* war ich nur, als ich ihn heiratete. Ich hab gleich gemerkt, dass es ein Fehler war. Für die Hochzeit hatte er sich bei irgendwem einen Anzug geborgt und mir dann noch nicht mal davon erzählt, und eines Tages, er war nicht da, kam dieser andere und wollte ihn wiederhaben. ›Oh, das ist Ihr Anzug?‹, sagte ich. ›Das höre ich nun wirklich zum ersten Mal.‹ Aber ich gab ihn ihm, und dann legte ich mich hin und heulte mir den ganzen Nachmittag die Augen aus.«

»Sie sollte wirklich zusehen, dass sie von ihm wegkommt«, nahm Catherine an mich gewandt das Gespräch wieder auf. »Seit elf Jahren leben sie jetzt über dieser Werkstatt. Und Tom ist der erste Liebhaber, den sie je hatte.«

Die Flasche Whiskey – eine zweite – fand nun regen Zuspruch bei allen Anwesenden, mit Ausnahme von Catherine, die sich »ohne ebenso wohl fühlte«. Tom läutete nach dem Portier und ließ ihn ein paar hochgelobte Sandwichs bringen, die allein ein vollwertiges Abendessen darstellten. Ich wollte hinaus und ostwärts in Richtung Park durch die sanfte Dämmerung spazieren, doch jedes Mal wenn ich zu gehen versuchte, wurde ich in irgendeine wilde, hitzige Debatte verwickelt, die mich wie mit Stricken auf meinen Stuhl zurückzog. Dennoch, hoch über der Stadt musste unsere Reihe gelber Fenster für den zufälligen Betrachter in den allmählich dunkel werdenden Straßen etwas beitragen zum Geheimnis menschlicher Verborgenheit, und der war ich auch, schaute hinauf und wunderte mich. Ich war drinnen und draußen, zugleich verzaubert und abgestoßen von der unerschöpflichen Vielfalt des Lebens.

Myrtle pulled her chair close to mine, and suddenly her warm breath poured over me the story of her first meeting with Tom.

"It was on the two little seats facing each other that are always the last ones left on the train. I was going up to New York to see my sister and spend the night. He had on a dress suit and patent leather shoes, and I couldn't keep my eyes off him, but every time he looked at me I had to pretend to be looking at the advertisement over his head. When we came into the station he was next to me, and his white shirt-front pressed against my arm, and so I told him I'd have to call a policeman, but he knew I lied. I was so excited that when I got into a taxi with him I didn't hardly know I wasn't getting into a subway train. All I kept thinking about, over and over, was 'You can't live forever; you can't live forever.'"

She turned to Mrs McKee and the room rang full of her artificial laughter.

"My dear," she cried, "I'm going to give you this dress as soon as I'm through with it. I've got to get another one to-morrow. I'm going to make a list of all the things I've got to get. A massage and a wave, and a collar for the dog, and one of those cute little ash-trays where you touch a spring, and a wreath with a black silk bow for mother's grave that'll last all summer. I got to write down a list so I won't forget all the things I got to do."

It was nine o'clock—almost immediately afterward I looked at my watch and found it was ten. Mr McKee was asleep on a chair with his fists clenched in his lap,

Myrtle zog ihren Stuhl dicht an meinen heran, und unversehens verströmte ihr warmer Atem über mir die Geschichte ihrer ersten Begegnung mit Tom.

»Wir saßen auf diesen schmalen Sitzen, die einander gegenüberliegen und immer als letzte im Zug noch frei sind. Ich war auf dem Weg nach New York, um meine Schwester zu besuchen und dort zu übernachten. Er trug einen feinen Anzug und Lackschuhe, und ich konnte meinen Blick nicht von ihm lassen, aber jedes Mal wenn er mich ansah, musste ich so tun, als schaute ich mir die Reklame über seinem Kopf an. Als wir im Bahnhof einfuhren, stand er neben mir, seine weiße Hemdbrust an meinen Arm gepresst, also sagte ich ihm, dass ich wohl die Polizei rufen müsse, aber er wusste, ich log. Als ich mich mit ihm ins Taxi setzte, war ich noch immer so aufgeregt, ich begriff kaum, dass ich nicht in die U-Bahn stieg. Alles, woran ich dachte, immer und immer wieder, war: ›Du lebst nicht ewig; du lebst nicht ewig.‹«

Sie wandte sich an Mrs McKee, und der Raum tönte voll vom Klang ihres gekünstelten Lachens.

»Meine Liebe«, rief sie, »ich schenke Ihnen das Kleid, sobald ich es überhabe. Gleich morgen muss ich mir ein neues besorgen. Ich werde mir eine Liste machen mit all den Dingen, die ich besorgen muss. Eine Massage und eine Dauerwelle, und ein Halsband für den Hund und einen dieser netten kleinen Aschenbecher mit Sprungfeder, und einen Kranz mit schwarzer Seidenschleife für Mutters Grab, der den ganzen Sommer lang hält. Ich muss mir die Liste aufschreiben, damit ich nicht alles vergesse, was ich zu tun habe.«

Es war neun Uhr – nur einen Augenblick später schaute ich auf meine Uhr und sah, es war zehn. Mr McKee war mit geballten Fäusten im Schoß auf einem Stuhl eingeschla-

like a photograph of a man of action. Taking out my handkerchief I wiped from his cheek the remains of the spot of dried lather that had worried me all the afternoon.

The little dog was sitting on the table looking with blind eyes through the smoke, and from time to time groaning faintly. People disappeared, reappeared, made plans to go somewhere, and then lost each other, searched for each other, found each other a few feet away. Some time toward midnight Tom Buchanan and Mrs Wilson stood face to face discussing, in impassioned voices, whether Mrs Wilson had any right to mention Daisy's name.

"Daisy! Daisy! Daisy!" shouted Mrs Wilson. "I'll say it whenever I want to! Daisy! Dai—"

Making a short deft movement, Tom Buchanan broke her nose with his open hand.

Then there were bloody towels upon the bath-room floor, and women's voices scolding, and high over the confusion a long broken wail of pain. Mr McKee awoke from his doze and started in a daze toward the door. When he had gone half way he turned around and stared at the scene—his wife and Catherine scolding and consoling as they stumbled here and there among the crowded furniture with articles of aid, and the despairing figure on the couch, bleeding fluently, and trying to spread a copy of *Town Tattle* over the tapestry scenes of Versailles. Then Mr McKee turned and continued on out the door. Taking my hat from the chandelier, I followed.

fen, wie die Fotografie eines Mannes der Tat. Ich holte mein Taschentuch hervor und wischte ihm den getrockneten Schaumfleck von der Wange, der mich den ganzen Nachmittag über gestört hatte.

Der kleine Hund saß auf dem Tisch, spähte mit blinden Augen durch den Rauch und knurrte von Zeit zu Zeit leise. Leute verschwanden, tauchten wieder auf, machten Pläne, irgendwo hinzugehen, verloren sich aus den Augen, suchten einander, fanden sich ein paar Schritte entfernt wieder. Irgendwann gegen Mitternacht standen Tom Buchanan und Mrs Wilson sich direkt gegenüber und stritten mit sich überschlagenden Stimmen darum, ob Mrs Wilson Daisys Namen in den Mund nehmen durfte.

»Daisy! Daisy! Daisy!«, schrie Mrs Wilson. »Ich sag es, sooft ich will! Daisy! Dai–«

Mit einer kurzen geschickten Bewegung seiner flachen Hand brach Tom Buchanan ihr die Nase.

Dann lagen blutige Handtücher auf dem Boden des Badezimmers, zeternde Frauenstimmen waren zu hören und hoch über dem Durcheinander ein langes, gebrochenes Schmerzgeheul. Mr McKee erwachte aus seinem Schlummer und machte sich schlaftrunken auf den Weg zur Tür. Auf halber Strecke drehte er sich um und starrte auf die Szene – auf seine Frau und Catherine, die schimpfend und tröstend mit Hilfsartikeln zwischen den dicht gedrängten Möbelstücken hin und her stolperten, und auf die verzweifelte Gestalt auf der Couch, die in Strömen blutete und versuchte, eine Nummer des *Town Tattle* über die Gobelinszenen von Versailles zu breiten. Dann drehte Mr McKee sich wieder um und ging durch die Tür hinaus. Ich nahm meinen Hut vom Kronleuchter und folgte ihm.

"Come to lunch some day," he suggested, as we groaned down in the elevator.

"Where?"

"Anywhere."

"Keep your hands off the lever," snapped the elevator boy.

"I beg your pardon," said Mr McKee with dignity, "I didn't know I was touching it."

"All right," I agreed, "I'll be glad to."

... I was standing beside his bed and he was sitting up between the sheets, clad in his underwear, with a great portfolio in his hands.

"Beauty and the Beast ... Loneliness ... Old Grocery Horse ... Brook'n Bridge ..."

Then I was lying half asleep in the cold lower level of the Pennsylvania Station, staring at the morning *Tribune*, and waiting for the four o'clock train.

»Kommen Sie mal zum Mittagessen«, schlug er vor, als wir im Fahrstuhl hinabächzten.

»Wohin?«

»Irgendwohin.«

»Nehmen Sie die Hände vom Hebel«, blaffte der Liftboy.

»Ich bitte um Verzeihung«, sagte Mr McKee würdevoll, »ich habe nicht gemerkt, dass ich ihn berührt habe.«

»Einverstanden«, sagte ich, »sehr gern.«

… Ich stand neben seinem Bett, und er saß aufrecht mitten zwischen den Laken, in Unterwäsche, mit einer großen Fotomappe in Händen.

»Die Schöne und das Biest … Einsamkeit … Altes Krämerpferd … Brook'n Bridge …«

Dann lag ich halb schlafend auf dem kalten unteren Bahnsteig der Pennsylvania Station, starrte auf die Morgenausgabe der *Tribune* und wartete auf den Vieruhrzug.

Chapter 3

There was music from my neighbor's house through the summer nights. In his blue gardens men and girls came and went like moths among the whisperings and the champagne and the stars. At high tide in the afternoon I watched his guests diving from the tower of his raft, or taking the sun on the hot sand of his beach while his two motor-boats slit the waters of the Sound, drawing aquaplanes over cataracts of foam. On week-ends his Rolls-Royce became an omnibus, bearing parties to and from the city between nine in the morning and long past midnight, while his station wagon scampered like a brisk yellow bug to meet all trains. And on Mondays eight servants, including an extra gardener, toiled all day with mops and scrubbing-brushes and hammers and garden-shears, repairing the ravages of the night before.

Every Friday five crates of oranges and lemons arrived from a fruiterer in New York—every Monday these same oranges and lemons left his back door in a pyramid of pulpless halves. There was a machine in the kitchen which could extract the juice of two hundred oranges in half an hour if a little button was pressed two hundred times by a butler's thumb.

At least once a fortnight a corps of caterers came down with several hundred feet of canvas and enough colored lights to make a Christmas tree of Gatsby's enormous garden. On buffet tables, garnished with

Kapitel 3

Die Sommernächte hindurch drang Musik aus dem Haus meines Nachbarn. In seinen blauen Gärten schwirrten Männer und Mädchen wie Motten umher zwischen Geflüster, Champagner und Sternen. Nachmittags bei Flut sah ich zu, wie seine Gäste vom Sprungturm auf seinem Steg sprangen oder auf dem heißen Sand seines Strands in der Sonne lagen, während seine beiden Motorboote die Flächen des Sunds zerfurchten und Wasserskifahrer über Kaskaden von Schaum zogen. An den Wochenenden wurde sein Rolls-Royce zum Pendelbus, der von neun Uhr morgens bis weit nach Mitternacht Leute in die Stadt beförderte und von dort abholte, während sein Kombiwagen wie ein munterer gelber Käfer hin und her hetzte, um alle Züge zu erreichen. Und montags machten sich acht Angestellte, inklusive eines Extra-Gärtners, mit Mopps und Scheuerbürsten und Hämmern und Gartenscheren daran, die Verwüstungen der letzten Nacht zu beseitigen.

Jeden Freitag trafen fünf Kisten mit Orangen und Zitronen ein von einem Obsthändler in New York – jeden Montag wanderten ebendieselben Orangen und Zitronen in einer Pyramide aus fleischlosen Hälften zur Hintertür wieder hinaus. In der Küche gab es eine Maschine, die in einer halben Stunde zweihundert Orangen entsaften konnte, sofern ein Butlerdaumen zweihundertmal auf einen kleinen Knopf drückte.

Mindestens einmal alle zwei Wochen rückte ein Trupp von Lieferanten mit mehreren Hundert Fuß Segeltuch an und genug bunten Lichtern, um Gatsbys riesigen Garten in einen Weihnachtsbaum zu verwandeln. Auf den mit glit-

glistening hors-d'œuvre, spiced baked hams crowded against salads of harlequin designs and pastry pigs and turkeys bewitched to a dark gold. In the main hall a bar with a real brass rail was set up, and stocked with gins and liquors and with cordials so long forgotten that most of his female guests were too young to know one from another.

By seven o'clock the orchestra has arrived, no thin five-piece affair, but a whole pitful of oboes and trombones and saxophones and viols and cornets and piccolos, and low and high drums. The last swimmers have come in from the beach now and are dressing up-stairs; the cars from New York are parked five deep in the drive, and already the halls and salons and verandas are gaudy with primary colors, and hair shorn in strange new ways, and shawls beyond the dreams of Castile. The bar is in full swing, and floating rounds of cocktails permeate the garden outside, until the air is alive with chatter and laughter, and casual innuendo and introductions forgotten on the spot, and enthusiastic meetings between women who never knew each other's names.

The lights grow brighter as the earth lurches away from the sun, and now the orchestra is playing yellow cocktail music, and the opera of voices pitches a key higher. Laughter is easier minute by minute, spilled with prodigality, tipped out at a cheerful word. The groups change more swiftly, swell with new arrivals,

zernden Hors-d'œuvre garnierten Buffettischen drängten sich würzige Backschinken an farbenfroh arrangierte Salate, Schweine im Blätterteig und tiefgold gezauberte Puter. Im großen Saal wurde eine Bar mit echtem Messinggeländer aufgebaut und mit Gins und Weinbränden sowie mit schon so lange in der Versenkung verschwundenen Likören bestückt, dass die meisten der weiblichen Gäste zu jung waren, um einen vom andern zu unterscheiden.

Gegen sieben Uhr trifft das Orchester ein, kein mickriges Fünferensemble, sondern ein ganzes Podium voll mit Oboen und Posaunen, Saxofonen und Bratschen, Kornetten und Piccoloflöten, hohen und tiefen Trommeln. Die letzten Schwimmer sind inzwischen vom Strand zurück und werfen sich im oberen Stockwerk in Schale; die Wagen aus New York stehen in Fünferreihen in der Auffahrt, und die Säle und Salons und Veranden strahlen bereits in grellbunten Farben, von seltsamen neumodischen Bubiköpfen und Schals, von denen Kastilien nicht zu träumen wagt. An der Bar herrscht dichtes Gedränge, und draußen sickern die Cocktailrunden in die hintersten Winkel des Gartens, bis die Luft flirrt von Plaudern und Lachen und zwanglosen Anzüglichkeiten, kurzen, im selben Moment schon vergessenen Begegnungen und überschwänglichen Begrüßungen zwischen Frauen, die einander nicht beim Namen kannten.

Die Lichter werden heller, während die Erde sich taumelnd von der Sonne abwendet; das Orchester spielt nun süßliche Cocktailmusik, und die Oper der Stimmen schlägt eine höhere Tonlage an. Das Gelächter klingt leichter im Minutentakt, wird in Strömen vergossen, ausgeschüttet über ein launiges Wort. Die Gruppen verändern sich rascher, schwellen mit Neuankömmlingen an, lösen sich auf und bil-

dissolve and form in the same breath; already there are wanderers, confident girls who weave here and there among the stouter and more stable, become for a sharp, joyous moment the centre of a group, and then, excited with triumph, glide on through the sea-change of faces and voices and color under the constantly changing light.

Suddenly one of the gypsies, in trembling opal, seizes a cocktail out of the air, dumps it down for courage and, moving her hands like Frisco, dances out alone on the canvas platform. A momentary hush; the orchestra leader varies his rhythm obligingly for her, and there is a burst of chatter as the erroneous news goes around that she is Gilda Gray's understudy from the Follies. The party has begun.

I believe that on the first night I went to Gatsby's house I was one of the few guests who had actually been invited. People were not invited—they went there. They got into automobiles which bore them out to Long Island, and somehow they ended up at Gatsby's door. Once there they were introduced by somebody who knew Gatsby, and after that they conducted themselves according to the rules of behavior associated with amusement parks. Sometimes they came and went without having met Gatsby at all, came for the party with a simplicity of heart that was its own ticket of admission.

I had been actually invited. A chauffeur in a uniform of robin's-egg blue crossed my lawn early that Saturday morning with a surprisingly formal note from his employer: the honor would be entirely Gatsby's, it said,

den sich neu im selben Atemzug; schon gehen manche auf Wanderschaft, selbstsichere Mädchen, die sich mal hier, mal dort zwischen die Stetigeren und Standfesteren weben, einen kurzen, genussreichen Augenblick lang der Mittelpunkt einer Gruppe sind und dann, beschwingt vom Triumph, im ständig wechselnden Licht durch das schillernde Meer aus Gesichtern und Stimmen und Farben davongleiten.

Plötzlich greift eine dieser Zigeunerinnen, in flirrendem Opal, einen Cocktail aus der Luft, stürzt ihn hinunter, um sich Mut anzutrinken, und tanzt, indem sie die Hände wie Joe Frisco bewegt, allein auf die mit Segeltuch ausgekleidete Bühne hinaus. Kurz herrscht Stille; der Orchesterleiter ändert bereitwillig seinen Rhythmus für sie, und Geschnatter bricht aus, als die irrige Nachricht umgeht, sie sei Gilda Grays zweite Besetzung in den Follies. Die Party hat begonnen.

Ich glaube, an meinem ersten Abend bei Gatsby gehörte ich zu den wenigen Gästen, die tatsächlich eingeladen waren. Die Leute wurden nicht eingeladen – sie gingen hin. Sie stiegen in Automobile, die sie hinaus nach Long Island brachten, und irgendwie landeten sie vor Gatsbys Tür. Einmal dort, wurden sie von irgendwem, der Gatsby kannte, vorgestellt, und danach benahmen sie sich gemäß den Verhaltensregeln, die in einem Vergnügungspark gelten. Manchmal kamen und gingen sie, ohne Gatsby überhaupt begegnet zu sein, kamen zur Party mit einer Einfalt des Herzens, die eine eigene Eintrittskarte war.

Ich war tatsächlich eingeladen. Ein Chauffeur in einer Uniform so blau wie das Ei einer Wanderdrossel war an jenem Samstag frühmorgens über meinen Rasen geschritten mit einer überraschend förmlichen Nachricht seines

if I would attend his "little party" that night. He had seen me several times, and had intended to call on me long before, but a peculiar combination of circumstances had prevented it—signed Jay Gatsby, in a majestic hand.

Dressed up in white flannels I went over to his lawn a little after seven, and wandered around rather ill at ease among swirls and eddies of people I didn't know—though here and there was a face I had noticed on the commuting train. I was immediately struck by the number of young Englishmen dotted about; all well dressed, all looking a little hungry, and all talking in low, earnest voices to solid and prosperous Americans. I was sure that they were selling something: bonds or insurance or automobiles. They were at least agonizingly aware of the easy money in the vicinity and convinced that it was theirs for a few words in the right key.

As soon as I arrived I made an attempt to find my host, but the two or three people of whom I asked his whereabouts stared at me in such an amazed way, and denied so vehemently any knowledge of his movements, that I slunk off in the direction of the cocktail table—the only place in the garden where a single man could linger without looking purposeless and alone.

I was on my way to get roaring drunk from sheer embarrassment when Jordan Baker came out of the

Dienstherrn: Die Ehre wäre ganz auf Gatsbys Seite, stand da, erschiene ich am Abend zu seiner »kleinen Party«. Er habe mich bereits einige Male gesehen und mir längst einen Besuch abstatten wollen, doch eine sonderbare Verquickung von Umständen habe dies verhindert – gezeichnet Jay Gatsby, in schwungvoller Handschrift.

Angetan mit einem weißen Flanellanzug ging ich um kurz nach sieben in seinen Garten hinüber und wanderte einigermaßen befangen zwischen Wirbeln und Strudeln mir unbekannter Leute umher – auch wenn ich hier und da ein Gesicht entdeckte, das ich im Vorortzug schon einmal gesehen hatte. Mir fielen sofort die zahlreichen, überall verstreuten jungen Engländer auf; alle gut gekleidet, alle ein wenig hungrig aussehend und alle mit leiser, ernster Stimme im Gespräch mit gediegenen und wohlhabenden Amerikanern. Ich war mir sicher, dass sie irgendetwas verkauften: Aktien oder Versicherungen oder Automobile. Zumindest waren sie sich des leicht verdienten Geldes um sie herum schmerzlich bewusst und davon überzeugt, es bedürfe nur weniger Worte im rechten Tonfall und es gehöre ihnen.

Gleich nach meiner Ankunft unternahm ich den Versuch, meinen Gastgeber zu finden, doch die zwei oder drei Leute, bei denen ich mich nach ihm erkundigte, starrten mich derart entgeistert an und bestritten so vehement, auch nur das Geringste über seinen Verbleib zu wissen, dass ich mich in Richtung des Cocktailtisches trollte – der einzige Ort im Garten, wo ein einzelner Mann sich aufhalten konnte, ohne allein und verloren zu wirken.

Ich war gerade dabei, mich aus schierer Verlegenheit gründlich volllaufen zu lassen, als Jordan Baker aus dem

house and stood at the head of the marble steps, leaning a little backward and looking with contemptuous interest down into the garden.

Welcome or not, I found it necessary to attach myself to some one before I should begin to address cordial remarks to the passers-by.

"Hello!" I roared, advancing toward her. My voice seemed unnaturally loud across the garden.

"I thought you might be here," she responded absently as I came up. "I remembered you lived next door to—" She held my hand impersonally, as a promise that she'd take care of me in a minute, and gave ear to two girls in twin yellow dresses, who stopped at the foot of the steps.

"Hello!" they cried together. "Sorry you didn't win."

That was for the golf tournament. She had lost in the finals the week before.

"You don't know who we are," said one of the girls in yellow, "but we met you here about a month ago."

"You've dyed your hair since then," remarked Jordan, and I started, but the girls had moved casually on and her remark was addressed to the premature moon, produced like the supper, no doubt, out of a caterer's basket. With Jordan's slender golden arm resting in mine, we descended the steps and sauntered about the garden. A tray of cocktails floated at us through the twilight, and we sat down at a table with the two girls

Haus trat und am Kopf der marmornen Treppe stehen blieb, sich ein wenig zurücklehnte und herablassend interessiert in den Garten blickte.

Erwünscht oder nicht, ich musste mich dringend jemandem anschließen, bevor ich noch anfing, jedem Vorbeikommenden offenherzige Mitteilungen zu machen.

»Hallo!«, brüllte ich und ging auf sie zu. Meine Stimme schien mir unnatürlich laut durch den Garten zu schallen.

»Ich dachte mir schon, dass Sie vielleicht hier sind«, antwortete sie geistesabwesend, als ich die Stufen hinaufstieg. »Ich weiß noch, Sie wohnen direkt neben …« Sie hielt beiläufig meine Hand, als Versprechen, dass sie sich in einer Minute um mich kümmern werde, und schenkte zwei Mädchen in zwillingshaft gelben Kleidern Gehör, die am Fuß der Treppe stehen blieben.

»Hallo!«, riefen sie im Chor. »Schade, dass Sie nicht gewonnen haben.«

Das galt dem Golfturnier. Sie hatte in der Woche zuvor die Finalrunde verloren.

»Sie wissen nicht, wer wir sind«, sagte eines der Mädchen in Gelb, »aber wir haben Sie hier vor ungefähr einem Monat schon einmal getroffen.«

»Sie haben sich inzwischen Ihr Haar gefärbt«, bemerkte Jordan; ich zuckte zusammen, doch die Mädchen waren schon gleichgültig weitergezogen, und die Bemerkung richtete sich an den vorzeitig aufgegangenen Mond, den man wie die Speisen zweifellos aus einem der Lieferantenkörbe hervorgeholt hatte. Jordan schob ihren schlanken goldenen Arm unter meinen, und wir stiegen die Stufen hinab und schlenderten durch den Garten. Ein Tablett mit

in yellow and three men, each one introduced to us as Mr Mumble.

"Do you come to these parties often?" inquired Jordan of the girl beside her.

"The last one was the one I met you at," answered the girl, in an alert confident voice. She turned to her companion: "Wasn't it for you, Lucille?"

It was for Lucille, too.

"I like to come," Lucille said. "I never care what I do, so I always have a good time. When I was here last I tore my gown on a chair, and he asked me my name and address—inside of a week I got a package from Croirier's with a new evening gown in it."

"Did you keep it?" asked Jordan.

"Sure I did. I was going to wear it to-night, but it was too big in the bust and had to be altered. It was gas blue with lavender beads. Two hundred and sixty-five dollars."

"There's something funny about a fellow that'll do a thing like that," said the other girl eagerly. "He doesn't want any trouble with *anybody*."

"Who doesn't?" I inquired.

"Gatsby. Somebody told me—"

The two girls and Jordan leaned together confidentially.

"Somebody told me they thought he killed a man once."

Cocktails schwebte im Dämmerlicht auf uns zu, und wir setzten uns an einen Tisch zu den beiden Mädchen in Gelb und drei Männern, die uns allesamt als Mr Mumble vorgestellt wurden.

»Sind Sie oft auf diesen Partys?«, fragte Jordan das Mädchen neben ihr.

»Das letzte Mal war ich hier, als ich Sie getroffen habe«, antwortete das Mädchen mit munterer, fester Stimme. Sie wandte sich an ihre Begleiterin: »Du nicht auch, Lucille?«

Richtig, Lucille auch.

»Ich komme gern her«, sagte Lucille. »Mich kümmert ohnehin nicht, was ich mache, deshalb amüsiere ich mich immer prächtig. Beim letzten Mal hab ich mir an einem Stuhl mein Kleid eingerissen, und er hat mich nach meinem Namen und meiner Adresse gefragt – innerhalb einer Woche bekam ich ein Paket von Croirier mit einem neuen Abendkleid darin.«

»Haben Sie's behalten?«, fragte Jordan.

»Natürlich. Ich wollte es heute Abend tragen, aber es ist oben herum zu weit und ich muss es erst ändern lassen. Es ist blau wie Gas mit lavendelfarbenen Perlen. Zweihundertfünfundsechzig Dollar.«

»Irgendwie ein seltsamer Kerl, der so etwas macht«, sagte das andere Mädchen lebhaft. »Er will um keinen Preis mit *irgendwem* Ärger haben.«

»Wer?«, fragte ich.

»Gatsby. Man hat mir erzählt …«

Die beiden Mädchen und Jordan steckten vertraulich die Köpfe zusammen.

»Man hat mir erzählt, er soll mal jemanden umgebracht haben.«

A thrill passed over all of us. The three Mr Mumbles bent forward and listened eagerly.

"I don't think it's so much *that*," argued Lucille sceptically; "it's more that he was a German spy during the war."

One of the men nodded in confirmation.

"I heard that from a man who knew all about him, grew up with him in Germany," he assured us positively.

"Oh, no," said the first girl, "it couldn't be that, because he was in the American army during the war." As our credulity switched back to her she leaned forward with enthusiasm. "You look at him sometimes when he thinks nobody's looking at him. I'll bet he killed a man."

She narrowed her eyes and shivered. Lucille shivered. We all turned and looked around for Gatsby. It was testimony to the romantic speculation he inspired that there were whispers about him from those who found little that it was necessary to whisper about in this world.

The first supper—there would be another one after midnight—was now being served, and Jordan invited me to join her own party, who were spread around a table on the other side of the garden. There were three married couples and Jordan's escort, a persistent undergraduate given to violent innuendo, and obviously under the impression that sooner or later Jordan was going to yield him up her person to a greater or lesser degree. Instead of rambling, this party had preserved a dignified homogeneity, and assumed to itself the func-

Ein Schauder durchfuhr uns alle. Die drei Mr Mumbles beugten sich vor und lauschten begierig.

»*Das* glaube ich nicht so recht«, warf Lucille skeptisch ein. »Da glaube ich schon eher, dass er während des Krieges ein deutscher Spion war.«

Einer der Männer nickte bestätigend.

»Genau das hat mir jemand erzählt, der alles über ihn wusste, der mit ihm in Deutschland aufgewachsen ist«, versicherte er uns nachdrücklich.

»O nein«, sagte das erste Mädchen, »das kann nicht stimmen, denn während des Krieges war er ja beim amerikanischen Militär.« Als wir uns bereitwillig aufs Neue ihrer Version zuwandten, beugte sie sich aufgeregt vor. »Sie müssen ihn nur mal anschauen, wenn er sich unbeobachtet glaubt. Ich wette, er hat jemanden umgebracht.«

Sie verengte die Augen und zitterte. Lucille zitterte. Wir alle drehten uns um und hielten Ausschau nach Gatsby. Es zeugte von dem romantischen Rätselraten, das er auslöste, dass auch diejenigen über ihn tuschelten, die sonst in der Welt selten Grund zum Tuscheln fanden.

Das erste Mahl wurde aufgetragen – nach Mitternacht würde es noch ein weiteres geben –, und Jordan lud mich ein, mich mit ihr dem Kreis ihrer Bekannten anzuschließen, der sich um einen Tisch auf der anderen Seite des Gartens gruppiert hatte. Es waren drei verheiratete Paare sowie Jordans Begleiter, ein beharrlicher junger Student, der zu derber Anzüglichkeit neigte und offenbar in dem Glauben lebte, über kurz oder lang werde Jordan sich ihm in größerem oder geringerem Maße hingeben. Statt umherzustreifen, hatte diese Gesellschaft eine würdevolle Ge-

tion of representing the staid nobility of the countryside—East Egg condescending to West Egg, and carefully on guard against its spectroscopic gayety.

"Let's get out," whispered Jordan, after a somehow wasteful and inappropriate half-hour. "This is much too polite for me."

We got up, and she explained that we were going to find the host: I had never met him, she said, and it was making me uneasy. The undergraduate nodded in a cynical, melancholy way.

The bar, where we glanced first, was crowded, but Gatsby was not there. She couldn't find him from the top of the steps, and he wasn't on the veranda. On a chance we tried an important-looking door, and walked into a high Gothic library, panelled with carved English oak, and probably transported complete from some ruin overseas.

A stout, middle-aged man, with enormous owl-eyed spectacles, was sitting somewhat drunk on the edge of a great table, staring with unsteady concentration at the shelves of books. As we entered he wheeled excitedly around and examined Jordan from head to foot.

"What do you think?" he demanded impetuously.

"About what?" He waved his hand toward the bookshelves.

"About that. As a matter of fact you needn't bother to ascertain. I ascertained. They're real."

schlossenheit bewahrt und sich selbst zu Repräsentanten des gediegenen Landadels erkoren – East Egg ließ sich zu West Egg herab und war sorgsam auf der Hut vor dessen spektroskopischer Fröhlichkeit.

»Lassen Sie uns verschwinden«, flüsterte Jordan nach einer irgendwie vergeudeten und unerfreulichen halben Stunde. »Hier geht's mir viel zu gesittet zu.«

Wir standen auf, und sie erklärte, wir würden uns auf die Suche nach dem Gastgeber machen: Ich sei ihm noch nie begegnet, sagte sie, und so langsam sei mir das unangenehm. Der junge Student nickte auf eine zynische, melancholische Art.

An der Bar, bei der wir zuerst nachschauten, herrschte Gedränge, doch Gatsby war nicht dort. Jordan konnte ihn vom Kopf der Treppe aus nicht entdecken, und auch auf der Veranda war er nicht. Auf gut Glück öffneten wir eine repräsentative Tür und traten in eine hohe gotische Bibliothek, die mit geschnitzter englischer Eiche getäfelt und vermutlich komplett aus irgendeiner Ruine jenseits des Atlantiks hierher gebracht worden war.

Ein stämmiger Mann mittleren Alters mit einer riesigen eulenäugigen Brille saß einigermaßen betrunken auf der Kante eines großen Tischs und starrte mit unsteter Konzentration auf die Regale mit Büchern. Bei unserem Eintreten drehte er sich nervös zu uns herum und musterte Jordan von Kopf bis Fuß.

»Was denken Sie?«, fragte er ungestüm.

»Worüber?« Er deutete auf die Bücherregale.

»Darüber. Eigentlich brauchen Sie's gar nicht nachprüfen. Hab's schon geprüft. Sie sind echt.«

"The books?"

He nodded.

"Absolutely real—have pages and everything. I thought they'd be a nice durable cardboard. Matter of fact, they're absolutely real. Pages and—Here! Lemme show you."

Taking our scepticism for granted, he rushed to the bookcases and returned with Volume One of the *Stoddard Lectures*.

"See!" he cried triumphantly. "It's a bona-fide piece of printed matter. It fooled me. This fella's a regular Belasco. It's a triumph. What thoroughness! What realism! Knew when to stop, too—didn't cut the pages. But what do you want? What do you expect?"

He snatched the book from me and replaced it hastily on its shelf, muttering that if one brick was removed the whole library was liable to collapse.

"Who brought you?" he demanded. "Or did you just come? I was brought. Most people were brought."

Jordan looked at him alertly, cheerfully, without answering.

"I was brought by a woman named Roosevelt," he continued. "Mrs Claud Roosevelt. Do you know her? I met her somewhere last night. I've been drunk for about a week now, and I thought it might sober me up to sit in a library."

"Has it?"

»Die Bücher?«

Er nickte.

»Absolut echt – mit Seiten und allem. Ich hielt sie erst für 'ne schöne haltbare Pappattrappe. Aber nichts da, sind absolut echt. Mit Seiten und … Hier! Ich zeig's Ihnen.«

Er hielt uns für noch nicht überzeugt, stürzte zu den Bücherregalen und kam mit Band eins von *Stoddard's Lectures* zurück.

»Hier!«, rief er triumphierend. »Ein veritables Druckerzeugnis. Hat mich zum Narren gehalten. Der Bursche ist ein regelrechter Belasco. Eine Glanztat. Diese Gründlichkeit! Dieser Realismus! Wusste auch genau, wann er aufhören musste – hat die Seiten nicht aufgeschnitten. Aber was wollen Sie? Was erwarten Sie?«

Er riss mir das Buch aus den Händen, stellte es hastig zurück ins Regal und murmelte etwas davon, dass die ganze Bibliothek einzustürzen drohe, wenn auch nur ein Stein entfernt werde.

»Wer hat Sie mitgebracht?«, wollte er wissen. »Oder sind Sie etwa einfach hergekommen? Ich wurde mitgebracht. Die meisten hier wurden mitgebracht.«

Jordan sah ihn aufmerksam an, vergnügt, ohne zu antworten.

»Mich hat eine Frau namens Roosevelt mitgebracht«, fuhr er fort. »Mrs Claud Roosevelt. Kennen Sie sie? Ich hab sie gestern Abend irgendwo kennengelernt. Ich bin jetzt seit ungefähr einer Woche betrunken, und ich dachte, in einer Bibliothek zu sitzen könnte mich nüchtern machen.«

»Hat es das?«

"A little bit, I think. I can't tell yet. I've only been here an hour. Did I tell you about the books? They're real. They're—"

"You told us."

We shook hands with him gravely and went back outdoors.

There was dancing now on the canvas in the garden; old men pushing young girls backward in eternal graceless circles, superior couples holding each other tortuously, fashionably, and keeping in the corners—and a great number of single girls dancing individualistically or relieving the orchestra for a moment of the burden of the banjo or the traps. By midnight the hilarity had increased. A celebrated tenor had sung in Italian, and a notorious contralto had sung in jazz, and between the numbers people were doing "stunts" all over the garden, while happy, vacuous bursts of laughter rose toward the summer sky. A pair of stage twins, who turned out to be the girls in yellow, did a baby act in costume, and champagne was served in glasses bigger than finger-bowls. The moon had risen higher, and floating in the Sound was a triangle of silver scales, trembling a little to the stiff, tinny drip of the banjoes on the lawn.

I was still with Jordan Baker. We were sitting at a table with a man of about my age and a rowdy little girl, who gave way upon the slightest provocation to uncontrollable laughter. I was enjoying myself now. I had taken two finger-bowls of champagne, and the

»Ein bisschen, glaube ich. Kann ich noch nicht sagen. Ich bin erst seit einer Stunde hier. Hab ich Ihnen schon von den Büchern erzählt? Sie sind echt. Sie sind –«

»Ja, haben Sie.«

Wir schüttelten ihm feierlich die Hand und gingen wieder nach draußen.

Auf der Segeltuchbühne im Garten wurde inzwischen getanzt; alte Männer schoben junge Mädchen in endlosen ungraziösen Kreisen vor sich her, versiertere Paare umschlangen einander neumodisch umständlich und blieben dabei in den Ecken – und zahlreiche Mädchen tanzten einzeln nach ganz eigener Fasson oder nahmen dem Orchester für einen Moment die Last des Banjos oder Schlagzeugs ab. Gegen Mitternacht dann war die Stimmung noch ausgelassener. Ein gefeierter Tenor hatte Italienisches, eine berühmte Altistin Jazz gesungen, und zwischen den Nummern vollführten die Leute überall im Garten »Kunststückchen«, während Salven fröhlichen, hohlen Gelächters in den Sommerhimmel aufstiegen. Ein Bühnenzwillingspaar, das sich als die Mädchen in Gelb entpuppte, zeigte kostümiert einen Baby-Sketch, und der Champagner wurde in Gläsern größer als Fingerschalen serviert. Der Mond war höher gestiegen, und auf dem Sund trieb ein Dreieck aus silbernen Schuppen und zitterte leise zum harten, blechernen Tröpfeln der Banjos auf dem Rasen.

Ich hielt mich noch immer an Jordan Baker. Wir saßen an einem Tisch mit einem Mann etwa meines Alters und einem kleinen, übermütigen Mädchen, das beim geringsten Anlass in unbeherrschtes Lachen ausbrach. Mittlerweile amüsierte ich mich. Ich hatte zwei Fingerschalen

scene had changed before my eyes into something significant, elemental, and profound.

At a lull in the entertainment the man looked at me and smiled.

"Your face is familiar," he said, politely. "Weren't you in the First Division during the war?"

"Why, yes. I was in the Twenty-eighth Infantry."

"I was in the Sixteenth until June nineteen-eighteen. I knew I'd seen you somewhere before."

We talked for a moment about some wet, gray little villages in France. Evidently he lived in this vicinity, for he told me that he had just bought a hydroplane, and was going to try it out in the morning.

"Want to go with me, old sport? Just near the shore along the Sound."

"What time?"

"Any time that suits you best."

It was on the tip of my tongue to ask his name when Jordan looked around and smiled.

"Having a gay time now?" she inquired.

"Much better." I turned again to my new acquaintance. "This is an unusual party for me. I haven't even seen the host. I live over there—" I waved my hand at the invisible hedge in the distance, "and this man Gatsby sent over his chauffeur with an invitation."

Champagner getrunken, und die Szenerie hatte sich vor meinen Augen in etwas Bedeutsames, Natürliches und Tiefgründiges verwandelt.

Während einer Pause im Unterhaltungsprogramm schaute der Mann mich an und lächelte.

»Ihr Gesicht kommt mir bekannt vor«, sagte er höflich. »Waren Sie im Krieg nicht in der Ersten Division?«

»So ist es. Ich war im Achtundzwanzigsten Infanterieregiment.«

»Ich war im Sechzehnten, bis Juni neunzehnachtzehn. Ich wusste doch, dass ich Sie irgendwo schon mal gesehen habe.«

Wir sprachen eine Weile über das ein oder andere nassgraue Dörfchen in Frankreich. Offenbar wohnte er hier in der Gegend, denn er erzählte mir, er habe sich gerade ein Wasserflugzeug gekauft und wolle es am nächsten Morgen ausprobieren.

»Begleiten Sie mich, alter Knabe? Nur an der Küste entlang über den Sund.«

»Wie viel Uhr?«

»Wann immer es Ihnen passt.«

Es lag mir gerade auf der Zunge, ihn nach seinem Namen zu fragen, als Jordan sich umschaute und lächelte.

»Amüsieren Sie sich jetzt besser?«, erkundigte sie sich.

»Viel besser.« Ich wandte mich wieder meiner neuen Bekanntschaft zu. »Das ist eine recht ungewöhnliche Party, scheint mir. Den Gastgeber habe ich noch nicht mal zu Gesicht bekommen. Ich wohne gleich da drüben« – ich schwenkte meine Hand in Richtung der unsichtbaren Hecke in der Ferne – »und dieser Gatsby hat seinen Chauffeur mit einer Einladung losgeschickt.«

For a moment he looked at me as if he failed to understand.

"I'm Gatsby," he said suddenly.

"What!" I exclaimed. "Oh, I beg your pardon."

"I thought you knew, old sport. I'm afraid I'm not a very good host."

He smiled understandingly—much more than understandingly. It was one of those rare smiles with a quality of eternal reassurance in it, that you may come across four or five times in life. It faced—or seemed to face—the whole external world for an instant, and then concentrated on *you* with an irresistible prejudice in your favor. It understood you just so far as you wanted to be understood, believed in you as you would like to believe in yourself, and assured you that it had precisely the impression of you that, at your best, you hoped to convey. Precisely at that point it vanished—and I was looking at an elegant young rough-neck, a year or two over thirty, whose elaborate formality of speech just missed being absurd. Some time before he introduced himself I'd got a strong impression that he was picking his words with care.

Almost at the moment when Mr Gatsby identified himself, a butler hurried toward him with the information that Chicago was calling him on the wire. He excused himself with a small bow that included each of us in turn.

"If you want anything just ask for it, old sport," he urged me. "Excuse me. I will rejoin you later."

Einen Augenblick lang sah er mich an, als hätte er nicht recht verstanden.

»Ich bin Gatsby«, sagte er plötzlich.

»Was!«, rief ich aus. »Oh, bitte verzeihen Sie.«

»Ich dachte, Sie wüssten es, alter Knabe. Ich fürchte, ich bin kein sonderlich guter Gastgeber.«

Er lächelte verständnisvoll – weit mehr als verständnisvoll. Es war ein Lächeln jener seltenen Art, die einem für alle Zeiten Beruhigung verspricht, ein Lächeln, wie es einem vielleicht vier- oder fünfmal im Leben begegnet. Es blickte – so schien es zumindest – der gesamten äußeren Welt einen Moment lang entgegen, und dann konzentrierte es sich auf *dich* mit unwiderstehlicher, wohlwollender Voreingenommenheit. Es verstand dich gerade so weit, wie du verstanden werden wolltest, glaubte an dich, wie du selbst gern an dich glauben würdest, und versicherte dir, es habe von dir genau den Eindruck, den du im besten Fall zu vermitteln hofftest. An exakt diesem Punkt erlosch es – und ich schaute in das Gesicht eines eleganten jungen Raubeins, ein Jahr oder zwei über dreißig, dessen formvollendete Redeweise ans Absurde grenzte. Schon einige Zeit ehe er sich vorstellte, hatte ich den starken Eindruck, dass er seine Worte mit Bedacht wählte.

Fast im selben Augenblick, als Mr Gatsby sich zu erkennen gab, kam ein Butler zu ihm geeilt mit der Nachricht, dass Chicago für ihn am Telefon sei. Gatsby entschuldigte sich mit einer leichten Verbeugung, die jeden von uns der Reihe nach einschloss.

»Wenn Sie irgendetwas brauchen, fragen Sie einfach danach, alter Knabe«, bat er mich eindringlich. »Entschuldigen Sie mich. Ich stoße später wieder zu Ihnen.«

When he was gone I turned immediately to Jordan—constrained to assure her of my surprise. I had expected that Mr Gatsby would be a florid and corpulent person in his middle years.

"Who is he?" I demanded. "Do you know?"

"He's just a man named Gatsby."

"Where is he from, I mean? And what does he do?"

"Now *you*'re started on the subject," she answered with a wan smile. "Well, he told me once he was an Oxford man."

A dim background started to take shape behind him, but at her next remark it faded away.

"However, I don't believe it."

"Why not?"

"I don't know," she insisted, "I just don't think he went there."

Something in her tone reminded me of the other girl's "I think he killed a man," and had the effect of stimulating my curiosity. I would have accepted without question the information that Gatsby sprang from the swamps of Louisiana or from the lower East Side of New York. That was comprehensible. But young men didn't—at least in my provincial inexperience I believed they didn't—drift coolly out of nowhere and buy a palace on Long Island Sound.

"Anyhow, he gives large parties," said Jordan, changing the subject with an urban distaste for the concrete. "And I like large parties. They're so intimate. At small parties there isn't any privacy."

Als er gegangen war, wandte ich mich sofort an Jordan – es drängte mich, ihr meine Überraschung kundzutun. Ich hatte mir Mr Gatsby als rotgesichtigen, korpulenten Mann mittleren Alters vorgestellt.

»Wer ist er?«, fragte ich. »Wissen Sie das?«

»Er ist einfach ein Mann namens Gatsby.«

»Wo kommt er her, meine ich? Und was macht er?«

»Jetzt fangen *Sie* auch noch damit an«, antwortete sie mit einem matten Lächeln. »Also schön, mir hat er mal erzählt, er habe in Oxford studiert.«

Eine verschwommene Vorgeschichte begann hinter ihm Form anzunehmen, doch mit ihrer nächsten Bemerkung verblasste sie wieder.

»Allerdings glaube ich ihm nicht.«

»Warum nicht?«

»Ich weiß nicht«, beharrte sie, »ich glaube einfach nicht, dass er dort war.«

Etwas in ihrem Tonfall erinnerte mich an das »Ich glaube, er hat jemanden umgebracht« des anderen Mädchens, was meine Neugier weiter anfachte. Ich hätte gewiss ohne weiteres Nachfragen der Auskunft geglaubt, dass Gatsby den Sümpfen Louisianas oder der Lower East Side New Yorks entstammte. So viel ließ sich denken. Aber junge Männer tauchten nicht – wenigstens konnte ich mir das in meiner provinziellen Unerfahrenheit nicht vorstellen – mir nichts, dir nichts aus dem Nirgendwo auf und kauften einen Palast am Long Island Sound.

»Wie dem auch sei, er gibt jedenfalls große Partys«, sagte Jordan und wechselte mit dem Widerwillen des Städters gegen alles Konkrete das Thema. »Und ich mag große Par-

There was the boom of a bass drum, and the voice of the orchestra leader rang out suddenly above the echolalia of the garden.

"Ladies and gentlemen," he cried. "At the request of Mr Gatsby we are going to play for you Mr Vladimir Tostoff's latest work, which attracted so much attention at Carnegie Hall last May. If you read the papers, you know there was a big sensation." He smiled with jovial condescension, and added: "Some sensation!" Whereupon everybody laughed.

"The piece is known," he concluded lustily, "as *Vladimir Tostoff's Jazz History of the World*."

The nature of Mr Tostoff's composition eluded me, because just as it began my eyes fell on Gatsby, standing alone on the marble steps and looking from one group to another with approving eyes. His tanned skin was drawn attractively tight on his face and his short hair looked as though it were trimmed every day. I could see nothing sinister about him. I wondered if the fact that he was not drinking helped to set him off from his guests, for it seemed to me that he grew more correct as the fraternal hilarity increased. When the *Jazz History of the World* was over, girls were putting their heads on men's shoulders in a puppyish, convivial way, girls were swooning backward playfully into men's arms, even into groups, knowing that some one would arrest their falls—but no one swooned backward on Gatsby, and no French bob touched Gatsby's shoulder, and no singing quartets were formed with Gatsby's head for one link.

tys. Sie sind so intim. Auf kleinen Partys kann man sich nirgends zurückziehen.«

Man hörte eine Basstrommel dröhnen, und die Stimme des Orchesterleiters erhob sich plötzlich über die Echolalie im Garten.

»Meine Damen und Herren«, rief er. »Auf Wunsch von Mr Gatsby spielen wir nun für Sie Mr Vladimir Tostoffs neuestes Werk, das letzten Mai in der Carnegie Hall so viel Aufsehen erregt hat. Wenn Sie die Zeitungen lesen, wissen Sie, dass es eine große Sensation war.« Er lächelte heiter herablassend und fügte hinzu: »Und zwar eine richtig große!« Worauf alle lachten.

»Das Stück«, schloss er voller Tatendrang, »ist bekannt als *Vladimir Tostoffs Weltgeschichte des Jazz*.«

Welcher Art Mr Tostoffs Komposition war, entging mir, denn just als das Stück begann, fiel mein Blick auf Gatsby, der allein auf der marmornen Treppe stand und wohlgefällig eine Gruppe nach der anderen betrachtete. Seine gebräunte Haut spannte sich einnehmend straff über seinem Gesicht, und sein kurzes Haar sah aus, als würde es täglich geschnitten. Ich konnte nichts Unheimliches an ihm entdecken. Ich fragte mich, ob die Tatsache, dass er nichts trank, dazu beitrug, ihn aus der Schar seiner Gäste herauszuheben, denn er wirkte umso korrekter auf mich, je ausgelassener die allgemeine Hochstimmung wurde. Als die *Weltgeschichte des Jazz* zu Ende war, lehnten Mädchen welpenhaft keck ihre Köpfe an Männerschultern, sanken Mädchen neckisch verzückt rückwärts in Männerarme, ja in ganze Gruppen hinein in der Gewissheit, dass einer sie schon auffangen werde – doch keines sank rückwärts in Gatsbys Arme, kein französischer Kurzhaarschnitt rührte

"I beg your pardon."

Gatsby's butler was suddenly standing beside us.

"Miss Baker?" he inquired. "I beg your pardon, but Mr Gatsby would like to speak to you alone."

"With me?" she exclaimed in surprise.

"Yes, madame."

She got up slowly, raising her eyebrows at me in astonishment, and followed the butler toward the house. I noticed that she wore her evening-dress, all her dresses, like sports clothes—there was a jauntiness about her movements as if she had first learned to walk upon golf courses on clean, crisp mornings.

I was alone and it was almost two. For some time confused and intriguing sounds had issued from a long, many-windowed room which overhung the terrace. Eluding Jordan's undergraduate, who was now engaged in an obstetrical conversation with two chorus girls, and who implored me to join him, I went inside.

The large room was full of people. One of the girls in yellow was playing the piano, and beside her stood a tall, red-haired young lady from a famous chorus, engaged in song. She had drunk a quantity of champagne, and during the course of her song she had decided, ineptly, that everything was very, very sad—she was not only singing, she was weeping too. Whenever there was a pause in the song she filled it with gasping, broken sobs, and then took up the lyric again in a quavering soprano. The tears coursed down her

an Gatsbys Schulter, und kein Gesangsquartett formierte sich mit Gatsbys Kopf als Teil des Ensembles.

»Verzeihen Sie bitte.«

Gatsbys Butler stand plötzlich neben uns.

»Miss Baker?«, fragte er. »Verzeihen Sie, aber Mr Gatsby würde gern unter vier Augen mit Ihnen sprechen.«

»Mit mir?«, rief sie überrascht aus.

»Ja, Madame.«

Sie erhob sich langsam, sah mich mit hochgezogenen Augenbrauen erstaunt an und folgte dem Butler zum Haus. Mir fiel auf, dass sie ihr Abendkleid, ja all ihre Kleider wie einen Sportdress trug – in ihren Bewegungen lag eine Unbekümmertheit, als hätte sie das Laufen an klaren, taufrischen Morgen auf Golfplätzen gelernt.

Ich war allein, und es war fast zwei. Seit einiger Zeit drangen verworrene, faszinierende Laute aus einem langen, vielfenstrigen Raum, der über die Terrasse ragte. Ich wich Jordans jungem Studenten aus, der inzwischen mit zwei Revuetänzerinnen in ein Gespräch über Geburtshilfe verwickelt war und mich beschwor, ich solle mich dazugesellen, und ging hinein.

Der große Raum war voller Leute. Eines der Mädchen in Gelb spielte Klavier, und neben ihr stand eine groß gewachsene, rothaarige junge Dame von einem berühmten Chor und sang. Sie hatte einiges an Champagner getrunken, und im Verlauf ihres Vortrags hatte sie unpassenderweise entschieden, dass alles sehr, sehr traurig war – sie sang nicht nur, sie weinte auch. Wann immer es im Lied eine Pause gab, füllte sie sie mit keuchenden, gebrochenen Schluchzern und fuhr dann mit bebendem Sopran im Text fort. Die Tränen strömten ihr über die Wangen – wenn

cheeks—not freely, however, for when they came into contact with her heavily beaded eyelashes they assumed an inky color, and pursued the rest of their way in slow black rivulets. A humorous suggestion was made that she sing the notes on her face, whereupon she threw up her hands, sank into a chair, and went off into a deep vinous sleep.

"She had a fight with a man who says he's her husband," explained a girl at my elbow.

I looked around. Most of the remaining women were now having fights with men said to be their husbands. Even Jordan's party, the quartet from East Egg, were rent asunder by dissension. One of the men was talking with curious intensity to a young actress, and his wife, after attempting to laugh at the situation in a dignified and indifferent way, broke down entirely and resorted to flank attacks—at intervals she appeared suddenly at his side like an angry diamond, and hissed: "You promised!" into his ear.

The reluctance to go home was not confined to wayward men. The hall was at present occupied by two deplorably sober men and their highly indignant wives. The wives were sympathizing with each other in slightly raised voices.

"Whenever he sees I'm having a good time he wants to go home."

"Never heard anything so selfish in my life."

"We're always the first ones to leave."

auch nicht völlig ungehindert, denn sobald sie mit ihren tropfenschweren Wimpern in Berührung kamen, nahmen sie die Farbe von Tinte an und legten den Rest ihres Wegs in stockenden schwarzen Rinnsalen zurück. Von irgendwo kam der humorige Vorschlag, sie solle doch nach den Noten auf ihrem Gesicht singen, woraufhin sie die Hände hochwarf, auf einen Stuhl sank und in einen tiefen, weinseligen Schlaf hinüberglitt.

»Sie hatte Streit mit einem Mann, der behauptet, ihr Ehemann zu sein«, erklärte ein Mädchen, das neben mir stand.

Ich schaute mich um. Die meisten der verbliebenen Frauen hatten jetzt Streit mit Männern, die behaupteten, ihre Ehemänner zu sein. Selbst Jordans Bekanntenkreis, das Quartett aus East Egg, war nach einigen Disputen zersprengt. Einer der Männer unterhielt sich merkwürdig angeregt mit einer jungen Schauspielerin, und seine Frau, die angesichts der Situation zunächst würdevoll und gleichgültig zu lachen versucht hatte, brach völlig zusammen und verfiel auf Flankenattacken – in Abständen funkelte sie plötzlich wie ein zorniger Diamant neben ihm auf und zischte ihm »Du hast es versprochen!« ins Ohr.

Doch nicht nur ungehobelten Männern widerstrebte der Gedanke, nach Hause zu gehen. In der Halle standen jetzt zwei beklagenswert nüchterne Männer und ihre höchst indignierten Frauen. Letztere bemitleideten sich gegenseitig mit leicht erhobenen Stimmen.

»Sobald er merkt, dass ich mich amüsiere, will er nach Hause.«

»So was Egoistisches hab ich mein Lebtag noch nicht gehört.«

»Wir sind immer die Ersten, die gehen.«

"So are we."

"Well, we're almost the last to-night," said one of the men sheepishly. "The orchestra left half an hour ago."

In spite of the wives' agreement that such malevolence was beyond credibility, the dispute ended in a short struggle, and both wives were lifted, kicking, into the night.

As I waited for my hat in the hall the door of the library opened and Jordan Baker and Gatsby came out together. He was saying some last word to her, but the eagerness in his manner tightened abruptly into formality as several people approached him to say good-by.

Jordan's party were calling impatiently to her from the porch, but she lingered for a moment to shake hands.

"I've just heard the most amazing thing," she whispered. "How long were we in there?"

"Why, about an hour."

"It was ... simply amazing," she repeated abstractedly. "But I swore I wouldn't tell it and here I am tantalizing you." She yawned gracefully in my face. "Please come and see me ... Phone book ... Under the name of Mrs Sigourney Howard ... My aunt ..." She was hurrying off as she talked—her brown hand waved a jaunty salute as she melted into her party at the door.

Rather ashamed that on my first appearance I had stayed so late, I joined the last of Gatsby's guests, who

»Genau wie wir.«

»Na ja, heute sind wir beinahe die Letzten«, sagte einer der Männer kleinlaut. »Das Orchester ist schon vor einer halben Stunde gegangen.«

Trotz der Übereinkunft der Gattinnen, solcherlei Böswilligkeit sei doch wohl unerhört, endete der Disput in einem kurzen Gerangel, und beide Frauen wurden strampelnd in die Nacht hinausgetragen.

Während ich in der Halle auf meinen Hut wartete, öffnete sich die Tür der Bibliothek und Jordan Baker und Gatsby kamen heraus. Er sagte gerade irgendein letztes Wort zu ihr, doch der Eifer in seinem Benehmen straffte sich unvermittelt zur Förmlichkeit, als einige Leute an ihn herantraten, um sich zu verabschieden.

Von der Veranda aus riefen Jordans Bekannte ungeduldig nach ihr, doch sie blieb noch einen Moment, um mir die Hand zu schütteln.

»Ich habe gerade eine völlig verrückte Geschichte gehört«, flüsterte sie. »Wie lang waren wir da drin?«

»Na, ungefähr eine Stunde.«

»Es war … einfach verrückt«, wiederholte sie geistesabwesend. »Aber ich habe geschworen, nichts zu verraten, und jetzt spanne ich Sie hier auf die Folter.« Sie gähnte mir elegant ins Gesicht. »Bitte kommen Sie und besuchen mich mal … Telefonbuch … Unter dem Namen Mrs Sigourney Howard … Meine Tante …« Noch im Sprechen eilte sie davon – ihre braune Hand grüßte beschwingt zum Abschied, als sie an der Tür mit der Gruppe ihrer Bekannten verschmolz.

Einigermaßen beschämt, dass ich gleich bei meinem ersten Besuch so lange geblieben war, schloss ich mich den

were clustered around him. I wanted to explain that I'd hunted for him early in the evening and to apologize for not having known him in the garden.

"Don't mention it," he enjoined me eagerly. "Don't give it another thought, old sport." The familiar expression held no more familiarity than the hand which reassuringly brushed my shoulder. "And don't forget we're going up in the hydroplane to-morrow morning, at nine o'clock."

Then the butler, behind his shoulder:

"Philadelphia wants you on the 'phone, sir."

"All right, in a minute. Tell them I'll be right there ... good night."

"Good night."

"Good night." He smiled—and suddenly there seemed to be a pleasant significance in having been among the last to go, as if he had desired it all the time. "Good night, old sport ... good night."

But as I walked down the steps I saw that the evening was not quite over. Fifty feet from the door a dozen headlights illuminated a bizarre and tumultuous scene. In the ditch beside the road, right side up, but violently shorn of one wheel, rested a new coupé which had left Gatsby's drive not two minutes before. The sharp jut of a wall accounted for the detachment of the wheel, which was now getting considerable attention from half a dozen curious chauffeurs. However, as they had left their cars blocking the road, a harsh, discordant din

letzten von Gatsbys Gästen an, die sich um ihn versammelt hatten. Ich wollte ihm erklären, dass ich ihn zu Beginn des Abends hatte finden wollen, und mich dafür entschuldigen, dass ich ihn im Garten nicht erkannt hatte.

»Lassen Sie's gut sein«, schärfte er mir lebhaft ein. »Denken Sie einfach nicht mehr daran, alter Knabe.« Die vertrauliche Anrede trug nicht mehr plumpe Vertraulichkeit in sich als die Hand, die beschwichtigend meine Schulter streifte. »Und vergessen Sie nicht, dass wir morgen früh eine Runde mit dem Wasserflugzeug drehen, um neun Uhr.«

Dann der Butler, an seiner Schulter:

»Philadelphia wünscht Sie am Telefon, Sir.«

»Schon gut, einen Moment noch. Sagen Sie ihnen, ich bin gleich da ... Gute Nacht.«

»Gute Nacht.«

»Gute Nacht.« Er lächelte – und plötzlich schien es auf eine angenehme Weise bedeutsam zu sein, dass ich unter den Letzten war, die gingen, so als hätte er sich die ganze Zeit eben das gewünscht. »Gute Nacht, alter Knabe ... Gute Nacht.«

Doch als ich die Stufen hinunterging, bemerkte ich, dass der Abend noch nicht ganz vorbei war. Fünfzig Fuß von der Tür entfernt beleuchtete ein Dutzend Scheinwerfer eine groteske, tumultartige Szene. Im Graben neben der Straße stand, zwar noch aufrecht, aber gewaltsam eines Rades beraubt, ein neues Coupé, das Gatsbys Auffahrt keine zwei Minuten zuvor verlassen hatte. Ein scharfer Mauervorsprung war wohl verantwortlich für das abgesprungene Rad, dem nun ein halbes Dutzend neugieriger Chauffeure beträchtliche Aufmerksamkeit widmete. Da allerdings ihre

from those in the rear had been audible for some time, and added to the already violent confusion of the scene.

A man in a long duster had dismounted from the wreck and now stood in the middle of the road, looking from the car to the tire and from the tire to the observers in a pleasant, puzzled way.

"See!" he explained. "It went in the ditch."

The fact was infinitely astonishing to him, and I recognized first the unusual quality of wonder, and then the man—it was the late patron of Gatsby's library.

"How'd it happen?"

He shrugged his shoulders.

"I know nothing whatever about mechanics," he said decisively.

"But how did it happen? Did you run into the wall?"

"Don't ask me," said Owl Eyes, washing his hands of the whole matter. "I know very little about driving—next to nothing. It happened, and that's all I know."

"Well, if you're a poor driver you oughtn't to try driving at night."

"But I wasn't even trying," he explained indignantly, "I wasn't even trying."

An awed hush fell upon the bystanders.

"Do you want to commit suicide?"

verlassenen Wagen die Straße blockierten, schallte seit einiger Zeit von den weiter hinten stehenden ein zorniger, dissonanter Lärm herüber, der das ohnehin schon gewaltige Durcheinander der Szene noch steigerte.

Ein Mann im langen Staubmantel war aus dem Unglückswagen gestiegen, stand jetzt mitten auf der Straße und schaute verwirrt und liebenswürdig vom Auto zum Reifen und vom Reifen zu den Schaulustigen.

»Sehen Sie sich das an!«, erklärte er. »Glatt in den Graben gefahren.«

Das Ganze war ihm ein einziges Rätsel, und ich erkannte zuerst die ungewöhnliche Intensität dieses Staunens wieder und dann den Mann – es war der späte Gast aus Gatsbys Bibliothek.

»Was ist passiert?«

Er zuckte die Schultern.

»Ich verstehe rein gar nichts von Technik«, sagte er entschieden.

»Aber was ist denn passiert? Sind Sie gegen die Mauer gefahren?«

»Fragen Sie mich nicht«, sagte Eulenauge, als wollte er mit der Sache nichts mehr zu tun haben. »Ich verstehe sehr wenig vom Autofahren – so gut wie gar nichts. Es ist passiert, mehr weiß ich nicht.«

»Tja, wenn Sie ein so schlechter Fahrer sind, sollten Sie's nicht auch noch nachts versuchen.«

»Aber ich hab's ja nicht mal versucht«, erklärte er empört, »ich hab's ja nicht mal versucht.«

Ehrfürchtiges Schweigen senkte sich auf die Umstehenden.

»Wollen Sie sich umbringen?«

"You're lucky it was just a wheel! A bad driver and not even *trying*!"

"You don't understand," explained the criminal. "I wasn't driving. There's another man in the car."

The shock that followed this declaration found voice in a sustained "Ah-h-h!" as the door of the coupé swung slowly open. The crowd—it was now a crowd—stepped back involuntarily, and when the door had opened wide there was a ghostly pause. Then, very gradually, part by part, a pale, dangling individual stepped out of the wreck, pawing tentatively at the ground with a large uncertain dancing shoe.

Blinded by the glare of the headlights and confused by the incessant groaning of the horns, the apparition stood swaying for a moment before he perceived the man in the duster.

"Wha's matter?" he inquired calmly. "Did we run outa gas?"

"Look!"

Half a dozen fingers pointed at the amputated wheel—he stared at it for a moment, and then looked upward as though he suspected that it had dropped from the sky.

"It came off," some one explained.

He nodded.

"At first I din' notice we'd stopped."

A pause. Then, taking a long breath and straightening his shoulders, he remarked in a determined voice:

»Sie haben Glück, dass es nur ein Rad war! Ein schlechter Fahrer sein und es nicht mal *versuchen*!«

»Sie verstehen nicht«, rechtfertigte sich der Angeklagte. »Ich bin nicht gefahren. Da sitzt noch ein anderer im Auto.«

Der Schock, der dieser Erklärung folgte, machte sich Luft in einem lang gezogenen »Ah-h-h!«, als die Tür des Coupés langsam aufschwang. Die Menge – inzwischen war es eine Menge – wich unwillkürlich zurück, und als die Tür sich weit geöffnet hatte, entstand eine gespenstische Pause. Dann, ganz allmählich, Stück für Stück, schob sich ein bleiches, schlackerndes Individuum aus dem Wrack und scharrte zaghaft mit einem großen unsicheren Tanzschuh über den Boden.

Vom grellen Scheinwerferlicht geblendet und durch das unaufhörliche Ächzen der Hupen verwirrt, stand der Erschienene für einen Augenblick schwankend da, ehe er den Mann im Staubmantel bemerkte.

»Was'n los?«, erkundigte er sich seelenruhig. »Kein' Sprit mehr?«

»Da!«

Ein halbes Dutzend Finger zeigte auf das amputierte Rad – er starrte es einen Moment lang an und richtete dann seinen Blick nach oben, als argwöhnte er, dass es vom Himmel gefallen war.

»Ist abgegangen«, erläuterte jemand.

Er nickte.

»Hab ers gar nich gemerkt, dass wir angehaltn ham.«

Pause. Dann, nachdem er tief eingeatmet und seine Schultern gestrafft hatte, sagte er mit entschlossener Stimme:

"Wonder'ff tell me where there's a gas'line station?"

At least a dozen men, some of them little better off than he was, explained to him that wheel and car were no longer joined by any physical bond.

"Back out," he suggested after a moment. "Put her in reverse."

"But the *wheel's* off!"

He hesitated.

"No harm in trying," he said.

The caterwauling horns had reached a crescendo and I turned away and cut across the lawn toward home. I glanced back once. A wafer of a moon was shining over Gatsby's house, making the night fine as before, and surviving the laughter and the sound of his still glowing garden. A sudden emptiness seemed to flow now from the windows and the great doors, endowing with complete isolation the figure of the host, who stood on the porch, his hand up in a formal gesture of farewell.

Reading over what I have written so far, I see I have given the impression that the events of three nights several weeks apart were all that absorbed me. On the contrary, they were merely casual events in a crowded summer, and, until much later, they absorbed me infinitely less than my personal affairs.

»Kammir wohl einer sagn, wo's hier 'ne Tankstelle hat?«

Mindestens ein Dutzend Männer, manche von ihnen in kaum besserer Verfassung als er, erklärten ihm, dass zwischen Rad und Auto keinerlei physische Verbindung mehr bestand.

»Zurücksetzn«, schlug er kurz darauf vor. »Rückwärtsgang einlegn.«

»Aber das *Rad* ist ab!«

Er zögerte.

»Versuchn schadet nix«, sagte er.

Das Gejaule der Hupen hatte sich inzwischen zum Crescendo gesteigert, und ich wandte mich ab und schlenderte quer über den Rasen nach Hause. Einmal blickte ich flüchtig zurück. Ein Oblatenmond beschien Gatsbys Haus, machte die Nacht schön wie zuvor und überdauerte das Gelächter und die Geräusche seines noch immer glühenden Gartens. Eine plötzliche Leere schien nun aus den Fenstern und Flügeltüren zu strömen und umgab die Gestalt des Gastgebers, der, seine Hand zu einer förmlichen Geste des Abschieds erhoben, auf der Veranda stand, mit vollkommener Einsamkeit.

Wenn ich das bisher Geschriebene noch einmal lese, fällt mir auf, dass ich den Eindruck vermittelt habe, die Ereignisse dreier Nächte im Abstand mehrerer Wochen seien das Einzige gewesen, das mich beschäftigte. Doch eigentlich waren sie nur beiläufige Ereignisse in einem prallvollen Sommer, und vorerst, zumindest noch eine ganze Weile, beschäftigten sie mich unendlich viel weniger als meine persönlichen Angelegenheiten.

Most of the time I worked. In the early morning the sun threw my shadow westward as I hurried down the white chasms of lower New York to the Probity Trust. I knew the other clerks and young bond-salesmen by their first names, and lunched with them in dark, crowded restaurants on little pig sausages and mashed potatoes and coffee. I even had a short affair with a girl who lived in Jersey City and worked in the accounting department, but her brother began throwing mean looks in my direction, so when she went on her vacation in July I let it blow quietly away.

I took dinner usually at the Yale Club—for some reason it was the gloomiest event of my day—and then I went up-stairs to the library and studied investments and securities for a conscientious hour. There were generally a few rioters around, but they never came into the library, so it was a good place to work. After that, if the night was mellow, I strolled down Madison Avenue past the old Murray Hill Hotel, and over 33rd Street to the Pennsylvania Station.

I began to like New York, the racy, adventurous feel of it at night, and the satisfaction that the constant flicker of men and women and machines gives to the restless eye. I liked to walk up Fifth Avenue and pick out romantic women from the crowd and imagine that in a few minutes I was going to enter into their lives, and no one would ever know or disapprove. Sometimes, in my mind, I followed them to their apartments on the corners of hidden streets, and they turned and smiled back at me before they faded through a door

Die meiste Zeit arbeitete ich. Früh am Morgen warf die Sonne meinen Schatten nach Westen, wenn ich durch die weißen Schluchten von Lower Manhattan zum Probity Trust eilte. Ich kannte die übrigen Angestellten und jungen Wertpapierhändler beim Vornamen und saß mit ihnen während der Mittagspause in dunklen, überfüllten Lokalen vor Schweinswürstchen, Kartoffelbrei und Kaffee. Ich hatte sogar eine kurze Affäre mit einem Mädchen, das in Jersey City wohnte und in der Buchhaltung arbeitete, doch ihr Bruder begann mir böse Blicke zuzuwerfen, und so ließ ich die Sache während ihres Urlaubs im Juli leise ausklingen.

Am Abend aß ich gewöhnlich im Yale Club – aus irgendeinem Grund war es für mich das trübste Ereignis des Tages –, dann ging ich hinauf in die Bibliothek und brütete eine Gewissensstunde lang über Kapitalanlagen und Schuldverschreibungen. Fast immer gab es ein paar Radaubrüder im Club, aber sie kamen nie in die Bibliothek, sodass es sich dort gut arbeiten ließ. An heiteren Abenden schlenderte ich danach die Madison Avenue hinunter, vorbei am alten Murray Hill Hotel und über die 33. Straße zur Pennsylvania Station.

Ich fing an, New York zu mögen, seine unternehmungslustig pulsierende Atmosphäre bei Nacht und die Befriedigung, die das stete Geflirr von Männern und Frauen und Maschinen dem rastlosen Auge bietet. Es gefiel mir, die Fifth Avenue hinaufzuspazieren, mir in der Menge romantische Frauen auszusuchen und mir vorzustellen, dass ich in wenigen Minuten in ihr Leben treten und niemand es je erfahren oder missbilligen würde. Hin und wieder, in meinen Gedanken, folgte ich ihnen bis zu ihren Wohnungen an den Ecken unbekannter Straßen, und sie drehten sich

into warm darkness. At the enchanted metropolitan twilight I felt a haunting loneliness sometimes, and felt it in others—poor young clerks who loitered in front of windows waiting until it was time for a solitary restaurant dinner—young clerks in the dusk, wasting the most poignant moments of night and life.

Again at eight o'clock, when the dark lanes of the Forties were five deep with throbbing taxi-cabs, bound for the theatre district, I felt a sinking in my heart. Forms leaned together in the taxis as they waited, and voices sang, and there was laughter from unheard jokes, and lighted cigarettes outlined unintelligible circles inside. Imagining that I, too, was hurrying toward gayety and sharing their intimate excitement, I wished them well.

For a while I lost sight of Jordan Baker, and then in midsummer I found her again. At first I was flattered to go places with her, because she was a golf champion, and every one knew her name. Then it was something more. I wasn't actually in love, but I felt a sort of tender curiosity. The bored haughty face that she turned to the world concealed something—most affectations conceal something eventually, even though they don't in the beginning—and one day I found what it was. When we were on a house-party together up in Warwick, she left a borrowed car out in the rain with the top down, and then lied about it—and suddenly I remembered

um und erwiderten mein Lächeln, ehe sie sich durch eine Tür in warmer Dunkelheit auflösten. Im verzauberten Zwielicht der Großstadt empfand ich manchmal eine quälende Einsamkeit und empfand sie auch bei andern – armen jungen Angestellten, die vor den Fenstern umherstreunten und warteten, bis die Zeit zum einsamen Abendessen im Restaurant gekommen war – junge Angestellte in der Dämmerung, die die ergreifendsten Momente der Nacht und des Lebens vergeudeten.

Und gegen acht Uhr, wenn die Taxis mit pochenden Motoren zum Theaterviertel unterwegs waren und in Fünferreihen die dunklen Schneisen der Vierzigerstraßen verstopften, wurde mir aufs Neue das Herz schwer. In den wartenden Taxis lehnten sich Schemen aneinander, Stimmen sangen, Gelächter folgte auf ungehörte Späße, und glühende Zigaretten beschrieben im Innern undeutliche Kreise. Ich malte mir aus, dass auch ich irgendeiner Vergnügung zustrebte, nahm Anteil an ihrer innigen Vorfreude und wünschte ihnen das Beste.

Für eine Weile verlor ich Jordan Baker aus den Augen, doch im Hochsommer begegnete ich ihr wieder. Zuerst schmeichelte es mir, mit ihr auszugehen, weil sie Golfmeisterin war und alle Welt ihren Namen kannte. Dann war da mehr als das. Ich war nicht eigentlich verliebt, aber ich empfand eine Art zarter Neugier. Das gelangweilte, hochmütige Gesicht, das sie der Welt zeigte, verbarg etwas – irgendwann verbergen die meisten Affektiertheiten etwas, selbst wenn sie es anfangs nicht tun –, und eines Tages fand ich heraus, was es war. Als wir gemeinsam auf einer großen Party oben in Warwick waren, ließ sie einen geliehenen Wagen mit offenem Verdeck draußen im Regen stehen und zog sich mit

the story about her that had eluded me that night at Daisy's. At her first big golf tournament there was a row that nearly reached the newspapers—a suggestion that she had moved her ball from a bad lie in the semi-final round. The thing approached the proportions of a scandal—then died away. A caddy retracted his statement, and the only other witness admitted that he might have been mistaken. The incident and the name had remained together in my mind.

Jordan Baker instinctively avoided clever, shrewd men, and now I saw that this was because she felt safer on a plane where any divergence from a code would be thought impossible. She was incurably dishonest. She wasn't able to endure being at a disadvantage and, given this unwillingness, I suppose she had begun dealing in subterfuges when she was very young in order to keep that cool, insolent smile turned to the world and yet satisfy the demands of her hard, jaunty body.

It made no difference to me. Dishonesty in a woman is a thing you never blame deeply—I was casually sorry, and then I forgot. It was on that same house party that we had a curious conversation about driving a car. It started because she passed so close to some workmen that our fender flicked a button on one man's coat.

"You're a rotten driver," I protested. "Either you ought to be more careful, or you oughtn't to drive at all."

einer Lüge aus der Affäre – und plötzlich erinnerte ich mich wieder an die Geschichte über sie, die mir an dem Abend bei Daisy nicht eingefallen war. Bei ihrem ersten großen Golfturnier hatte es einen Aufruhr gegeben, der fast in die Zeitungen gekommen wäre – man verdächtigte sie damals, im Halbfinale ihren Ball aus schlechter Position umgelegt zu haben. Die Sache wuchs sich beinahe zu einem Skandal aus – dann glätteten sich die Wogen. Ein Caddie zog seine Aussage zurück, und der einzige andere Zeuge räumte ein, er habe sich möglicherweise geirrt. Vorfall und Name waren mir gemeinsam im Gedächtnis geblieben.

Jordan Baker ging klugen, geistreichen Männern instinktiv aus dem Weg, und nun verstand ich, warum das so war – sie fühlte sich sicherer auf einem Terrain, auf dem man jede Abweichung von der Norm für ausgeschlossen hielt. Sie war unheilbar unehrlich. Sie ertrug es nicht, im Nachteil zu sein, und dieser Widerwille war vermutlich der Grund dafür, dass sie sich von frühester Jugend an Ausflüchte suchte, um der Welt weiterhin jenes kühle, anmaßende Lächeln zeigen und dennoch die Bedürfnisse ihres harten, grazilen Körpers befriedigen zu können.

Mich kümmerte das nicht weiter. Unehrlichkeit lässt sich einer Frau nie ernstlich vorwerfen – ich war kurz ein wenig betrübt, dann vergaß ich es wieder. Anlässlich der erwähnten Party führten wir auch ein merkwürdiges Gespräch übers Autofahren. Es begann, als sie so dicht an einigen Arbeitern vorbeifuhr, dass unser Kotflügel einem der Männer einen Knopf von der Jacke pflückte.

»Sie fahren hundsmiserabel«, protestierte ich. »Sie sollten entweder vorsichtiger sein oder überhaupt nicht mehr fahren.«

"I am careful."

"No, you're not."

"Well, other people are," she said lightly.

"What's that got to do with it?"

"They'll keep out of my way," she insisted. "It takes two to make an accident."

"Suppose you met somebody just as careless as yourself."

"I hope I never will," she answered. "I hate careless people. That's why I like you."

Her gray, sun-strained eyes stared straight ahead, but she had deliberately shifted our relations, and for a moment I thought I loved her. But I am slow-thinking and full of interior rules that act as brakes on my desires, and I knew that first I had to get myself definitely out of that tangle back home. I'd been writing letters once a week and signing them: "Love, Nick," and all I could think of was how, when that certain girl played tennis, a faint mustache of perspiration appeared on her upper lip. Nevertheless there was a vague understanding that had to be tactfully broken off before I was free.

Every one suspects himself of at least one of the cardinal virtues, and this is mine: I am one of the few honest people that I have ever known.

»Ich bin vorsichtig.«

»Nein, sind Sie nicht.«

»Tja, andere Leute schon«, sagte sie leichthin.

»Was soll das denn bedeuten?«

»Sie werden mir ausweichen«, behauptete sie. »Zu einem Unfall braucht's immer zwei.«

»Vielleicht treffen Sie ja mal auf jemanden, der genauso sorglos ist wie Sie.«

»Das wird hoffentlich nie passieren«, antwortete sie. »Ich hasse sorglose Leute. Deshalb mag ich Sie.«

Ihre grauen, sonnenstrapazierten Augen blickten starr geradeaus, doch sie hatte soeben bewusst die Ebene unserer Beziehung gewechselt, und einen Moment lang dachte ich, dass ich sie liebte. Allerdings denke ich recht langsam und stecke voller innerer Regeln, die wie Bremsen auf meine Sehnsüchte wirken, und ich wusste, dass ich mich zuerst endgültig aus den Verwicklungen befreien musste, die mich an zu Hause banden. Noch immer schrieb ich jede Woche einen Brief und unterzeichnete ihn mit »Herzlich, Dein Nick«, und alles, woran ich dabei denken konnte, war, wie sich, wenn das gewisse Mädchen Tennis spielte, ein schwaches Bärtchen aus Schweißperlen auf ihrer Oberlippe bildete. Dennoch gab es da eine vage Übereinkunft, die taktvoll gelöst werden musste, ehe ich frei war.

Ein jeder vermutet bei sich wenigstens eine Kardinaltugend, und bei mir ist es diese: Ich bin einer der wenigen ehrlichen Menschen, die mir bisher begegnet sind.

CHAPTER 4

On Sunday morning while church bells rang in the villages alongshore, the world and its mistress returned to Gatsby's house and twinkled hilariously on his lawn.

"He's a bootlegger," said the young ladies, moving somewhere between his cocktails and his flowers. "One time he killed a man who had found out that he was nephew to Von Hindenburg and second cousin to the devil. Reach me a rose, honey, and pour me a last drop into that there crystal glass."

Once I wrote down on the empty spaces of a time-table the names of those who came to Gatsby's house that summer. It is an old time-table now, disintegrating at its folds, and headed "This schedule in effect July 5th, 1922." But I can still read the gray names, and they will give you a better impression than my generalities of those who accepted Gatsby's hospitality and paid him the subtle tribute of knowing nothing whatever about him.

From East Egg, then, came the Chester Beckers and the Leeches, and a man named Bunsen, whom I knew at Yale, and Doctor Webster Civet, who was drowned last summer up in Maine. And the Hornbeams and the Willie Voltaires, and a whole clan named Blackbuck, who always gathered in a corner and flipped up their noses like goats at whosoever came near. And the Ismays and the Chrysties (or rather Hubert Auerbach

KAPITEL 4

Wenn am Sonntagmorgen in den Dörfern entlang der Küste die Kirchenglocken läuteten, kehrten die Welt und ihre Gebieterin in Gatsbys Haus zurück und funkelten ausgelassen auf seinem Rasen.

»Er ist Alkoholschmuggler«, sagten die jungen Damen, während sie irgendwo zwischen seinen Cocktails und seinen Blumen lustwandelten. »Er hat mal einen Mann getötet, der gehört hatte, er sei ein Neffe Hindenburgs und ein Cousin zweiten Grades des Teufels. Reich mir eine Rose, Herzchen, und gieß mir noch einen letzten Tropfen da drüben in das Kristallglas.«

Einmal notierte ich in den Lücken eines Kursbuchs die Namen all derer, die in jenem Sommer in Gatsbys Haus erschienen. Das Buch ist inzwischen alt und fällt langsam auseinander; es trägt die Aufschrift »Fahrplan gültig ab 5. Juli 1922«. Aber ich kann die grauen Namen noch lesen, und sie werden weit besser als meine Gemeinplätze einen Eindruck von jener Gesellschaft vermitteln, die Gatsbys Gastfreundschaft in Anspruch nahm und es ihm feinsinnig damit vergalt, nicht das Geringste über ihn zu wissen.

Aus East Egg also kamen die Chester Beckers und die Leeches, ein Mann namens Bunsen, den ich aus Yale kannte, sowie Doktor Webster Civet, der letzten Sommer oben in Maine ertrank. Auch die Hornbeams waren da und die Willie Voltaires und ein ganzer Clan mit dem Namen Blackbuck, dessen Mitglieder sich jedes Mal in einer Ecke versammelten und wie die Ziegen jedem, der in ihre Nähe kam, die Nasen entgegenreckten. Außerdem die Ismays

and Mr Chrystie's wife), and Edgar Beaver, whose hair, they say, turned cotton-white one winter afternoon for no good reason at all.

Clarence Endive was from East Egg, as I remember. He came only once, in white knickerbockers, and had a fight with a bum named Etty in the garden. From farther out on the Island came the Cheadles and the O. R. P. Schraeders, and the Stonewall Jackson Abrams of Georgia, and the Fishguards and the Ripley Snells. Snell was there three days before he went to the penitentiary, so drunk out on the gravel drive that Mrs Ulysses Swett's automobile ran over his right hand. The Dancies came, too, and S. B. Whitebait, who was well over sixty, and Maurice A. Flink, and the Hammerheads, and Beluga the tobacco importer, and Beluga's girls.

From West Egg came the Poles and the Mulreadys and Cecil Roebuck and Cecil Schoen and Gulick the state senator and Newton Orchid, who controlled Films Par Excellence, and Eckhaust and Clyde Cohen and Don S. Schwartze (the son) and Arthur McCarty, all connected with the movies in one way or another. And the Catlips and the Bembergs and G. Earl Muldoon, brother to that Muldoon who afterward strangled his wife. Da Fontano the promoter came there, and Ed Legros and James B. ("Rot-Gut") Ferret and the De Jongs and Ernest Lilly—they came to gamble, and when Ferret wandered into the garden it meant he was cleaned out and Associated Traction would have to fluctuate profitably next day.

und die Chrysties (oder vielmehr Hubert Auerbach mit Mr Chrysties Frau) sowie Edgar Beaver, dessen Haar angeblich eines Winternachmittags ohne jeden triftigen Anlass schlohweiß geworden war.

Clarence Endive war ebenfalls aus East Egg, soweit ich mich erinnere. Er kam nur einmal, trug weiße Kniebundhosen und geriet im Garten mit einem Saufbold namens Etty aneinander. Aus einem entlegeneren Teil der Insel kamen die Cheadles und die O. R. P. Schraeders, die Stonewall Jackson Abrams aus Georgia sowie die Fishguards und die Ripley Snells. Snell musste drei Tage später ins Gefängnis und lag derart betrunken in der Kieseinfahrt, dass Mrs Ulysses Swetts Automobil ihm über die rechte Hand rollte. Auch die Dancies kamen, ebenso wie S. B. Whitebait, der weit über sechzig war, Maurice A. Flink, die Hammerheads und Beluga, der Tabakimporteur, und dazu noch Belugas Mädchen.

Aus West Egg erschienen die Poles und die Mulreadys, Cecil Roebuck und Cecil Schoen, Senator Gulick, Newton Orchid, Geschäftsführer von Films Par Excellence, sowie Eckhaust, Clyde Cohen, Don S. Schwartze (der Sohn) und Arthur McCarty, die allesamt auf die eine oder andere Weise mit der Filmbranche zu tun hatten. Außerdem die Catlips, die Bembergs und G. Earl Muldoon, der Bruder jenes Muldoon, der später seine Frau erwürgte. Der Förderer Da Fontano kam ebenso wie Ed Legros und James B. (»Fusel«) Ferret, die De Jongs und Ernest Lilly – sie kamen, um zu spielen, und wenn Ferret sich hinaus in den Garten trollte, bedeutete das, dass er blank war und Associated Traction sich am nächsten Tag einträglich würde entwickeln müssen.

A man named Klipspringer was there so often and so long that he became known as "the boarder"—I doubt if he had any other home. Of theatrical people there were Gus Waize and Horace O'Donavan and Lester Meyer and George Duckweed and Francis Bull. Also from New York were the Chromes and the Backhyssons and the Dennickers and Russel Betty and the Corrigans and the Kellehers and the Dewars and the Scullys and S. W. Belcher and the Smirkes and the young Quinns, divorced now, and Henry L. Palmetto, who killed himself by jumping in front of a subway train in Times Square.

Benny McClenahan arrived always with four girls. They were never quite the same ones in physical person, but they were so identical one with another that it inevitably seemed they had been there before. I have forgotten their names—Jaqueline, I think, or else Consuela, or Gloria or Judy or June, and their last names were either the melodious names of flowers and months or the sterner ones of the great American capitalists whose cousins, if pressed, they would confess themselves to be.

In addition to all these I can remember that Faustina O'brien came there at least once and the Baedeker girls and young Brewer, who had his nose shot off in the war, and Mr Albrucksburger and Miss Haag, his fiancee, and Ardita Fitz-Peters and Mr P. Jewett, once head of the American Legion, and Miss Claudia Hip, with a man reputed to be her chauffeur, and a prince of something, whom we called Duke, and whose name, if I ever knew it, I have forgotten.

Ein Mann namens Klipspringer war so oft da und blieb so lange, dass man ihn schlicht den »Kostgänger« nannte – ich frage mich, ob er überhaupt ein anderes Zuhause hatte. Von den Theaterleuten erschienen Gus Waize und Horace O'Donavan, Lester Meyer und George Duckweed und Francis Bull. Ebenfalls aus New York kamen die Chromes und die Backhyssons und die Dennickers, Russel Betty, die Corrigans, die Kellehers und die Dewars sowie die Scullys und S. W. Belcher und die Smirkes und die jungen Quinns, die inzwischen geschieden sind, und Henry L. Palmetto, der sich das Leben nahm, indem er am Times Square vor eine U-Bahn sprang.

Benny McClenahan tauchte immer mit vier Mädchen auf. Rein physisch betrachtet waren es nie wirklich dieselben, aber sie glichen einander so sehr, dass man unweigerlich den Eindruck hatte, sie wären vorher schon einmal da gewesen. Ihre Namen habe ich vergessen – Jaqueline vielleicht oder auch Consuela oder Gloria oder Judy oder June, und ihre Nachnamen waren entweder die wohlklingenden Namen von Blumen und Monaten oder die strengeren der großen amerikanischen Kapitalisten, deren Cousinen zu sein sie auf drängendes Nachfragen hin zugaben.

Darüber hinaus kann ich mich erinnern, dass mindestens einmal Faustina O'Brien dort war, ebenso wie die Baedeker-Mädchen und der junge Brewer, dem man im Krieg die Nase abgeschossen hatte, Mr Albrucksburger mit Miss Haag, seiner Verlobten, dann Ardita Fitz-Peters und Mr P. Jewett, ehemals Vorstand der American Legion, Miss Claudia Hip samt einem Mann, den man für ihren Chauffeur hielt, sowie ein Prinz von Irgendwas, den wir Duke nannten und dessen Name mir, sollte ich ihn je gekannt haben, entfallen ist.

All these people came to Gatsby's house in the summer.

At nine o'clock, one morning late in July, Gatsby's gorgeous car lurched up the rocky drive to my door and gave out a burst of melody from its three-noted horn. It was the first time he had called on me, though I had gone to two of his parties, mounted in his hydroplane, and, at his urgent invitation, made frequent use of his beach.

"Good morning, old sport. You're having lunch with me to-day and I thought we'd ride up together."

He was balancing himself on the dashboard of his car with that resourcefulness of movement that is so peculiarly American—that comes, I suppose, with the absence of lifting work or rigid sitting in youth and, even more, with the formless grace of our nervous, sporadic games. This quality was continually breaking through his punctilious manner in the shape of restlessness. He was never quite still; there was always a tapping foot somewhere or the impatient opening and closing of a hand.

He saw me looking with admiration at his car.

"It's pretty, isn't it, old sport?" He jumped off to give me a better view. "Haven't you ever seen it before?"

I'd seen it. Everybody had seen it. It was a rich cream color, bright with nickel, swollen here and there in its monstrous length with triumphant hat-boxes and sup-

All diese Leute kamen im Sommer in Gatsbys Haus.

Ende Juli schaukelte eines Morgens um neun Uhr Gatsbys herrlicher Wagen die holprige Auffahrt zu meiner Haustür herauf und gab mit seiner Drei-Ton-Hupe einen sonoren Fanfarenstoß von sich. Es war das erste Mal, dass er mich aufsuchte, obwohl ich bereits auf zwei seiner Partys gewesen war, in seinem Wasserflugzeug gesessen hatte und auf seine nachdrückliche Einladung hin regelmäßig seinen Badestrand nutzte.

»Guten Morgen, alter Knabe. Sie essen heute mit mir zu Mittag, und ich dachte, wir fahren am besten gemeinsam in die Stadt.«

Er balancierte auf dem Trittbrett seines Wagens und zeigte dabei jene findige Beweglichkeit, die so eigentümlich amerikanisch ist – und die, wie ich vermute, vom Fehlen schwerer körperlicher Arbeit in der Jugend herrührt und, mehr noch, von der formlosen Grazie unseres fahrigen, sporadischen Sportunterrichts. Diese Eigenschaft durchbrach immer wieder sein peinlich korrektes Verhalten und verlieh ihm eine Art Rastlosigkeit. Nie war er vollkommen ruhig; stets rührte sich irgendwo ein klopfender Fuß oder eine Hand, die sich ungeduldig öffnete und wieder schloss.

Er bemerkte, wie ich voller Bewunderung seinen Wagen betrachtete.

»Ganz nett, nicht wahr, alter Knabe?« Er sprang herunter, um mir eine bessere Sicht zu ermöglichen. »Haben Sie ihn noch nie gesehen?«

Ich hatte ihn gesehen. Jeder hatte ihn gesehen. Er war satt cremefarben mit glänzenden Nickelbeschlägen, an verschiedenen Stellen seiner monströsen Länge geschwollen

per-boxes and tool-boxes, and terraced with a labyrinth of wind-shields that mirrored a dozen suns. Sitting down behind many layers of glass in a sort of green leather conservatory, we started to town.

I had talked with him perhaps half a dozen times in the past month and found, to my disappointment, that he had little to say. So my first impression, that he was a person of some undefined consequence, had gradually faded and he had become simply the proprietor of an elaborate road-house next door.

And then came that disconcerting ride. We hadn't reached West Egg Village before Gatsby began leaving his elegant sentences unfinished and slapping himself indecisively on the knee of his caramel-colored suit.

"Look here, old sport," he broke out surprisingly. "What's your opinion of me, anyhow?"

A little overwhelmed, I began the generalized evasions which that question deserves.

"Well, I'm going to tell you something about my life," he interrupted. "I don't want you to get a wrong idea of me from all these stories you hear."

So he was aware of the bizarre accusations that flavored conversation in his halls.

"I'll tell you God's truth." His right hand suddenly ordered divine retribution to stand by. "I am the son of

von prächtigen Hut- und Picknick- und Werkzeugfächern und gesäumt von einem Labyrinth aus Windschutzscheiben, in denen sich Dutzende Sonnen spiegelten. Wir setzten uns hinter den vielen Glasschichten in eine Art Wintergarten aus grünem Leder und machten uns auf den Weg in die Stadt.

Ich hatte im vergangenen Monat vielleicht ein halbes Dutzend Mal mit Gatsby gesprochen und zu meiner Enttäuschung festgestellt, dass er wenig zu sagen hatte. Mein erster Eindruck, er sei eine auf unbestimmte Weise bedeutsame Persönlichkeit, war allmählich verblasst, und nun war er für mich nichts weiter als der Inhaber eines luxuriösen Gasthauses gleich nebenan.

Und dann kam jene verstörende Autofahrt. Wir hatten West Egg Village noch nicht erreicht, als Gatsby anfing, seine geschliffenen Sätze unvollendet zu lassen und sich unschlüssig auf das Knie seines karamellfarbenen Anzugs zu schlagen.

»Sagen Sie mal, alter Knabe«, platzte er unvermittelt heraus, »was halten Sie eigentlich von mir?«

Ein wenig überrumpelt, begann ich in jenen ausweichenden Formeln zu antworten, die diese Frage verdient.

»Na schön, ich erzähle Ihnen jetzt etwas über mein Leben«, unterbrach er mich. »Ich möchte nicht, dass Sie sich wegen all der Geschichten, die Sie über mich hören, ein falsches Bild von mir machen.«

Er war sich also im Klaren über die abstrusen Anschuldigungen, die den Gesprächen in seinen Salons Würze verliehen.

»Ich sage Ihnen die reine, heilige Wahrheit.« Seine rechte Hand reckte sich plötzlich fordernd nach göttlichem

some wealthy people in the Middle West—all dead now. I was brought up in America but educated at Oxford, because all my ancestors have been educated there for many years. It is a family tradition."

He looked at me sideways—and I knew why Jordan Baker had believed he was lying. He hurried the phrase "educated at Oxford," or swallowed it, or choked on it, as though it had bothered him before. And with this doubt, his whole statement fell to pieces, and I wondered if there wasn't something a little sinister about him, after all.

"What part of the Middle West?" I inquired casually.

"San Francisco."

"I see."

"My family all died and I came into a good deal of money."

His voice was solemn, as if the memory of that sudden extinction of a clan still haunted him. For a moment I suspected that he was pulling my leg, but a glance at him convinced me otherwise.

"After that I lived like a young rajah in all the capitals of Europe—Paris, Venice, Rome—collecting jewels, chiefly rubies, hunting big game, painting a little, things for myself only, and trying to forget something very sad that had happened to me long ago."

With an effort I managed to restrain my incredulous laughter. The very phrases were worn so threadbare

Beistand. »Ich bin der Spross wohlhabender Leute aus dem Mittleren Westen – die inzwischen allesamt tot sind. Ich bin in Amerika aufgewachsen, habe aber in Oxford studiert, so wie über die Jahre alle meine Vorfahren dort studiert haben. Es ist eine Familientradition.«

Er sah mich von der Seite an – und ich begriff, warum Jordan Baker geglaubt hatte, dass er log. Er überstürzte die Worte »in Oxford studiert«, verschluckte sie fast oder würgte an ihnen, als hätten sie ihm zuvor Probleme bereitet. Unter diesem Zweifel brach seine ganze Erklärung zusammen, und ich fragte mich, ob es am Ende nicht doch einen Anflug von Zwielichtigkeit an ihm gab.

»Welcher Teil des Mittleren Westens?«, erkundigte ich mich beiläufig.

»San Francisco.«

»Aha.«

»Meine Verwandten sind alle gestorben und ich habe eine Menge Geld geerbt.«

Sein Ton war ernst, als verfolgte ihn die Erinnerung an diese jähe Auslöschung eines Clans noch immer. Einen Moment lang glaubte ich, er wolle mich auf den Arm nehmen, doch ein flüchtiger Blick auf ihn belehrte mich eines Besseren.

»Danach lebte ich wie ein junger Radscha in den Metropolen Europas – Paris, Venedig, Rom –, sammelte Edelsteine, hauptsächlich Rubine, ging auf Großwildjagd, malte ein bisschen, allerdings nur für mich selbst, und versuchte, etwas sehr Trauriges zu vergessen, das mir vor langer Zeit widerfahren war.«

Es kostete mich einige Anstrengung, ein ungläubiges Lachen zu unterdrücken. Diese Formulierungen waren

that they evoked no image except that of a turbaned "character" leaking sawdust at every pore as he pursued a tiger through the Bois de Boulogne.

"Then came the war, old sport. It was a great relief, and I tried very hard to die, but I seemed to bear an enchanted life. I accepted a commission as first lieutenant when it began. In the Argonne Forest I took the remains of my machine-gun battalion so far forward that there was a half mile gap on either side of us where the infantry couldn't advance. We stayed there two days and two nights, a hundred and thirty men with sixteen Lewis guns, and when the infantry came up at last they found the insignia of three German divisions among the piles of dead. I was promoted to be a major, and every Allied government gave me a decoration—even Montenegro, little Montenegro down on the Adriatic Sea!"

Little Montenegro! He lifted up the words and nodded at them—with his smile. The smile comprehended Montenegro's troubled history and sympathized with the brave struggles of the Montenegrin people. It appreciated fully the chain of national circumstances which had elicited this tribute from Montenegro's warm little heart. My incredulity was submerged in fascination now; it was like skimming hastily through a dozen magazines.

He reached in his pocket, and a piece of metal, slung on a ribbon, fell into my palm.

"That's the one from Montenegro."

derart abgedroschen, dass sie einzig und allein das Bild einer turbantragenden »Heldenfigur« heraufbeschworen, der das Sägemehl aus jeder Pore rann, während sie einen Tiger durch den Bois de Boulogne jagte.

»Dann kam der Krieg, alter Knabe. Das war eine große Erleichterung, und ich gab mir alle Mühe zu sterben, doch auf meinem Leben schien irgendein Zauber zu liegen. Als es losging, nahm ich eine Ernennung zum Oberleutnant an. Im Argonnerwald stieß ich mit dem Rest meines Maschinengewehrbataillons so weit vor, dass wir an beiden Flanken eine Lücke von einer halben Meile rissen, in die die Infanterie nicht vorrücken konnte. Wir harrten dort zwei Tage und zwei Nächte aus, einhundertdreißig Männer mit sechzehn Lewis-Geschützen, und als die Infanterie schließlich zu uns vordrang, fand sie die Abzeichen dreier deutscher Divisionen unter den Bergen von Toten. Ich wurde zum Major befördert, und jede einzelne Alliierte Regierung verlieh mir einen Orden – selbst Montenegro, das kleine Montenegro unten am Adriatischen Meer!«

Das kleine Montenegro! Er hob die Wörter empor und nickte ihnen zu – mit seinem Lächeln. Das Lächeln erfasste Montenegros bewegte Geschichte und sympathisierte mit dem tapferen Kampf des montenegrinischen Volkes. Es wusste die Kette nationaler Ereignisse, die Montenegros warmem kleinen Herzen diesen Tribut entlockt hatten, vollauf zu würdigen. Faszination überlagerte jetzt meine Skepsis; es war, als durchblätterte ich hastig ein Dutzend Zeitschriften.

Er griff in seine Tasche und ein an einem Band befestigtes Stück Metall landete in meiner Handfläche.

»Das ist der aus Montenegro.«

To my astonishment, the thing had an authentic look. "Orderi di Danilo," ran the circular legend, "Montenegro, Nicolas Rex."

"Turn it."

"Major Jay Gatsby," I read, "For Valour Extraordinary."

"Here's another thing I always carry. A souvenir of Oxford days. It was taken in Trinity Quad—the man on my left is now the Earl of Doncaster."

It was a photograph of half a dozen young men in blazers loafing in an archway through which were visible a host of spires. There was Gatsby, looking a little, not much, younger—with a cricket bat in his hand.

Then it was all true. I saw the skins of tigers flaming in his palace on the Grand Canal; I saw him opening a chest of rubies to ease, with their crimson-lighted depths, the gnawings of his broken heart.

"I'm going to make a big request of you to-day," he said, pocketing his souvenirs with satisfaction, "so I thought you ought to know something about me. I didn't want you to think I was just some nobody. You see, I usually find myself among strangers because I drift here and there trying to forget the sad thing that happened to me." He hesitated. "You'll hear about it this afternoon."

"At lunch?"

Zu meinem Erstaunen sah das Ding echt aus. »Orderi di Danilo«, lautete die kreisrunde Inschrift, »Montenegro, Nicolas Rex.«

»Drehen Sie's um.«

»Major Jay Gatsby«, las ich. »Für außergewöhnliche Tapferkeit.«

»Hier ist noch eine andere Sache, die ich stets bei mir trage. Ein Andenken an Oxford. Es wurde im Trinity Quad aufgenommen – der Mann links von mir ist der heutige Earl of Doncaster.«

Die Fotografie zeigte ein halbes Dutzend junger Männer in Blazern, die lässig in einem Bogengang herumstanden, an dessen Ende eine Unmenge spitzer Türme sichtbar war. Da stand Gatsby, wirkte ein wenig jünger, wenn auch nicht viel – und hielt einen Kricketschläger in der Hand.

Dann war also alles wahr. Ich sah die flammenden Tigerfelle in seinem Palazzo am Canal Grande vor mir; ich sah ihn eine Truhe voller Rubine öffnen, um durch einen Blick in ihre karmesinrot leuchtenden Tiefen den nagenden Schmerz seines gebrochenen Herzens zu lindern.

»Ich werde Sie heute um einen großen Gefallen bitten«, sagte er und steckte seine Andenken zufrieden wieder ein, »also dachte ich mir, Sie sollten einige Dinge über mich wissen. Ich wollte nicht, dass Sie glauben, ich wäre irgendein Niemand. Sehen Sie, ich bewege mich die meiste Zeit unter Fremden, weil ich mich ziellos umhertreiben lasse und die traurige Geschichte zu vergessen versuche, die mir passiert ist.« Er zögerte. »Heute Nachmittag erfahren Sie mehr darüber.«

»Beim Mittagessen?«

"No, this afternoon. I happened to find out that you're taking Miss Baker to tea."

"Do you mean you're in love with Miss Baker?"

"No, old sport, I'm not. But Miss Baker has kindly consented to speak to you about this matter."

I hadn't the faintest idea what "this matter" was, but I was more annoyed than interested. I hadn't asked Jordan to tea in order to discuss Mr Jay Gatsby. I was sure the request would be something utterly fantastic, and for a moment I was sorry I'd ever set foot upon his overpopulated lawn.

He wouldn't say another word. His correctness grew on him as we neared the city. We passed Port Roosevelt, where there was a glimpse of red-belted ocean-going ships, and sped along a cobbled slum lined with the dark, undeserted saloons of the faded-gilt nineteen-hundreds. Then the valley of ashes opened out on both sides of us, and I had a glimpse of Mrs Wilson straining at the garage pump with panting vitality as we went by.

With fenders spread like wings we scattered light through half Astoria—only half, for as we twisted among the pillars of the elevated I heard the familiar "jug—jug—*spat*!" of a motorcycle, and a frantic policeman rode alongside.

"All right, old sport," called Gatsby. We slowed down. Taking a white card from his wallet, he waved it before the man's eyes.

»Nein, heute Nachmittag. Ich weiß zufällig, dass Sie Miss Baker zum Tee ausführen.«

»Sie wollen sagen, Sie sind in Miss Baker verliebt?«

»Nein, alter Knabe, bin ich nicht. Aber Miss Baker hat sich freundlicherweise bereit erklärt, mit Ihnen über diese Angelegenheit zu sprechen.«

Ich hatte nicht die leiseste Ahnung, worum es bei »dieser Angelegenheit« ging, doch ich war eher verärgert als interessiert. Ich hatte Jordan nicht zum Tee gebeten, um über Mr Jay Gatsby zu reden. Ich war sicher, dass dieser Gefallen etwas vollkommen Aberwitziges sein musste, und einen Moment lang bedauerte ich, meinen Fuß je auf seinen übervölkerten Rasen gesetzt zu haben.

Er sagte kein weiteres Wort. Seine Förmlichkeit kehrte allmählich zurück, während wir uns der Stadt näherten. Wir passierten Port Roosevelt, wo sich kurz die Aussicht auf rot gegürtete Hochseeschiffe bot, und rasten durch ein kopfsteingepflastertes Armenviertel, vorüber an den düsteren, noch immer gut gefüllten Kneipen des verblichen goldenen neunzehnten Jahrhunderts. Dann öffnete sich vor uns zu beiden Seiten das Tal der Asche, und im Vorbeifahren erhaschte ich einen flüchtigen Blick auf Mrs Wilson, die sich gerade lebhaft keuchend an der Zapfsäule abmühte.

Mit Kotflügeln breit wie Schwingen streuten wir Licht durch halb Astoria – nur halb, denn als wir uns zwischen den Stützpfeilern der Hochbahn hindurchschlängelten, hörte ich das vertraute »Tuck-tuck-*paff!*« eines Motorrads, und ein wutschnaubender Polizist war an unserer Seite.

»Schon gut, alter Knabe!«, rief Gatsby. Wir fuhren langsamer. Er zog eine weiße Karte aus seiner Brieftasche und wedelte damit vor der Nase des Mannes herum.

"Right you are," agreed the policeman, tipping his cap. "Know you next time, Mr Gatsby. Excuse *me*!"

"What was that?" I inquired. "The picture of Oxford?"
"I was able to do the commissioner a favor once, and he sends me a Christmas card every year."

Over the great bridge, with the sunlight through the girders making a constant flicker upon the moving cars, with the city rising up across the river in white heaps and sugar lumps all built with a wish out of non-olfactory money. The city seen from the Queensboro Bridge is always the city seen for the first time, in its first wild promise of all the mystery and the beauty in the world.

A dead man passed us in a hearse heaped with blooms, followed by two carriages with drawn blinds, and by more cheerful carriages for friends. The friends looked out at us with the tragic eyes and short upper lips of southeastern Europe, and I was glad that the sight of Gatsby's splendid car was included in their sombre holiday. As we crossed Blackwell's Island a limousine passed us, driven by a white chauffeur, in which sat three modish negroes, two bucks and a girl. I laughed aloud as the yolks of their eyeballs rolled toward us in haughty rivalry.

"Anything can happen now that we've slid over this bridge," I thought; "anything at all ..."

»Schon recht, in Ordnung«, lenkte der Polizist ein und tippte sich an die Mütze. »Nächstes Mal weiß ich Bescheid, Mr Gatsby. *Mein* Fehler!«

»Was war das?«, fragte ich. »Das Bild aus Oxford?«

»Ich konnte dem Polizeichef einmal eine Gefälligkeit erweisen, und er schickt mir jedes Jahr eine Weihnachtskarte.«

Weiter über die große Brücke, wo das Sonnenlicht durch die Träger fällt und einen unablässig flackernden Schein auf die fahrenden Autos wirft, wo auf der anderen Flussseite die Stadt aufragt, weiße Haufen und Stücke von Zucker, alle auf Wunsch gebaut mit geruchlich unauffälligem Geld. Wer von der Queensboro Bridge auf die Stadt blickt, sieht sie jedes Mal aufs Neue zum ersten Mal, in ihrer ersten wilden Verheißung aller Mysterien und Schönheiten dieser Welt.

Ein Toter in einem blumenüberhäuften Leichenwagen glitt an uns vorüber, gefolgt von zwei Wagen mit verhängten Fenstern und einigen etwas heitereren Gefährten für Freunde. Die Freunde schauten zu uns herüber mit den Tragödenaugen und schmalen Oberlippen Südosteuropas, und ich war froh, dass der Anblick von Gatsbys herrlichem Auto nun Teil ihres düsteren Feiertags war. Als wir Blackwell's Island überquerten, zog eine Limousine mit einem weißen Chauffeur am Steuer an uns vorbei, in der drei modisch gekleidete Neger saßen, zwei junge Draufgänger und ein Mädchen. Ich lachte laut auf, als sie in stolzer Rivalität das Weiß ihrer Augäpfel in unsere Richtung rollten.

»Jetzt, da wir über diese Brücke hinweg sind, ist alles möglich«, dachte ich, »absolut alles …«

Even Gatsby could happen, without any particular wonder.

Roaring noon. In a well—fanned Forty-second Street cellar I met Gatsby for lunch. Blinking away the brightness of the street outside, my eyes picked him out obscurely in the anteroom, talking to another man.

"Mr Carraway, this is my friend Mr Wolfshiem."

A small, flat-nosed Jew raised his large head and regarded me with two fine growths of hair which luxuriated in either nostril. After a moment I discovered his tiny eyes in the half-darkness.

"—So I took one look at him," said Mr Wolfshiem, shaking my hand earnestly, "and what do you think I did?"

"What?" I inquired politely.

But evidently he was not addressing me, for he dropped my hand and covered Gatsby with his expressive nose.

"I handed the money to Katspaugh and I sid: 'All right, Katspaugh, don't pay him a penny till he shuts his mouth.' He shut it then and there."

Gatsby took an arm of each of us and moved forward into the restaurant, whereupon Mr Wolfshiem swallowed a new sentence he was starting and lapsed into a somnambulatory abstraction.

"Highballs?" asked the head waiter.

"This is a nice restaurant here," said Mr Wolfshiem, looking at the Presbyterian nymphs on the ceiling. "But I like across the street better!"

Sogar Gatsby war möglich, ohne irgendein besonderes Wunder.

Brüllende Mittagshitze. In einem gut belüfteten Kellerlokal in der zweiundvierzigsten Straße traf ich Gatsby zum Mittagessen. Meine Augen blinzelten die Helligkeit der Straße draußen fort und machten ihn undeutlich im Vorraum aus, wo er mit einem anderen Mann sprach.

»Mr Carraway, das ist mein Freund Mr Wolfshiem.«

Ein kleiner, flachnasiger Jude hob seinen großen Kopf und betrachtete mich mit zwei ansehnlichen Haarbüscheln, die ihm üppig aus beiden Nasenlöchern sprossen. Kurz darauf entdeckte ich im Halbdunkel seine winzigen Augen.

»… Ich hab ihn mir also angesehn«, sagte Mr Wolfshiem, indem er mir ernst die Hand schüttelte, »und was, glaubst du, hab ich dann gemacht?«

»Was?«, erkundigte ich mich höflich.

Aber er sprach offenbar nicht mit mir, denn er ließ meine Hand los und musterte Gatsby mit seiner ausdrucksstarken Nase.

»Ich hab Katspaugh das Geld gegeben und gesagt: ›Hör zu, Katspaugh, du zahlst ihm nicht einen Penny, bis er die Klappe hält.‹ Sofort war die Klappe zu.«

Gatsby nahm uns beide am Arm und führte uns ins Restaurant, worauf Mr Wolfshiem einen soeben neu begonnenen Satz hinunterschluckte und in schlafwandlerische Geistesabwesenheit sank.

»Highballs?«, fragte der Oberkellner.

»Nettes Restaurant hier«, sagte Mr Wolfshiem und betrachtete die presbyterianischen Nymphen an der Decke. »Aber gegenüber find ich's noch besser!«

"Yes, highballs," agreed Gatsby, and then to Mr Wolfshiem: "It's too hot over there."

"Hot and small—yes," said Mr Wolfshiem, "but full of memories."

"What place is that?" I asked.

"The old Metropole.

"The old Metropole," brooded Mr Wolfshiem gloomily. "Filled with faces dead and gone. Filled with friends gone now forever. I can't forget so long as I live the night they shot Rosy Rosenthal there. It was six of us at the table, and Rosy had eat and drunk a lot all evening. When it was almost morning the waiter came up to him with a funny look and says somebody wants to speak to him outside. 'all right,' says Rosy, and begins to get up, and I pulled him down in his chair.

"'Let the bastards come in here if they want you, Rosy, but don't you, so help me, move outside this room.'

"It was four o'clock in the morning then, and if we'd of raised the blinds we'd of seen daylight."

"Did he go?" I asked innocently.

"Sure he went." Mr Wolfshiem's nose flashed at me indignantly. "He turned around in the door and says: 'Don't let that waiter take away my coffee!' Then he went out on the sidewalk, and they shot him three times in his full belly and drove away."

"Four of them were electrocuted," I said, remembering.

»Ja, Highballs«, sagte Gatsby, und dann an Mr Wolfshiem gerichtet: »Da drüben ist es zu heiß.«

»Heiß und eng – ja«, sagte Mr Wolfshiem, »aber voller Erinnerungen.«

»Welches Lokal ist das?«, fragte ich.

»Das alte Metropole.«

»Das alte Metropole«, sinnierte Mr Wolfshiem düster. »Voll mit Gesichtern, seit Langem tot. Voll mit Freunden, die heut nich mehr sind. Mein Lebtag werd ich die Nacht nich vergessen, in der sie drüben Rosy Rosenthal erschossen haben. Wir saßen zu sechst am Tisch, und Rosy hatte den ganzen Abend jede Menge gegessen und getrunken. Es war schon fast Morgen, da kam der Kellner mit 'nem komischen Blick auf ihn zu und sagt, dass draußen wer mit ihm reden will. ›Na schön‹, sagt Rosy und will aufstehn, und ich zieh ihn wieder runter auf seinen Stuhl.

›Lass die Bastarde doch reinkommen, wenn die was von dir wollen, Rosy, aber verlass um Himmels willen nich diesen Raum.‹

Da war es schon vier Uhr früh, und wenn wir die Rouleaus hochgezogen hätten, wär uns aufgefallen, dass es taghell war.«

»Ist er gegangen?«, fragte ich unschuldig.

»Klar ist er gegangen.« Mr Wolfshiems Nase blitzte mich empört an. »In der Tür hat er sich umgedreht und gesagt: ›Seht zu, dass der Kellner mir meinen Kaffee nich abräumt!‹ Dann ist er raus auf den Bürgersteig, und sie haben ihm dreimal in seinen vollen Bauch geschossen und sind weggefahrn.«

»Vier von ihnen endeten auf dem elektrischen Stuhl«, erinnerte ich mich jetzt.

"Five, with Becker." His nostrils turned to me in an interested way. "I understand you're looking for a business gonnegtion."

The juxtaposition of these two remarks was startling. Gatsby answered for me:

"Oh, no," he exclaimed, "this isn't the man."

"No?" Mr Wolfshiem seemed disappointed.

"This is just a friend. I told you we'd talk about that some other time."

"I beg your pardon," said Mr Wolfshiem, "I had a wrong man."

A succulent hash arrived, and Mr Wolfshiem, forgetting the more sentimental atmosphere of the old Metropole, began to eat with ferocious delicacy. His eyes, meanwhile, roved very slowly all around the room—he completed the arc by turning to inspect the people directly behind. I think that, except for my presence, he would have taken one short glance beneath our own table.

"Look here, old sport," said Gatsby, leaning toward me, "I'm afraid I made you a little angry this morning in the car."

There was the smile again, but this time I held out against it.

"I don't like mysteries," I answered, "and I don't understand why you won't come out frankly and tell me what you want. Why has it all got to come through Miss Baker?"

"Oh, it's nothing underhand," he assured me. "Miss Baker's a great sportswoman, you know, and she'd never do anything that wasn't all right."

»Fünf, mit Becker.« Seine Nasenlöcher wandten sich mir interessiert zu. »Ich höre, Sie sind auf der Suche nach Geschäftsgondagden.«

Das Nebeneinander dieser beiden Bemerkungen war verblüffend. Gatsby antwortete für mich:

»Oh, nein«, rief er, »das ist nicht der Richtige!«

»Nein?« Mr Wolfshiem schien enttäuscht.

»Das ist nur ein Freund. Ich sagte dir doch, wir reden ein anderes Mal darüber.«

»Entschuldigen Sie«, sagte Mr Wolfshiem, »ich hab mich in der Person geirrt.«

Ein saftiges Haschee wurde aufgetragen, und Mr Wolfshiem vergaß allmählich die sentimentalere Atmosphäre des alten Metropole und begann wild und genussvoll zu essen. Seine Augen durchmaßen derweil sehr langsam den Raum – er beschloss den Rundgang, indem er sich umdrehte, um sich die Leute unmittelbar hinter ihm anzusehen. Wäre ich nicht da gewesen, er hätte vermutlich sogar noch einen kurzen Blick unter unseren Tisch geworfen.

»Hören Sie, alter Knabe«, sagte Gatsby und beugte sich zu mir herüber, »ich fürchte, ich habe Sie heute Morgen im Auto ein wenig verärgert.«

Da war das Lächeln wieder, doch diesmal hielt ich ihm stand.

»Ich mag keine Geheimnisse«, antwortete ich, »und ich verstehe nicht, weshalb Sie mir nicht einfach freiheraus sagen, was Sie von mir wollen. Warum muss das Ganze über Miss Baker laufen?«

»Oh, es ist nichts Halbseidenes«, versicherte er mir. »Miss Baker ist eine große Sportlerin, wie Sie wissen, und sie würde niemals etwas Unrechtes tun.«

Suddenly he looked at his watch, jumped up, and hurried from the room, leaving me with Mr Wolfshiem at the table.

"He has to telephone," said Mr Wolfshiem, following him with his eyes. "Fine fellow, isn't he? Handsome to look at and a perfect gentleman."

"Yes."

"He's an Oggsford man."

"Oh!"

"He went to Oggsford College in England. You know Oggsford College?"

"I've heard of it."

"It's one of the most famous colleges in the world."

"Have you known Gatsby for a long time?" I inquired.

"Several years," he answered in a gratified way. "I made the pleasure of his acquaintance just after the war. But I knew I had discovered a man of fine breeding after I talked with him an hour. I said to myself: 'There's the kind of man you'd like to take home and introduce to your mother and sister.'" He paused. "I see you're looking at my cuff buttons." I hadn't been looking at them, but I did now.

They were composed of oddly familiar pieces of ivory.

"Finest specimens of human molars," he informed me.

"Well!" I inspected them. "That's a very interesting idea."

"Yeah." He flipped his sleeves up under his coat. "Yeah, Gatsby's very careful about women. He would never so much as look at a friend's wife."

Plötzlich schaute er auf die Uhr, sprang auf und verließ eilig den Raum, sodass ich mit Mr Wolfshiem am Tisch allein blieb.

»Er muss telefonieren«, sagte Mr Wolfshiem und folgte ihm mit den Augen. »Feiner Kerl, was? Hübsch anzusehn und ein echter Gentleman.«

»Ja.«

»Er war in Oggsford.«

»Oh!«

»Hat am Oggsford College studiert, in England. Sie kennen das Oggsford College?«

»Ich habe davon gehört.«

»Ist eins der berühmtesten Colleges der Welt.«

»Kennen Sie Gatsby schon lange?«, fragte ich.

»Ein paar Jahre«, antwortete er mit einiger Genugtuung. »Gleich nach dem Krieg hatte ich das Vergnügen, seine Bekanntschaft zu machen. Ich hab mich eine Stunde lang mit ihm unterhalten, und schon war mir klar, hier hatte ich einen Mann mit guten Manieren vor mir. Ich sagte mir: ›Das ist die Art von Mann, die du gern mit nach Hause nehmen und deiner Mutter und deiner Schwester vorstellen würdest.‹« Er hielt inne. »Wie ich sehe, betrachten Sie meine Manschettenknöpfe.«

Ich hatte sie nicht betrachtet, aber jetzt tat ich es. Sie bestanden aus seltsam vertraut wirkenden Elfenbeinstücken.

»Allerfeinste menschliche Backenzähne«, klärte er mich auf.

»So!« Ich sah sie mir genauer an. »Eine sehr interessante Idee.«

»Japp.« Er ließ seine Jackenärmel über die Manschetten gleiten. »Japp, Gatsby ist ziemlich penibel, was Frauen angeht. Die Frau eines Freundes würde er nicht mal anschauen.«

When the subject of this instinctive trust returned to the table and sat down Mr Wolfshiem drank his coffee with a jerk and got to his feet.

"I have enjoyed my lunch," he said, "and I'm going to run off from you two young men before I outstay my welcome."

"Don't hurry, Meyer," said Gatsby, without enthusiasm. Mr Wolfshiem raised his hand in a sort of benediction.

"You're very polite, but I belong to another generation," he announced solemnly. "You sit here and discuss your sports and your young ladies and your—" He supplied an imaginary noun with another wave of his hand. "As for me, I am fifty years old, and I won't impose myself on you any longer."

As he shook hands and turned away his tragic nose was trembling. I wondered if I had said anything to offend him.

"He becomes very sentimental sometimes," explained Gatsby. "This is one of his sentimental days. He's quite a character around New York—a denizen of Broadway."

"Who is he, anyhow, an actor?"

"No."

"A dentist?"

"Meyer Wolfshiem? No, he's a gambler." Gatsby hesitated, then added coolly: "He's the man who fixed the World's Series back in 1919."

"Fixed the World's Series?" I repeated.

The idea staggered me. I remembered, of course, that the World's Series had been fixed in 1919, but if

Als das Objekt solch instinktiven Vertrauens an den Tisch zurückkehrte und sich setzte, trank Mr Wolfshiem ruckartig seinen Kaffee aus und erhob sich.

»Das Essen war mir ein Vergnügen«, sagte er, »und jetzt lasse ich euch zwei junge Männer mal zügig allein, bevor ich noch länger bleibe, als ich willkommen bin.«

»Nur keine Eile, Meyer«, sagte Gatsby ohne besonderen Nachdruck. Mr Wolfshiem hob seine Hand zu einer Art Segnung.

»Das ist überaus höflich, aber ich gehöre zu einer anderen Generation«, verkündete er feierlich. »Ihr bleibt schön hier sitzen und redet über euren Sport und eure jungen Damen und euer ...« Mit einem neuerlichen Wink seiner Hand fügte er ein gedachtes Hauptwort hinzu. »Ich dagegen bin fünfzig Jahre alt, und ich will euch nicht länger zur Last fallen.«

Als er uns die Hand schüttelte und sich abwandte, zitterte seine tragische Nase. Ich fragte mich, ob ich etwas gesagt hatte, das ihn gekränkt haben könnte.

»Er wird manchmal reichlich sentimental«, erklärte Gatsby. »Heute ist einer seiner sentimentalen Tage. In New York ist er ein echtes Original – Stammgast am Broadway.«

»Was ist er überhaupt, Schauspieler?«

»Nein.«

»Zahnarzt?«

»Meyer Wolfshiem? Nein, er ist ein Spieler.« Gatsby zögerte, dann fügte er kühl hinzu: »Er ist der Mann, der neunzehnneunzehn die World's Series manipuliert hat.«

»Die World's Series manipuliert?«, wiederholte ich.

Der Gedanke machte mich sprachlos. Ich erinnerte mich natürlich daran, dass die World's Series 1919 manipuliert

I had thought of it at all I would have thought of it as a thing that merely *happened*, the end of some inevitable chain. It never occurred to me that one man could start to play with the faith of fifty million people—with the single-mindedness of a burglar blowing a safe.

"How did he happen to do that?" I asked after a minute.
"He just saw the opportunity."
"Why isn't he in jail?"
"They can't get him, old sport. He's a smart man."

I insisted on paying the check. As the waiter brought my change I caught sight of Tom Buchanan across the crowded room.

"Come along with me for a minute," I said; "I've got to say hello to some one."

When he saw us Tom jumped up and took half a dozen steps in our direction.

"Where've you been?" he demamded eagerly. "Daisy's furious because you haven't called up."

"This is Mr Gatsby, Mr Buchanan."

They shook hands briefly, and a strained, unfamiliar look of embarrassment came over Gatsby's face.

"How've you been, anyhow?" demanded Tom of me. "How'd you happen to come up this far to eat?"

"I've been having lunch with Mr Gatsby."

I turned toward Mr Gatsby, but he was no longer there.

worden war, aber wenn ich überhaupt je darüber nachgedacht hätte, hätte ich wohl angenommen, dass die Sache einfach *passiert* war, das Ende irgendeiner unvermeidlichen Ereigniskette. Mir war nie in den Sinn gekommen, dass ein einzelner Mann mit dem Vertrauen von fünfzig Millionen Menschen spielen könnte – zielstrebig wie ein Einbrecher, der einen Safe sprengt.

»Wieso hat er das getan?«, fragte ich nach einer Weile.

»Er sah einfach die Gelegenheit.«

»Warum ist nicht er im Gefängnis?«

»Sie kriegen ihn nicht, alter Knabe. Er ist ein cleverer Bursche.«

Ich bestand darauf, die Rechnung zu übernehmen. Als mir der Kellner mein Wechselgeld brachte, entdeckte ich Tom Buchanan auf der anderen Seite des überfüllten Gastraums.

»Begleiten Sie mich kurz«, sagte ich, »ich muss jemandem Guten Tag sagen.«

Als er uns sah, sprang Tom auf und kam uns ein paar Schritte entgegen.

»Wo steckst du die ganze Zeit?«, fragte er aufgeregt. »Daisy ist außer sich, weil du dich nicht blicken lässt.«

»Das ist Mr Gatsby – Mr Buchanan.«

Sie gaben sich kurz die Hand, und ein gequälter, ungewohnter Ausdruck von Verlegenheit schlich über Gatsbys Gesicht.

»Wie geht's dir denn immer?«, wollte Tom von mir wissen. »Wieso fährst du zum Essen so weit raus in die Stadt?«

»Ich habe mit Mr Gatsby zu Mittag gegessen.«

Ich drehte mich nach Mr Gatsby um, doch er war nicht mehr da.

One October day in nineteen-seventeen—

(said Jordan Baker that afternoon, sitting up very straight on a straight chair in the tea-garden at the Plaza Hotel)

—I was walking along from one place to another, half on the sidewalks and half on the lawns. I was happier on the lawns because I had on shoes from England with rubber nobs on the soles that bit into the soft ground. I had on a new plaid skirt also that blew a little in the wind, and whenever this happened the red, white, and blue banners in front of all the houses stretched out stiff and said *tut-tut-tut-tut*, in a disapproving way.

The largest of the banners and the largest of the lawns belonged to Daisy Fay's house. She was just eighteen, two years older than me, and by far the most popular of all the young girls in Louisville. She dressed in white, and had a little white roadster, and all day long the telephone rang in her house and excited young officers from Camp Taylor demanded the privilege of monopolizing her that night. "Anyways, for an hour!"

When I came opposite her house that morning her white roadster was beside the curb, and she was sitting in it with a lieutenant I had never seen before. They were so engrossed in each other that she didn't see me until I was five feet away.

"Hello, Jordan," she called unexpectedly. "Please come here."

I was flattered that she wanted to speak to me, because of all the older girls I admired her most. She

An einem Oktobertag neunzehnsiebzehn –

(sagte Jordan Baker an jenem Nachmittag, während sie sehr aufrecht auf einem aufrechten Stuhl im Teegarten des Plaza Hotels saß)

– war ich irgendwohin unterwegs, lief halb auf dem Gehweg und halb auf dem Rasen. Ich ging lieber auf dem Rasen, weil ich Schuhe aus England trug mit Gumminoppen an den Sohlen, die sich in den weichen Boden gruben. Außerdem trug ich einen neuen karierten Rock, der sich ein wenig im Wind blähte, und wann immer das passierte, strafften sich die rot-weiß-blauen Fahnen vor den Häusern und machten missbilligend *ts-ts-ts-ts*.

Die größte Fahne und der größte Rasen gehörten zu Daisy Fays Haus. Sie war gerade achtzehn, zwei Jahre älter als ich und das bei Weitem beliebteste aller jungen Mädchen in Louisville. Sie kleidete sich in Weiß und hatte einen kleinen weißen Roadster, und den ganzen Tag über klingelte in ihrem Haus das Telefon und aufgeregte junge Offiziere vom Camp Taylor warben um das Vorrecht, sie an diesem Abend ganz für sich allein zu haben. »Wenigstens für eine Stunde!«

Als ich an jenem Morgen an ihrem Haus vorbeikam, stand ihr weißer Roadster am Bordstein, und sie saß mit einem Leutnant darin, den ich noch nie gesehen hatte. Die beiden waren voneinander so in Anspruch genommen, dass Daisy mich erst bemerkte, als ich auf fünf Fuß heran war.

»Hallo, Jordan!«, rief sie unerwartet. »Komm doch mal her, bitte.«

Ich war geschmeichelt, dass sie mit mir sprechen wollte, denn von allen älteren Mädchen bewunderte ich sie am

asked me if I was going to the Red Cross and make bandages. I was. Well, then, would I tell them that she couldn't come that day? The officer looked at Daisy while she was speaking, in a way that every young girl wants to be looked at sometime, and because it seemed romantic to me I have remembered the incident ever since. His name was Jay Gatsby, and I didn't lay eyes on him again for over four years—even after I'd met him on Long Island I didn't realize it was the same man.

That was nineteen-seventeen. By the next year I had a few beaux myself, and I began to play in tournaments, so I didn't see Daisy very often. She went with a slightly older crowd—when she went with anyone at all. Wild rumors were circulating about her—how her mother had found her packing her bag one winter night to go to New York and say good-by to a soldier who was going overseas. She was effectually prevented, but she wasn't on speaking terms with her family for several weeks. After that she didn't play around with the soldiers any more, but only with a few flat-footed, short-sighted young men in town, who couldn't get into the army at all.

By the next autumn she was gay again, gay as ever. She had a début after the armistice, and in February she was presumably engaged to a man from New Orleans. In June she married Tom Buchanan of Chicago, with more pomp and circumstance than Louisville ever knew before. He came down with a hundred

meisten. Sie fragte mich, ob ich auf dem Weg zum Roten Kreuz sei, um Verbände zu machen. War ich. Schön, würde ich dort dann wohl ausrichten, dass sie heute nicht kommen kann? Während Daisy sprach, schaute der Offizier sie an, auf eine Art, wie jedes junge Mädchen einmal angeschaut werden möchte, und weil die Szene mir so romantisch erschien, habe ich sie nie vergessen. Sein Name war Jay Gatsby, und ich sah ihn danach über vier Jahre nicht wieder – sogar nachdem ich ihn auf Long Island getroffen hatte, merkte ich nicht, dass es derselbe Mann war.

Das war neunzehnsiebzehn. Im Jahr darauf hatte ich selbst ein paar Kavaliere und fing an, Turniere zu spielen, und so sah ich Daisy nur selten. Sie war mit etwas älteren Leuten verbandelt – wenn sie überhaupt mit jemandem anbandelte. Wilde Gerüchte waren über sie im Umlauf – dass ihre Mutter sie in einer Winternacht dabei ertappt hatte, wie sie ihre Tasche packte, um nach New York zu fahren und einem Soldaten Lebwohl zu sagen, der sich nach Übersee aufmachte. Das wusste man zwar erfolgreich zu verhindern, doch sie sprach mehrere Wochen lang kein Wort mehr mit ihrer Familie. Danach ließ sie sich mit keinem Soldaten mehr ein, sondern bloß noch mit ein paar plattfüßigen, kurzsichtigen jungen Männern aus der Stadt, die für den Militärdienst niemals infrage kamen.

Im folgenden Herbst war sie wieder fröhlich, so fröhlich wie eh und je. Nach dem Waffenstillstand wurde sie in die Gesellschaft eingeführt, und im Februar verlobte sie sich, so hörte man, mit einem Mann aus New Orleans. Im Juni heiratete sie Tom Buchanan aus Chicago, mit einem Aufwand und Pomp, den Louisville noch nie erlebt hatte. Er

people in four private cars, and hired a whole floor of the Muhlbach Hotel, and the day before the wedding he gave her a string of pearls valued at three hundred and fifty thousand dollars.

I was bridesmaid. I came into her room half an hour before the bridal dinner, and found her lying on her bed as lovely as the June night in her flowered dress—and as drunk as a monkey. she had a bottle of Sauterne in one hand and a letter in the other.

"'Gratulate me," she muttered. "Never had a drink before, but oh how I do enjoy it."

"What's the matter, Daisy?"

I was scared, I can tell you; I'd never seen a girl like that before.

"Here, deares'." She groped around in a waste-basket she had with her on the bed and pulled out the string of pearls. "Take 'em down-stairs and give 'em back to whoever they belong to. Tell 'em all Daisy's change' her mine. Say: 'Daisy's change' her mine!'."

She began to cry—she cried and cried. I rushed out and found her mother's maid, and we locked the door and got her into a cold bath. She wouldn't let go of the letter. She took it into the tub with her and squeezed it up into a wet ball, and only let me leave it in the soap-dish when she saw that it was coming to pieces like snow.

But she didn't say another word. We gave her spirits of ammonia and put ice on her forehead and hooked her back into her dress, and half an hour later, when we walked out of the room, the pearls were around her neck and the incident was over. Next day at five o'clock

kam mit hundert Leuten in vier privaten Eisenbahnwagen herüber und mietete eine ganze Etage im Muhlbach Hotel, und am Tag vor der Hochzeit schenkte er ihr eine Perlenkette im Wert von dreihundertfünfzigtausend Dollar.

Ich war Brautjungfer. Eine halbe Stunde vor dem Hochzeitsdiner ging ich zu ihr ins Zimmer und fand sie in ihrem geblümten Kleid auf dem Bett liegend, schön wie die Juninacht – und sternhagelvoll. In der einen Hand hielt sie eine Flasche Sauterne und in der anderen einen Brief.

»Kanns mir gratuliern«, murmelte sie. »Hab noch nie was getrunkn, aber herrje, ich find's fabelhaft.«

»Was ist los, Daisy?«

Ich hatte Angst, sage ich Ihnen; nie zuvor hatte ich ein Mädchen in einem solchen Zustand gesehen.

»Hier, Süße.« Sie wühlte in einem Papierkorb, den sie bei sich im Bett hatte, und zog die Perlenkette heraus. »Nimm's mit nach untn und gib's irgendwem wieder, dem's gehört. Sag alln, Daisy hat sich's umüberlegt. Sag: ›Daisy hat sich's umüberlegt!‹«

Sie fing an zu weinen – sie weinte und weinte. Ich stürzte hinaus und fand das Dienstmädchen ihrer Mutter, und wir schlossen die Tür ab und steckten sie in ein kaltes Bad. Sie wollte den Brief nicht loslassen. Sie nahm ihn mit in die Wanne und drückte ihn zu einer nassen Kugel zusammen und ließ mich ihn erst in die Seifenschale legen, als sie sah, dass er zerging wie Schnee.

Aber sie sagte kein Wort mehr. Wir gaben ihr Salmiakgeist, legten ihr Eis auf die Stirn und zwängten sie wieder in ihr Kleid, und als wir eine halbe Stunde später das Zimmer verließen, trug sie die Perlen um ihren Hals und der Zwischenfall war vorüber. Am nächsten Tag um fünf Uhr

she married Tom Buchanan without so much as a shiver, and started off on a three months' trip to the South Seas.

I saw them in Santa Barbara when they came back, and I thought I'd never seen a girl so mad about her husband. If he left the room for a minute she'd look around uneasily, and say: "Where's Tom gone?" and wear the most abstracted expression until she saw him coming in the door. She used to sit on the sand with his head in her lap by the hour, rubbing her fingers over his eyes and looking at him with unfathomable delight. It was touching to see them together—it made you laugh in a hushed, fascinated way. That was in August. A week after I left Santa Barbara Tom ran into a wagon on the Ventura road one night, and ripped a front wheel off his car. The girl who was with him got into the papers, too, because her arm was broken—she was one of the chambermaids in the Santa Barbara Hotel.

The next April Daisy had her little girl, and they went to France for a year. I saw them one spring in Cannes, and later in Deauville, and then they came back to Chicago to settle down. Daisy was popular in Chicago, as you know. They moved with a fast crowd, all of them young and rich and wild, but she came out with an absolutely perfect reputation. Perhaps because she doesn't drink. It's a great advantage not to drink among hard-drinking people. You can hold your tongue, and, moreover, you can time any little irregu-

heiratete sie Tom Buchanan, ohne auch nur mit der Wimper zu zucken, und ging mit ihm auf eine dreimonatige Reise in die Südsee.

Nach ihrer Rückkehr traf ich die beiden in Santa Barbara, und ich dachte, dass ich nie zuvor ein Mädchen gesehen hatte, das so verrückt nach ihrem Mann war wie sie. Er brauchte nur für eine Minute den Raum zu verlassen, schon schaute sie sich unruhig um und fragte: »Wo ist Tom?«, und wirkte völlig geistesabwesend, bis sie ihn wieder zur Tür hereinkommen sah. Sie saß oft stundenlang im Sand mit seinem Kopf in ihrem Schoß, strich ihm mit ihren Fingern über die Augen und betrachtete ihn mit unergründlicher Wonne. Es war rührend, die beiden zusammen zu sehen – es rang einem ein stilles, fasziniertes Lachen ab. Das war im August. Eine Woche nachdem ich Santa Barbara verlassen hatte, stieß Tom nachts auf der Ventura Road mit einem Lieferwagen zusammen und verlor dabei eins seiner Vorderräder. Das Mädchen, das bei ihm war, kam ebenfalls in die Zeitung, weil sie sich den Arm gebrochen hatte – sie war eins der Zimmermädchen aus dem Santa Barbara Hotel.

Im April des folgenden Jahres bekam Daisy ihre kleine Tochter, und sie gingen für ein Jahr nach Frankreich. Ich traf sie im Frühjahr in Cannes und später in Deauville, und dann kamen sie zurück nach Chicago, um sich dort niederzulassen. Daisy war beliebt in Chicago, wie Sie wissen. Die beiden bewegten sich unter leichtlebigen Leuten, allesamt jung und reich und wild, Daisys Ruf aber hatte danach nicht den kleinsten Kratzer. Vielleicht weil sie nichts trinkt. Es ist ein großer Vorteil, unter heftigen Trinkern nichts zu trinken. Man kann seine Zunge im Zaum halten, und au-

larity of your own so that everybody else is so blind that they don't see or care. Perhaps Daisy never went in for amour at all—and yet there's something in that voice of hers …

Well, about six weeks ago, she heard the name Gatsby for the first time in years. It was when I asked you—do you remember?—if you knew Gatsby in West Egg. After you had gone home she came into my room and woke me up, and said: "What Gatsby?" and when I described him—I was half asleep—she said in the strangest voice that it must be the man she used to know. It wasn't until then that I connected this Gatsby with the officer in her white car.

When Jordan Baker had finished telling all this we had left the Plaza for half an hour and were driving in a victoria through Central Park. The sun had gone down behind the tall apartments of the movie stars in the West Fifties, and the clear voices of children, already gathered like crickets on the grass, rose through the hot twilight:

"I'm the Sheik of Araby.
Your love belongs to me.
At night when you're asleep
Into your tent I'll creep— "

"It was a strange coincidence," I said.

ßerdem kann man sich mit den eigenen kleinen Verfehlungen so lange Zeit lassen, bis alle anderen dermaßen blind sind, dass sie es entweder nicht bemerken oder sich nicht darum scheren. Vielleicht ließ Daisy sich auch auf keinerlei Liebschaften ein – und doch gibt es da etwas in ihrer Stimme …

Nun, vor ungefähr sechs Wochen hörte sie den Namen Gatsby nach Jahren zum ersten Mal wieder. Damals fragte ich Sie – erinnern Sie sich? –, ob Sie in West Egg einen Gatsby kennen. Nachdem Sie gegangen waren, kam sie zu mir ins Zimmer, weckte mich und fragte: »Welcher Gatsby?«, und als ich ihn ihr beschrieb – ich schlief noch halb –, sagte sie mit ganz seltsamer Stimme, dass es derselbe sein müsse, den sie früher gekannt hatte. Erst in diesem Moment verband ich diesen Gatsby mit dem Offizier in ihrem weißen Auto.

Als Jordan Baker am Ende ihrer Geschichte angelangt war, hatten wir das Plaza seit einer halben Stunde verlassen und fuhren in einer Victoria-Kutsche durch den Central Park. Die Sonne war hinter den hohen Apartmenthäusern der Filmstars in den westlichen Fünfzigerstraßen untergegangen, und die klaren Stimmen von Kindern, die sich wie Grillen bereits auf dem Gras versammelt hatten, stiegen durch das heiße Dämmerlicht auf:

»I'm the Sheik of Araby.
Your love belongs to me.
At night when you're asleep
Into your tent I'll creep …«

»Das war ein merkwürdiger Zufall«, sagte ich.

"But it wasn't a coincidence at all."

"Why not?"

"Gatsby bought that house so that Daisy would be just across the bay."

Then it had not been merely the stars to which he had aspired on that June night. He came alive to me, delivered suddenly from the womb of his purposeless splendor.

"He wants to know," continued Jordan, "if you'll invite Daisy to your house some afternoon and then let him come over."

The modesty of the demand shook me. He had waited five years and bought a mansion where he dispensed starlight to casual moths—so that he could "come over" some afternoon to a stranger's garden.

"Did I have to know all this before he could ask such a little thing?"

"He's afraid, he's waited so long. He thought you might be offended. You see, he's a regular tough underneath it all."

Something worried me.

"Why didn't he ask you to arrange a meeting?"

"He wants her to see his house," she explained. "And your house is right next door."

"Oh!"

"I think he half expected her to wander into one of his parties, some night," went on Jordan, "but she never did. Then he began asking people casually if they knew her, and I was the first one he found. It was that night

»Aber es war ja gar kein Zufall.«

»Wieso nicht?«

»Gatsby hat dieses Haus gekauft, damit Daisy gleich auf der anderen Seite der Bucht wohnt.«

Dann waren es also nicht nur die Sterne gewesen, nach denen er in jener Juninacht gegriffen hatte. Jetzt war er lebendig für mich, plötzlich entbunden aus dem Schoß seiner sinnlosen Großartigkeit.

»Er möchte wissen«, fuhr Jordan fort, »ob Sie Daisy einmal nachmittags zu sich nach Hause einladen und ihm erlauben würden herüberzukommen.«

Die Bescheidenheit dieser Bitte erschütterte mich. Er hatte fünf Jahre gewartet und ein Anwesen gekauft, auf dem er Sternenlicht über schwärmenden Nachtfaltern ausgoss – nur um einmal nachmittags in den Garten eines Fremden »herüberkommen« zu können.

»Musste ich erst all das erfahren, bevor er mich um eine solche Kleinigkeit bitten konnte?«

»Er hat Angst; er hat so lange gewartet. Er dachte, Sie könnten vielleicht beleidigt sein. Wissen Sie, im Grunde ist er einfach ein zäher Bursche.«

Irgendetwas gefiel mir nicht.

»Warum hat er nicht Sie gebeten, ein Treffen zu arrangieren?«

»Er möchte, dass sie sein Haus sieht«, erklärte sie. »Und Ihr Haus ist gleich nebenan.«

»Oh!«

»Ich glaube, er hat ein bisschen darauf spekuliert, dass sie eines Nachts einfach auf einer seiner Partys auftaucht«, fuhr Jordan fort, »aber das tat sie nicht. Dann fing er an, Leute beiläufig zu fragen, ob sie sie kannten, und ich war

he sent for me at his dance, and you should have heard the elaborate way he worked up to it. Of course, I immediately suggested a luncheon in New York—and I thought he'd go mad:

"'I don't want to do anything out of the way!' he kept saying. 'I want to see her right next door.'

"When I said you were a particular friend of Tom's, he started to abandon the whole idea. He doesn't know very much about Tom, though he says he's read a Chicago paper for years just on the chance of catching a glimpse of Daisy's name."

It was dark now, and as we dipped under a little bridge I put my arm around Jordan's golden shoulder and drew her toward me and asked her to dinner. Suddenly I wasn't thinking of Daisy and Gatsby any more, but of this clean, hard, limited person, who dealt in universal scepticism, and who leaned back jauntily just within the circle of my arm. A phrase began to beat in my ears with a sort of heady excitement: "There are only the pursued, the pursuing, the busy and the tired."

"And Daisy ought to have something in her life," murmured Jordan to me.

"Does she want to see Gatsby?"

"She's not to know about it. Gatsby doesn't want her to know. You're just supposed to invite her to tea."

We passed a barrier of dark trees, and then the facade of Fifty-ninth Street, a block of delicate pale light, beamed down into the park. Unlike Gatsby and

die Erste, bei der er Glück hatte. Das war an jenem Abend, als er beim Tanz nach mir schickte, und Sie hätten mal hören sollen, wie umständlich er mit der Sache herausrückte. Natürlich schlug ich sofort ein Mittagessen in New York vor – daraufhin schien er mir förmlich durchzudrehen:

›Ich will kein Arrangement irgendwo anders!‹, sagte er immer wieder. ›Ich will mich gleich hier nebenan mit ihr treffen.‹

Als ich ihm sagte, Sie seien ein guter Freund von Tom, wollte er die ganze Idee schon fallen lassen. Er weiß nicht besonders viel über Tom, obwohl er angeblich jahrelang eine Chicagoer Zeitung gelesen hat, nur um darin vielleicht einmal auf Daisys Namen zu stoßen.«

Es war inzwischen dunkel geworden, und als wir unter einer kleinen Brücke hindurchtauchten, legte ich meinen Arm um Jordans goldene Schulter, zog sie zu mir heran und bat sie, mit mir zu Abend zu essen. Plötzlich dachte ich nicht mehr an Daisy und Gatsby, sondern an diese saubere, harte, begrenzte Person, die alles und jeden mit Skepsis betrachtete und die sich nun unbekümmert in meine Armbeuge lehnte. Ein Satz klang pulsierend in meinen Ohren mit fast berauschender Heftigkeit: »Es gibt nur die Gejagten, die Jäger, die Tätigen und die Müden.«

»Und Daisy sollte doch auch etwas von ihrem Leben haben«, raunte Jordan mir zu.

»Möchte sie Gatsby sehen?«

»Sie wird gar nichts davon wissen. Gatsby möchte nicht, dass sie es weiß. Sie sollen sie einfach zum Tee einladen.«

Wir passierten eine Barriere dunkler Bäume, dann strahlten die Fassaden der Neunundfünfzigsten Straße, ein Block aus zartem, blassem Licht, in den Park hinab. An-

Tom Buchanan, I had no girl whose disembodied face floated along the dark cornices and blinding signs, and so I drew up the girl beside me, tightening my arms. Her wan, scornful mouth smiled, and so I drew her up again closer, this time to my face.

ders als Gatsby und Tom Buchanan hatte ich kein Mädchen, dessen körperloses Gesicht an den dunklen Gesimsen und gleißenden Schildern entlangschwebte, und so schloss ich das Mädchen neben mir fester in meine Arme. Ihr fahler, höhnischer Mund lächelte, und so zog ich sie noch einmal dichter heran, dieses Mal an mein Gesicht.

Chapter 5

When I came home to West Egg that night I was afraid for a moment that my house was on fire. Two o'clock and the whole corner of the peninsula was blazing with light, which fell unreal on the shrubbery and made thin elongating glints upon the roadside wires. Turning a corner, I saw that it was Gatsby's house, lit from tower to cellar.

At first I thought it was another party, a wild rout that had resolved itself into "hide-and-go-seek" or "sardines-in-the-box" with all the house thrown open to the game. But there wasn't a sound. Only wind in the trees, which blew the wires and made the lights go off and on again as if the house had winked into the darkness. As my taxi groaned away I saw Gatsby walking toward me across his lawn.

"Your place looks like the World's Fair," I said.

"Does it?" He turned his eyes toward it absently. "I have been glancing into some of the rooms. Let's go to Coney Island, old sport. In my car."

"It's too late."

"Well, suppose we take a plunge in the swimming-pool? I haven't made use of it all summer."

"I've got to go to bed."

"All right."

Kapitel 5

Als ich in jener Nacht nach West Egg zurückkam, fürchtete ich für einen Moment, mein Haus stehe in Flammen. Zwei Uhr früh, und die gesamte Spitze der Halbinsel erstrahlte in grellem Licht, das unwirklich auf Büsche und Sträucher fiel und sich als dünne schimmernde Linien auf die Telegrafendrähte am Straßenrand legte. Ich bog um eine Ecke und sah, dass es Gatsbys Haus war, hell erleuchtet vom Turm bis zum Keller.

Zuerst glaubte ich, es handele sich um eine seiner Partys, eine ausgelassene Abendgesellschaft, die darauf verfallen war, »Verstecken« oder »Sardinenbüchse« zu spielen, und das ganze Haus zum Spielplatz erkoren hatte. Doch kein Laut war zu hören. Nur der Wind in den Bäumen, der in die Drähte blies und die Lichter aus- und wieder angehen ließ, als hätte das Haus in die Dunkelheit geblinzelt. Als mein Taxi ächzend davonfuhr, sah ich Gatsby über seinen Rasen auf mich zukommen.

»Bei Ihnen sieht es aus wie auf der Weltausstellung«, sagte ich.

»Tatsächlich?« Er blickte sich abwesend nach seinem Haus um. »Ich habe nur kurz in ein paar Zimmer hineingeschaut. Lassen Sie uns nach Coney Island fahren, alter Knabe. Mit meinem Auto.«

»Es ist zu spät.«

»Gut, wie wär's dann mit einem Sprung in den Swimmingpool? Ich habe ihn den ganzen Sommer nicht benutzt.«

»Ich muss ins Bett.«

»Na schön.«

He waited, looking at me with suppressed eagerness.

"I talked with Miss Baker," I said after a moment. "I'm going to call up Daisy to-morrow and invite her over here to tea."

"Oh, that's all right," he said carelessly. "I don't want to put you to any trouble."

"What day would suit you?"

"What day would suit *you*?" he corrected me quickly. "I don't want to put you to any trouble, you see."

"How about the day after to-morrow?" He considered for a moment. Then, with reluctance:

"I want to get the grass cut," he said.

We both looked at the grass—there was a sharp line where my ragged lawn ended and the darker, well-kept expanse of his began. I suspected that he meant my grass.

"There's another little thing," he said uncertainly, and hesitated.

"Would you rather put it off for a few days?" I asked.

"Oh, it isn't about that. At least—" He fumbled with a series of beginnings. "Why, I thought—why, look here, old sport, you don't make much money, do you?"

"Not very much."

This seemed to reassure him and he continued more confidently.

"I thought you didn't, if you'll pardon my—you see, I carry on a little business on the side, a sort of side

Er wartete und betrachtete mich mit mühsam zurückgehaltener Neugier.

»Ich habe mit Miss Baker gesprochen«, sagte ich nach einem Moment. »Ich werde Daisy morgen anrufen und sie zum Tee einladen.«

»Oh, schon in Ordnung«, sagte er leichthin. »Ich möchte Ihnen keine Umstände machen.«

»Welcher Tag würde Ihnen passen?«

»Welcher Tag würde *Ihnen* passen?«, berichtigte er mich rasch. »Wirklich, ich möchte Ihnen keine Umstände machen.«

»Wie wär's mit übermorgen?« Er überlegte einen Augenblick. Dann, widerstrebend:

»Ich möchte noch den Rasen mähen lassen«, sagte er.

Wir schauten beide hinunter auf das Gras – eine scharfe Trennlinie verlief dort, wo mein verwildertes Stückchen Wiese endete und der dunklere, gepflegte Rasen seines Grundstücks begann. Ich hegte den Verdacht, dass er mein Gras meinte.

»Da ist noch eine Kleinigkeit«, sagte er unsicher und zögerte.

»Möchten Sie es lieber um ein paar Tage verschieben?«, fragte ich.

»Oh, darum geht es nicht. Zumindest ...« Er hantierte mit einer Reihe von Satzanfängen. »Also, ich dachte ... na ja, schauen Sie, alter Knabe, Sie verdienen nicht sonderlich viel, oder?«

»Nicht sonderlich.«

Das schien ihn zu beruhigen, und er sprach etwas selbstsicherer weiter.

»Das dachte ich mir schon, wenn Sie mir nachsehen, dass ich ... wissen Sie, ich betreibe noch ein kleines Ge-

line, you understand. And I thought that if you don't make very much—you're selling bonds, aren't you, old sport?"

"Trying to."

"Well, this would interest you. It wouldn't take up much of your time and you might pick up a nice bit of money. It happens to be a rather confidential sort of thing."

I realize now that under different circumstances that conversation might have been one of the crises of my life. But, because the offer was obviously and tactlessly for a service to be rendered, I had no choice except to cut him off there.

"I've got my hands full," I said. "I'm much obliged but I couldn't take on any more work."

"You wouldn't have to do any business with Wolfshiem." Evidently he thought that I was shying away from the "gonnegtion" mentioned at lunch, but I assured him he was wrong. He waited a moment longer, hoping I'd begin a conversation, but I was too absorbed to be responsive, so he went unwillingly home.

The evening had made me light-headed and happy; I think I walked into a deep sleep as I entered my front door. So I don't know whether or not Gatsby went to Coney Island, or for how many hours he "glanced into rooms" while his house blazed gaudily on. I called up Daisy from the office next morning, and invited her to come to tea.

"Don't bring Tom," I warned her.

schäft nebenbei, eine Art Nebengewerbe, Sie verstehen. Und ich dachte mir, da Sie ja nicht sonderlich viel … Sie verkaufen doch Aktien, nicht wahr, alter Knabe?«

»Ich versuch's.«

»Nun, dann dürfte die Sache Sie interessieren. Es würde Sie nicht viel Zeit kosten und Sie könnten ein hübsches Sümmchen einstreichen. Das Ganze ist eine ziemlich vertrauliche Angelegenheit.«

Heute ist mir klar, dass dieses Gespräch unter anderen Vorzeichen ein Wendepunkt meines Lebens hätte sein können. Doch da das Angebot ganz offensichtlich und taktlos die Gegenleistung für eine Gefälligkeit darstellte, hatte ich keine andere Wahl, als ihn an dieser Stelle zu unterbrechen.

»Ich habe alle Hände voll zu tun«, sagte ich. »Sehr nett von Ihnen, aber ich kann keinerlei Arbeit mehr annehmen.«

»Bei diesem Geschäft hätten Sie nichts mit Wolfshiem zu tun.« Offenbar dachte er, ich schrecke vor den beim Mittagessen erwähnten »Gondagden« zurück, aber ich versicherte ihm, dass er falsch lag. Er blieb noch einen Moment stehen, in der Hoffnung, ich würde eine Unterhaltung beginnen, aber ich war zu sehr in Gedanken, um mich darauf einzulassen, und so ging er widerwillig nach Hause.

Der Abend hatte mich benommen und glücklich gemacht; vermutlich bewegte ich mich schon im Tiefschlaf, als ich durch meine Haustür trat. Daher weiß ich nicht, ob Gatsby tatsächlich nach Coney Island fuhr oder wie viele Stunden lang er noch »kurz in Zimmer hineinschaute«, während sein Haus weiter lichterloh strahlte. Ich rief Daisy am nächsten Morgen vom Büro aus an und lud sie zum Tee ein.

»Komm ohne Tom«, ermahnte ich sie.

"What?"

"Don't bring Tom."

"Who is 'Tom'?" she asked innocently.

The day agreed upon was pouring rain. At eleven o'clock a man in a raincoat, dragging a lawn-mower, tapped at my front door and said that Mr Gatsby had sent him over to cut my grass. This reminded me that I had forgotten to tell my Finn to come back, so I drove into West Egg Village to search for her among soggy, whitewashed alleys and to buy some cups and lemons and flowers.

The flowers were unnecessary, for at two o'clock a greenhouse arrived from Gatsby's, with innumerable receptacles to contain it. An hour later the front door opened nervously, and Gatsby, in a white flannel suit, silver shirt, and gold-colored tie, hurried in. He was pale, and there were dark signs of sleeplessness beneath his eyes.

"Is everything all right?" he asked immediately.

"The grass looks fine, if that's what you mean."

"What grass?" he inquired blankly. "Oh, the grass in the yard." He looked out the window at it, but, judging from his expression, I don't believe he saw a thing.

"Looks very good," he remarked vaguely. "One of the papers said they thought the rain would stop about four. I think it was *The Journal*. Have you got everything you need in the shape of—of tea?"

»Was?«

»Komm ohne Tom.«

»Wer ist ›Tom‹?«, fragte sie unschuldig.

Am vereinbarten Tag regnete es in Strömen. Um elf Uhr klopfte ein Mann im Regenmantel, der einen Rasenmäher hinter sich herzog, an meine Haustür und sagte, Mr Gatsby habe ihn geschickt, um meinen Rasen zu mähen. Da fiel mir ein, dass ich vergessen hatte, meiner Finnin zu sagen, sie solle am Nachmittag wiederkommen, also fuhr ich nach West Egg Village, um in den aufgeweichten, weiß getünchten Gassen nach ihr zu suchen und ein paar Tassen und Zitronen und Blumen zu kaufen.

Die Blumen waren überflüssig, denn um zwei Uhr schickte Gatsby ein ganzes Gewächshaus herüber nebst unzähligen Gefäßen, die es aufnehmen sollten. Eine Stunde später öffnete sich fahrig die Haustür und Gatsby stürmte herein, im weißen Flanellanzug, silbernen Hemd und mit goldener Krawatte. Er war blass, und unter seinen Augen zeigten sich dunkle Spuren der Schlaflosigkeit.

»Alles in Ordnung?«, erkundigte er sich im Hereinkommen.

»Der Rasen sieht gut aus, falls Sie das meinen.«

»Welcher Rasen?«, fragte er verständnislos. »Oh, der Rasen im Garten.« Er schaute aus dem Fenster, doch seinem Gesichtsausdruck nach zu urteilen glaube ich nicht, dass er überhaupt etwas sah.

»Sieht sehr gut aus«, bemerkte er geistesabwesend. »In einer der Zeitungen sagen sie, der Regen werde vermutlich gegen vier aufhören. Ich glaube, es war *The Journal*. Haben Sie alles, was Sie brauchen für solch einen – einen Tee?«

I took him into the pantry, where he looked a little reproachfully at the Finn. Together we scrutinized the twelve lemon cakes from the delicatessen shop.

"Will they do?" I asked.

"Of course, of course! They're fine!" and he added hollowly, "... old sport."

The rain cooled about half-past three to a damp mist, through which occasional thin drops swam like dew. Gatsby looked with vacant eyes through a copy of Clay's *Economics*, starting at the Finnish tread that shook the kitchen floor, and peering toward the bleared windows from time to time as if a series of invisible but alarming happenings were taking place outside. Finally he got up and informed me, in an uncertain voice, that he was going home.

"Why's that?"

"Nobody's coming to tea. It's too late!" He looked at his watch as if there was some pressing demand on his time elsewhere. "I can't wait all day."

"Don't be silly; it's just two minutes to four."

He sat down miserably, as if I had pushed him, and simultaneously there was the sound of a motor turning into my lane. We both jumped up, and, a little harrowed myself, I went out into the yard.

Under the dripping bare lilac-trees a large open car was coming up the drive. It stopped. Daisy's face,

Ich führte ihn in den Anrichteraum, wo er einen leicht tadelnden Blick auf die Finnin warf. Zusammen begutachteten wir die zwölf Zitronentörtchen aus dem Delikatessengeschäft.

»Ist das genehm?«, fragte ich.

»Bestens, bestens! Ausgezeichnet!«, und hohl tönend fügte er hinzu: »… alter Knabe.«

Gegen halb vier verebbte der Regen zu einem feuchten Nebel, durch den gelegentlich feine Tropfen schwammen wie Tau. Gatsby blätterte mit leerem Blick in einer Ausgabe von Clays *Economics*, zuckte zusammen, wenn ein finnischer Schritt den Küchenboden erschütterte, und spähte von Zeit zu Zeit zu den trüben Fenstern hinüber, als ereignete sich dort draußen eine Reihe unsichtbarer, aber Besorgnis erregender Vorfälle. Schließlich erhob er sich und teilte mir mit unsicherer Stimme mit, er gehe jetzt nach Hause.

»Warum das?«

»Weil niemand zum Tee kommt. Es ist zu spät!« Er schaute auf seine Uhr, als stünde er wegen dringender Angelegenheiten andernorts unter Zeitdruck. »Ich kann nicht den ganzen Tag warten.«

»Seien Sie nicht albern; es ist erst zwei Minuten vor vier.«

Er setzte sich gequält wieder hin, als hätte ich ihn dazu gedrängt, und im selben Moment schallte das Geräusch eines Motors in meine Auffahrt. Wir sprangen beide auf, und nun selbst ein wenig angespannt, ging ich hinaus in den Garten.

Unter den tropfenden, kahlen Fliederbäumen kam ein großer offener Wagen den Weg herauf. Er hielt. Daisys

tipped sideways beneath a three-cornered lavender hat, looked out at me with a bright ecstatic smile.

"Is this absolutely where you live, my dearest one?"

The exhilarating ripple of her voice was a wild tonic in the rain. I had to follow the sound of it for a moment, up and down, with my ear alone, before any words came through. A damp streak of hair lay like a dash of blue paint across her cheek, and her hand was wet with glistening drops as I took it to help her from the car.

"Are you in love with me," she said low in my ear, "or why did I have to come alone?"

"That's the secret of Castle Rackrent. Tell your chauffeur to go far away and spend an hour."

"Come back in an hour, Ferdie." Then in a grave murmur: "His name is Ferdie."

"Does the gasoline affect his nose?"

"I don't think so," she said innocently. "Why?"

We went in. To my overwhelming surprise the living-room was deserted.

"Well, that's funny," I exclaimed.

"What's funny?"

She turned her head as there was a light dignified knocking at the front door. I went out and opened it. Gatsby, pale as death, with his hands plunged like weights in his coat pockets, was standing in a puddle of water glaring tragically into my eyes.

With his hands still in his coat pockets he stalked by me into the hall, turned sharply as if he were on a wire,

Gesicht neigte sich seitwärts unter einem dreieckigen lavendelfarbenen Hut und schaute mir mit strahlendem, verzücktem Lächeln entgegen.

»Ist das wahrhaftig der Ort, wo du wohnst, mein liebster Schatz?«

Das belebende Plätschern ihrer Stimme war in dem Regen ein fremdartiges Tonikum. Für einen Moment folgte ich ihrem Klang, den Höhen und Tiefen allein mit dem Ohr, ehe die Wörter zu mir durchdrangen. Eine feuchte Haarsträhne lag wie ein Strich blauer Farbe auf ihrer Wange, und ihre Hand war nass von glitzernden Tropfen, als ich danach griff, um ihr aus dem Wagen zu helfen.

»Bist du in mich verliebt«, sagte sie mir leise ins Ohr, »oder warum musste ich allein kommen?«

»Das ist das Geheimnis von Schloss Rackrent. Sag deinem Fahrer, er soll sich verziehen und eine Stunde wegbleiben.«

»Kommen Sie in einer Stunde zurück, Ferdie.« Dann mit gravitätischem Raunen: »Sein Name ist Ferdie.«

»Greift das Benzin seine Nase an?«

»Ich glaube nicht«, sagte sie arglos. »Wieso?«

Wir gingen hinein. Zu meiner grenzenlosen Überraschung war das Wohnzimmer verlassen.

»Na, also das ist komisch!«, rief ich aus.

»Was ist komisch?«

Sie wandte den Kopf, denn an der Haustür war ein leises, höfliches Klopfen zu hören. Ich ging hinaus und öffnete. Totenbleich, die Hände wie Gewichte in den Jackentaschen vergraben, stand Gatsby in einer Wasserpfütze und sah mir mit tragischem Blick in die Augen.

Die Hände noch immer in den Jackentaschen, stakste er an mir vorbei in die Diele, bog wie ferngesteuert jäh

and disappeared into the living-room. It wasn't a bit funny. Aware of the loud beating of my own heart I pulled the door to against the increasing rain.

For half a minute there wasn't a sound. Then from the living-room I heard a sort of choking murmur and part of a laugh, followed by Daisy's voice on a clear artificial note: "I certainly am awfully glad to see you again."

A pause; it endured horribly. I had nothing to do in the hall, so I went into the room.

Gatsby, his hands still in his pockets, was reclining against the mantelpiece in a strained counterfeit of perfect ease, even of boredom. His head leaned back so far that it rested against the face of a defunct mantelpiece clock, and from this position his distraught eyes stared down at Daisy, who was sitting, frightened but graceful, on the edge of a stiff chair.

"We've met before," muttered Gatsby. His eyes glanced momentarily at me, and his lips parted with an abortive attempt at a laugh. Luckily the clock took this moment to tilt dangerously at the pressure of his head, whereupon he turned and caught it with trembling fingers, and set it back in place. Then he sat down, rigidly, his elbow on the arm of the sofa and his chin in his hand.

"I'm sorry about the clock," he said.

My own face had now assumed a deep tropical burn. I couldn't muster up a single commonplace out of the thousand in my head.

um die Ecke und verschwand im Wohnzimmer. Es war kein bisschen komisch. Ich fühlte mein Herz kräftig schlagen und schloss die Tür gegen den stärker werdenden Regen.

Eine halbe Minute lang war es vollkommen still. Dann hörte ich aus dem Wohnzimmer eine Art ersticktes Gemurmel und ein Stück eines Lachens, gefolgt von Daisys hell und künstlich klingender Stimme: »Ich bin wirklich wahnsinnig froh, dich wiederzusehen.«

Eine Pause; sie dauerte entsetzlich lange. In der Diele hatte ich nichts zu tun, also ging ich ins Zimmer.

Gatsby lehnte, die Hände nach wie vor in den Taschen, am Kaminsims und simulierte krampfhaft völlige Gelassenheit, ja sogar Langeweile. Seinen Kopf hatte er so weit in den Nacken gelegt, dass er auf dem Zifferblatt einer kaputten alten Kaminuhr ruhte, und von dort aus starrte er mit unruhigem Blick auf Daisy hinab, die ängstlich, aber anmutig auf der Kante eines harten Stuhls saß.

»Wir kennen uns von früher«, murmelte Gatsby. Sein Blick streifte mich flüchtig, und sein Mund öffnete sich im misslungenen Versuch eines Lachens. Glücklicherweise geriet die Uhr just in diesem Moment unter dem Druck seines Kopfes gefährlich ins Wanken, worauf er sich umdrehte, sie mit zittrigen Fingern auffing und wieder an ihren Platz stellte. Dann setzte er sich steif auf das Sofa, den Ellbogen auf die Lehne und das Kinn in die Hand gestützt.

»Das mit der Uhr tut mir leid«, sagte er.

Mein Gesicht glühte inzwischen wie nach einem tiefen tropischen Sonnenbrand. Von den tausend Gemeinplätzen in meinem Kopf wollte mir nicht ein einziger einfallen.

"It's an old clock," I told them idiotically.

I think we all believed for a moment that it had smashed in pieces on the floor.

"We haven't met for many years," said Daisy, her voice as matter-of-fact as it could ever be.

"Five years next November."

The automatic quality of Gatsby's answer set us all back at least another minute. I had them both on their feet with the desperate suggestion that they help me make tea in the kitchen when the demoniac Finn brought it in on a tray.

Amid the welcome confusion of cups and cakes a certain physical decency established itself. Gatsby got himself into a shadow and, while Daisy and I talked, looked conscientiously from one to the other of us with tense, unhappy eyes. However, as calmness wasn't an end in itself, I made an excuse at the first possible moment, and got to my feet.

"Where are you going?" demanded Gatsby in immediate alarm.

"I'll be back."

"I've got to speak to you about something before you go."

He followed me wildly into the kitchen, closed the door, and whispered: "Oh, God!" in a miserable way.

"What's the matter?"

"This is a terrible mistake," he said, shaking his head from side to side, "a terrible, terrible mistake."

»Ist eine alte Uhr«, erklärte ich ihnen blödsinnigerweise.

Ich glaube, einen Moment lang waren wir alle davon überzeugt, sie sei auf dem Boden in Stücke zersprungen.

»Wir haben uns viele Jahre nicht gesehen«, sagte Daisy, ihre Stimme so nüchtern wie irgend möglich.

»Fünf Jahre nächsten November.«

Gatsbys Antwort kam so automatisch, dass sie uns für mindestens eine weitere Minute außer Gefecht setzte. Mit dem verzweifelten Vorschlag, mir in der Küche beim Teekochen zu helfen, hatte ich die beiden gerade zum Aufstehen gebracht, da trug die teuflische Finnin ihn auf einem Tablett schon herein.

In dem willkommenen Durcheinander von Tassen und Törtchen trat eine gewisse äußere Entspannung ein. Gatsby hielt sich im Halbdunkel, und während Daisy und ich uns unterhielten, wanderten seine ruhelosen, unglücklichen Augen aufmerksam zwischen uns hin und her. Da allerdings solches Stillschweigen nicht Sinn der Sache war, entschuldigte ich mich bei der erstbesten Gelegenheit und stand auf.

»Wo gehen Sie hin?«, fragte Gatsby in plötzlicher Unruhe.

»Bin gleich wieder da.«

»Ich muss mit Ihnen über etwas sprechen, bevor Sie gehen.«

Er folgte mir aufgewühlt in die Küche, schloss die Tür und flüsterte kläglich: »O Gott!«

»Was ist los?«

»Das Ganze ist ein schrecklicher Fehler«, sagte er und schüttelte dabei heftig den Kopf, »ein schrecklicher, schrecklicher Fehler.«

"You're just embarrassed, that's all," and luckily I added: "Daisy's embarrassed too."

"She's embarrassed?" he repeated incredulously.

"Just as much as you are."

"Don't talk so loud."

"You're acting like a little boy," I broke out impatiently. "Not only that, but you're rude. Daisy's sitting in there all alone."

He raised his hand to stop my words, looked at me with unforgettable reproach, and, opening the door cautiously, went back into the other room.

I walked out the back way—just as Gatsby had when he had made his nervous circuit of the house half an hour before—and ran for a huge black knotted tree, whose massed leaves made a fabric against the rain. Once more it was pouring, and my irregular lawn, well-shaved by Gatsby's gardener, abounded in small, muddy swamps and prehistoric marshes. There was nothing to look at from under the tree except Gatsby's enormous house, so I stared at it, like Kant at his church steeple, for half an hour. A brewer had built it early in the "period" craze, a decade before, and there was a story that he'd agreed to pay five years' taxes on all the neighboring cottages if the owners would have their roofs thatched with straw. Perhaps their refusal took the heart out of his plan to Found a Family—he went into an immediate decline. His children sold his house with the black wreath still on the door. Americans, while willing, even eager, to be serfs, have always been obstinate about being peasantry.

»Sie sind bloß verlegen, weiter nichts«, und glücklicherweise fügte ich hinzu: »Daisy ist auch verlegen.«

»Sie ist verlegen?«, wiederholte er ungläubig.

»So sehr wie Sie.«

»Sprechen Sie nicht so laut.«

»Sie führen sich auf wie ein kleiner Junge«, herrschte ich ihn ungeduldig an. »Und nicht nur das, Sie sind auch noch unhöflich. Daisy sitzt dort drinnen ganz allein.«

Er hob die Hand, um mir das Wort abzuschneiden, und warf mir einen unvergesslich vorwurfsvollen Blick zu, dann öffnete er behutsam die Tür und ging zurück ins andere Zimmer.

Ich nahm den Hinterausgang – so wie Gatsby eine halbe Stunde zuvor, als er seine nervöse Runde ums Haus gedreht hatte – und lief hinüber zu einem mächtigen schwarzen knotigen Baum, dessen dichtes Blätterdach Schutz vor dem Regen bot. Inzwischen schüttete es wieder, und mein unebener Rasen, von Gatsbys Gärtner ordentlich gestutzt, war übersät mit kleinen, schlammigen Sümpfen und prähistorischem Morast. Von meinem Platz unter dem Baum aus gab es nichts weiter zu sehen als Gatsbys riesiges Haus, also starrte ich es eine halbe Stunde lang an wie Kant seinen Kirchturm. Ein Bierbrauer hatte es vor einem Jahrzehnt in der Frühzeit der »Stiltreue«-Manie errichtet, und man erzählte sich, er habe angeboten, fünf Jahre lang die Steuern für alle benachbarten Landhäuser zu zahlen, wenn die Besitzer ihre Dächer mit Stroh decken ließen. Vielleicht war es ihre Weigerung, die seinen Plan vereitelte, Gründer eines ganzen Geschlechts zu werden – es ging schlagartig mit ihm bergab. Als seine Kinder das Haus verkauften, hing der schwarze Kranz noch an der Tür. Amerikaner begeben

After half an hour, the sun shone again, and the grocer's automobile rounded Gatsby's drive with the raw material for his servants' dinner—I felt sure he wouldn't eat a spoonful. A maid began opening the upper windows of his house, appeared momentarily in each, and, leaning from the large central bay, spat meditatively into the garden. It was time I went back. While the rain continued it had seemed like the murmur of their voices, rising and swelling a little now and then with gusts of emotion. But in the new silence I felt that silence had fallen within the house too.

I went in—after making every possible noise in the kitchen, short of pushing over the stove—but I don't believe they heard a sound. They were sitting at either end of the couch, looking at each other as if some question had been asked, or was in the air, and every vestige of embarrassment was gone. Daisy's face was smeared with tears, and when I came in she jumped up and began wiping at it with her handkerchief before a mirror. But there was a change in Gatsby that was simply confounding. He literally glowed; without a word or a gesture of exultation a new well-being radiated from him and filled the little room.

"Oh, hello, old sport," he said, as if he hadn't seen me for years. I thought for a moment he was going to shake hands.

sich zwar willfährig, vielleicht sogar mit Eifer in Leibeigenschaft, aber der Bauernstand ist ihnen von jeher ein Graus.

Nach einer halben Stunde schien wieder die Sonne, und das Automobil des Lebensmittelhändlers bog in Gatsbys Auffahrt und brachte die Zutaten für das Abendessen seiner Bediensteten – ich war sicher, er selbst würde keinen Bissen anrühren. Ein Zimmermädchen begann, die oberen Fenster seines Hauses zu öffnen, tauchte in jedem kurz auf, lehnte sich dann aus dem großen zentralen Erkerfenster und spuckte gedankenverloren in den Garten. Für mich war es Zeit zurückzugehen. Solange der Regen fiel, hatte er wie das Gemurmel ihrer Stimmen geklungen, das im Überschwang der Emotionen dann und wann leise anstieg und anschwoll. Doch in der nun herrschenden Stille schien mir, dass im Haus ebenfalls Stille eingekehrt war.

Ich ging hinein – machte zuvor noch allen erdenklichen Lärm in der Küche, immerhin ohne den Herd umzustoßen –, aber sie hatten wohl nicht das Geringste gehört. Sie saßen jeder an einem Ende der Couch, sahen sich an, als ob irgendeine Frage gestellt worden sei oder in der Luft liege, und auch der letzte Rest von Verlegenheit war verschwunden. Daisys Gesicht war tränenverschmiert, und als ich hereinkam, sprang sie auf und fing an, vor einem Spiegel mit ihrem Taschentuch daran herumzuwischen. Mit Gatsby jedoch hatte sich eine schlichtweg verblüffende Wandlung vollzogen. Er glühte förmlich; ohne ein Wort oder eine Geste des Hochgefühls strahlte er ein neues Wohlbehagen aus, das den kleinen Raum ausfüllte.

»Oh, hallo, alter Knabe«, sagte er, als hätte er mich jahrelang nicht gesehen. Für einen Augenblick dachte ich, er wolle mir die Hand schütteln.

"It's stopped raining."

"Has it?" When he realized what I was talking about, that there were twinkle-bells of sunshine in the room, he smiled like a weather man, like an ecstatic patron of recurrent light, and repeated the news to Daisy. "What do you think of that? It's stopped raining."

"I'm glad, Jay." Her throat, full of aching, grieving beauty, told only of her unexpected joy.

"I want you and Daisy to come over to my house," he said, "I'd like to show her around."

"You're sure you want me to come?"

"Absolutely, old sport."

Daisy went up-stairs to wash her face—too late I thought with humiliation of my towels—while Gatsby and I waited on the lawn.

"My house looks well, doesn't it?" he demanded. "See how the whole front of it catches the light."

I agreed that it was splendid.

"Yes." His eyes went over it, every arched door and square tower. "It took me just three years to earn the money that bought it."

"I thought you inherited your money."

"I did, old sport," he said automatically, "but I lost most of it in the big panic—the panic of the war."

I think he hardly knew what he was saying, for when I asked him what business he was in he answered: "That's my affair," before he realized that it wasn't the appropriate reply.

»Der Regen hat aufgehört.«

»Wirklich?« Als ihm klar wurde, wovon ich sprach, dass der Sonnenschein helle Inseln ins Zimmer warf, lächelte er wie ein Wetterprophet, wie ein ekstatischer Schutzheiliger des wiederkehrenden Lichts und wiederholte die Nachricht für Daisy. »Was sagst du dazu? Der Regen hat aufgehört.«

»Ich bin froh, Jay.« Aus ihrer Kehle, voll schmerzlicher, bekümmerter Schönheit, drang einzig der Klang ihrer unerwarteten Freude.

»Ich möchte, dass Sie und Daisy zu mir herüberkommen«, sagte er, »ich würde ihr gern alles zeigen.«

»Wollen Sie mich wirklich dabeihaben?«

»Allerdings, alter Knabe.«

Daisy ging nach oben, um sich das Gesicht zu waschen – zu spät kam mir der beschämende Gedanke an meine Handtücher –, während Gatsby und ich auf dem Rasen warteten.

»Mein Haus sieht gut aus, nicht wahr?«, fragte er. »Schauen Sie nur, wie die ganze Fassade das Licht einfängt.«

Ich bestätigte ihm, es sei strahlend schön.

»Ja.« Sein Blick wanderte darüber hin, über jeden Türbogen und eckigen Turm. »Ich habe genau drei Jahre gebraucht, bis ich das Geld dafür zusammenhatte.«

»Ich dachte, Sie hätten Ihr Geld geerbt.«

»Hab ich auch, alter Knabe«, sagte er mechanisch, »aber das meiste davon habe ich in der großen Panik wieder verloren – der Panik des Krieges.«

Ich denke, er wusste kaum, was er redete, denn als ich ihn fragte, in welcher Branche er tätig sei, antwortete er: »Das ist meine Sache«, noch ehe ihm aufging, dass das keine passende Antwort war.

"Oh, I've been in several things," he corrected himself. "I was in the drug business and then I was in the oil business. But I'm not in either one now." He looked at me with more attention. "Do you mean you've been thinking over what I proposed the other night?"

Before I could answer, Daisy came out of the house and two rows of brass buttons on her dress gleamed in the sunlight.

"That huge place *there*?" she cried pointing.

"Do you like it?"

"I love it, but I don't see how you live there all alone."

"I keep it always full of interesting people, night and day. People who do interesting things. Celebrated people."

Instead of taking the short cut along the Sound we went down to the road and entered by the big postern. With enchanting murmurs Daisy admired this aspect or that of the feudal silhouette against the sky, admired the gardens, the sparkling odor of jonquils and the frothy odor of hawthorn and plum blossoms and the pale gold odor of kiss-me-at-the-gate. It was strange to reach the marble steps and find no stir of bright dresses in and out the door, and hear no sound but bird voices in the trees.

And inside, as we wandered through Marie Antoinette music-rooms and Restoration salons, I felt that there were guests concealed behind every couch and

»Oh, ich habe so einige Sachen gemacht«, korrigierte er sich. »Ich war im Drugstoregeschäft, dann war ich im Ölgeschäft. Aber inzwischen bin ich in keinem von beiden.« Er betrachtete mich aufmerksamer. »Heißt das, Sie haben sich mein Angebot von neulich Nacht noch einmal durch den Kopf gehen lassen?«

Bevor ich antworten konnte, trat Daisy aus dem Haus und zwei Reihen Messingknöpfe an ihrem Kleid glänzten im Sonnenlicht.

»Die riesige Villa dort drüben?«, rief sie und zeigte mit dem Finger darauf.

»Gefällt sie dir?«

»Sie ist herrlich, aber ich begreife nicht, wie du da ganz allein wohnen kannst.«

»Ich sorge dafür, dass sie immer voller interessanter Leute ist, Tag und Nacht. Leute, die interessante Dinge tun. Berühmte Leute.«

Statt die Abkürzung am Sund entlang zu nehmen, gingen wir zur Straße hinunter und betraten das Anwesen durch das große Seitentor. Mit bezauberndem Flüstern bewunderte Daisy mal diese, mal jene Ansicht der herrschaftlichen Silhouette vor dem Himmel, bewunderte die Gartenanlagen, den funkelnden Duft der Jonquillen, den schaumigen Duft der Weißdorn- und Pflaumenblüten und den blassgoldenen Duft der Jelängerjelieber. Es war seltsam, am Fuß der marmornen Stufen zu stehen und keine leuchtenden Kleider zur Tür hinein- und herausflirren zu sehen, keinen Laut zu hören außer dem Vogelgesang in den Bäumen.

Und als wir im Innern durch Musikzimmer im Stil Marie Antoinettes und Salons im Stil der Restauration spazierten, wähnte ich hinter jeder Couch und jedem Tisch Gäste

table, under orders to be breathlessly silent until we had passed through. As Gatsby closed the door of "the Merton College Library" I could have sworn I heard the owl-eyed man break into ghostly laughter.

We went up-stairs, through period bedrooms swathed in rose and lavender silk and vivid with new flowers, through dressing-rooms and poolrooms, and bathrooms with sunken baths—intruding into one chamber where a dishevelled man in pajamas was doing liver exercises on the floor. It was Mr Klipspringer, the "boarder." I had seen him wandering hungrily about the beach that morning. Finally we came to Gatsby's own apartment, a bedroom and a bath, and an Adam study, where we sat down and drank a glass of some Chartreuse he took from a cupboard in the wall.

He hadn't once ceased looking at Daisy, and I think he revalued everything in his house according to the measure of response it drew from her well-loved eyes. Sometimes, too, he stared around at his possessions in a dazed way, as though in her actual and astounding presence none of it was any longer real. Once he nearly toppled down a flight of stairs.

His bedroom was the simplest room of all—except where the dresser was garnished with a toilet set of pure dull gold. Daisy took the brush with delight, and smoothed her hair, whereupon Gatsby sat down and shaded his eyes and began to laugh.

verborgen, die Anweisung hatten, sich atemlos still zu verhalten, bis wir wieder hinaus waren. Als Gatsby die Tür der »Merton-College-Bibliothek« ins Schloss zog, hätte ich schwören können, dass ich den eulenäugigen Mann in gespenstisches Lachen ausbrechen hörte.

Wir gingen nach oben, schlenderten durch stilecht eingerichtete Schlafzimmer, in rosen- und lavendelfarbene Seide gehüllt und leuchtend von frischen Blumen, durch Ankleidezimmer und Billardzimmer und Badezimmer mit in den Boden eingelassenen Wannen – und platzten bei einem zerzausten Mann im Pyjama hinein, der auf dem Fußboden gymnastische Übungen machte. Es war Mr Klipspringer, der »Kostgänger«. Ich hatte ihn an jenem Morgen hungrig am Strand umherwandern sehen. Schließlich kamen wir in Gatsbys Privaträume, ein Schlafzimmer, ein Bad und ein Arbeitszimmer nach Entwürfen der Adam-Brüder, wo wir uns setzten und ein Glas eines Chartreuse tranken, den er aus einem Wandschrank hervorholte.

Kein einziges Mal hatte er den Blick von Daisy gewandt, und ich denke, dass er alles in seinem Haus neu bewertete gemessen an der Reaktion, die es ihren innig geliebten Augen entlockte. Manchmal auch starrte er wie benommen auf seine Besitztümer, als wäre in Daisys tatsächlicher und berückender Gegenwart keines länger real. Einmal wäre er fast eine Treppe hinuntergefallen.

Sein Schlafzimmer war von allen Räumen der schlichteste – abgesehen von einer Toilettengarnitur aus purem Mattgold, die seine Frisierkommode zierte. Daisy griff verzückt nach der Bürste und fuhr sich damit übers Haar, worauf Gatsby sich setzte, seine Augen bedeckte und anfing zu lachen.

"It's the funniest thing, old sport," he said hilariously. "I can't—When I try to—"

He had passed visibly through two states and was entering upon a third. After his embarrassment and his unreasoning joy he was consumed with wonder at her presence. He had been full of the idea so long, dreamed it right through to the end, waited with his teeth set, so to speak, at an inconceivable pitch of intensity. Now, in the reaction, he was running down like an over-wound clock.

Recovering himself in a minute he opened for us two hulking patent cabinets which held his massed suits and dressing-gowns and ties, and his shirts, piled like bricks in stacks a dozen high.

"I've got a man in England who buys me clothes. He sends over a selection of things at the beginning of each season, spring and fall."

He took out a pile of shirts and began throwing them, one by one, before us, shirts of sheer linen and thick silk and fine flannel, which lost their folds as they fell and covered the table in many-colored disarray. While we admired he brought more and the soft rich heap mounted higher—shirts with stripes and scrolls and plaids in coral and apple-green and lavender and faint orange, and monograms of Indian blue. Suddenly, with a strained sound, Daisy bent her head into the shirts and began to cry stormily.

»Das ist einfach zu komisch, alter Knabe«, sagte er übermütig. »Ich kann gar nicht ... Wenn ich versuche ...«

Er hatte sichtlich zwei Gemütszustände durchschritten und stand nun auf der Schwelle zu einem dritten. Nach der Verlegenheit und der blinden Freude überwältigte ihn nun die Verwunderung über ihre Gegenwart. Er war so lange von dem Gedanken daran erfüllt gewesen, hatte ihn regelrecht bis an sein Ende geträumt, hatte sozusagen mit zusammengebissenen Zähnen gewartet unter einem unvorstellbaren Höchstmaß an Spannung. Jetzt, in der Rückwirkung, entlud er sich wie ein überdrehtes Uhrwerk.

In der nächsten Minute hatte er sich wieder gefangen und öffnete für uns zwei gewaltige Einbauschränke, die seine gesammelten Anzüge, Hausmäntel und Krawatten enthielten sowie seine Hemden, die in Dutzendstapeln wie Ziegel übereinandergeschichtet waren.

»Ich habe jemanden in England, der für mich Kleidung kauft. Zu Beginn jeder Saison, im Frühjahr und Herbst, schickt er mir eine Auswahl von Sachen herüber.«

Er nahm einen Stapel Hemden heraus und fing an, sie eins nach dem andern vor uns hinzuwerfen, Hemden aus reinem Leinen und schwerer Seide und feinem Flanell, die sich im Fallen entfalteten und den Tisch mit einem vielfarbigen Durcheinander bedeckten. Während wir sie bewunderten, brachte er noch mehr, und der weiche üppige Haufen türmte sich immer höher – Hemden mit Streifen, Schnörkeln, Karos, in Korallenrot und Apfelgrün, Lavendel und blassem Orange mit Monogrammen in Indischblau. Plötzlich, mit einem gequälten Laut, vergrub Daisy ihren Kopf in den Hemden und begann stürmisch zu weinen.

"They're such beautiful shirts," she sobbed, her voice muffled in the thick folds. "It makes me sad because I've never seen such—such beautiful shirts before."

After the house, we were to see the grounds and the swimming-pool, and the hydroplane and the mid-summer flowers—but outside Gatsby's window it began to rain again, so we stood in a row looking at the corrugated surface of the Sound.

"If it wasn't for the mist we could see your home across the bay," said Gatsby. "You always have a green light that burns all night at the end of your dock."

Daisy put her arm through his abruptly, but he seemed absorbed in what he had just said. Possibly it had occurred to him that the colossal significance of that light had now vanished forever. Compared to the great distance that had separated him from Daisy it had seemed very near to her, almost touching her. It had seemed as close as a star to the moon. Now it was again a green light on a dock. His count of enchanted objects had diminished by one.

I began to walk about the room, examining various indefinite objects in the half darkness. A large photograph of an elderly man in yachting costume attracted me, hung on the wall over his desk.

"Who's this?"

"That? That's Mr Dan Cody, old sport."

»Es sind so wunderschöne Hemden«, schluchzte sie mit von den dicken Falten erstickter Stimme. »Das macht mich traurig, weil ich noch nie zuvor so – so wunderschöne Hemden gesehen habe.«

Nach dem Haus sollten wir uns das Grundstück und den Swimmingpool, das Wasserflugzeug und die Sommerblumen ansehen – doch draußen vor Gatsbys Fenster begann es wieder zu regnen, und so standen wir aufgereiht nebeneinander und schauten auf die geriffelte Oberfläche des Sunds.

»Wenn der Nebel nicht wäre, könnten wir auf der anderen Seite der Bucht dein Haus sehen«, sagte Gatsby. »Dort brennt immer die ganze Nacht über ein grünes Licht am Ende deines Piers.«

Daisy schob abrupt ihren Arm unter seinen, aber Gatsby schien noch in Gedanken versunken über das, was er gerade gesagt hatte. Möglicherweise war ihm aufgegangen, dass die ungeheure Bedeutung dieses Lichts jetzt für alle Zeiten dahin war. Verglichen mit der großen Entfernung, die ihn von Daisy getrennt hatte, war es ihr scheinbar ganz nah gewesen, hatte sie fast berührt. Es schien ihr so nah zu sein wie ein Stern dem Mond. Jetzt war es wieder ein grünes Licht an einem Pier. Seine Sammlung verzauberter Gegenstände war um ein Objekt kleiner geworden.

Ich begann im Zimmer umherzuwandern und inspizierte verschiedene im Halbdunkel unbestimmbare Gegenstände. Die große Fotografie eines älteren Mannes in Segelkleidung, die an der Wand über seinem Schreibtisch hing, weckte mein Interesse.

»Wer ist das?«

»Das? Das ist Mr Dan Cody, alter Knabe.«

The name sounded faintly familiar.

"He's dead now. He used to be my best friend years ago."

There was a small picture of Gatsby, also in yachting costume, on the bureau—Gatsby with his head thrown back defiantly—taken apparently when he was about eighteen.

"I adore it," exclaimed Daisy. "The pompadour! You never told me you had a pompadour—or a yacht."

"Look at this," said Gatsby quickly. "Here's a lot of clippings—about you."

They stood side by side examining it. I was going to ask to see the rubies when the phone rang, and Gatsby took up the receiver.

"Yes … Well, I can't talk now … I can't talk now, old sport … I said a *small* town … He must know what a small town is … Well, he's no use to us if Detroit is his idea of a small town …"

He rang off.

"Come here *quick*!" cried Daisy at the window.

The rain was still falling, but the darkness had parted in the west, and there was a pink and golden billow of foamy clouds above the sea.

"Look at that," she whispered, and then after a moment: "I'd like to just get one of those pink clouds and put you in it and push you around."

I tried to go then, but they wouldn't hear of it; perhaps my presence made them feel more satisfactorily alone.

Von fern klang der Name vertraut.

»Er lebt nicht mehr. Vor Jahren war er mal mein bester Freund.«

Ein kleines Bild von Gatsby, ebenfalls in Segelmontur, stand auf dem Sekretär – Gatsby mit herausfordernd zurückgeworfenem Kopf – aufgenommen, als er ungefähr achtzehn war.

»Wie hinreißend!«, rief Daisy aus. »Die Pompadour-Haartolle! Du hast mir nie erzählt, dass du eine Haartolle hattest – oder eine Jacht.«

»Schau mal hier«, sagte Gatsby rasch. »Lauter Zeitungsausschnitte – über dich.«

Sie standen Seite an Seite und betrachteten sie. Ich wollte gerade darum bitten, die Rubine sehen zu dürfen, als das Telefon klingelte und Gatsby den Hörer abnahm.

»Ja … Also, ich kann jetzt nicht reden … Ich kann jetzt nicht reden, alter Knabe … Eine *kleine* Stadt, sagte ich … Er wird doch wohl wissen, was eine kleine Stadt ist … Dann können wir ihn eben nicht gebrauchen, wenn seine Vorstellung von einer Kleinstadt Detroit ist …«

Er legte auf.

»Komm her, *schnell*!«, rief Daisy vom Fenster aus.

Es regnete immer noch, aber im Westen war der düstere Himmel aufgerissen, und in Rosa und Gold bauschten sich schaumige Wolken über dem Meer.

»Schau dir das an«, wisperte sie, und dann kurz darauf: »Am liebsten würde ich einfach eine dieser rosa Wolken nehmen, dich hineinstecken und darin herumschieben.«

Ich versuchte mich daraufhin zu verabschieden, aber sie wollten nichts davon hören; möglicherweise fühlten sie sich in meiner Gegenwart auf befriedigendere Weise allein.

"I know what we'll do," said Gatsby, "we'll have Klipspringer play the piano."

He went out of the room calling "Ewing!" and returned in a few minutes accompanied by an embarrassed, slightly worn young man, with shell-rimmed glasses and scanty blond hair. He was now decently clothed in a "sport shirt," open at the neck, sneakers, and duck trousers of a nebulous hue.

"Did we interrupt your exercises?" inquired Daisy politely.

"I was asleep," cried Mr Klipspringer, in a spasm of embarrassment. "That is, I'd *been* asleep. Then I got up ..."

"Klipspringer plays the piano," said Gatsby, cutting him off. "Don't you, Ewing, old sport?"

"I don't play well. I don't—I hardly play at all. I'm all out of prac—"

"We'll go down-stairs," interrupted Gatsby. He flipped a switch. The gray windows disappeared as the house glowed full of light.

In the music-room Gatsby turned on a solitary lamp beside the piano. He lit Daisy's cigarette from a trembling match, and sat down with her on a couch far across the room, where there was no light save what the gleaming floor bounced in from the hall.

When Klipspringer had played *The Love Nest* he turned around on the bench and searched unhappily for Gatsby in the gloom.

»Ich weiß, was wir machen«, sagte Gatsby, »wir holen Klipspringer her, damit er Klavier spielt.«

Er lief unter »Ewing!«-Rufen aus dem Zimmer und kam wenige Minuten später zurück, in Begleitung eines verlegenen, leicht erschöpften jungen Mannes mit Schildpattbrille und spärlichem Blondhaar. Er war jetzt anständig bekleidet mit einem am Kragen offenen »Sporthemd«, Turnschuhen und einer Segeltuchhose in nebelhaftem Farbton.

»Haben wir Ihre Übungen unterbrochen?«, erkundigte Daisy sich höflich.

»Ich habe geschlafen«, rief Mr Klipspringer in einem Anfall von Verlegenheit. »Das heißt, ich *hatte* geschlafen. Dann bin ich aufgestanden …«

»Klipspringer spielt Klavier«, schnitt Gatsby ihm das Wort ab. »Ist es nicht so, Ewing, alter Knabe?«

»Ich spiele nicht gut. Eigentlich – eigentlich spiele ich fast nie. Ich bin völlig aus der Üb–«

»Lasst uns nach unten gehen«, unterbrach Gatsby ihn. Er legte einen Schalter um. Die grauen Fenster verschwanden, als das Haus sich mit strahlendem Licht füllte.

Im Musikzimmer knipste Gatsby neben dem Klavier eine einzelne Lampe an. Mit zitterndem Streichholz gab er Daisy Feuer für ihre Zigarette und setzte sich mit ihr auf eine Couch ganz am anderen Ende des Raumes, wo kein Licht hinfiel außer dem Schimmer, den der glänzende Fußboden von der Halle hereinwarf.

Nachdem Klipspringer *The Love Nest* gespielt hatte, drehte er sich auf der Klavierbank herum und hielt unglücklich im Halbdunkel Ausschau nach Gatsby.

"I'm all out of practice, you see. I told you I couldn't play. I'm all out of prac—"

"Don't talk so much, old sport," commanded Gatsby. "Play!"

"In the morning,
In the Evening,
Ain't we got fun—"

Outside the wind was loud and there was a faint flow of thunder along the Sound. All the lights were going on in West Egg now; the electric trains, men-carrying, were plunging home through the rain from New York. It was the hour of a profound human change, and excitement was generating on the air.

"One thing's sure and nothing's surer
The rich get richer and the poor get—children.
In the meantime,
In between time—"

As I went over to say good-by I saw that the expression of bewilderment had come back into Gatsby's face, as though a faint doubt had occurred to him as to the quality of his present happiness. Almost five years! There must have been moments even that afternoon whe Daisy tumbled short of his dreams—not through her own fault, but because of the colossal vitality of his illusion. It had gone beyond her, beyond everything. He had thrown himself into it with a creative passion,

»Wie Sie sehen, bin ich völlig aus der Übung. Ich hab Ihnen ja gesagt, dass ich nicht spielen kann. Ich bin völlig aus der Üb–«

»Reden Sie nicht so viel, alter Knabe«, kommandierte Gatsby. »Spielen Sie!«

»In the morning,
In the Evening,
Ain't we got fun ...«

Draußen regte sich lautstark der Wind und ferner Donner kroch über den Sund. In West Egg gingen nun alle Lichter an; die elektrischen Züge mit ihrer Menschenfracht stampften von New York durch den Regen nach Hause. Es war die Stunde eines tief greifenden menschlichen Wandels, und die Luft lud sich auf mit gespannter Erwartung.

»One thing's sure and nothing's surer
The rich get richer and the poor get – children.
In the meantime,
In between time ...«

Als ich hinüberging, um mich zu verabschieden, sah ich, dass der Ausdruck von Verwirrung in Gatsbys Gesicht zurückgekehrt war, als ob ihm ein leiser Zweifel gekommen wäre über das Glück, das er gegenwärtig empfand. Fast fünf Jahre! Selbst noch an jenem Nachmittag muss es Momente gegeben haben, in denen Daisy hinter seine Träume zurückfiel – nicht aus eigener Schuld, sondern wegen der ungeheuren Lebendigkeit seiner Illusion. Sie war über Daisy, ja über alles hinausgewachsen. Er hatte sich ihr mit

adding to it all the time, decking it out with every bright feather that drifted his way. No amount of fire or freshness can challenge what a man will store up in his ghostly heart.

As I watched him he adjusted himself a little, visibly. His hand took hold of hers, and as she said something low in his ear he turned toward her with a rush of emotion. I think that voice held him most, with its fluctuating, feverish warmth, because it couldn't be over-dreamed—that voice was a deathless song.

They had forgotten me, but Daisy glanced up and held out her hand; Gatsby didn't know me now at all. I looked once more at them and they looked back at me, remotely, possessed by intense life. Then I went out of the room and down the marble steps into the rain, leaving them there together.

schöpferischer Leidenschaft hingegeben, indem er ihr beständig etwas hinzufügte, sie mit jeder leuchtenden Feder schmückte, die ihm über den Weg schwebte. Kein Maß an Feuer oder Frische reicht aus, um es mit dem aufzunehmen, was ein Mann in seinem gespenstischen Herzen bewahrt.

Während ich ihn betrachtete, nahm er sich merklich ein wenig zusammen. Seine Hand griff nach der ihren, und als sie ihm leise etwas ins Ohr sagte, wandte er sich in einem Gefühlsausbruch zu ihr hin. Mir scheint, es war vor allem ihre Stimme, die ihn fesselte, ihre fließende, fiebrige Wärme, weil sie sich nicht betörender träumen ließ – diese Stimme war ein unsterblicher Gesang.

Sie hatten mich vergessen, doch Daisy schaute noch flüchtig auf und reichte mir die Hand; Gatsby kannte mich schon nicht mehr. Ich sah noch einmal zu ihnen hin, und entrückt erwiderten sie meinen Blick, ganz von intensivem Leben erfüllt. Dann ging ich aus dem Zimmer und die marmornen Stufen hinab in den Regen und ließ die beiden dort miteinander allein.

CHAPTER 6

About this time an ambitious young reporter from New York arrived one morning at Gatsby's door and asked him if he had anything to say.

"Anything to say about what?" inquired Gatsby politely.

"Why—any statement to give out."

It transpired after a confused five minutes that the man had heard Gatsby's name around his office in a connection which he either wouldn't reveal or didn't fully understand. This was his day off and with laudable initiative he had hurried out "to see."

It was a random shot, and yet the reporter's instinct was right. Gatsby's notoriety, spread about by the hundreds who had accepted his hospitality and so become authorities on his past, had increased all summer until he fell just short of being news. Contemporary legends such as the "underground pipe-line to Canada" attached themselves to him, and there was one persistent story that he didn't live in a house at all, but in a boat that looked like a house and was moved secretly up and down the Long Island shore. Just why these inventions were a source of satisfaction to James Gatz of North Dakota, isn't easy to say.

James Gatz—that was really, or at least legally, his name. He had changed it at the age of seventeen and at the specific moment that witnessed the beginning of his career—when he saw Dan Cody's yacht drop

Kapitel 6

Etwa um diese Zeit stand eines Morgens ein ehrgeiziger junger Reporter aus New York vor Gatsbys Tür und fragte ihn, ob er etwas zu sagen habe.

»Etwas zu sagen wozu?«, erkundigte Gatsby sich höflich.

»Na ja – irgendeine Erklärung abzugeben.«

Nach fünfminütigem Hin und Her stellte sich heraus, dass der Mann in seiner Redaktion Gatsbys Namen aufgeschnappt hatte, in einem Zusammenhang, den er entweder nicht preisgeben wollte oder nicht ganz durchschaute. Dies war sein freier Tag, und mit lobenswertem Eifer hatte er sich aufgemacht, um der Sache »auf den Grund zu gehen«.

Es war ein Schuss ins Blaue, doch der Reporter hatte den richtigen Riecher. Gatsbys schillernde Bekanntheit, verbreitet von all den Hunderten, die seine Gastfreundschaft genossen hatten und über sein Vorleben somit bestens Bescheid wissen mussten, hatte den Sommer über so sehr zugenommen, dass er kurz davor stand, eine Nachricht wert zu sein. Damals kursierende Legenden wie die von der »unterirdischen Schnaps-Pipeline nach Kanada« verknüpften sich mit ihm, und hartnäckig hielt sich das Gerücht, er wohne gar nicht in einem Haus, sondern auf einem Boot, das wie ein Haus aussehe und heimlich an der Küste Long Islands auf und ab schippere. Weshalb allerdings James Gatz aus North Dakota aus solcherlei Märchen Genugtuung schöpfte, ist schwer zu sagen.

James Gatz – so lautete sein eigentlicher oder jedenfalls sein bürgerlicher Name. Er hatte ihn im Alter von siebzehn Jahren geändert, in exakt jenem Moment, der den Beginn seiner Karriere markierte – nämlich als er Dan Codys Jacht

anchor over the most insidious flat on Lake Superior. It was James Gatz who had been loafing along the beach that afternoon in a torn green jersey and a pair of canvas pants, but it was already Jay Gatsby who borrowed a rowboat, pulled out to the *Tuolomee*, and informed Cody that a wind might catch him and break him up in half an hour.

I suppose he'd had the name ready for a long time, even then. His parents were shiftless and unsuccessful farm people—his imagination had never really accepted them as his parents at all. The truth was that Jay Gatsby of West Egg, Long Island, sprang from his Platonic conception of himself. He was a son of God—a phrase which, if it means anything, means just that—and he must be about His Father's business, the service of a vast, vulgar, and meretricious beauty. So he invented just the sort of Jay Gatsby that a seventeen-year-old boy would be likely to invent, and to this conception he was faithful to the end.

For over a year he had been beating his way along the south shore of Lake Superior as a clam-digger and a salmon-fisher or in any other capacity that brought him food and bed. His brown, hardening body lived naturally through the half-fierce, half-lazy work of the bracing days. He knew women early, and since they spoiled him he became contemptuous of them, of young virgins because they were ignorant, of the others because they were hysterical about things which in his overwhelming self-absorbtion he took for granted.

über der tückischsten Untiefe des Lake Superior vor Anker gehen sah. Es war James Gatz, der an diesem Nachmittag in einem zerschlissenen grünen Pullover und Segeltuchhosen am Strand entlangschlenderte, doch kurz darauf schon war es Jay Gatsby, der sich ein Boot auslieh, zur *Tuolomee* hinausruderte und Cody darüber aufklärte, dass ihn binnen einer halben Stunde ein Wind erfassen und zum Kentern bringen könnte.

Ich vermute, er hatte sich den Namen bereits lange vor jenem Tag zurechtgelegt. Seine Eltern waren träge, erfolglose Farmer – seine Vorstellungskraft hatte sie eigentlich nie ganz als seine Eltern akzeptiert. Die Wahrheit war, dass Jay Gatsby aus West Egg, Long Island, seiner eigenen platonischen Idee von sich selbst entsprang. Er war ein Sohn Gottes – ein Ausdruck, der, wenn überhaupt etwas, dann genau das bedeutet –, und folgend dem Geheiß Seines Vaters huldigte er einer grenzenlosen, vulgären und trügerischen Schönheit. So erfand er einen Jay Gatsby, wie ihn ein siebzehnjähriger Junge kaum anders erfinden konnte, und dieser Idee blieb er bis zum Schluss treu.

Über ein Jahr lang hatte er sich am Südufer des Lake Superior als Muschelsucher und Lachsfischer durchgeschlagen oder mit jeder anderen Tätigkeit, die ihm ein Bett und eine Mahlzeit verschaffte. Seinem braunen, zäher werdenden Körper bereitete die mal harte, mal gemächliche Arbeit dieser erfrischenden Tage keinerlei Mühe. Früh schon lernte er Frauen kennen, und da sie ihn verwöhnten, begann er sie zu verachten, die jungen Unberührten, weil sie dumm waren, und die Übrigen, weil sie sich über Dinge echauffierten, die er in seiner grenzenlosen Selbstverliebtheit für ganz natürlich hielt.

But his heart was in a constant, turbulent riot. The most grotesque and fantastic conceits haunted him in his bed at night. A universe of ineffable gaudiness spun itself out in his brain while the clock ticked on the wash-stand and the moon soaked with wet light his tangled clothes upon the floor. Each night he added to the pattern of his fancies until drowsiness closed down upon some vivid scene with an oblivious embrace. For a while these reveries provided an outlet for his imagination; they were a satisfactory hint of the unreality of reality, a promise that the rock of the world was founded securely on a fairy's wing.

An instinct toward his future glory had led him, some months before, to the small Lutheran college of St. Olaf in southern Minnesota. He stayed there two weeks, dismayed at its ferocious indifference to the drums of his destiny, to destiny itself, and despising the janitor's work with which he was to pay his way through. Then he drifted back to Lake Superior, and he was still searching for something to do on the day that Dan Cody's yacht dropped anchor in the shallows alongshore.

Cody was fifty years old then, a product of the Nevada silver fields, of the Yukon, of every rush for metal since seventy-five. The transactions in Montana copper that made him many times a millionaire found him physically robust but on the verge of soft-mindedness, and, suspecting this, an infinite number of women tried to separate him from his money. The none too

Doch sein Herz war in ständigem unbändigen Aufruhr. Nachts in seinem Bett suchten ihn die absurdesten und fantastischsten Einfälle heim. Ein Universum von unbeschreiblicher Pracht entspann sich in seinem Hirn, während die Uhr auf dem Waschtisch tickte und der Mond seine auf dem Fußboden verstreuten Kleider mit nassem Licht tränkte. Nacht für Nacht webte er weiter am Stoff seiner Wunschbilder, bis die Schläfrigkeit schließlich mit weltvergessener Umarmung irgendeine lebhafte Szene beschloss. Für eine Weile dienten diese Träumereien seiner Vorstellungskraft als Ventil; sie waren hinreichende Anzeichen für die Unwirklichkeit der Wirklichkeit, eine Verheißung, dass der Fels der Welt sicher auf einem Feenflügel ruhte.

Ein Vorgefühl seines künftigen Ruhms hatte ihn einige Monate zuvor an das kleine lutherische College St. Olaf im südlichen Minnesota geführt. Er blieb dort zwei Wochen, war entsetzt von der eisigen Gleichgültigkeit gegenüber den Trommeln seines Schicksals, ja gegenüber dem Schicksal selbst, und verabscheute die Arbeit als Hausmeister, die ihm das Geld für sein Studium einbringen sollte. Dann wehte es ihn zurück an den Lake Superior, und er wusste noch immer nicht recht, wie es weitergehen sollte, als an jenem Tag Dan Codys Jacht an den küstennahen Untiefen vor Anker ging.

Cody war damals fünfzig Jahre alt, ein Produkt der Silberminen Nevadas, des Yukon, eigentlich jedes Edelmetallrauschs seit 1875. Bei den Geschäften mit Montana-Kupfer, die ihn zum mehrfachen Millionär machten, erwies er sich als körperlich robust, doch sein Verstand war denkbar leicht zu beeinflussen, und zahllose Frauen spekulierten darauf und versuchten, ihn von seinem Geld zu trennen.

savory ramifications by which Ella Kaye, the newspaper woman, played Madame de Maintenon to his weakness and sent him to sea in a yacht, were common property of the turgid journalism of 1902. He had been coasting along all too hospitable shores for five years when he turned up as James Gatz's destiny in Little Girls Bay.

To the young Gatz, resting on his oars and looking up at the railed deck, the yacht represented all the beauty and glamour in the world. I suppose he smiled at Cody—he had probably discovered that people liked him when he smiled. At any rate Cody asked him a few questions (one of them elicited the brand new name) and found that he was quick and extravagantly ambitious. A few days later he took him to Duluth and bought him a blue coat, six pair of white duck trousers, and a yachting cap. And when the *Tuolomee* left for the West Indies and the Barbary Coast Gatsby left too.

He was employed in a vague personal capacity—while he remained with Cody he was in turn steward, mate, skipper, secretary, and even jailor, for Dan Cody sober knew what lavish doings Dan Cody drunk might soon be about, and he provided for such contingencies by reposing more and more trust in Gatsby. The arrangement lasted five years, during which the boat went three times around the Continent. It might have lasted indefinitely except for the fact that Ella Kaye came on board one night in Boston and a week later Dan Cody inhospitably died.

Die nicht gerade appetitlichen Begleitumstände, mit denen Ella Kaye, die Reporterin, wie eine Madame de Maintenon seine Schwachheit ausnutzte und ihn mit einer Jacht auf See schickte, gehörten 1902 in sämtlichen Skandalblättern zum Tagesgespräch. Er war fünf Jahre an allzu gastlichen Ufern entlanggesegelt, bevor er als James Gatz' Schicksal in Little Girl Bay aufkreuzte.

Für den jungen Gatz, der auf seine Ruder gestützt zur Reling hinaufschaute, verkörperte jene Jacht alle Schönheit und allen Glanz dieser Welt. Ich vermute, dass er Cody anlächelte – er hatte wahrscheinlich bereits entdeckt, dass die Leute ihn mochten, wenn er lächelte. Jedenfalls stellte Cody ihm einige Fragen (eine entlockte ihm den nagelneuen Namen) und merkte, dass er aufgeweckt und zügellos ehrgeizig war. Ein paar Tage später nahm Cody ihn mit nach Duluth und kaufte ihm ein blaues Jackett, sechs weiße Segeltuchhosen und eine Seglermütze. Und als die *Tuolomee* mit Kurs auf die Westindischen Inseln und die Barbary Coast in See stach, war auch Gatsby an Bord.

Er erhielt eine unklare persönliche Funktion – solange er bei Cody blieb, war er abwechselnd Steward, Steuermann, Kapitän, Sekretär und sogar Aufseher, denn der nüchterne Dan Cody wusste recht gut, zu welch maßlosem Treiben der betrunkene Dan Cody mitunter aufgelegt sein konnte, und er sorgte für solcherlei Eventualitäten vor, indem er immer mehr Vertrauen in Gatsby setzte. Das Konstrukt hielt fünf Jahre, in deren Verlauf das Schiff dreimal um den Kontinent segelte. Es hätte ewig halten können, wäre nicht eines Nachts in Boston Ella Kaye an Bord gekommen und hätte eine Woche später nicht Dan Cody die Ungastlichkeit besessen zu sterben.

I remember the portrait of him up in Gatsby's bedroom, a gray, florid man with a hard, empty face—the pioneer debauchee, who during one phase of American life brought back to the Eastern seaboard the savage violence of the frontier brothel and saloon. It was indirectly due to Cody that Gatsby drank so little. Sometimes in the course of gay parties women used to rub champagne into his hair; for himself he formed the habit of letting liquor alone.

And it was from Cody that he inherited money—a legacy of twenty-five thousand dollars. He didn't get it. He never understood the legal device that was used against him, but what remained of the millions went intact to Ella Kaye. He was left with his singularly appropriate education; the vague contour of Jay Gatsby had filled out to the substantiality of a man.

He told me all this very much later, but I've put it down here with the idea of exploding those first wild rumors about his antecedents, which weren't even faintly true. Moreover he told it to me at a time of confusion, when I had reached the point of believing everything and nothing about him. So I take advantage of this short halt, while Gatsby, so to speak, caught his breath, to clear this set of misconceptions away.

It was a halt, too, in my association with his affairs. For several weeks I didn't see him or hear his voice on the phone—mostly I was in New York, trotting around with Jordan and trying to ingratiate myself with her

Ich erinnere mich an das Porträt von ihm oben in Gatsbys Schlafzimmer, ein grauhaariger, rüstiger Mann mit einem ausdruckslosen, harten Gesicht – ein Pionier der Zügellosigkeit, der in einer bestimmten Phase der amerikanischen Geschichte die rauen Sitten der Saloons und Bordelle von der Grenze zum Wilden Westen mit zurück an die Ostküste brachte. Indirekt lag es an Cody, dass Gatsby so wenig trank. Manchmal während ausgelassener Partys rieben ihm Frauen Champagner ins Haar; er selbst aber ließ immer öfter die Finger vom Alkohol.

Und es war Cody, von dem er Geld erbte – eine Hinterlassenschaft von fünfundzwanzigtausend Dollar. Doch Gatsby bekam sie nicht. Er kam nie dahinter, welcher juristische Kunstgriff gegen ihn angewendet wurde, aber was von den Millionen noch übrig war, ging komplett an Ella Kaye. Ihm blieb allein seine ihm auf den Leib geschneiderte Ausbildung; die undeutlichen Konturen Jay Gatsbys hatten sich zum greifbaren Bild eines Mannes verfestigt.

All dies erzählte er mir sehr viel später, doch habe ich es hier eingefügt in der Absicht, jene frühen wilden Gerüchte über sein Vorleben, die nicht im Entferntesten der Wahrheit entsprachen, aus der Welt zu schaffen. Im Übrigen erzählte er es mir zu einem Zeitpunkt, als ich schon völlig verwirrt war und ihn betreffend an alles und nichts mehr glaubte. So nutze ich also diese kurze Pause, während es Gatsby sozusagen den Atem verschlug, um mit all den falschen Vorstellungen aufzuräumen.

Auch hinsichtlich meiner Verwicklung in seine Angelegenheiten trat eine Pause ein. Mehrere Wochen lang bekam ich ihn weder zu Gesicht, noch hörte ich seine Stimme am Telefon – meist war ich in New York, zog mit Jordan los

senile aunt—but finally I went over to his house one Sunday afternoon. I hadn't been there two minutes when somebody brought Tom Buchanan in for a drink. I was startled, naturally, but the really surprising thing was that it hadn't happened before.

They were a party of three on horseback—Tom and a man named Sloane and a pretty woman in a brown riding-habit, who had been there previously.

"I'm delighted to see you," said Gatsby, standing on his porch. "I'm delighted that you dropped in."

As though they cared!

"Sit right down. Have a cigarette or a cigar." He walked around the room quickly, ringing bells. "I'll have something to drink for you in just a minute."

He was profoundly affected by the fact that Tom was there. But he would be uneasy anyhow until he had given them something, realizing in a vague way that that was all they came for. Mr Sloane wanted nothing. A lemonade? No, thanks. A little champagne? Nothing at all, thanks … I'm sorry—

"Did you have a nice ride?"

"Very good roads around here."

"I suppose the automobiles—"

"Yeah."

Moved by an irresistible impulse, Gatsby turned to Tom, who had accepted the introduction as a stranger.

und versuchte, mit ihrer altersschwachen Tante warm zu werden –, bis ich eines Sonntagnachmittags schließlich zu ihm hinüberging. Ich war kaum zwei Minuten dort, als jemand Tom Buchanan auf einen Drink hereinführte. Das verblüffte mich natürlich, aber das eigentlich Erstaunliche bestand darin, dass es nicht schon früher geschehen war.

Sie waren zu dritt und zu Pferd gekommen – Tom mit einem Mann namens Sloane und einer hübschen Frau in braunem Reitdress, die schon einmal dort gewesen war.

»Ich freue mich, Sie zu sehen«, sagte Gatsby, der auf seiner Veranda stand. »Ich freue mich, dass Sie vorbeischauen.«

Als ob sie das kümmerte!

»Setzen Sie sich doch. Nehmen Sie sich eine Zigarette oder Zigarre.« Er lief geschäftig im Zimmer umher und läutete Glocken. »Ich werde Ihnen sofort etwas zu trinken bringen lassen.«

Toms Anwesenheit versetzte ihn in beträchtliche Unruhe. Doch er hätte sich ohnehin unwohl gefühlt, bis er ihnen etwas angeboten hatte, denn schemenhaft war ihm bewusst, dass sie allein deswegen gekommen waren. Mr Sloane wollte nichts. Eine Limonade? Nein, danke. Ein Gläschen Champagner? Gar nichts, danke … Verzeihen Sie –

»Hatten Sie einen schönen Ausritt?«

»Sehr gute Wege hier in der Gegend.«

»Ich vermute, die Automobile –«

»Japp.«

Getrieben von einem unwiderstehlichen Impuls wandte Gatsby sich an Tom, der sich hatte vorstellen lassen wie ein Fremder.

"I believe we've met somewhere before, Mr Buchanan."

"Oh, yes," said Tom, gruffly polite, but obviously not remembering. "So we did. I remember very well."

"About two weeks ago."

"That's right. You were with Nick here."

"I know your wife," continued Gatsby, almost aggressively.

"That so?"

Tom turned to me.

"You live near here, Nick?"

"Next door."

"That so?"

Mr Sloane didn't enter into the conversation, but lounged back haughtily in his chair; the woman said nothing either—until unexpectedly, after two highballs, she became cordial.

"We'll all come over to your next party, Mr Gatsby," she suggested. "What do you say?"

"Certainly; I'd be delighted to have you."

"Be ver' nice," said Mr Sloane, without gratitude. "Well—think ought to be starting home."

"Please don't hurry," Gatsby urged them. He had control of himself now, and he wanted to see more of Tom. "Why don't you—why don't you stay for supper? I wouldn't be surprised if some other people dropped in from New York."

"You come to supper with *me*," said the lady enthusiastically. "Both of you."

»Ich glaube, wir sind uns schon einmal begegnet, Mr Buchanan.«

»Oh, ja«, sagte Tom mit schroffer Höflichkeit, doch offenbar ohne sich zu erinnern. »Das sind wir. Ich erinnere mich sehr gut.«

»Vor ungefähr zwei Wochen.«

»Richtig. Sie waren mit Nick unterwegs.«

»Ich kenne Ihre Frau«, fuhr Gatsby fort und klang fast aggressiv.

»Ach ja?«

Tom wandte sich an mich.

»Wohnst du hier in der Nähe, Nick?«

»Nebenan.«

»Ach ja?«

Mr Sloane beteiligte sich nicht am Gespräch, sondern lehnte sich hochmütig in seinem Stuhl zurück; die Frau sagte ebenfalls kein Wort – dann, nach zwei Highballs, taute sie plötzlich auf.

»Wir kommen allesamt zu Ihrer nächsten Party, Mr Gatsby«, schlug sie vor. »Was halten Sie davon?«

»Immer gern. Ich wäre erfreut, Sie begrüßen zu dürfen.«

»Wär nett«, sagte Mr Sloane ohne Dankbarkeit. »Tja – sollten uns dann mal auf den Weg machen.«

»Bitte, nur keine Eile«, beschwor Gatsby sie. Er hatte sich jetzt im Griff, und er wollte mehr über Tom erfahren. »Warum ... warum bleiben Sie nicht zum Abendessen? Ich wäre nicht überrascht, wenn noch ein paar Leute aus New York auf einen Sprung hereinschauten.«

»Kommen Sie doch zum Essen zu *mir*«, sagte die Dame begeistert. »Sie beide.«

This included me. Mr Sloane got to his feet.

"Come along," he said—but to her only.

"I mean it," she insisted. "I'd love to have you. Lots of room."

Gatsby looked at me questioningly. He wanted to go, and he didn't see that Mr Sloane had determined he shouldn't.

"I'm afraid I won't be able to," I said.

"Well, you come," she urged, concentrating on Gatsby.

Mr Sloane murmured something close to her ear.

"We won't be late if we start now," she insisted aloud.

"I haven't got a horse," said Gatsby. "I used to ride in the army, but I've never bought a horse. I'll have to follow you in my car. Excuse me for just a minute."

The rest of us walked out on the porch, where Sloane and the lady began an impassioned conversation aside.

"My God, I believe the man's coming," said Tom. "Doesn't he know she doesn't want him?"

"She says she does want him."

"She has a big dinner party and he won't know a soul there." He frowned. "I wonder where in the devil he met Daisy. By God, I may be old-fashioned in my ideas, but women run around too much these days to suit me. They meet all kinds of crazy fish."

Suddenly Mr Sloane and the lady walked down the steps and mounted their horses.

Das schloss mich ein. Mr Sloane stand auf.

»Na los«, sagte er – allerdings nur zu ihr.

»Nein, wirklich«, beharrte sie. »Ich hätte Sie gern bei mir. Platz ist genug.«

Gatsby sah mich fragend an. Er wollte mitgehen und merkte nicht, dass Mr Sloane ihn partout nicht dabeihaben wollte.

»Ich fürchte, ich bin verhindert«, sagte ich.

»Nun, aber Sie kommen«, drängte sie, nun einzig an Gatsby gewandt.

Mr Sloane murmelte etwas dicht an ihrem Ohr.

»Wir sind nicht spät dran, wenn wir gleich losreiten«, entgegnete sie laut.

»Ich habe kein Pferd«, sagte Gatsby. »Bei der Armee bin ich oft geritten, aber ich habe mir nie ein Pferd gekauft. Ich werde mit meinem Wagen hinter Ihnen herfahren müssen. Entschuldigen Sie mich einen Moment.«

Wir Übrigen traten hinaus auf die Veranda, wo Sloane und die Dame etwas abseits ein hitziges Gespräch begannen.

»Mein Gott, ich glaube, der Kerl kommt tatsächlich mit«, sagte Tom. »Begreift er denn nicht, dass sie das gar nicht will?«

»Sie hat doch ausdrücklich gesagt, dass sie es will.«

»Sie gibt ein großes Abendessen, und er wird dort keine Menschenseele kennen.« Er runzelte die Stirn. »Ich frage mich, wo zum Teufel er Daisy getroffen hat. Bei Gott, meine Vorstellungen sind vielleicht altmodisch, aber ich finde, die Frauen treiben sich heutzutage viel zu viel herum. Da begegnen sie allerhand schrägen Vögeln.«

Unversehens gingen Mr Sloane und die Dame die Treppe hinunter und stiegen auf ihre Pferde.

"Come on," said Mr Sloane to Tom, "we're late. We've got to go." And then to me: "Tell him we couldn't wait, will you?"

Tom and I shook hands, the rest of us exchanged a cool nod, and they trotted quickly down the drive, disappearing under the August foliage just as Gatsby, with hat and light overcoat in hand, came out the front door.

Tom was evidently perturbed at Daisy's running around alone, for on the following Saturday night he came with her to Gatsby's party. Perhaps his presence gave the evening its peculiar quality of oppressiveness—it stands out in my memory from Gatsby's other parties that summer. There were the same people, or at least the same sort of people, the same profusion of champagne, the same many-colored, many-keyed commotion, but I felt an unpleasantness in the air, a pervading harshness that hadn't been there before. Or perhaps I had merely grown used to it, grown to accept West Egg as a world complete in itself, with its own standards and its own great figures, second to nothing because it had no consciousness of being so, and now I was looking at it again, through Daisy's eyes. It is invariably saddening to look through new eyes at things upon which you have expended your own powers of adjustment.

They arrived at twilight, and, as we strolled out among the sparkling hundreds, Daisy's voice was playing murmurous tricks in her throat.

»Kommen Sie«, sagte Mr Sloane zu Tom, »wir sind spät dran. Wir müssen los.« Und dann zu mir: »Sagen Sie ihm bitte, wir konnten nicht warten, ja?«

Tom und ich gaben uns die Hand, wir anderen nickten einander kühl zu, dann sie trabten sie rasch die Einfahrt hinunter und verschwanden eben unter dem Augustlaub, als Gatsby mit Hut und leichtem Mantel in Händen aus der Haustür trat.

Tom war offenkundig beunruhigt darüber, dass Daisy sich allein herumtrieb, denn am folgenden Samstagabend erschien er gemeinsam mit ihr auf Gatsbys Party. Vielleicht verlieh seine Anwesenheit jener Nacht ihre eigentümlich bedrückende Atmosphäre – jedenfalls sticht sie in meiner Erinnerung unter Gatsbys anderen Partys des Sommers hervor. Es waren dieselben Leute oder zumindest dieselbe Art von Leuten, derselbe Überfluss an Champagner, dasselbe vielfarbige, vielstimmige Durcheinander, aber für mein Empfinden lag etwas Unangenehmes in der Luft, eine durchdringende Härte, die es vorher nicht gegeben hatte. Oder vielleicht war ich inzwischen daran gewöhnt, hatte West Egg als völlig eigene Welt zu nehmen gelernt mit ihren eigenen Maßstäben und ihren eigenen Helden, mit nichts zu vergleichen, weil es sich allen Vergleichen entzog, und jetzt betrachtete ich es aufs Neue, und zwar mit Daisys Augen. Es hat stets etwas Betrübliches, mit dem Blick eines andern auf Dinge zu schauen, an die man sich selbst nur mit größter Mühe hat gewöhnen können.

Die beiden kamen mit der Dämmerung, und als wir uns draußen unter die funkelnden Hunderterscharen mischten, vollführte Daisys Stimme flüsternde Kunststücke in ihrer Kehle.

"These things excite me *so*," she whispered. "If you want to kiss me any time during the evening, Nick, just let me know and I'll be glad to arrange it for you. Just mention my name. Or present a green card. I'm giving out green—"

"Look around," suggested Gatsby.

"I'm looking around. I'm having a marvelous—"

"You must see the faces of many people you've heard about."

Tom's arrogant eyes roamed the crowd.

"We don't go around very much," he said; "in fact, I was just thinking I don't know a soul here."

"Perhaps you know that lady." Gatsby indicated a gorgeous, scarcely human orchid of a woman who sat in state under a white plum tree. Tom and Daisy stared, with that peculiarly unreal feeling that accompanies the recognition of a hitherto ghostly celebrity of the movies.

"She's lovely," said Daisy.

"The man bending over her is her director."

He took them ceremoniously from group to group:

"Mrs Buchanan ... and Mr Buchanan—" After an instant's hesitation he added: "the polo player."

"Oh no," objected Tom quickly, "not me."

But evidently the sound of it pleased Gatsby, for Tom remained "the polo player" for the rest of the evening.

"I've never met so many celebrities," Daisy exclaimed. "I liked that man—what was his name?—with the sort of blue nose."

»Ich finde das alles hier ja *so* aufregend«, wisperte sie. »Wenn du mich irgendwann heute Nacht küssen möchtest, Nick, lass es mich einfach wissen und ich werde es liebend gern für dich einrichten. Sag einfach meinen Namen. Oder zeig eine grüne Karte vor. Ich verteile grüne –«

»Schauen Sie sich um«, ermunterte Gatsby uns.

»Ich schau mich ja um. Ich find's einfach fabel–«

»Sie werden die Gesichter vieler Leute entdecken, von denen Sie schon gehört haben.«

Toms arroganter Blick wanderte durch die Menge.

»Wir gehen nicht sonderlich oft unter Leute«, sagte er. »Eigentlich dachte ich gerade, ich kenne hier nicht eine Menschenseele.«

»Möglicherweise kennen Sie diese Dame.« Gatsby deutete auf eine prächtige, fast schon ätherische Orchidee von einer Frau, die hofhaltend unter einem weißen Pflaumenbaum saß. Toms und Daisys Blicke erstarrten in jenem seltsam unwirklichen Gefühl, das mit dem Erkennen einer bis dahin geisterhaften Leinwandberühmtheit einhergeht.

»Sie ist zauberhaft«, sagte Daisy.

»Der Mann, der sich über sie beugt, ist ihr Regisseur.«

Gatsby führte sie feierlich von Gruppe zu Gruppe:

»Mrs Buchanan … und Mr Buchanan …« Nach kurzem Zögern fügte er hinzu: »… der Polospieler.«

»O nein«, protestierte Tom eilig, »nicht doch.«

Gatsby jedoch schien der Klang dieses Beinamens zu gefallen, denn für den Rest des Abends blieb Tom »der Polospieler«.

»Ich bin noch nie so vielen berühmten Leuten begegnet!«, rief Daisy aus. »Mir gefiel dieser Mann da – wie hieß er noch? –, der mit der irgendwie blauen Nase.«

Gatsby identified him, adding that he was a small producer.

"Well, I liked him anyhow."

"I'd a little rather not be the polo player," said Tom pleasantly, "I'd rather look at all these famous people in—in oblivion."

Daisy and Gatsby danced. I remember being surprised by his graceful, conservative fox-trot—I had never seen him dance before. Then they sauntered over to my house and sat on the steps for half an hour, while at her request I remained watchfully in the garden. "In case there's a fire or a flood," she explained, "or any act of God."

Tom appeared from his oblivion as we were sitting down to supper together. "Do you mind if I eat with some people over here?" he said. "A fellow's getting off some funny stuff."

"Go ahead," answered Daisy genially, "and if you want to take down any addresses here's my little gold pencil." ... She looked around after a moment and told me the girl was "common but pretty," and I knew that except for the half-hour she'd been alone with Gatsby she wasn't having a good time.

We were at a particularly tipsy table. That was my fault—Gatsby had been called to the phone, and I'd enjoyed these same people only two weeks before. But what had amused me then turned septic on the air now.

Gatsby nannte seinen Namen und fügte hinzu, er sei ein kleiner Produzent.

»Na, mir gefiel er trotzdem.«

»Mir wär's eigentlich lieber, nicht der Polospieler zu sein«, sagte Tom freundlich, »ich würde mir all die Berühmtheiten hier viel lieber an… anonym ansehen.«

Daisy und Gatsby tanzten. Ich erinnere mich, dass sein eleganter, zurückhaltender Foxtrott mich überraschte – ich hatte ihn vorher nie tanzen sehen. Dann schlenderten sie zu meinem Haus hinüber und saßen eine halbe Stunde lang auf der Treppe, während ich auf Daisys Bitte hin wachsam im Garten blieb. »Falls es ein Feuer oder eine Springflut gibt«, erläuterte sie, »oder sonst ein Naturereignis.«

Tom tauchte aus seiner Anonymität wieder auf, als wir uns gemeinsam zum Essen niederließen. »Ist es euch recht, wenn ich mit einigen Leuten dort drüben esse?«, fragte er. »Einer von denen lässt ein paar lustige Geschichten vom Stapel.«

»Geh nur«, antwortete Daisy zuvorkommend, »und falls du dir irgendwelche Adressen notieren möchtest, hier ist mein kleiner goldener Stift.« … Kurz darauf schaute sie sich um und teilte mir mit, das Mädchen sei »gewöhnlich, aber ganz hübsch«, und ich begriff, dass sie sich, abgesehen von der halben Stunde, die sie mit Gatsby allein gewesen war, keineswegs wohlfühlte.

An unserem Tisch ging es besonders feuchtfröhlich zu. Das war meine Schuld – Gatsby war ans Telefon gerufen worden, und erst zwei Wochen zuvor hatte ich mit denselben Leuten einen vergnügten Abend verbracht. Doch was mich damals amüsiert hatte, entfaltete jetzt einen bitteren Beigeschmack.

"How do you feel, Miss Baedeker?"

The girl addressed was trying, unsuccessfully, to slump against my shoulder. At this inquiry she sat up and opened her eyes.

"Wha'?"

A massive and lethargic woman, who had been urging Daisy to play golf with her at the local club tomorrow, spoke in Miss Baedeker's defence:

"Oh, she's all right now. When she's had five or six cocktails she always starts screaming like that. I tell her she ought to leave it alone."

"I do leave it alone," affirmed the accused hollowly.

"We heard you yelling, so I said to Doc Civet here: 'There's somebody that needs your help, Doc.'"

"She's much obliged, I'm sure," said another friend, without gratitude. "But you got her dress all wet when you stuck her head in the pool."

"Anything I hate is to get my head stuck in a pool," mumbled Miss Baedeker. "They almost drowned me once over in New Jersey."

"Then you ought to leave it alone," countered Doctor Civet.

"Speak for yourself!" cried Miss Baedeker violently. "Your hand shakes. I wouldn't let you operate on me!"

It was like that. Almost the last thing I remember was standing with Daisy and watching the moving-picture director and his Star. They were still under the white plum tree and their faces were touching except for a pale, thin ray of moonlight between. It occurred to me

»Wie fühlen Sie sich, Miss Baedeker?«

Das angesprochene Mädchen versuchte gerade vergeblich, sich gegen meine Schulter plumpsen zu lassen. Auf die Frage hin richtete sie sich auf und öffnete die Augen.

»Wa'?«

Eine füllige, stumpfe Frau, die soeben noch Daisy gedrängt hatte, morgen im örtlichen Club mit ihr Golf zu spielen, ergriff für Miss Baedeker Partei:

»Oh, jetzt geht's ihr gut. Nach fünf oder sechs Cocktails fängt sie immer so an zu schreien. Ich sage ihr dann, dass sie das Trinken lassen soll.«

»Ich lass es ja schon«, versicherte die Beschuldigte hohl tönend.

»Wir haben Sie schreien hören, also hab ich zu Doc Civet hier gesagt: ›Da braucht wohl wer Ihre Hilfe, Doc.‹«

»Sie weiß das bestimmt zu schätzen«, sagte eine andere Freundin reserviert, »aber ihr Kleid ist völlig durchnässt, seit Sie ihren Kopf in den Pool gesteckt haben.«

»Wenn ich eins hasse, dann ist das, wenn mir einer den Kopf in den Pool steckt«, nuschelte Miss Baedeker. »Drüben in New Jersey haben sie mich mal fast ertränkt.«

»Dann sollten Sie das Trinken lassen«, konterte Doktor Civet.

»Das müssen Sie grad sagen!«, kreischte Miss Baedeker hitzig. »Ihre Hand zittert. Von Ihnen würd ich mich nicht operieren lassen!«

So etwa ging es zu. Beinahe das Letzte, woran ich mich erinnere, ist, wie ich mit Daisy dastand und den Filmregisseur und seinen Star beobachtete. Sie saßen noch immer unter dem weißen Pflaumenbaum, und ihre Gesichter berührten sich fast, nur ein blasser, dünner Strahl Mondlicht

that he had been very slowly bending toward her all evening to attain this proximity, and even while I watched I saw him stoop one ultimate degree and kiss at her cheek.

"I like her," said Daisy, "I think she's lovely."

But the rest offended her—and inarguably, because it wasn't a gesture but an emotion. She was appalled by West Egg, this unprecedented "place" that Broadway had begotten upon a Long Island fishing village—appalled by its raw vigor that chafed under the old euphemisms and by the too obtrusive fate that herded its inhabitants along a short-cut from nothing to nothing. She saw something awful in the very simplicity she failed to understand.

I sat on the front steps with them while they waited for their car. It was dark here in front; only the bright door sent ten square feet of light volleying out into the soft black morning. Sometimes a shadow moved against a dressing-room blind above, gave way to another shadow, an indefinite procession of shadows, who rouged and powdered in an invisible glass.

"Who is this Gatsby anyhow?" demanded Tom suddenly. "Some big bootlegger?"

"Where'd you hear that?" I inquired.

"I didn't hear it. I imagined it. A lot of these newly rich people are just big bootleggers, you know."

schimmerte zwischen ihnen. Mir schien, als habe er sich im Lauf des Abends ganz allmählich zu ihr hinübergebeugt, um ihr so nahe zu sein, und noch während ich die beiden betrachtete, sah ich, wie er sich um einen allerletzten Grad vorneigte und sie auf die Wange küsste.

»Ich mag sie«, sagte Daisy, »ich finde sie zauberhaft.«

Alles andere aber missfiel ihr – und zwar unbestreitbar, weil es keine Geste war, sondern ein Gefühl. Sie war entsetzt über West Egg, diesen unerhörten »Ort«, den der Broadway einem Fischerdorf auf Long Island eingepflanzt hatte – entsetzt über seine ungehobelte Energie, die rau unter den alten Schönfärbereien scheuerte, und über das allzu aufdringliche Schicksal, das seine Bewohner auf kürzestem Weg von einem Nichts ins andere trieb. Sie sah etwas Schreckliches in all dieser schieren Einfachheit, die sie nicht verstand.

Ich saß mit ihnen auf den Stufen vor dem Haus, während sie auf ihren Wagen warteten. Hier an der Vorderseite war es dunkel; nur die helle Tür schickte ein zwei Quadratmeter großes Rechteck aus Licht hinaus in den weichen schwarzen Morgen. Manchmal rührte sich über uns ein Schatten hinter dem Rouleau eines Ankleidezimmers, wich dann einem anderen Schatten, einer endlosen Prozession von Schatten, die sich in einem unsichtbaren Spiegel schminkten und puderten.

»Wer ist dieser Gatsby überhaupt?«, fragte Tom unvermittelt. »Eine große Nummer im Alkoholschmuggel?«

»Wo hast du das denn her?«, entgegnete ich.

»Nirgendwoher. Ich kann's mir denken. Viele von diesen Neureichen sind bloß große Nummern im Alkoholschmuggel, weißt du.«

"Not Gatsby," I said shortly.

He was silent for a moment. The pebbles of the drive crunched under his feet.

"Well, he certainly must have strained himself to get this menagerie together."

A breeze stirred the gray haze of Daisy's fur collar.

"At least they're more interesting than the people we know," she said with an effort.

"You didn't look so interested."

"Well, I was."

Tom laughed and turned to me.

"Did you notice Daisy's face when that girl asked her to put her under a cold shower?"

Daisy began to sing with the music in a husky, rhythmic whisper, bringing out a meaning in each word that it had never had before and would never have again. When the melody rose, her voice broke up sweetly, following it, in a way contralto voices have, and each change tipped out a little of her warm human magic upon the air.

"Lots of people come who haven't been invited," she said suddenly. "That girl hadn't been invited. They simply force their way in and he's too polite to object."

"I'd like to know who he is and what he does," insisted Tom. "And I think I'll make a point of finding out."

"I can tell you right now," she answered. "He owned some drug-stores, a lot of drug-stores. He built them up himself."

»Gatsby nicht«, sagte ich knapp.

Er schwieg einen Moment. Die Kieselsteine der Auffahrt knirschten unter seinen Füßen.

»Na, jedenfalls muss er sich mächtig ins Zeug gelegt haben, um diesen ganzen Zirkus zu veranstalten.«

Eine Brise fuhr in den grauen Nebelschleier von Daisys Pelzkragen.

»Wenigstens sind die Leute hier interessanter als die, die wir kennen«, sagte sie mit einiger Mühe.

»Du sahst gar nicht so interessiert aus.«

»Tja, ich war's aber.«

Tom lachte und wandte sich an mich.

»Hast du Daisys Gesicht bemerkt, als dieses Mädchen sie bat, sie unter die kalte Dusche zu stellen?«

Daisy begann in heiserem, rhythmischem Flüsterton zur Musik zu singen, ließ in jedem Wort eine Bedeutung aufscheinen, die es nie zuvor gehabt hatte und nie wieder haben würde. Wenn die Melodie anstieg, brach sich ihre Stimme auf reizende Weise, folgte ihr nach Art einer Altstimme, und mit jedem Wechsel strömte ein wenig von ihrem warmen menschlichen Zauber hinaus in die Luft.

»Viele Leute kommen her, ohne eingeladen zu sein«, sagte sie plötzlich. »Dieses Mädchen war nicht eingeladen. Sie drängen sich einfach herein, und er ist zu höflich, etwas dagegen zu sagen.«

»Ich möchte zu gern wissen, wer er ist und was er tut«, beharrte Tom. »Und ich werd's schon noch herausfinden.«

»Ich kann's dir auch gleich sagen«, antwortete sie. »Ihm gehörten mal ein paar Drugstores, eine Menge Drugstores. Er hat alles selbst aufgebaut.«

The dilatory limousine came rolling up the drive.

"Good night, Nick," said Daisy.

Her glance left me and sought the lighted top of the steps, where *Three o'Clock in the Morning*, a neat, sad little waltz of that year, was drifting out the open door. After all, in the very casualness of Gatsby's party there were romantic possibilities totally absent from her world. What was it up there in the song that seemed to be calling her back inside? What would happen now in the dim, incalculable hours? Perhaps some unbelievable guest would arrive, a person infinitely rare and to be marvelled at, some authentically radiant young girl who with one fresh glance at Gatsby, one moment of magical encounter, would blot out those five years of unwavering devotion.

I stayed late that night, Gatsby asked me to wait until he was free, and I lingered in the garden until the inevitable swimming party had run up, chilled and exalted, from the black beach, until the lights were extinguished in the guest-rooms overhead. When he came down the steps at last the tanned skin was drawn unusually tight on his face, and his eyes were bright and tired.

"She didn't like it," he said immediately.

"Of course she did."

"She didn't like it," he insisted. "She didn't have a good time."

He was silent, and I guessed at his unutterable depression.

Das prächtige Auto kam zögernd den Weg heraufgerollt.

»Gute Nacht, Nick«, sagte Daisy.

Ihr flüchtiger Blick glitt von mir ab und suchte den beleuchteten oberen Treppenabsatz, wo *Three o'Clock in the Morning*, ein netter, trauriger kleiner Walzer aus jenem Jahr, zur offenen Tür herauswehte. Letztlich steckten in Gatsbys Party mit ihrer Zwanglosigkeit romantische Möglichkeiten, die in ihrer Welt völlig fehlten. Was hatte dieses Lied dort oben, das sie wieder hineinzurufen schien? Was würde in den nächsten dämmrigen, unberechenbaren Stunden geschehen? Vielleicht würde irgendein sagenhafter Gast erscheinen, eine ganz und gar außergewöhnliche, staunenswerte Person, irgendein aus sich heraus strahlendes junges Mädchen, das mit einem kurzen frechen Blick auf Gatsby, in einem Augenblick magischer Begegnung fünf Jahre unverminderter Hingabe auslöschen würde.

Ich blieb noch lange dort in dieser Nacht, Gatsby bat mich, auf ihn zu warten, und so vertrieb ich mir im Garten die Zeit, bis die unvermeidliche Schwimmerriege durchgefroren und ausgelassen vom schwarzen Strand heraufgerannt kam, bis in den oberen Gästezimmern die Lichter gelöscht wurden. Als er schließlich die Stufen herunterstieg, spannte sich die gebräunte Haut ungewöhnlich straff über seinem Gesicht, und seine Augen glänzten müde.

»Es hat ihr nicht gefallen«, sagte er sofort.

»Natürlich hat es das.«

»Es hat ihr nicht gefallen«, beharrte er. »Sie hat sich nicht amüsiert.«

Er schwieg, und ich ahnte seine unaussprechliche Niedergeschlagenheit.

"I feel far away from her," he said. "It's hard to make her understand."

"You mean about the dance?"

"The dance?" He dismissed all the dances he had given with a snap of his fingers. "Old sport, the dance is unimportant."

He wanted nothing less of Daisy than that she should go to Tom and say: "I never loved you." After she had obliterated four years with that sentence they could decide upon the more practical measures to be taken. One of them was that, after she was free, they were to go back to Louisville and be married from her house—just as if it were five years ago.

"And she doesn't understand," he said. "She used to be able to understand. We'd sit for hours—"

He broke off and began to walk up and down a desolate path of fruit rinds and discarded favors and crushed flowers.

"I wouldn't ask too much of her," I ventured. "You can't repeat the past."

"Can't repeat the past?" he cried incredulously. "Why of course you can!"

He looked around him wildly, as if the past were lurking here in the shadow of his house, just out of reach of his hand.

"I'm going to fix everything just the way it was before," he said, nodding determinedly. "She'll see."

»Ich fühle mich ihr so fern«, sagte er. »Es ist schwer, ihr das begreiflich zu machen.«

»Meinen Sie den Tanz?«

»Den Tanz?« Mit einem Fingerschnippen tat er sämtliche Tänze ab, die er jemals gewährt hatte. »Alter Knabe, der Tanz ist unwichtig.«

Er wünschte sich von Daisy nichts Geringeres, als dass sie zu Tom ging und sagte: »Ich habe dich nie geliebt.« Sobald sie mit diesem Satz vier Jahre ausgelöscht hätte, könnten die beiden sich über die anstehenden praktischen Schritte Gedanken machen. Einer davon war, dass sie, nachdem Daisy frei wäre, nach Louisville zurückkehren und in ihrem Elternhaus heiraten würden – als hätte es die letzten fünf Jahre nicht gegeben.

»Und sie begreift es nicht«, sagte er. »Früher einmal hat sie's begriffen. Stundenlang konnten wir dasitzen …«

Er brach ab und begann, auf einem trostlosen Pfad aus Obstschalen, achtlos weggeworfenen kleinen Geschenken und zertretenen Blumen auf und ab zu gehen.

»Ich würde nicht zu viel von ihr verlangen«, erlaubte ich mir zu sagen. »Man kann die Vergangenheit nicht wiederholen.«

»Die Vergangenheit nicht wiederholen?«, rief er ungläubig. »Aber sicher kann man das!«

Ungestüm sah er sich um, als lauerte die Vergangenheit hier im Schatten seines Hauses, nur knapp außer Reichweite seiner Hand.

»Ich werde alles wieder genau so herrichten, wie es vorher war«, sagte er mit entschlossenem Nicken. »Sie wird schon sehen.«

He talked a lot about the past, and I gathered that he wanted to recover something, some idea of himself perhaps, that had gone into loving Daisy. His life had been confused and disordered since then, but if he could once return to a certain starting place and go over it all slowly, he could find out what that thing was …

… One autumn night, five years before, they had been walking down the street when the leaves were falling, and they came to a place where there were no trees and the sidewalk was white with moonlight. They stopped here and turned toward each other. Now it was a cool night with that mysterious excitement in it which comes at the two changes of the year. The quiet lights in the houses were humming out into the darkness and there was a stir and bustle among the stars. Out of the corner of his eye Gatsby saw that the blocks of the sidewalks really formed a ladder and mounted to a secret place above the trees—he could climb to it, if he climbed alone, and once there he could suck on the pap of life, gulp down the incomparable milk of wonder.

His heart beat faster and faster as Daisy's white face came up to his own. He knew that when he kissed this girl, and forever wed his unutterable visions to her perishable breath, his mind would never romp again like the mind of God. So he waited, listening for a moment longer to the tuning-fork that had been struck upon a star. Then he kissed her. At his lips' touch she blossomed for him like a flower and the incarnation was complete.

Er sprach viel über die Vergangenheit, und ich reimte mir zusammen, dass er etwas wiedererlangen wollte, irgendeine Idee von sich selbst vielleicht, die in der Liebe zu Daisy aufgegangen war. Seit damals war sein Leben verworren und ungeordnet, doch würde er erst einmal zu einem bestimmten Ausgangspunkt zurückkehren und alles noch einmal langsam durchgehen, könnte er herausfinden, was jenes Etwas war …

… In einer Herbstnacht, fünf Jahre zuvor, waren sie unter fallenden Blättern die Straße entlanggegangen, und sie kamen an eine Stelle, wo es keine Bäume gab und der Gehweg weiß war vom Mondlicht. Hier blieben sie stehen und wandten sich einander zu. Die Nacht war jetzt kühl und erfüllt von jener geheimnisvollen Erregung, die mit den beiden Wetterwechseln im Jahr einhergeht. Die stillen Lichter in den Häusern summten hinaus in die Dunkelheit, und ein Flirren und reges Treiben herrschte zwischen den Sternen. Aus dem Augenwinkel sah Gatsby, dass die Steine des Gehwegs eine Leiter bildeten und zu einem verborgenen Ort über den Bäumen emporführten – er könnte hinaufsteigen, wenn er allein hinaufstieg, und einmal oben, könnte er an der Zitze des Lebens saugen, die unvergleichliche Zaubermilch in sich hineintrinken.

Sein Herz klopfte schneller und schneller, als Daisys weißes Gesicht sich dem seinen näherte. Er wusste, wenn er dieses Mädchen küsste und seine unaussprechlichen Visionen auf ewig ihrem vergänglichen Atem vermählte, würde sein Geist nie wieder Kapriolen schlagen wie der Geist Gottes. Also wartete er, lauschte noch einen Moment auf die Stimmgabel, die angeschlagen worden war an einem Stern. Dann küsste er sie. Mit der Berührung seiner Lip-

Through all he said, even through his appalling sentimentality, I was reminded of something—an elusive rhythm, a fragment of lost words, that I had heard somewhere a long time ago. For a moment a phrase tried to take shape in my mouth and my lips parted like a dumb man's, as though there was more struggling upon them than a wisp of startled air. But they made no sound, and what I had almost remembered was uncommunicable forever.

pen erblühte sie für ihn wie eine Blume, und die Inkarnation war vollkommen.

Alles, was er sagte, selbst seine scheußliche Sentimentalität, erinnerte mich an etwas – an einen kaum fasslichen Rhythmus, ein Bruchstück verlorener Worte, die ich vor langer Zeit irgendwo einmal gehört hatte. Einen Augenblick lang wollte ein Satz in meinem Mund Gestalt annehmen, und meine Lippen öffneten sich wie die eines Stummen, als rängen sie mit mehr als nur einem Hauch aufgewirbelter Luft. Doch sie formten sich zu keinem Laut, und woran ich mich fast erinnert hätte, blieb auf ewig unsagbar.

Chapter 7

It was when curiosity about Gatsby was at its highest that the lights in his house failed to go on one Saturday night—and, as obscurely as it had begun, his career as Trimalchio was over. Only gradually did I become aware that the automobiles which turned expectantly into his drive stayed for just a minute and then drove sulkily away. Wondering if he were sick I went over to find out—an unfamiliar butler with a villainous face squinted at me suspiciously from the door.

"Is Mr Gatsby sick?"

"Nope." After a pause he added "sir" in a dilatory, grudging way.

"I hadn't seen him around, and I was rather worried. Tell him Mr Carraway came over."

"Who?" he demanded rudely.

"Carraway."

"Carraway. All right, I'll tell him." Abruptly he slammed the door.

My Finn informed me that Gatsby had dismissed every servant in his house a week ago and replaced them with half a dozen others, who never went into West Egg Village to be bribed by the tradesmen, but ordered moderate supplies over the telephone. The grocery boy reported that the kitchen looked like a pigsty, and the general opinion in the village was that the new people weren't servants at all.

Next day Gatsby called me on the phone.

Kapitel 7

Das Interesse an Gatsby hatte gerade seinen Höhepunkt erreicht, da blieben eines Samstagnachts in seinem Haus die Lichter aus – und so undurchsichtig, wie sie begonnen hatte, war seine Karriere als Trimalchio wieder beendet. Erst allmählich wurde mir klar, dass die Automobile, die erwartungsvoll in seine Auffahrt einbogen, nur einen Moment anhielten und dann trotzig wieder davonfuhren. Ich fragte mich, ob er krank war, und ging hinüber, um nachzusehen – ein unbekannter Butler mit Schurkenvisage erschien in der Tür und beäugte mich misstrauisch.

»Ist Mr Gatsby krank?«

»Nö.« Nach einer Pause setzte er ein »Sir« hinzu, auf eine laxe, widerwillige Art.

»Ich habe ihn länger nicht gesehen, und ich bin ziemlich besorgt. Sagen Sie ihm, dass Mr Carraway da war.«

»Wer?«, blaffte er.

»Carraway.«

»Carraway. In Ordnung, ich sag's ihm.« Ruckartig schlug er die Tür zu.

Meine Finnin berichtete mir, dass Gatsby eine Woche zuvor sämtliche Hausangestellten entlassen und sie durch ein halbes Dutzend andere ersetzt hatte, die niemals nach West Egg Village gingen, um sich von den Händlern bestechen zu lassen, sondern maßvolle Bestellungen per Telefon aufgaben. Der Laufbursche des Lebensmittelhändlers erzählte, die Küche sehe aus wie ein Saustall, und im Dorf herrschte die Meinung vor, die Neuen seien überhaupt keine Hausangestellten.

Am nächsten Tag rief Gatsby mich an.

"Going away?" I inquired.

"No, old sport."

"I hear you fired all your servants."

"I wanted somebody who wouldn't gossip. Daisy comes over quite often—in the afternoons."

So the whole caravansary had fallen in like a card house at the disapproval in her eyes.

"They're some people Wolfshiem wanted to do something for. They're all brothers and sisters. They used to run a small hotel."

"I see."

He was calling up at Daisy's request—would I come to lunch at her house to-morrow? Miss Baker would be there. Half an hour later Daisy herself telephoned and seemed relieved to find that I was coming. Something was up. And yet I couldn't believe that they would choose this occasion for a scene—especially for the rather harrowing scene that Gatsby had outlined in the garden.

The next day was broiling, almost the last, certainly the warmest, of the summer. As my train emerged from the tunnel into sunlight, only the hot whistles of the National Biscuit Company broke the simmering hush at noon. The straw seats of the car hovered on the edge of combustion; the woman next to me perspired delicately for a while into her white shirtwaist, and then, as her newspaper dampened under her fingers, lapsed despairingly into deep heat with a desolate cry. Her pocket-book slapped to the floor.

"Oh, my!" she gasped.

»Gehen Sie weg?«, erkundigte ich mich.

»Nein, alter Knabe.«

»Wie ich höre, haben Sie all Ihre Angestellten gefeuert.«

»Ich wollte Leute im Haus, die nicht so viel reden. Daisy kommt recht oft vorbei – nachmittags.«

Die ganze Karawanserei war also angesichts des Missfallens in ihrem Blick eingestürzt wie ein Kartenhaus.

»Es sind ein paar Leute, für die Wolfshiem etwas tun wollte. Allesamt Geschwister. Sie hatten mal ein kleines Hotel.«

»Verstehe.«

Er rief auf Daisys Bitte hin an – ob ich morgen zum Mittagessen zu ihr kommen könne? Miss Baker werde auch dort sein. Eine halbe Stunde später war Daisy selbst am Telefon und schien erleichtert, als sie hörte, ich würde kommen. Irgendetwas war im Gange. Und doch konnte ich nicht glauben, dass sie sich diesen Anlass für eine Szene aussuchen würden – noch dazu für die ziemlich peinliche Szene, die Gatsby im Garten skizziert hatte.

Der folgende Tag war brütend heiß, fast der letzte, sicher aber der wärmste des Sommers. Als mein Zug aus dem Tunnel hinaus ins Sonnenlicht glitt, durchbrachen nur die hitzigen Pfeifsignale der National Biscuit Company die siedende Mittagsstille. Die Strohsitze des Abteils waren nahe daran, in Flammen aufzugehen; die Frau neben mir transpirierte eine Weile lang vornehm in ihre weiße Hemdbluse, doch als die Zeitung unter ihren Fingern zusehends feuchter wurde, ergab sie sich mit einem kläglichen Seufzer verzweifelt der fiebrigen Hitze. Ihre Handtasche fiel klatschend zu Boden.

»Ach herrje!«, keuchte sie.

I picked it up with a weary bend and handed it back to her, holding it at arm's length and by the extreme tip of the corners to indicate that I had no designs upon it—but every one near by, including the woman, suspected me just the same.

"Hot!" said the conductor to familiar faces. "Some weather! ... Hot! ... Hot! ... Hot! ... Is it hot enough for you? Is it hot? Is it ...?"

My commutation ticket came back to me with a dark stain from his hand. That any one should care in this heat whose flushed lips he kissed, whose head made damp the pajama pocket over his heart!

... Through the hall of the Buchanans' house blew a faint wind, carrying the sound of the telephone bell out to Gatsby and me as we waited at the door.

"The master's body!" roared the butler into the mouthpiece. "I'm sorry, madame, but we can't furnish it—it's far too hot to touch this noon!"

What he really said was: "Yes ... yes ... I'll see."

He set down the receiver and came toward us, glistening slightly, to take our stiff straw hats.

"Madame expects you in the salon!" he cried, needlessly indicating the direction. In this heat every extra gesture was an affront to the common store of life.

The room, shadowed well with awnings, was dark and cool. Daisy and Jordan lay upon an enormous

Mit einer matten Bewegung hob ich sie auf und gab sie ihr zurück, indem ich sie beim äußersten Zipfel fasste und ihr am ausgestreckten Arm hinhielt, um anzuzeigen, dass ich keinerlei dubiose Absichten hegte – doch sämtliche Umsitzenden, einschließlich der Frau, verdächtigten mich trotzdem.

»Heiß!«, sagte der Schaffner zu vertrauten Gesichtern. »Das ist ein Wetter! … Heiß! … Heiß! … Heiß! … Ist Ihnen das heiß genug? Ist das heiß? Ist das …?«

Meine Dauerfahrkarte kehrte mit einem dunklen Fleck von seiner Hand zu mir zurück. Dass es bei dieser Hitze irgendwen scherte, wessen gerötete Lippen er küsste, wessen Kopf die Pyjamatasche über seinem Herzen feucht machte!

… Durch die Eingangshalle im Haus der Buchanans wehte ein leiser Wind und trug das Läuten des Telefons zu Gatsby und mir, während wir an der Tür warteten.

»Der Leichnam des Hausherrn!«, brüllte der Butler in die Muschel. »Bedaure, Madame, aber damit können wir nicht dienen – der ist heute Mittag viel zu heiß zum Anfassen!«

Was er wirklich sagte, war: »Ja … ja … ich sehe nach.«

Er legte den Hörer auf und kam, leicht glänzend, zu uns, um uns die steifen Strohhüte abzunehmen.

»Madame erwartet Sie im Salon!«, rief er und wies uns unnötigerweise die Richtung. Bei dieser Hitze war jede überflüssige Geste ein Affront gegen die allgemeinen Lebensgeister.

Der Raum, gut beschattet von Markisen, war dunkel und kühl. Daisy und Jordan lagen auf einer riesigen Couch

couch, like silver idols weighing down their own white dresses against the singing breeze of the fans.

"We can't move," they said together.

Jordan's fingers, powdered white over their tan, rested for a moment in mine.

"And Mr Thomas Buchanan, the athlete?" I inquired.

Simultaneously I heard his voice, gruff, muffled, husky, at the hall telephone.

Gatsby stood in the centre of the crimson carpet and gazed around with fascinated eyes. Daisy watched him and laughed, her sweet, exciting laugh; a tiny gust of powder rose from her bosom into the air.

"The rumor is," whispered Jordan, "that that's Tom's girl on the telephone."

We were silent. The voice in the hall rose high with annoyance: "Very well, then, I won't sell you the car at all … I'm under no obligations to you at all … and as for your bothering me about it at lunch time, I won't stand that at all!"

"Holding down the receiver," said Daisy cynically.

"No, he's not," I assured her. "It's a bona-fide deal. I happen to know about it."

Tom flung open the door, blocked out its space for a moment with his thick body, and hurried into the room.

"Mr Gatsby!" He put out his broad, flat hand with well-concealed dislike. "I'm glad to see you, sir … Nick …"

"Make us a cold drink," cried Daisy.

und hielten wie silberne Götzen ihre weißen Kleider gegen die singende Brise der Ventilatoren im Zaum.

»Wir können uns nicht bewegen«, sagten sie im Chor.

Jordans Finger, ihre Bräune weiß überpudert, ruhten einen Moment lang in meinen.

»Und Mr Thomas Buchanan, der Athlet?«, erkundigte ich mich.

In derselben Sekunde hörte ich seine Stimme, schroff, gedämpft, heiser, am Telefon in der Halle.

Gatsby stand mitten auf dem karmesinroten Teppich und schaute sich fasziniert um. Daisy beobachtete ihn und lachte ihr süßes, erregendes Lachen; ein winziger Puderhauch wirbelte von ihrem Busen empor.

»Man munkelt«, flüsterte Jordan, »dass da draußen Toms Mädchen am Telefon ist.«

Wir schwiegen. Die Stimme in der Halle schwoll vor Verärgerung an: »Also schön, dann verkaufe ich Ihnen den Wagen eben nicht … Ich bin Ihnen zu nichts verpflichtet … und dass Sie mich damit zur Mittagszeit behelligen, dulde ich schon gar nicht!«

»Und hält die Hand über die Muschel«, sagte Daisy zynisch.

»Nein, tut er nicht«, versicherte ich ihr. »Das Geschäft ist echt. Ich weiß zufällig Bescheid.«

Tom stieß die Tür auf, stand mit seinem massigen Körper einen Augenblick lang formatfüllend im Rahmen und stürmte ins Zimmer.

»Mr Gatsby!« Mit wohlverborgener Abneigung streckte er seine breite, flache Hand aus. »Freut mich, Sie zu sehen, Sir … Nick …«

»Mach uns einen kalten Drink«, verlangte Daisy.

As he left the room again she got up and went over to Gatsby and pulled his face down, kissing him on the mouth.

"You know I love you," she murmured.

"You forget there's a lady present," said Jordan.

Daisy looked around doubtfully.

"You kiss Nick too."

"What a low, vulgar girl!"

"I don't care!" cried Daisy, and began to clog on the brick fireplace. Then she remembered the heat and sat down guiltily on the couch just as a freshly laundered nurse leading a little girl came into the room.

"Bles-sed pre-cious," she crooned, holding out her arms. "Come to your own mother that loves you."

The child, relinquished by the nurse, rushed across the room and rooted shyly into her mother's dress.

"The bles-sed pre-cious! Did mother get powder on your old yellowy hair? Stand up now, and say—How-de-do."

Gatsby and I in turn leaned down and took the small, reluctant hand. Afterward he kept looking at the child with surprise. I don't think he had ever really believed in its existence before.

"I got dressed before luncheon," said the child, turning eagerly to Daisy.

"That's because your mother wanted to show you off." Her face bent into the single wrinkle of the small, white neck. "You dream, you. You absolute little dream."

Als er das Zimmer wieder verließ, stand sie auf, ging zu Gatsby hinüber, zog sein Gesicht zu sich herunter und küsste ihn auf den Mund.

»Du weißt, dass ich dich liebe«, raunte sie.

»Du vergisst, dass eine Dame anwesend ist«, sagte Jordan.

Daisy schaute sich zweifelnd um.

»Küss du doch Nick.«

»Du unanständiges, schamloses Ding!«

»Ist mir egal!«, rief Daisy und fing an, den Kamin zu bestücken. Dann erinnerte sie sich an die Hitze und setzte sich schuldbewusst auf die Couch, gerade als eine frisch gebügelte Kinderfrau mit einem kleinen Mädchen an der Hand ins Zimmer trat.

»Herzliebster Goldschatz«, gurrte sie und breitete die Arme aus. »Komm her zu deiner Mami, die dich lieb hat.«

Als die Kinderfrau es losließ, rannte das Mädchen quer durchs Zimmer und vergrub sich schüchtern im Kleid seiner Mutter.

»Der herzliebste Goldschatz! Hat dein hübscher Blondschopf ein bisschen von Mamis Puder abbekommen? Jetzt steh auf und sag schön Guten Tag.«

Gatsby und ich beugten uns der Reihe nach hinunter und drückten die kleine, widerstrebende Hand. Danach schaute er das Kind immer wieder erstaunt an. Ich vermute, er hatte vorher nie wirklich an seine Existenz geglaubt.

»Ich bin extra hübsch gemacht worden vor dem Mittagessen«, wandte das Kind sich eifrig an Daisy.

»Das kommt daher, dass deine Mami dich vorzeigen wollte.« Ihr Gesicht schmiegte sich in das einzige Fältchen an dem kleinen, weißen Hals. »Du Traum, du. Du vollkommener kleiner Traum.«

"Yes," admitted the child calmly. "Aunt Jordan's got on a white dress too."

"How do you like mother's friends?" Daisy turned her around so that she faced Gatsby. "Do you think they're pretty?"

"Where's Daddy?"

"She doesn't look like her father," explained Daisy. "She looks like me. She's got my hair and shape of the face."

Daisy sat back upon the couch. The nurse took a step forward and held out her hand.

"Come, Pammy."

"Good-by, sweetheart!"

With a reluctant backward glance the well-disciplined child held to her nurse's hand and was pulled out the door, just as Tom came back, preceding four gin rickeys that clicked full of ice.

Gatsby took up his drink.

"They certainly look cool," he said, with visible tension.

We drank in long, greedy swallows.

"I read somewhere that the sun's getting hotter every year," said Tom genially. "It seems that pretty soon the earth's going to fall into the sun—or wait a minute—it's just the opposite—the sun's getting colder every year.

"Come outside," he suggested to Gatsby, "I'd like you to have a look at the place."

I went with them out to the veranda. On the green Sound, stagnant in the heat, one small sail crawled slowly toward the fresher sea. Gatsby's eyes followed

»Ja«, sagte das Kind ruhig. »Tante Jordan hat auch ein weißes Kleid an.«

»Wie gefallen dir Mamis Freunde?« Daisy drehte das Mädchen herum, sodass es Gatsby ansehen konnte. »Findest du, sie sind hübsch?«

»Wo ist Daddy?«

»Sie sieht nicht aus wie ihr Vater«, erläuterte Daisy. »Sie sieht aus wie ich. Sie hat meine Haare und meine Gesichtsform.«

Daisy setzte sich wieder auf die Couch. Die Kinderfrau trat einen Schritt vor und streckte die Hand aus.

»Komm, Pammy.«

»Wiedersehen, meine Süße!«

Mit einem widerstrebenden Blick über die Schulter nahm das gehorsame Mädchen die Hand der Kinderfrau und wurde eben aus der Tür gezogen, als Tom zurückkam, gefolgt von vier Gin Rickeys voll klirrender Eiswürfel.

Gatsby griff nach seinem Drink.

»Die sehen allerdings kalt aus«, sagte er sichtlich angespannt.

Wir tranken in langen, gierigen Zügen.

»Irgendwo hab ich gelesen, dass die Sonne mit jedem Jahr heißer wird«, sagte Tom leutselig. »Anscheinend wird die Erde ziemlich bald in die Sonne stürzen – oder halt, Augenblick – es ist genau umgekehrt – die Sonne wird mit jedem Jahr kälter.

Kommen Sie mit nach draußen«, schlug er Gatsby vor, »ich möchte, dass Sie sich alles ansehen.«

Ich ging mit ihnen hinaus auf die Veranda. Auf dem grünen Sund, der in der Hitze unbewegt dalag, kroch ein kleines Segel langsam in Richtung des kühleren Meers.

it momentarily; he raised his hand and pointed across the bay.

"I'm right across from you."

"So you are."

Our eyes lifted over the rose-beds and the hot lawn and the weedy refuse of the dog-days along-shore. Slowly the white wings of the boat moved against the blue cool limit of the sky. Ahead lay the scalloped ocean and the abounding blessed isles.

"There's sport for you," said Tom, nodding. "I'd like to be out there with him for about an hour."

We had luncheon in the dining-room, darkened too against the heat, and drank down nervous gayety with the cold ale.

"What'll we do with ourselves this afternoon?" cried Daisy, "and the day after that, and the next thirty years?"

"Don't be morbid," Jordan said. "Life starts all over again when it gets crisp in the fall."

"But it's so hot," insisted Daisy, on the verge of tears, "and everything's so confused. Let's all go to town!"

Her voice struggled on through the heat, beating against it, molding its senselessness into forms.

"I've heard of making a garage out of a stable," Tom was saying to Gatsby, "but I'm the first man who ever made a stable out of a garage."

"Who wants to go to town?" demanded Daisy insistently. Gatsby's eyes floated toward her. "Ah," she cried, "you look so cool."

Gatsby folgte ihm einen Moment mit den Augen; dann hob er seine Hand und deutete auf die andere Seite der Bucht.

»Ich wohne Ihnen direkt gegenüber.«

»Ganz recht.«

Unsere Blicke schweiften über die Rosenbeete, den heißen Rasen und die Algenablagerungen, die sich während der Hundstage am Ufer gebildet hatten. Langsam glitten die weißen Flügel des Boots vor der kühlen blauen Grenze des Himmels dahin. Voraus lagen der gewölbte Ozean und die überreichen Inseln der Seligen.

»Das ist ein Sport«, sagte Tom und nickte. »Mit diesem Boot möchte ich mal ein, zwei Stunden da draußen sein.«

Wir aßen zu Mittag im Speisezimmer, das gegen die Hitze ebenfalls abgedunkelt war, und tranken mit dem kalten Ale nervöse Heiterkeit in uns hinein.

»Was fangen wir bloß mit uns an heute Nachmittag?«, jammerte Daisy. »Und morgen erst und in den nächsten dreißig Jahren?«

»Sei nicht so trübselig«, sagte Jordan. »Mit der Kühle im Herbst beginnt das Leben wieder von vorn.«

»Aber es ist so heiß«, beharrte Daisy, den Tränen nahe, »und alles ist so konfus. Fahren wir in die Stadt!«

Ihre Stimme kämpfte sich durch die Hitze, drosch auf sie ein, knetete ihre Sinnlosigkeit in Form.

»Vom Umbau eines Stalls in eine Garage hab ich schon gehört«, sagte Tom gerade zu Gatsby, »aber ich bin der Erste, der je eine Garage in einen Stall umgebaut hat.«

»Wer kommt mit in die Stadt?«, fragte Daisy hartnäckig. Gatsbys Blick schwebte zu ihr hin. »Ah«, rief sie, »Sie sehen so kühl aus.«

Their eyes met, and they stared together at each other, alone in space. With an effort she glanced down at the table.

"You always look so cool," she repeated.

She had told him that she loved him, and Tom Buchanan saw. He was astounded. His mouth opened a little, and he looked at Gatsby, and then back at Daisy as if he had just recognized her as some one he knew a long time ago.

"You resemble the advertisement of the man," she went on innocently. "You know the advertisement of the man—"

"All right," broke in Tom quickly, "I'm perfectly willing to go to town. Come on—we're all going to town."

He got up, his eyes still flashing between Gatsby and his wife. No one moved.

"Come on!" His temper cracked a little. "What's the matter, anyhow? If we're going to town, let's start."

His hand, trembling with his effort at self-control, bore to his lips the last of his glass of ale. Daisy's voice got us to our feet and out on to the blazing gravel drive.

"Are we just going to go?" she objected. "Like this? Aren't we going to let any one smoke a cigarette first?"

"Everybody smoked all through lunch."

"Oh, let's have fun," she begged him. "It's too hot to fuss."

Ihre Blicke trafen sich, und so starrten sie einander an, als gäbe es nur sie beide. Mit Mühe senkte sie ihren Blick auf den Tisch.

»Sie sehen immer so kühl aus«, wiederholte sie.

Sie hatte ihm gesagt, dass sie ihn liebte, und Tom Buchanan verstand. Er war fassungslos. Sein Mund öffnete sich ein wenig, und er schaute zu Gatsby und wieder zu Daisy, als hätte er in ihr soeben jemanden wiedererkannt, dem er vor langer Zeit begegnet war.

»Sie erinnern mich an die Reklame mit diesem Mann«, fuhr sie arglos fort. »Sie kennen doch die Reklame mit diesem Mann –«

»Na schön«, unterbrach Tom sie rasch, »ich bin gerne bereit, in die Stadt zu fahren. Kommt schon – fahren wir alle in die Stadt.«

Er stand auf, seine Augen zuckten noch zwischen Gatsby und seiner Frau hin und her. Niemand rührte sich.

»Kommt schon!« Seine äußere Ruhe bekam kleine Risse. »Was ist überhaupt los? Wenn wir in die Stadt wollen, dann lasst uns gehen.«

Seine Hand, zitternd in seinem Versuch, sich zu beherrschen, führte sein Glas mit dem Rest Ale an seine Lippen. Daisys Stimme brachte uns auf die Beine und hinaus auf den glühenden Kiesweg.

»Wollen wir wirklich sofort losfahren?«, wandte sie ein. »Einfach so? Will nicht vielleicht jemand erst noch eine Zigarette rauchen?«

»Wir haben beim Mittagessen allesamt ständig geraucht.«

»Ach, lass uns lustig sein«, bat sie ihn. »Es ist zu heiß, um sich aufzuregen.«

He didn't answer.

"Have it your own way," she said. "Come on, Jordan."

They went up-stairs to get ready while we three men stood there shuffling the hot pebbles with our feet. A silver curve of the moon hovered already in the western sky. Gatsby started to speak, changed his mind, but not before Tom wheeled and faced him expectantly.

"Have you got your stables here?" asked Gatsby with an effort.

"About a quarter of a mile down the road."

"Oh."

A pause.

"I don't see the idea of going to town," broke out Tom savagely. "Women get these notions in their heads—"

"Shall we take anything to drink?" called Daisy from an upper window.

"I'll get some whiskey," answered Tom. He went inside.

Gatsby turned to me rigidly:

"I can't say anything in his house, old sport."

"She's got an indiscreet voice," I remarked. "It's full of—" I hesitated.

"Her voice is full of money," he said suddenly.

That was it. I'd never understood before. It was full of money—that was the inexhaustible charm that rose and fell in it, the jingle of it, the cymbals' song of it ...

Er antwortete nicht.

»Wie du willst«, sagte sie. »Komm, Jordan.«

Sie gingen nach oben, um sich fertig zu machen, während wir drei Männer dastanden und mit den Füßen in den heißen Kieseln scharrten. Im Westen schwebte bereits ein silberner Mondbogen am Himmel. Gatsby wollte etwas sagen und überlegte es sich dann anders, doch Tom wirbelte schon herum und sah ihn erwartungsvoll an.

»Haben Sie Ihre Stallungen hier in der Nähe?«, fragte Gatsby mit einiger Mühe.

»Ungefähr eine Viertelmeile die Straße runter.«

»Ah.«

Eine Pause.

»Ich verstehe nicht, wozu wir jetzt in die Stadt fahren«, brach es heftig aus Tom hervor. »Nur Frauen kommen auf derart schräge Ideen …«

»Sollen wir irgendwas zu trinken mitnehmen?«, rief Daisy aus einem der oberen Fenster.

»Ich hole Whiskey«, antwortete Tom. Er ging hinein.

Steif drehte sich Gatsby zu mir:

»Ich bringe in seinem Haus kein Wort heraus, alter Knabe.«

»Sie hat eine indiskrete Stimme«, bemerkte ich. »Sie klingt nach …« Ich zögerte.

»Ihre Stimme klingt nach Geld«, sagte er plötzlich.

Das war es. Ich hatte es zuvor nur nicht begriffen. Sie klang nach Geld – das war der unerschöpfliche Zauber, mit dem sie sich hob und senkte, das Klimpern darin, der Zim-

high in a white palace the king's daughter, the golden girl ...

Tom came out of the house wrapping a quart bottle in a towel, followed by Daisy and Jordan wearing small tight hats of metallic cloth and carrying light capes over their arms.

"Shall we all go in my car?" suggested Gatsby. He felt the hot, green leather of the seat. "I ought to have left it in the shade."

"Is it standard shift?" demanded Tom.

"Yes."

"Well, you take my coupé and let me drive your car to town."

The suggestion was distasteful to Gatsby.

"I don't think there's much gas," he objected.

"Plenty of gas," said Tom boisterously. He looked at the gauge. "And if it runs out I can stop at a drug-store. You can buy anything at a drug-store nowadays."

A pause followed this apparently pointless remark. Daisy looked at Tom frowning, and an indefinable expression, at once definitely unfamiliar and vaguely recognizable, as if I had only heard it described in words, passed over Gatsby's face.

"Come on, Daisy," said Tom, pressing her with his hand toward Gatsby's car. "I'll take you in this circus wagon."

He opened the door, but she moved out from the circle of his arm.

belgesang ... Hoch oben im weißen Palast die Tochter des Königs, die güldene Maid ...

Tom kam aus dem Haus und wickelte eine Literflasche in ein Handtuch, dann folgten Daisy und Jordan, jede mit einem kleinen, eng anliegenden Hut aus metallischem Stoff auf dem Kopf und einem leichten Cape über dem Arm.

»Fahren wir gemeinsam mit meinem Wagen?«, schlug Gatsby vor. Er befühlte die heißen, grünen Lederpolster. »Ich hätte ihn in den Schatten stellen sollen.«

»Normale Gangschaltung?«, fragte Tom.

»Ja.«

»Schön, Sie nehmen mein Coupé und lassen mich mit Ihrem Wagen in die Stadt fahren.«

Der Vorschlag war Gatsby zuwider.

»Ich glaube, er hat nicht mehr viel Benzin«, wandte er ein.

»Wird schon reichen«, sagte Tom ausgelassen. Er schaute auf die Tankanzeige. »Und wenn's doch nicht reicht, halte ich an einem Drugstore. Heutzutage bekommen Sie einfach alles im Drugstore.«

Eine Pause folgte auf diese anscheinend sinnlose Bemerkung. Daisy sah Tom stirnrunzelnd an, und ein unbestimmbarer Ausdruck, zugleich völlig fremd und vage vertraut, als hätte man ihn mir nur mit Worten beschrieben, huschte über Gatsbys Gesicht.

»Na los, Daisy«, sagte Tom und schob sie mit der Hand zu Gatsbys Wagen. »Du fährst mit mir in dieser Zirkuskutsche.«

Er öffnete die Tür, doch Daisy löste sich aus dem Griff seines Arms.

"You take Nick and Jordan. We'll follow you in the coupé."

She walked close to Gatsby, touching his coat with her hand. Jordan and Tom and I got into the front seat of Gatsby's car, Tom pushed the unfamiliar gears tentatively, and we shot off into the oppressive heat, leaving them out of sight behind.

"Did you see that?" demanded Tom.

"See what?"

He looked at me keenly, realizing that Jordan and I must have known all along.

"You think I'm pretty dumb, don't you?" he suggested. "Perhaps I am, but I have a—almost a second sight, sometimes, that tells me what to do. Maybe you don't believe that, but science—"

He paused. The immediate contingency overtook him, pulled him back from the edge of the theoretical abyss.

"I've made a small investigation of this fellow," he continued. "I could have gone deeper if I'd known—"

"Do you mean you've been to a medium?" inquired Jordan humorously.

"What?" Confused, he stared at us as we laughed. "A medium?"

"About Gatsby."

"About Gatsby! No, I haven't. I said I'd been making a small investigation of his past."

»Nimm du Nick und Jordan mit. Wir fahren euch im Coupé hinterher.«

Sie trat nahe an Gatsby heran und berührte mit ihrer Hand sein Jackett. Jordan, Tom und ich setzten uns vorne in Gatsbys Wagen, Tom probierte die ungewohnten Schaltwege durch, und dann schossen wir hinaus in die drückende Hitze und ließen die beiden außer Sichtweite hinter uns zurück.

»Habt ihr das gesehen?«, fragte Tom.

»Was gesehen?«

Er warf mir einen scharfen Blick zu und begriff, dass Jordan und ich längst Bescheid wussten.

»Ihr haltet mich wohl für ziemlich blöd, was?«, meinte er. »Möglicherweise bin ich's sogar, aber manchmal hab ich ein – eine Art zweites Gesicht, das mir sagt, was zu tun ist. Vielleicht glaubt ihr's nicht, aber die Wissenschaft …«

Er hielt inne. Die Unmittelbarkeit der Ereignisse holte ihn ein, riss ihn zurück vom Rand des theoretischen Abgrunds.

»Ich hab ein paar Nachforschungen über den Burschen angestellt«, fuhr er fort. »Ich hätte noch tiefer gegraben, wenn ich gewusst hätte –«

»Du meinst, du bist bei einem Medium gewesen?«, erkundigte sich Jordan humorig.

»Was?« Verwirrt starrte er uns an, als wir lachten. »Bei einem Medium?«

»Wegen Gatsby.«

»Wegen Gatsby! Nein, bin ich nicht. Ich sagte, ich hab ein paar Nachforschungen über seine Vergangenheit angestellt.«

"And you found he was an Oxford man," said Jordan helpfully.

"An Oxford man!" He was incredulous. "Like hell he is! He wears a pink suit."

"Nevertheless he's an Oxford man."

"Oxford, New Mexico," snorted Tom contemptuously, "or something like that."

"Listen, Tom. If you're such a snob, why did you invite him to lunch?" demanded Jordan crossly.

"Daisy invited him; she knew him before we were married—God knows where!"

We were all irritable now with the fading ale, and aware of it we drove for a while in silence. Then as Doctor T. J. Eckleburg's faded eyes came into sight down the road, I remembered Gatsby's caution about gasoline.

"We've got enough to get us to town," said Tom.

"But there's a garage right here," objected Jordan. "I don't want to get stalled in this baking heat."

Tom threw on both brakes impatiently, and we slid to an abrupt dusty stop under Wilson's sign. After a moment the proprietor emerged from the interior of his establishment and gazed hollow-eyed at the car.

"Let's have some gas!" cried Tom roughly. "What do you think we stopped for—to admire the view?"

"I'm sick," said Wilson without moving. "Been sick all day."

»Und hast herausgefunden, dass er in Oxford studiert hat«, sagte Jordan entgegenkommend.

»In Oxford studiert!« Er war skeptisch. »Von wegen! Der Kerl trägt 'nen rosa Anzug!«

»Und trotzdem hat er in Oxford studiert.«

»Oxford, New Mexico vielleicht«, schnaubte Tom verächtlich, »oder so was Ähnliches.«

»Hör mal, Tom. Wenn du ein solcher Snob bist, warum hast du ihn dann zum Essen eingeladen?«, fragte Jordan ärgerlich.

»Daisy hat ihn eingeladen; sie kannte ihn schon vor unserer Hochzeit – weiß der Himmel, woher!«

Die Wirkung des Ales ließ allmählich nach, sodass wir nun alle etwas gereizt waren, und wir schwiegen daher eine Weile. Dann, als Doktor T. J. Eckleburgs verblasste Augen hinten an der Straße in Sicht kamen, fiel mir Gatsbys Warnung bezüglich des Benzins wieder ein.

»Wir haben genug, um in die Stadt zu kommen«, sagte Tom.

»Aber gleich hier ist doch eine Tankstelle«, entgegnete Jordan. »In dieser Bruthitze will ich nicht irgendwo liegen bleiben.«

Ungehalten stieg Tom auf beide Bremsen, und in einer Staubwolke kamen wir unter Wilsons Schild jäh zum Stehen. Kurz darauf schob sich der Eigentümer aus dem Inneren seines Geschäfts und starrte hohläugig auf den Wagen.

»Wie wär's mit ein bisschen Benzin!«, rief Tom rüde. »Was glauben Sie, wozu wir hier stehen – um die Aussicht zu genießen?«

»Bin krank«, sagte Wilson und rührte sich nicht. »Schon den ganzen Tag.«

"What's the matter?"

"I'm all run down."

"Well, shall I help myself?" Tom demanded. "You sounded well enough on the phone."

With an effort Wilson left the shade and support of the doorway and, breathing hard, unscrewed the cap of the tank. In the sunlight his face was green.

"I didn't mean to interrupt your lunch," he said. "But I need money pretty bad, and I was wondering what you were going to do with your old car."

"How do you like this one?" inquired Tom. "I bought it last week."

"It's a nice yellow one," said Wilson, as he strained at the handle.

"Like to buy it?"

"Big chance," Wilson smiled faintly. "No, but I could make some money on the other."

"What do you want money for, all of a sudden?"

"I've been here too long. I want to get away. My wife and I want to go West."

"Your wife does," exclaimed Tom, startled.

"She's been talking about it for ten years." He rested for a moment against the pump, shading his eyes. "And now she's going whether she wants to or not. I'm going to get her away."

The coupé flashed by us with a flurry of dust and the flash of a waving hand.

"What do I owe you?" demanded Tom harshly.

"I just got wised up to something funny the last two days," remarked Wilson. "That's why I want to get away. That's why I been bothering you about the car."

»Was ist denn los?«

»Ich bin völlig erledigt.«

»Na, soll ich mich etwa selbst bedienen?«, fragte Tom. »Am Telefon klangen Sie doch noch ganz munter.«

Mühsam löste Wilson sich aus dem Schatten und Rückhalt des Eingangs und schraubte schwer atmend die Kappe vom Tank. Im Sonnenlicht war sein Gesicht grün.

»Ich hatte nicht vor, Sie beim Mittagessen zu stören«, sagte er. »Aber ich brauche Geld, ziemlich dringend, und ich hab mich gefragt, was nun aus Ihrem alten Wagen wird.«

»Wie finden Sie den hier?«, fragte Tom. »Hab ihn letzte Woche erstanden.«

»Schön gelb ist er«, sagte Wilson, während er sich an der Pumpe abmühte.

»Lust, ihn zu kaufen?«

»Sicher doch.« Wilson lächelte matt. »Nein, aber aus dem andern könnte ich ein bisschen was rausschlagen.«

»Wozu brauchen Sie denn so plötzlich Geld?«

»Ich bin schon zu lange hier. Ich will weg. Meine Frau und ich wollen in den Westen gehen.«

»Ihre Frau auch!«, rief Tom entgeistert.

»Sie spricht schon seit zehn Jahren davon.« Er lehnte sich für einen Augenblick an die Zapfsäule und beschattete seine Augen. »Und jetzt muss sie, ob sie will oder nicht. Ich bringe sie von hier weg.«

Das Coupé rauschte an uns vorbei, und im wirbelnden Staub blitzte kurz eine winkende Hand auf.

»Was bin ich schuldig?«, fragte Tom barsch.

»Ich hab da in den letzten zwei Tagen was spitzgekriegt«, bemerkte Wilson. »Deshalb will ich hier weg. Deshalb hab ich Sie wegen dem Wagen so gedrängt.«

"What do I owe you?"

"Dollar twenty."

The relentless beating heat was beginning to confuse me and I had a bad moment there before I realized that so far his suspicions hadn't alighted on Tom. He had discovered that Myrtle had some sort of life apart from him in another world, and the shock had made him physically sick. I stared at him and then at Tom, who had made a parallel discovery less than an hour before—and it occurred to me that there was no difference between men, in intelligence or race, so profound as the difference between the sick and the well. Wilson was so sick that he looked guilty, unforgivably guilty—as if he had just got some poor girl with child.

"I'll let you have that car," said Tom. "I'll send it over to-morrow afternoon."

That locality was always vaguely disquieting, even in the broad glare of afternoon, and now I turned my head as though I had been warned of something behind. Over the ashheaps the giant eyes of Doctor T. J. Eckleburg kept their vigil, but I perceived, after a moment, that other eyes were regarding us with peculiar intensity from less than twenty feet away.

In one of the windows over the garage the curtains had been moved aside a little, and Myrtle Wilson was peering down at the car. So engrossed was she that she had no consciousness of being observed, and one emotion after another crept into her face like objects

»Was bin ich schuldig?«

»'n Dollar zwanzig.«

Die unbarmherzig pulsierende Hitze verwirrte mich nun allmählich, und einen Moment lang fühlte ich mich unbehaglich, ehe ich begriff, dass sein Verdacht bisher nicht auf Tom gefallen war. Er hatte entdeckt, dass Myrtle eine Art zweites Leben führte, fern von ihm in einer anderen Welt, und der Schock hatte ihn körperlich angeschlagen. Ich starrte erst ihn und dann Tom an, der kaum eine Stunde zuvor eine ebensolche Entdeckung gemacht hatte – und mir kam der Gedanke, dass kein Unterschied zwischen Menschen, gleich welcher Intelligenz oder Rasse, derart tief greifend ist wie der zwischen den Kranken und den Gesunden. Wilson war so krank, dass er schuldig wirkte, unverzeihlich schuldig – als hätte er gerade irgendein armes Mädchen mit Kind sitzen lassen.

»Sie können den anderen Wagen haben«, sagte Tom. »Ich lasse ihn morgen Nachmittag zu Ihnen bringen.«

Dieser Ort hatte stets etwas dunkel Beunruhigendes, selbst noch im helllichten Glanz des Nachmittags, und ich wandte jetzt den Kopf, als wäre ich vor etwas hinter mir gewarnt worden. Über den Aschehügeln hielten die riesigen Augen Doktor T. J. Eckleburgs ihre Wacht, doch kurz darauf bemerkte ich, dass ein zweites Augenpaar uns mit eigenartiger Intensität betrachtete, weniger als zwanzig Fuß entfernt.

In einem der Fenster über der Werkstatt waren die Vorhänge ein wenig beiseitegeschoben, und Myrtle Wilson starrte herab auf den Wagen. So versunken war sie, dass sie nicht merkte, wie sie selbst beobachtet wurde, und eine Gefühlsregung nach der andern schlich sich in ihr Gesicht

into a slowly developing picture. Her expression was curiously familiar—it was an expression I had often seen on women's faces, but on Myrtle Wilson's face it seemed purposeless and inexplicable until I realized that her eyes, wide with jealous terror, were fixed not on Tom, but on Jordan Baker, whom she took to be his wife.

There is no confusion like the confusion of a simple mind, and as we drove away Tom was feeling the hot whips of panic. His wife and his mistress, until an hour ago secure and inviolate, were slipping precipitately from his control. Instinct made him step on the accelerator with the double purpose of overtaking Daisy and leaving Wilson behind, and we sped along toward Astoria at fifty miles an hour, until, among the spidery girders of the elevated, we came in sight of the easy-going blue coupé.

"Those big movies around Fiftieth Street are cool," suggested Jordan. "I love New York on summer afternoons when every one's away. There's something very sensuous about it—overripe, as if all sorts of funny fruits were going to fall into your hands."

The word "sensuous" had the effect of further disquieting Tom, but before he could invent a protest the coupé came to a stop, and Daisy signaled us to draw up alongside.

"Where are we going?" she cried.

"How about the movies?"

"It's so hot," she complained. "You go. We'll ride around and meet you after." With an effort her wit rose

wie Gegenstände in ein sich langsam entwickelndes Foto. Ihr Ausdruck war seltsam vertraut – es war ein Ausdruck, den ich schon oft auf Frauengesichtern gesehen hatte, doch auf Myrtle Wilsons Gesicht schien er grundlos und unerklärlich, bis mir klar wurde, dass ihre vor eifersüchtigem Entsetzen geweiteten Augen nicht Tom, sondern Jordan Baker fixierten, die sie für seine Frau hielt.

Keine Verwirrung gleicht der Verwirrung eines schlichten Gemüts, und als wir davonfuhren, spürte Tom die glühende Geißel der Panik. Seine Frau und seine Geliebte, bis vor einer Stunde sicher und unantastbar, entglitten jäh seiner Kontrolle. Instinktiv trat er aufs Gaspedal, in der zweifachen Absicht, Daisy einzuholen und Wilson hinter sich zu lassen, und mit fünfzig Meilen pro Stunde rasten wir Richtung Astoria, bis unter den spinnenartigen Trägern der Hochbahn das gemächlich dahingleitende blaue Coupé in Sichtweite kam.

»In den großen Kinos rund um die Fünfzigste Straße ist es kühl«, bemerkte Jordan. »Ich liebe New York an Sommernachmittagen, wenn alle fort sind. Es wirkt dann irgendwie sinnlich – überreif, als würden dir gleich alle möglichen komischen Früchte einfach so in die Hände fallen.«

Das Wort »sinnlich« versetzte Tom in noch größere Unruhe, doch ehe er sich einen Einwand ausdenken konnte, kam das Coupé zum Stehen, und Daisy signalisierte uns, neben ihnen zu halten.

»Wo fahren wir hin?«, rief sie.

»Wie wär's mit dem Kino?«

»Es ist so heiß«, klagte sie. »Geht ihr nur. Wir fahren spazieren und treffen euch später.« Mühsam regte sich

faintly, "We'll meet you on some corner. I'll be the man smoking two cigarettes."

"We can't argue about it here," Tom said impatiently, as a truck gave out a cursing whistle behind us. "You follow me to the south side of Central Park, in front of the Plaza."

Several times he turned his head and looked back for their car, and if the traffic delayed them he slowed up until they came into sight. I think he was afraid they would dart down a side street and out of his life forever.

But they didn't. And we all took the less explicable step of engaging the parlor of a suite in the Plaza Hotel.

The prolonged and tumultuous argument that ended by herding us into that room eludes me, though I have a sharp physical memory that, in the course of it, my underwear kept climbing like a damp snake around my legs and intermittent beads of sweat raced cool across my back. The notion originated with Daisy's suggestion that we hire five bath-rooms and take cold baths, and then assumed more tangible form as "a place to have a mint julep." Each of us said over and over that it was a "crazy idea"—we all talked at once to a baffled clerk and thought, or pretended to think, that we were being very funny …

The room was large and stifling, and, though it was already four o'clock, opening the windows admitted Only a gust of hot shrubbery from the Park. Daisy went

schwach ihr Witz: »Wir treffen euch dann an irgendeiner Ecke. Ich bin der Mann, der zwei Zigaretten raucht.«

»Hier können wir das wohl kaum diskutieren«, sagte Tom ungehalten, als ein Lastwagen hinter uns fluchend hupte. »Fahrt hinter mir her bis zur Südseite des Central Park, die Zufahrt zum Plaza.«

Mehrmals blickte er über die Schulter zurück zu ihrem Wagen, und wenn der Verkehr sie aufhielt, fuhr er langsamer, bis er sie wieder sehen konnte. Ich glaube, er hatte Angst, sie würden mit Vollgas in eine Seitenstraße einbiegen und für immer aus seinem Leben verschwinden.

Aber das taten sie nicht. Und so kamen wir alle gemeinsam auf die weniger plausible Idee, uns das Gesellschaftszimmer einer Suite im Plaza Hotel zu mieten.

Von der recht langen und hitzigen Streiterei, die uns letzten Endes in jenem Zimmer zusammenpferchte, ist mir nichts im Gedächtnis geblieben, obwohl ich noch eine deutliche Erinnerung an das Gefühl habe, dass mir derweil meine Unterwäsche wie eine feuchte Schlange die Beine hinaufkroch und mir von Zeit zu Zeit Schweißperlen den Rücken hinunterrannen. Den Anstoß gab Daisys Vorschlag, fünf Badezimmer zu mieten und kalte Bäder zu nehmen, der dann als »Ort, an dem wir Mint Julep bekommen« etwas realistischere Form annahm. Jeder von uns sagte wieder und wieder, es sei eine »verrückte Idee« – wir redeten alle gleichzeitig auf den verdutzten Empfangschef ein und hielten uns, oder hielten uns vorgeblich, für außerordentlich komisch …

Der Raum war groß und stickig, und obwohl es bereits vier Uhr war, drang beim Öffnen der Fenster nur ein Schwall heißer Luft aus den Büschen des Parks herein. Daisy ging

to the mirror and stood with her back to us, fixing her hair.

"It's a swell suite," whispered Jordan respectfully, and every one laughed.

"Open another window," commanded Daisy, without turning around.

"There aren't any more."

"Well, we'd better telephone for an axe—"

"The thing to do is to forget about the heat," said Tom impatiently. "You make it ten times worse by crabbing about it."

He unrolled the bottle of whiskey from the towel and put it on the table.

"Why not let her alone, old sport?" remarked Gatsby. "You're the one that wanted to come to town."

There was a moment of silence. The telephone book slipped from its nail and splashed to the floor, whereupon Jordan whispered, "Excuse me"—but this time no one laughed.

"I'll pick it up," I offered.

"I've got it." Gatsby examined the parted string, muttered "Hum!" in an interested way, and tossed the book on a chair.

"That's a great expression of yours, isn't it?" said Tom sharply.

"What is?"

"All this 'old sport' business. Where'd you pick that up?"

"Now see here, Tom," said Daisy, turning around from the mirror, "if you're going to make personal

zum Spiegel, stand dort mit dem Rücken zu uns und richtete sich das Haar.

»Eine stinkvornehme Suite ist das«, flüsterte Jordan respektvoll, und alle lachten.

»Mach noch ein Fenster auf«, kommandierte Daisy, ohne sich umzudrehen.

»Es gibt keins mehr.«

»Na schön, rufen wir unten an und fragen nach einer Axt …«

»Am besten schert man sich einfach nicht um die Hitze«, sagte Tom ungeduldig. »Mit deiner ständigen Nörgelei machst du's nur zehnmal schlimmer.«

Er wickelte die Flasche Whiskey aus dem Handtuch und stellte sie auf den Tisch.

»Lassen Sie sie doch einfach in Ruhe, alter Knabe«, sagte Gatsby. »Sie waren es doch, der in die Stadt fahren wollte.«

Einen Augenblick lang war es still. Das Telefonbuch rutschte von seinem Nagel und klatschte auf den Boden, worauf Jordan flüsterte: »Oh, Verzeihung« – doch dieses Mal lachte niemand.

»Ich heb's auf«, bot ich an.

»Hab's schon.« Gatsby besah sich die zertrennte Schnur, murmelte ein interessiertes »Hm!« und warf das Buch auf einen Stuhl.

»Das ist wohl ein Lieblingsausdruck von Ihnen, was?«, sagte Tom scharf.

»Was denn?«

»Dieses ständige ›alter Knabe‹. Wo haben Sie das eigentlich aufgeschnappt?«

»Jetzt hör mal zu, Tom«, sagte Daisy und kehrte dem Spiegel den Rücken, »wenn du hier beleidigend werden

remarks I won't stay here a minute. Call up and order some ice for the mint julep."

As Tom took up the receiver the compressed heat exploded into sound and we were listening to the portentous chords of Mendelssohn's Wedding March from the ballroom below.

"Imagine marrying anybody in this heat!" cried Jordan dismally.

"Still—I was married in the middle of June," Daisy remembered, "Louisville in June! Somebody fainted. Who was it fainted, Tom?"

"Biloxi," he answered shortly.

"A man named Biloxi. 'Blocks' Biloxi, and he made boxes—that's a fact—and he was from Biloxi, Tennessee."

"They carried him into my house," appended Jordan, "because we lived just two doors from the church. And he stayed three weeks, until Daddy told him he had to get out. The day after he left Daddy died." After a moment she added: "There wasn't any connection."

"I used to know a Bill Biloxi from Memphis," I remarked.

"That was his cousin. I knew his whole family history before he left. He gave me an aluminum putter that I use to-day."

The music had died down as the ceremony began and now a long cheer floated in at the window, followed by intermittent cries of "Yea—ea—ea!" and finally by a burst of jazz as the dancing began.

"We're getting old," said Daisy. "If we were young we'd rise and dance."

willst, bleibe ich keine Minute länger. Ruf unten an und bestell Eis für den Mint Julep.«

Als Tom den Hörer abnahm, entlud sich die zäh verdichtete Hitze in Klängen, und wir lauschten den schwergewichtigen Akkorden von Mendelssohns Hochzeitsmarsch aus dem Ballsaal unter uns.

»Stellt euch vor, bei dieser Hitze zu heiraten!«, rief Jordan gequält.

»Na ja – meine Hochzeit war mitten im Juni«, erinnerte Daisy sie, »Louisville im Juni! Irgendwer wurde ohnmächtig. Wer war noch der Ohnmächtige, Tom?«

»Biloxi«, antwortete er knapp.

»Ein Mann namens Biloxi. ›Blocks‹ Biloxi, und er stellte Boxen her – kein Scherz – und kam aus Biloxi, Tennessee.«

»Sie trugen ihn dann zu mir nach Hause«, fügte Jordan hinzu, »weil wir von der Kirche aus nur zwei Türen weiter wohnten. Und er blieb drei Wochen, bis Daddy ihm sagte, er solle verschwinden. Am Tag danach ist Daddy gestorben.« Kurz darauf ergänzte sie: »Es gab da aber keinen Zusammenhang.«

»Ich kannte mal einen Bill Biloxi aus Memphis«, warf ich ein.

»Das war sein Vetter. Als er ging, kannte ich seine ganze Familiengeschichte. Er hat mir einen Putter aus Aluminium geschenkt, den ich noch heute benutze.«

Die Musik war verstummt, die Zeremonie fing an, und durch das Fenster drang langer Beifall herein, gefolgt von vereinzelten »Jaa-ha-ha!«-Rufen und schließlich einer plötzlichen Salve Jazz, als der Tanz begann.

»Wir werden alt«, sagte Daisy. »Wenn wir jung wären, würden wir aufstehen und tanzen.«

"Remember Biloxi," Jordan warned her. "Where'd you know him, Tom?"

"Biloxi?" He concentrated with an effort. "I didn't know him. He was a friend of Daisy's."

"He was not," she denied. "I'd never seen him before. He came down in the private car."

"Well, he said he knew you. He said he was raised in Louisville. Asa Bird brought him around at the last minute and asked if we had room for him."

Jordan smiled.

"He was probably bumming his way home. He told me he was president of your class at Yale."

Tom and I looked at each other blankly.

"Biloxi?"

"First place, we didn't have any president—"

Gatsby's foot beat a short, restless tattoo and Tom eyed him suddenly.

"By the way, Mr Gatsby, I understand you're an Oxford man."

"Not exactly."

"Oh, yes, I understand you went to Oxford."

"Yes—I went there."

A pause. Then Tom's voice, incredulous and insulting:

"You must have gone there about the time Biloxi went to New Haven."

Another pause. A waiter knocked and came in with crushed mint and ice but, the silence was unbroken by his "thank you" and the soft closing of the

»Denk an Biloxi«, mahnte Jordan. »Woher kanntest du ihn, Tom?«

»Biloxi?« Er überlegte angestrengt. »Ich kannte ihn gar nicht. Er war ein Bekannter von Daisy.«

»War er nicht«, entgegnete sie. »Ich hatte ihn noch nie gesehen. Er kam mit euch im Privatzug runter.«

»Tja, er hat behauptet, dich zu kennen. Und dass er in Louisville aufgewachsen sei. Asa Bird hat ihn in letzter Minute angeschleppt und gefragt, ob wir noch Platz für ihn hätten.«

Jordan lächelte.

»Wahrscheinlich hat er sich so seine Heimfahrt erschwindelt. Mir hat er erzählt, er sei Präsident eures Jahrgangs in Yale gewesen.«

Tom und ich sahen uns verblüfft an.

»Biloxi?«

»Also erstens hatten wir gar keinen Präsidenten …«

Gatsby klopfte mit dem Fuß ein rastloses Stakkato, und plötzlich sah Tom ihm direkt ins Gesicht.

»Übrigens, Mr Gatsby, ich höre, Sie haben in Oxford studiert.«

»Nicht ganz.«

»O doch, ich höre, Sie waren in Oxford.«

»Ja – ich war dort.«

Eine Pause. Dann Toms Stimme, ungläubig und unverschämt:

»Da waren Sie wohl ungefähr um dieselbe Zeit dort, zu der Biloxi in New Haven war.«

Eine weitere Pause. Ein Kellner klopfte und kam mit zerstoßenem Eis und Minze herein, doch sein »Danke sehr« und das leise Schließen der Tür vermochten das

door. This tremendous detail was to be cleared up at last.

"I told you I went there," said Gatsby.

"I heard you, but I'd like to know when."

"It was in nineteen-nineteen, I only stayed five months. That's why I can't really call myself an Oxford man."

Tom glanced around to see if we mirrored his unbelief. But we were all looking at Gatsby.

"It was an opportunity they gave to some of the officers after the Armistice," he continued. "We could go to any of the universities in England or France."

I wanted to get up and slap him on the back. I had one of those renewals of complete faith in him that I'd experienced before.

Daisy rose, smiling faintly, and went to the table.

"Open the whiskey, Tom," she ordered, "and I'll make you a mint julep. Then you won't seem so stupid to yourself ... Look at the mint!"

"Wait a minute," snapped Tom, "I want to ask Mr Gatsby one more question."

"Go on," Gatsby said politely.

"What kind of a row are you trying to cause in my house anyhow?"

They were out in the open at last and Gatsby was content.

Schweigen nicht zu durchbrechen. Jenes unerhörte Detail sollte nun endlich geklärt werden.

»Ich sagte Ihnen schon, ich war dort«, wiederholte Gatsby.

»Ich hab's gehört, aber ich wüsste gern, wann.«

»Es war neunzehnneunzehn, ich blieb nur fünf Monate. Das reicht eigentlich nicht, um sagen zu können, ich hätte in Oxford studiert.«

Tom warf einen Blick in die Runde, um zu sehen, ob wir seinen Unglauben teilten. Doch wir alle schauten auf Gatsby.

»Es war ein Angebot, das man einigen der Offiziere nach dem Waffenstillstand machte«, fuhr er fort. »Wir durften uns eine beliebige Universität in England oder Frankreich aussuchen.«

Ich wäre gern aufgestanden und hätte ihm auf die Schulter geklopft. Mein vorbehaltloses Vertrauen in ihn war mit einem Mal wiederhergestellt, so wie ich es schon früher erlebt hatte.

Daisy erhob sich mit einem leisen Lächeln und ging zum Tisch.

»Mach den Whiskey auf, Tom«, befahl sie, »dann mixe ich dir einen Mint Julep. Damit du dir nicht mehr so dumm vorkommst ... Seht euch die Minze an!«

»Augenblick«, blaffte Tom, »ich will Mr Gatsby noch eine Frage stellen.«

»Nur zu«, sagte Gatsby höflich.

»Welche Art Streit versuchen Sie in meinem Haus eigentlich vom Zaun zu brechen?«

Sie spielten zu guter Letzt mit offenen Karten, und Gatsby war es ganz recht.

"He isn't causing a row." Daisy looked desperately from one to the other. "You're causing a row. Please have a little self-control."

"Self-control!" repeated Tom incredulously. "I suppose the latest thing is to sit back and let Mr Nobody from Nowhere make love to your wife. Well, if that's the idea you can count me out ... Nowadays people begin by sneering at family life and family institutions, and next they'll throw everything overboard and have intermarriage between black and white."

Flushed with his impassioned gibberish, he saw himself standing alone on the last barrier of civilization.

"We're all white here," murmured Jordan.

"I know I'm not very popular. I don't give big parties. I suppose you've got to make your house into a pigsty in order to have any friends—in the modern world."

Angry as I was, as we all were, I was tempted to laugh whenever he opened his mouth. The transition from libertine to prig was so complete.

"I've got something to tell *you*, old sport—" began Gatsby. But Daisy guessed at his intention.

"Please don't!" she interrupted helplessly. "Please let's all go home. Why don't we all go home?"

"That's a good idea." I got up. "Come on, Tom. Nobody wants a drink."

"I want to know what Mr Gatsby has to tell me."

»Er bricht keinen Streit vom Zaun.« Daisy blickte verzweifelt vom einen zum andern. »Du brichst den Streit vom Zaun. Nimm dich bitte ein bisschen zusammen.«

»Zusammennehmen!«, wiederholte Tom ungläubig. »Das soll wohl der letzte Schrei sein, dass ich mich zurücklehne und lässig zusehe, wie Mr Irgendwer aus Irgendwo mit meiner Frau schläft. Tja, wenn das die Idee ist, da mach ich nicht mit … Heutzutage spötteln die Leute übers Familienleben und die Familienbräuche, und als Nächstes werfen sie alles über Bord und erlauben die Mischehe zwischen Schwarzen und Weißen.«

Aufgewühlt vom eigenen leidenschaftlichen Geschwätz wähnte er sich allein am letzten Grenzposten der Zivilisation.

»Wir hier sind alle weiß«, murmelte Jordan.

»Mir ist klar, dass ich nicht sonderlich beliebt bin. Ich gebe ja keine großen Partys. Vermutlich muss man das eigene Haus zum Schweinestall machen, um zumindest ein paar Freunde zu haben – in der modernen Welt.«

So verärgert ich war, wie wir alle waren, so sehr musste ich mir doch das Lachen verkneifen, sobald er den Mund aufmachte. Die Wandlung vom Freigeist zum Tugendbold war arg kategorisch.

»Jetzt sage ich *Ihnen* mal etwas, alter Knabe –«, setzte Gatsby an. Doch Daisy erriet, was ihm vorschwebte.

»Bitte tu's nicht!«, ging sie hilflos dazwischen. »Bitte lasst uns alle einfach nach Hause gehen. Warum gehen wir nicht einfach nach Hause?«

»Das ist eine gute Idee.« Ich stand auf. »Komm schon, Tom. Keiner hat Lust auf einen Drink.«

»Ich will wissen, was Mr Gatsby mir zu sagen hat.«

"Your wife doesn't love you," said Gatsby. "She's never loved you. She loves me."

"You must be crazy!" exclaimed Tom automatically.

Gatsby sprang to his feet, vivid with excitement.

"She never loved you, do you hear?" he cried. "She only married you because I was poor and she was tired of waiting for me. It was a terrible mistake, but in her heart she never loved any one except me!"

At this point Jordan and I tried to go, but Tom and Gatsby insisted with competitive firmness that we remain—as though neither of them had anything to conceal and it would be a privilege to partake vicariously of their emotions.

"Sit down, Daisy." Tom's voice groped unsuccessfully for the paternal note. "What's been going on? I want to hear all about it."

"I told you what's been going on," said Gatsby. "Going on for five years—and you didn't know."

Tom turned to Daisy sharply.

"You've been seeing this fellow for five years?"

"Not seeing," said Gatsby. "No, we couldn't meet. But both of us loved each other all that time, old sport, and you didn't know. I used to laugh sometimes."—but there was no laughter in his eyes—" to think that you didn't know."

"Oh—that's all." Tom tapped his thick fingers together like a clergyman and leaned back in his chair.

»Ihre Frau liebt Sie nicht«, sagte Gatsby. »Sie hat Sie niemals geliebt. Sie liebt mich.«

»Sie sind wohl übergeschnappt!«, entfuhr es Tom mechanisch.

Gatsby sprang auf, bebend vor Erregung.

»Sie hat Sie niemals geliebt, hören Sie?«, rief er. »Sie hat Sie nur geheiratet, weil ich arm war und sie nicht länger auf mich warten wollte. Es war ein schrecklicher Fehler, aber in ihrem Herzen hat sie nie einen andern geliebt als mich!«

An diesem Punkt machten Jordan und ich Anstalten zu gehen, aber Tom und Gatsby, einer beharrlicher als der andere, bestanden darauf, dass wir blieben – als hätten beide nichts zu verbergen und als wäre es eine Ehre, so direkt an ihrem Gefühlsleben teilzuhaben.

»Setz dich, Daisy.« Toms Stimme tastete vergebens nach einem väterlichen Ton. »Was geht hier vor? Ich möchte alles wissen.«

»Ich habe Ihnen gesagt, was hier vor sich geht«, sagte Gatsby. »Schon seit fünf Jahren vor sich geht – und Sie wussten es nicht.«

Tom wandte sich brüsk an Daisy.

»Du triffst dich mit diesem Kerl seit fünf Jahren?«

»Das nicht«, sagte Gatsby. »Nein, treffen konnten wir uns nicht. Aber in dieser ganzen Zeit haben wir uns geliebt, alter Knabe, und Sie wussten es nicht. Manchmal musste ich lachen« – doch da war kein Lachen in seinen Augen – »wenn ich daran dachte, dass Sie es nicht wussten.«

»Oh – das ist also alles.« Tom klopfte priesterlich seine dicken Finger aneinander und lehnte sich in seinem Stuhl zurück.

"You're crazy!" he exploded. "I can't speak about what happened five years ago, because I didn't know Daisy then—and I'll be damned if I see how you got within a mile of her unless you brought the groceries to the back door. But all the rest of that's a God damned lie. Daisy loved me when she married me and she loves me now."

"No," said Gatsby, shaking his head.

"She does, though. The trouble is that sometimes she gets foolish ideas in her head and doesn't know what she's doing." He nodded sagely. "And what's more, I love Daisy too. Once in a while I go off on a spree and make a fool of myself, but I always come back, and in my heart I love her all the time."

"You're revolting," said Daisy. She turned to me, and her voice, dropping an octave lower, filled the room with thrilling scorn: "Do you know why we left Chicago? I'm surprised that they didn't treat you to the story of that little spree."

Gatsby walked over and stood beside her.

"Daisy, that's all over now," he said earnestly. "It doesn't matter any more. Just tell him the truth—that you never loved him—and it's all wiped out forever."

She looked at him blindly. "Why—how could I love him—possibly?"

"You never loved him."

She hesitated. Her eyes fell on Jordan and me with a sort of appeal, as though she realized at last what she

»Sie sind übergeschnappt!« Er explodierte. »Ich kann nichts dazu sagen, was vor fünf Jahren passiert ist, da kannte ich Daisy nämlich noch nicht – und der Teufel soll mich holen, wenn Sie's damals auch nur bis auf eine Meile in ihre Nähe geschafft haben, es sei denn, Sie hatten an der Hintertür Einkäufe abzuliefern. Aber der Rest von diesem Gewäsch ist eine gottverdammte Lüge. Daisy hat mich geliebt, als sie mich geheiratet hat, und sie liebt mich jetzt.«

»Nein«, sagte Gatsby und schüttelte den Kopf.

»O doch. Das Problem ist nur, dass sie manchmal auf dumme Gedanken kommt und dann nicht weiß, was sie tut.« Er nickte weise. »Und was noch wichtiger ist, ich liebe Daisy auch. Ab und an schlage ich zwar über die Stränge und benehme mich wie ein Idiot, aber ich komme immer zurück, und tief in meinem Herzen liebe ich immer nur sie.«

»Du bist abstoßend«, sagte Daisy. Sie drehte sich zu mir, und ihre Stimme, die nun eine Oktave tiefer sank, füllte den Raum mit bebender Verachtung: »Weißt du, warum wir weggezogen sind aus Chicago? Ich bin überrascht, dass sie dir die Geschichte dieses kleinen Schlags über die Stränge nicht erzählt haben.«

Gatsby ging zu ihr hinüber und stellte sich neben sie.

»Daisy, das alles ist jetzt vorbei«, sagte er ernst. »Es spielt keine Rolle mehr. Sag ihm einfach die Wahrheit – dass du ihn nie geliebt hast – und alles ist für immer ausgelöscht.«

Blind sah sie ihn an. »Oh – wie konnte ich ihn bloß je – jemals lieben?«

»Du hast ihn niemals geliebt.«

Sie zögerte. Ihr Blick fiel auf Jordan und mich in einer Art dringlicher Bitte, als würde ihr jetzt erst bewusst, was

was doing—and as though she had never, all along, intended doing anything at all. But it was done now. It was too late.

"I never loved him," she said, with perceptible reluctance.

"Not at Kapiolani?" demanded Tom suddenly.

"No."

From the ballroom beneath, muffled and suffocating chords were drifting up on hot waves of air.

"Not that day I carried you down from the Punch Bowl to keep your shoes dry?" There was a husky tenderness in his tone … "Daisy?"

"Please don't." Her voice was cold, but the rancor was gone from it. She looked at Gatsby. "There, Jay," she said—but her hand as she tried to light a cigarette was trembling. Suddenly she threw the cigarette and the burning match on the carpet.

"Oh, you want too much!" she cried to Gatsby. "I love you now—isn't that enough? I can't help what's past." She began to sob helplessly. "I did love him once—but I loved you too."

Gatsby's eyes opened and closed.

"You loved me *too*?" he repeated.

"Even that's a lie," said Tom savagely. "She didn't know you were alive. Why—there're things between Daisy and me that you'll never know, things that neither of us can ever forget."

The words seemed to bite physically into Gatsby.

"I want to speak to Daisy alone," he insisted. "She's all excited now—"

sie da gerade tat – und als hätte sie die ganze Zeit über eigentlich nie irgendetwas tun wollen. Doch es war schon getan. Es war zu spät.

»Ich habe ihn nie geliebt«, sagte sie mit spürbarem Widerstreben.

»Nicht mal im Kapiolani?«, fragte Tom plötzlich.

»Nein.«

Vom Ballsaal schwebten gedämpfte, erstickte Akkorde auf Wellen heißer Luft zu uns herauf.

»Auch nicht an dem Tag, als ich dich den Weg hinunter vom Punch Bowl getragen habe, damit deine Schuhe nicht nass wurden?« In seinem Ton schwang eine raue Zärtlichkeit … »Daisy?«

»Bitte nicht.« Ihre Stimme war kalt, aber der Groll darin war verschwunden. Sie sah Gatsby an. »Ach, Jay«, sagte sie – doch die Hand, mit der sie versuchte, sich eine Zigarette anzuzünden, zitterte. Plötzlich warf sie die Zigarette und das brennende Streichholz auf den Teppich.

»Oh, du verlangst zu viel!«, schrie sie Gatsby an. »Ich liebe dich jetzt – reicht das nicht? Ich kann nicht ändern, was war.« Sie begann hilflos zu schluchzen. »Ich habe ihn einmal geliebt – aber dich hab ich auch geliebt.«

Gatsbys Augen öffneten, schlossen sich.

»Du hast mich *auch* geliebt?«, wiederholte er.

»Selbst das ist gelogen«, sagte Tom grimmig. »Sie wusste ja nicht mal, dass Sie noch lebten. Herrje – es gibt Dinge zwischen Daisy und mir, von denen Sie nie erfahren werden, Dinge, die keiner von uns je vergessen kann.«

Die Worte schienen sich in Gatsbys Fleisch zu graben.

»Ich möchte allein mit Daisy sprechen«, forderte er. »Sie ist jetzt zu aufgewühlt –«

"Even alone I can't say I never loved Tom," she admitted in a pitiful voice. "It wouldn't be true."

"Of course it wouldn't," agreed Tom.

She turned to her husband.

"As if it mattered to you," she said.

"Of course it matters. I'm going to take better care of you from now on."

"You don't understand," said Gatsby, with a touch of panic. "You're not going to take care of her any more."

"I'm not?" Tom opened his eyes wide and laughed. He could afford to control himself now. "Why's that?"

"Daisy's leaving you."

"Nonsense."

"I am, though," she said with a visible effort.

"She's not leaving me!" Tom's words suddenly leaned down over Gatsby. "Certainly not for a common swindler who'd have to steal the ring he put on her finger."

"I won't stand this!" cried Daisy. "Oh, please let's get out."

"Who are you, anyhow?" broke out Tom. "You're one of that bunch that hangs around with Meyer Wolfshiem—that much I happen to know. I've made a little investigation into your affairs—and I'll carry it further to-morrow."

"You can suit yourself about that, old sport," said Gatsby steadily.

»Auch allein mit dir kann ich nicht sagen, ich hätte Tom nie geliebt«, gestand sie mit kläglicher Stimme. »Es wäre nicht wahr.«

»Natürlich nicht«, bekräftigte Tom.

Sie wandte sich an ihren Mann.

»Als würde dir das etwas bedeuten«, sagte sie.

»Natürlich tut es das. Von jetzt an werde mich besser um dich kümmern.«

»Sie haben es noch nicht begriffen«, sagte Gatsby in einem Anflug von Panik. »Sie werden sich nie wieder um sie kümmern.«

»Ach nein?« Tom riss die Augen auf und lachte. Jetzt konnte er es sich leisten, sich zusammenzunehmen. »Wieso nicht?«

»Daisy wird Sie verlassen.«

»Unsinn.«

»Doch, das werde ich«, sagte sie mit sichtlicher Anstrengung.

»Sie wird mich nicht verlassen!« Toms Worte wölbten sich plötzlich weit über Gatsby. »Schon gar nicht für einen gemeinen Schwindler, der den Ring, den er ihr anstecken will, erst stehlen muss.«

»Ich ertrage das nicht!«, schrie Daisy. »Oh, bitte lasst uns gehen.«

»Wer sind Sie überhaupt?«, polterte Tom. »Sie gehören doch zu diesem Haufen, der um Meyer Wolfshiem herumstreunt – so viel weiß ich schon. Ich hab ein paar Nachforschungen über Ihre Geschäfte angestellt – und gleich morgen werd ich noch tiefer graben.«

»Tun Sie, was Sie nicht lassen können, alter Knabe«, sagte Gatsby unbeeindruckt.

"I found out what your 'drug-stores' were." He turned to us and spoke rapidly. "He and this Wolfshiem bought up a lot of side-street drug-stores here and in Chicago and sold grain alcohol over the counter. That's one of his little stunts. I picked him for a bootlegger the first time I saw him, and I wasn't far wrong."

"What about it?" said Gatsby politely. "I guess your friend Walter Chase wasn't too proud to come in on it."

"And you left him in the lurch, didn't you? You let him go to jail for a month over in New Jersey. God! You ought to hear Walter on the subject of *you*."

"He came to us dead broke. He was very glad to pick up some money, old sport."

"Don't you call me 'old sport'!" cried Tom. Gatsby said nothing. "Walter could have you up on the betting laws too, but Wolfshiem scared him into shutting his mouth."

That unfamiliar yet recognizable look was back again in Gatsby's face.

"That drug-store business was just small change," continued Tom slowly, "but you've got something on now that Walter's afraid to tell me about."

I glanced at Daisy, who was staring terrified between Gatsby and her husband, and at Jordan, who had begun to balance an invisible but absorbing object on the tip of her chin. Then I turned back to Gatsby—and was startled at his expression. He looked—and this is

»Ich hab rausgefunden, was es mit Ihren ›Drugstores‹ auf sich hat.« Er wandte sich an uns, sprach überstürzt. »Er und dieser Wolfshiem haben hier und in Chicago eine Menge kleiner Drugstores aufgekauft und rezeptfrei Äthylalkohol verhökert. Und das ist nur eins seiner Kunststückchen. Als ich ihn zum ersten Mal sah, hielt ich ihn für einen Alkoholschmuggler, und so ganz falsch lag ich damit nicht.«

»Wo ist das Problem?«, fragte Gatsby höflich. »Ihr Freund Walter Chase war sich offenbar nicht zu schade, mit einzusteigen.«

»Und als es brenzlig wurde, haben Sie ihn im Stich gelassen, oder etwa nicht? Sie haben ihn drüben in New Jersey einfach für einen Monat in den Knast wandern lassen. Gott! Sie sollten mal hören, wie Walter über *Sie* spricht.«

»Er war völlig blank, als er zu uns kam. Und sehr froh, ein bisschen Geld machen zu können, alter Knabe.«

»Nennen Sie mich nicht ›alter Knabe‹!«, fuhr Tom ihn an. Gatsby sagte nichts. »Walter könnte Sie auch mit den Wettvorschriften drankriegen, aber Wolfshiem hat ihn derart eingeschüchtert, dass er den Mund hält.«

Der fremde und dennoch vertraute Ausdruck zeigte sich wieder auf Gatsbys Gesicht.

»Bei dieser Drugstore-Sache ging's nur um Kleingeld«, fuhr Tom bedächtig fort, »aber jetzt haben Sie da was laufen, wovon Walter mir aus Angst nichts erzählen will.«

Ich schaute flüchtig zu Daisy, deren entsetzter Blick zwischen Gatsby und ihrem Mann hin- und herzuckte, und zu Jordan, die begonnen hatte, einen unsichtbaren, aber fesselnden Gegenstand auf ihrer Kinnspitze zu balancieren. Dann wandte ich mich wieder Gatsby zu – und erschrak

said in all contempt for the babbled slander of his garden—as if he had "killed a man." For a moment the set of his face could be described in just that fantastic way.

It passed, and he began to talk excitedly to Daisy, denying everything, defending his name against accusations that had not been made. But with every word she was drawing further and further into herself, so he gave that up, and only the dead dream fought on as the afternoon slipped away, trying to touch what was no longer tangible, struggling unhappily, undespairingly, toward that lost voice across the room.

The voice begged again to go.

"*Please*, Tom! I can't stand this any more."

Her frightened eyes told that whatever intentions, whatever courage, she had had, were definitely gone.

"You two start on home, Daisy," said Tom. "In Mr Gatsby's car."

She looked at Tom, alarmed now, but he insisted with magnanimous scorn.

"Go on. He won't annoy you. I think he realizes that his presumptuous little flirtation is over."

They were gone, without a word, snapped out, made accidental, isolated, like ghosts, even from our pity.

After a moment Tom got up and began wrapping the unopened bottle of whiskey in the towel.

"Want any of this stuff? Jordan? ... Nick?"

angesichts seiner Miene. Er sah aus – und dies sage ich bei aller Verachtung für das verleumderische Geschwätz in seinem Garten –, als hätte er »jemanden umgebracht«. Für einen Moment hätte man seinen Gesichtsausdruck in genau dieser abstrusen Weise beschreiben können.

Der Moment verging, und Gatsby fing an, erregt auf Daisy einzureden, alles zu leugnen und seinen Namen gegen Anschuldigungen zu verteidigen, die niemand erhoben hatte. Doch mit jedem seiner Worte zog sie sich mehr und mehr in sich zurück, sodass er es sein ließ, und während der Nachmittag sich davonstahl, kämpfte nur der tote Traum weiter, versuchte, an etwas zu rühren, das nicht mehr greifbar war, und rang unglücklich, unerschütterlich um jene verlorene Stimme am anderen Ende des Raums.

Die Stimme flehte wieder darum zu gehen.

»*Bitte*, Tom! Ich halte das nicht mehr aus.«

Ihr angstvoller Blick verriet, dass alle Absichten und aller Mut, die sie gehabt haben mochte, restlos dahin waren.

»Ihr beide fahrt jetzt nach Hause, Daisy«, sagte Tom. »Mit Mr Gatsbys Wagen.«

Sie sah Tom an, aufs Neue beunruhigt, doch er bestand darauf mit spöttischer Großmut.

»Geh nur. Er wird dich in Ruhe lassen. Ich denke, er hat begriffen, dass sein anmaßender kleiner Flirt zu Ende ist.«

Sie waren fort, ohne ein Wort, ausgeknipst, nebensächlich geworden, abgesondert, wie Geister, selbst noch von unserem Mitleid.

Nach einer Weile stand Tom auf und begann die ungeöffnete Whiskeyflasche in das Handtuch zu wickeln.

»Wollt ihr was von dem Zeug? Jordan? … Nick?«

I didn't answer.
"Nick?" He asked again.
"What?"
"Want any?"
"No ... I just remembered that to-day's my birthday."

I was thirty. Before me stretched the portentous, menacing road of a new decade.

It was seven o'clock when we got into the coupé with him and started for Long Island. Tom talked incessantly, exulting and laughing, but his voice was as remote from Jordan and me as the foreign clamor on the sidewalk or the tumult of the elevated overhead. Human sympathy has its limits, and we were content to let all their tragic arguments fade with the city lights behind. Thirty—the promise of a decade of loneliness, a thinning list of single men to know, a thinning briefcase of enthusiasm, thinning hair. But there was Jordan beside me, who, unlike Daisy, was too wise ever to carry well-forgotten dreams from age to age. As we passed over the dark bridge her wan face fell lazily against my coat's shoulder and the formidable stroke of thirty died away with the reassuring pressure of her hand.

So we drove on toward death through the cooling twilight.

The young Greek, Michaelis, who ran the coffee joint beside the ashheaps was the principal witness at the inquest. He had slept through the heat until after five,

Ich antwortete nicht.

»Nick?« Er fragte noch einmal.

»Was?«

»Willst du?«

»Nein … Mir ist nur gerade eingefallen, dass ich heute Geburtstag habe.«

Ich war dreißig. Vor mir lag die unheilvolle, bedrohliche Strecke eines neuen Jahrzehnts.

Es war sieben Uhr, als wir mit ihm in das Coupé stiegen und uns auf den Weg nach Long Island machten. Tom redete unaufhörlich, jubilierte, lachte, doch seine Stimme war Jordan und mir so fern wie das fremde Lärmen auf den Gehwegen oder das Gepolter der Hochbahn über unseren Köpfen. Menschliches Mitgefühl hat seine Grenzen, und bereitwillig ließen wir all ihre tragischen Streitigkeiten mit den Stadtlichtern hinter uns verblassen. Dreißig – das verhieß ein Jahrzehnt der Einsamkeit, verhieß weniger Junggesellen im Bekanntenkreis, weniger Raum für Leidenschaften, weniger Haare. Doch da war Jordan neben mir, die, anders als Daisy, zu klug war, um je wohlvergessene Träume von einem Lebensabschnitt in den andern zu tragen. Als wir die dunkle Brücke passierten, sank ihr fahles Gesicht träge auf das Schulterpolster meines Jacketts, und der gewaltige Schock der Dreißig verging mit dem beruhigenden Druck ihrer Hand.

So fuhren wir weiter dem Tod entgegen durch das kühler werdende Dämmerlicht.

Der junge Grieche Michaelis, der das Imbisscafé neben den Aschehügeln betrieb, war der Hauptzeuge bei der Untersuchung. Er hatte die Hitze bis nach fünf verschlafen, war dann

when he strolled over to the garage, and found George Wilson sick in his office—really sick, pale as his own pale hair and shaking all over. Michaelis advised him to go to bed, but Wilson refused, saying that he'd miss a lot of business if he did. While his neighbor was trying to persuade him a violent racket broke out overhead.

"I've got my wife locked in up there," explained Wilson calmly. "She's going to stay there till the day after to-morrow, and then we're going to move away."

Michaelis was astonished; they had been neighbors for four years, and Wilson had never seemed faintly capable of such a statement. Generally he was one of these worn-out men: when he wasn't working, he sat on a chair in the doorway and stared at the people and the cars that passed along the road. When any one spoke to him he invariably laughed in an agreeable, colorless way. He was his wife's man and not his own.

So naturally Michaelis tried to find out what had happened, but Wilson wouldn't say a word—instead he began to throw curious, suspicious glances at his visitor and ask him what he'd been doing at certain times on certain days. Just as the latter was getting uneasy, some workmen came past the door bound for his restaurant, and Michaelis took the opportunity to get away, intending to come back later. But he didn't. He supposed he forgot to, that's all. When he came outside again, a little after seven, he was reminded of the conversation because he heard Mrs Wilson's voice, loud and scolding, down-stairs in the garage.

zur Autowerkstatt hinübergeschlendert und hatte George Wilson krank in seinem Büro vorgefunden – wirklich krank, bleich wie sein bleiches Haar und am ganzen Leib zitternd. Michaelis riet ihm, sich ins Bett zu legen, doch Wilson weigerte sich und sagte, ihm würden sonst zu viele Geschäfte entgehen. Während sein Nachbar ihn noch zu überzeugen versuchte, brach über ihnen ein heftiger Radau los.

»Ich hab meine Frau oben eingesperrt«, erklärte Wilson ruhig. »Da bleibt sie bis übermorgen, und dann ziehen wir von hier weg.«

Michaelis wunderte sich; seit vier Jahren waren sie nun Nachbarn, und Wilson hatte niemals den Eindruck gemacht, zu solch einer Erklärung fähig zu sein. Im Großen und Ganzen war er einer dieser ausgelaugten Männer: Wenn er nicht arbeitete, saß er auf einem Stuhl im Eingang und starrte auf die Leute und Autos, die die Straße entlangkamen. Wann immer ihn jemand ansprach, lachte er auf eine liebenswürdige, farblose Art. Er gehörte ganz seiner Frau, nicht sich selbst.

Also versuchte Michaelis natürlich herauszufinden, was passiert war, aber Wilson wollte nichts sagen – stattdessen begann er, seltsame, argwöhnische Blicke auf seinen Besucher zu richten und ihn zu fragen, was er zu der und der Stunde an dem und dem Tag getan habe. Gerade als Letzterer allmählich unruhig wurde, kamen einige Arbeiter an der Tür vorbei, die in sein Lokal wollten, und Michaelis nutzte die Gelegenheit, sich davonzumachen, nahm sich aber vor, später zurückzukommen. Doch das tat er nicht. Er habe es ganz einfach vergessen, gab er an. Als er um kurz nach sieben erneut nach draußen trat, fiel ihm das Gespräch wieder ein, denn er hörte

"Beat me!" he heard her cry. "Throw me down and beat me, you dirty little coward!"

A moment later she rushed out into the dusk, waving her hands and shouting—before he could move from his door the business was over.

The "death car" as the newspapers called it, didn't stop; it came out of the gathering darkness, wavered tragically for a moment, and then disappeared around the next bend. Michaelis wasn't even sure of its color—he told the first policeman that it was light green. The other car, the one going toward New York, came to rest a hundred yards beyond, and its driver hurried back to where Myrtle Wilson, her life violently extinguished, knelt in the road and mingled her thick dark blood with the dust.

Michaelis and this man reached her first, but when they had torn open her shirtwaist, still damp with perspiration, they saw that her left breast was swinging loose like a flap, and there was no need to listen for the heart beneath. The mouth was wide open and ripped a little at the corners, as though she had choked a little in giving up the tremendous vitality she had stored so long.

We saw the three or four automobiles and the crowd when we were still some distance away.

"Wreck!" said Tom. "That's good. Wilson'll have a little business at last."

Mrs Wilsons Stimme, laut und zeternd, unten in der Werkstatt.

»Schlag mich doch!«, hörte er sie kreischen. »Stoß mich doch um und schlag mich, du dreckiger kleiner Feigling!«

Im nächsten Augenblick stürzte sie hinaus in die Dämmerung, schreiend und wild gestikulierend – und ehe er sich auch nur vom Fleck rühren konnte, war alles vorbei.

Der »Todeswagen«, wie er in den Zeitungen hieß, hielt nicht an; er kam aus der zunehmenden Dunkelheit, schlingerte einen Moment unheilvoll und verschwand hinter der nächsten Kurve. Michaelis war sich nicht einmal sicher, welche Farbe er hatte – dem ersten Polizisten sagte er, er sei hellgrün gewesen. Das andere Auto, das Richtung New York unterwegs war, kam nach rund hundert Metern zum Stillstand, und sein Fahrer hastete zurück zu der Stelle, wo Myrtle Wilson, ihr Leben gewaltsam ausgelöscht, mitten auf der Straße auf ihren Knien lag und ihr dickes dunkles Blut mit dem Staub vermischte.

Michaelis und dieser Mann waren als Erste bei ihr, doch als sie ihr die immer noch schweißfeuchte Hemdbluse aufgerissen hatten, sahen sie, dass ihre linke Brust lose herunterhing wie ein Lappen und es überflüssig war, nach dem Herzschlag darunter zu horchen. Ihr Mund war weit geöffnet und an den Winkeln leicht eingerissen, als hätte sie ein wenig daran gewürgt, die ungeheure Vitalität aufzugeben, die sie so lange in sich bewahrt hatte.

Wir sahen die drei oder vier Automobile und die Menschenansammlung schon aus einiger Entfernung.

»Blechschaden!«, sagte Tom. »Gut so. Da hat Wilson endlich ein bisschen Arbeit.«

He slowed down, but still without any intention of stopping, until, as we came nearer, the hushed, intent faces of the people at the garage door made him automatically put on the brakes.

"We'll take a look," he said doubtfully, "just a look."

I became aware now of a hollow, wailing sound which issued incessantly from the garage, a sound which as we got out of the coupé and walked toward the door resolved itself into the words "Oh, my God!" uttered over and over in a gasping moan.

"There's some bad trouble here," said Tom excitedly.

He reached up on tiptoes and peered over a circle of heads into the garage, which was lit only by a yellow light in a swinging wire basket overhead. Then he made a harsh sound in his throat, and with a violent thrusting movement of his powerful arms pushed his way through.

The circle closed up again with a running murmur of expostulation; it was a minute before I could see anything at all. Then new arrivals deranged the line, and Jordan and I were pushed suddenly inside.

Myrtle Wilson's body, wrapped in a blanket, and then in another blanket, as though she suffered from a chill in the hot night, lay on a work-table by the wall, and Tom, with his back to us, was bending over it, motionless. Next to him stood a motorcycle policeman taking down names with much sweat and correction in a little book. At first I couldn't find the source of the

Er fuhr langsamer, ohne die Absicht anzuhalten, bis wir näher heran waren und ihn die stillen, angespannten Gesichter der Leute an der Werkstatttür automatisch auf die Bremse treten ließen.

»Wir sehen uns das mal an«, sagte er unsicher, »nur ganz kurz.«

Ich bemerkte jetzt ein hohl tönendes, wimmerndes Geräusch, das unausgesetzt aus der Werkstatt drang, Laute, die sich, während wir aus dem Coupé stiegen und auf die Tür zugingen, in die Worte »O mein Gott!« auflösten, wieder und wieder keuchend hervorgepresst.

»Hier ist irgendwas Übles passiert«, sagte Tom aufgeregt.

Er stellte sich auf die Zehenspitzen und spähte über einen Kreis aus Köpfen hinweg in die Werkstatt, die nur von einem gelben Licht in einem von der Decke baumelnden Drahtkorb beleuchtet wurde. Dann drang ein heiserer Laut aus seiner Kehle, und mit heftigen Stößen seiner mächtigen Arme wühlte er sich durch die Umstehenden.

Unter allseits empörtem Gemurmel schloss sich der Kreis wieder; eine Minute verstrich, ehe ich überhaupt etwas sehen konnte. Dann drängten Neuankömmlinge in die Reihen und Jordan und ich wurden plötzlich in die Mitte geschoben.

Myrtle Wilsons Leiche, eingewickelt erst in eine, dann in eine zweite Decke, als litte sie in der heißen Nacht unter Schüttelfrost, lag auf einer Werkbank an der Wand, und Tom, mit dem Rücken zu uns, beugte sich über sie, regungslos. Neben ihm stand ein Motorradpolizist und kritzelte mit viel Schweiß und Mühe Namen in ein kleines Buch. Zuerst konnte ich die Quelle der schrillen, hervor-

high, groaning words that echoed clamorously through the bare garage—then I saw Wilson standing on the raised threshold of his office, swaying back and forth and holding to the doorposts with both hands. Some man was talking to him in a low voice and attempting, from time to time, to lay a hand on his shoulder, but Wilson neither heard nor saw. His eyes would drop slowly from the swinging light to the laden table by the wall, and then jerk back to the light again, and he gave out incessantly his high, horrible call:

"Oh, my Ga-od! Oh, my Ga-od! Oh, Ga-od! Oh, my Ga-od!"

Presently Tom lifted his head with a jerk and, after staring around the garage with glazed eyes, addressed a mumbled incoherent remark to the policeman.

"M-a-v—" the policeman was saying, "—o—"

"No, r—" corrected the man, "M-a-v-r-o—"

"Listen to me!" muttered Tom fiercely.

"r—" said the policeman, "o—"

"g—"

"g—" He looked up as Tom's broad hand fell sharply on his shoulder. "What you want, fella?"

"What happened?—that's what I want to know."

"Auto hit her. Ins'antly killed."

"Instantly killed," repeated Tom, staring.

"She ran out ina road. Son-of-a-bitch didn't even stopus car."

"There was two cars," said Michaelis, "one comin', one goin', see?"

gepressten Worte, die laut durch die kahle Werkstatt hallten, nicht ausmachen – dann sah ich Wilson, der auf der leicht erhöhten Schwelle seines Büros stand und sich hin- und herwiegte, während er sich mit beiden Händen an den Türpfosten festhielt. Ein Mann sprach mit leiser Stimme auf ihn ein und versuchte von Zeit zu Zeit, ihm eine Hand auf die Schulter zu legen, doch Wilson hörte und sah nichts. Sein Blick sank immer wieder langsam von der schaukelnden Lampe auf die beladene Werkbank an der Wand und zuckte dann zur Lampe zurück, und unaufhörlich ertönte sein schriller, schrecklicher Ruf:

»O mein Go-ott! O mein Go-ott! O Go-ott! O mein Go-ott!«

Ruckartig hob Tom jetzt seinen Kopf, und nachdem er sich mit glasigem Blick in der Werkstatt umgeschaut hatte, richtete er eine genuschelte, unverständliche Bemerkung an den Polizisten.

»M-a-v-…«, sagte der Polizist gerade, »-o-…«

»Nein, r-«, berichtigte der Mann, »M-a-v-r-o-…«

»Hören Sie mir zu!«, murrte Tom grimmig.

»r-…«, sagte der Polizist, »-o-…«

»g-…«

»g-…« Er schaute auf, als Toms breite Hand ihm hart auf die Schulter fiel. »Was gibt's, Mann?«

»Was passiert ist, will ich wissen.«

»Vom Auto überfahrn. Sofort tot.«

»Sofort tot«, wiederholte Tom mit starrem Blick.

»Sie is raus auf die Straße gelaufen. Der Dreckskerl hat nich mal angehalten.«

»Da war'n zwei Autos«, sagte Michaelis, »eins hier lang, eins da lang, verstehn Se?«

"Going where?" asked the policeman keenly.

"One goin' each way. Well, she"—his hand rose toward the blankets but stopped half way and fell to his side—"she ran out there an' the one comin' from N'York knock right into her, goin' thirty or forty miles an hour."

"What's the name of this place here?" demanded the officer.

"Hasn't got any name."

A pale well-dressed negro stepped near.

"It was a yellow car," he said, "big yellow car. New."

"See the accident?" asked the policeman.

"No, but the car passed me down the road, going faster'n forty. Going fifty, sixty."

"Come here and let's have your name. Look out now. I want to get his name."

Some words of this conversation must have reached Wilson, swaying in the office door, for suddenly a new theme found voice among his gasping cries:

"You don't have to tell me what kind of car it was! I know what kind of car it was!"

Watching Tom, I saw the wad of muscle back of his shoulder tighten under his coat. He walked quickly over to Wilson and, standing in front of him, seized him firmly by the upper arms.

"You've got to pull yourself together," he said with soothing gruffness.

»Wo lang genau?«, fragte der Polizist scharfsinnig.

»Na, eins in jede Richtung. Tja, und sie« – seine Hand hob sich in Richtung der Decken, hielt auf halbem Weg jedoch inne und fiel zurück an seine Seite – »sie rennt da raus, und das eine, das von N'York kommt, knallt mit dreißig, vierzig Meilen die Stunde direkt in sie rein.«

»Wie heißt der Ort hier?«, wollte der Beamte wissen.

»Hat keinen Namen.«

Ein hellhäutiger, gut gekleideter Neger trat näher.

»Es war ein gelber Wagen«, sagte er, »ein großer gelber Wagen. Neu.«

»Sie haben den Unfall gesehn?«, fragte der Polizist.

»Nein, aber der Wagen ist die Straße runter an mir vorbeigerauscht, schneller als vierzig. Bestimmt fünfzig, sechzig.«

»Kommen Sie her, ich brauch Ihren Namen. Achtung jetzt. Ich will seinen Namen.«

Einige Fetzen dieses Gesprächs waren offenbar zu Wilson, der sich noch immer in der Bürotür wiegte, durchgedrungen, denn plötzlich mischte sich der Klang eines neuen Themas in seine erstickten Schreie:

»Ihr braucht mir nicht sagen, was für'n Wagen das war! Ich weiß, was für'n Wagen das war!«

Ich beobachtete Tom und sah, wie sich unter seinem Jackett das Muskelpaket an seinem Schulterblatt straffte. Er marschierte zu Wilson hinüber, baute sich direkt vor ihm auf und packte ihn hart bei den Oberarmen.

»Sie müssen sich zusammenreißen«, sagte er mit besänftigender Schroffheit.

Wilson's eyes fell upon Tom; he started up on his tiptoes and then would have collapsed to his knees had not Tom held him upright.

"Listen," said Tom, shaking him a little. "I just got here a minute ago, from New York. I was bringing you that coupé we've been talking about. That yellow car I was driving this afternoon wasn't mine—do you hear? I haven't seen it all afternoon."

Only the negro and I were near enough to hear what he said, but the policeman caught something in the tone and looked over with truculent eyes.

"What's all that?" he demanded.

"I'm a friend of his." Tom turned his head but kept his hands firm on Wilson's body. "He says he knows the car that did it ... It was a yellow car."

Some dim impulse moved the policeman to look suspiciously at Tom.

"And what color's your car?"

"It's a blue car, a coupé."

"We've come straight from New York," I said.

Some one who had been driving a little behind us confirmed this, and the policeman turned away.

"Now, if you'll let me have that name again correct—"

Picking up Wilson like a doll, Tom carried him into the office, set him down in a chair, and came back.

"If somebody'll come here and sit with him," he snapped authoritatively. He watched while the two men standing closest glanced at each other and went unwillingly into the room. Then Tom shut the door on

Wilsons Blick fiel auf Tom; er wollte sich auf die Zehenspitzen stellen, wäre dabei aber sicher zusammengeklappt, hätte Tom ihn nicht aufrecht gehalten.

»Hören Sie zu«, sagte Tom und schüttelte ihn ein wenig. »Ich bin erst vor einer Minute hier angekommen, aus New York. Ich wollte Ihnen dieses Coupé bringen, über das wir gesprochen haben. Der gelbe Wagen, mit dem ich heute Nachmittag gefahren bin, das ist nicht meiner – verstehen Sie? Ich hab ihn den ganzen Nachmittag nicht gesehen.«

Nur der Neger und ich waren nahe genug, um zu hören, was Tom sagte, aber der Polizist registrierte wohl etwas in seinem Tonfall und schaute grimmig herüber.

»Was ist da los?«, fragte er herrisch.

»Ich bin ein Freund von ihm.« Tom wandte den Kopf, behielt Wilsons Körper jedoch fest im Griff. »Er sagt, er kennt das Unfallauto … es war ein gelber Wagen.«

Aus irgendeinem trüben Impuls heraus schaute der Polizist Tom argwöhnisch an.

»Und was für ’ne Farbe hat Ihr Auto?«

»Es ist ein blauer Wagen, ein Coupé.«

»Wir sind direkt aus New York gekommen«, sagte ich.

Jemand, der in Sichtweite hinter uns hergefahren war, bestätigte dies, und der Polizist wandte sich ab.

»Also, wenn Sie mir jetzt noch mal Ihren Namen korrekt …«

Tom hob Wilson wie eine Puppe hoch, trug ihn ins Büro, setzte ihn auf einen Stuhl und kam zurück.

»Kann bitte mal jemand herkommen und sich zu ihm setzen«, blaffte er gebieterisch. Er wartete so lange, bis die beiden Männer, die am nächsten standen, einen Blick wechselten und widerwillig in den Raum gingen. Dann

them and came down the single step, his eyes avoiding the table. As he passed close to me he whispered: "Let's get out."

Self-consciously, with his authoritative arms breaking the way, we pushed through the still gathering crowd, passing a hurried doctor, case in hand, who had been sent for in wild hope half an hour ago.

Tom drove slowly until we were beyond the bend—then his foot came down hard, and the coupé raced along through the night. In a little while I heard a low husky sob, and saw that the tears were overflowing down his face.

"The God damned coward!" he whimpered. "He didn't even stop his car."

The Buchanans' house floated suddenly toward us through the dark rustling trees. Tom stopped beside the porch and looked up at the second floor, where two windows bloomed with light among the vines.

"Daisy's home," he said. As we got out of the car he glanced at me and frowned slightly.

"I ought to have dropped you in West Egg, Nick. There's nothing we can do to-night."

A change had come over him, and he spoke gravely, and with decision. As we walked across the moonlight gravel to the porch he disposed of the situation in a few brisk phrases.

"I'll telephone for a taxi to take you home, and while you're waiting you and Jordan better go in the kitchen

schloss Tom hinter ihnen die Tür, kam die Stufe herunter und vermied dabei den Blick zur Werkbank. Als er dicht an mir vorbeiging, flüsterte er: »Verschwinden wir hier.«

Selbstbewusst bahnte er uns mit seinen gebieterischen Armen den Weg durch die noch immer wachsende Menge, vorbei an einem gehetzten Arzt mit Arzneikoffer, den man in wilder Hoffnung vor einer halben Stunde gerufen hatte.

Tom fuhr langsam, bis die Biegung hinter uns lag – dann trat er das Gaspedal durch, und das Coupé raste durch die Nacht dahin. Nach einer Weile hörte ich ein leises, heiseres Schluchzen und sah, dass die Tränen in Strömen über sein Gesicht rannen.

»Dieser gottverdammte Feigling!«, wimmerte er. »Er hat nicht mal angehalten.«

Das Haus der Buchanans trieb plötzlich durch die dunklen, raschelnden Bäume auf uns zu. Tom hielt neben der Veranda und sah hinauf zum zweiten Stock, wo zwischen den Reben zwei Fenster in hellem Licht erstrahlten.

»Daisy ist zu Hause«, sagte er. Als wir aus dem Wagen stiegen, warf er mir einen Blick zu und runzelte leicht die Stirn.

»Ich hätte dich in West Egg absetzen sollen, Nick. Heute Nacht können wir ohnehin nichts mehr tun.«

Eine Veränderung war mit ihm vorgegangen, und er sprach ernst und mit Entschlusskraft. Als wir über den mondbeschienenen Kiesweg zur Veranda gingen, bestimmte er mit ein paar knappen Sätzen die Sachlage.

»Ich rufe dir ein Taxi, das dich nach Hause bringt, und während du wartest, gehst du mit Jordan am besten in die

and have them get you some supper—if you want any." He opened the door. "Come in."

"No, thanks. But I'd be glad if you'd order me the taxi. I'll wait outside."

Jordan put her hand on my arm.

"Won't you come in, Nick?"

"No, thanks."

I was feeling a little sick and I wanted to be alone. But Jordan lingered for a moment more.

"It's only half-past nine," she said.

I'd be damned if I'd go in; I'd had enough of all of them for one day, and suddenly that included Jordan too. She must have seen something of this in my expression, for she turned abruptly away and ran up the porch steps into the house. I sat down for a few minutes with my head in my hands, until I heard the phone taken up inside and the butler's voice calling a taxi. Then I walked slowly down the drive away from the house, intending to wait by the gate.

I hadn't gone twenty yards when I heard my name and Gatsby stepped from between two bushes into the path. I must have felt pretty weird by that time, because I could think of nothing except the luminosity of his pink suit under the moon.

"What are you doing?" I inquired.

"Just standing here, old sport."

Somehow, that seemed a despicable occupation. For all I knew he was going to rob the house in a moment; I wouldn't have been surprised to see sinister faces, the

Küche, dort lasst ihr euch etwas zu essen geben – wenn ihr wollt.« Er öffnete die Tür. »Kommt rein.«

»Nein, danke. Aber ich wäre froh, wenn du mir das Taxi bestellen würdest. Ich warte draußen.«

Jordan legte mir eine Hand auf den Arm.

»Willst du nicht reinkommen, Nick?«

»Nein, danke.«

Mir war ein wenig übel, und ich wollte allein sein. Doch Jordan zögerte noch einen Augenblick.

»Es ist erst halb zehn«, sagte sie.

Um keinen Preis wäre ich mit hineingegangen; für diesen Tag hatte ich genug von ihnen allen, und plötzlich schloss das auch Jordan mit ein. Etwas von dieser Regung las sie mir wohl am Gesicht ab, denn abrupt drehte sie sich um und lief die Verandatreppe hinauf ins Haus. Ich setzte mich für ein paar Minuten, den Kopf in die Hände gestützt, bis ich hörte, wie drinnen das Telefon abgenommen wurde und die Stimme des Butlers ein Taxi rief. Dann schlenderte ich die Einfahrt hinunter, weg vom Haus, um beim Tor zu warten.

Ich war kaum zwanzig Meter weit gekommen, als ich meinen Namen hörte und Gatsby zwischen zwei Büschen hindurch auf den Weg trat. Zu diesem Zeitpunkt war ich wohl schon ziemlich durcheinander, denn ich konnte an nichts anderes denken als an das Leuchten seines rosa Anzugs im Mondschein.

»Was machen Sie da?«, erkundigte ich mich.

»Einfach hier stehen, alter Knabe.«

Irgendwie schien mir das eine zweifelhafte Beschäftigung zu sein. Nach allem, was ich wusste, konnte er jeden Moment das Haus ausrauben; es hätte mich nicht über-

faces of "Wolfshiem's people," behind him in the dark shrubbery.

"Did you see any trouble on the road?" he asked after a minute.

"Yes."

He hesitated.

"Was she killed?"

"Yes."

"I thought so; I told Daisy I thought so. It's better that the shock should all come at once. She stood it pretty well."

He spoke as if Daisy's reaction was the only thing that mattered.

"I got to West Egg by a side road," he went on, "and left the car in my garage. I don't think anybody saw us, but of course I can't be sure."

I disliked him so much by this time that I didn't find it necessary to tell him he was wrong.

"Who was the woman?" he inquired.

"Her name was Wilson. Her husband owns the garage. How the devil did it happen?"

"Well, I tried to swing the wheel—" He broke off, and suddenly I guessed at the truth.

"Was Daisy driving?"

"Yes," he said after a moment, "but of course I'll say I was. You see, when we left New York she was very nervous and she thought it would steady her to drive—and this woman rushed out at us just as we were passing a car coming the other way. It all happened in a

rascht, hinter ihm im dunklen Gesträuch finstere Gesichter, die Gesichter von ›Wolfshiems Leuten‹ zu sehen.

»Gab es auf der Straße irgendwelche Probleme?«, fragte er nach einer Weile.

»Ja.«

Er zögerte.

»Ist sie tot?«

»Ja.«

»Dachte ich mir; und das habe ich Daisy auch so gesagt. Es ist besser, wenn der Schock gleich mit voller Wucht kommt. Sie hat es ganz gut verkraftet.«

Er sprach, als wäre Daisys Reaktion das Einzige, was zählte.

»Ich habe eine Nebenstraße nach West Egg genommen«, fuhr er fort, »und den Wagen in meine Garage gestellt. Ich glaube nicht, dass uns jemand gesehen hat, auch wenn ich mir da natürlich nicht sicher sein kann.«

Inzwischen empfand ich eine derartige Abneigung gegen ihn, dass ich es nicht für nötig hielt, ihm zu sagen, dass er sich irrte.

»Wer war die Frau?«, fragte er.

»Ihr Name war Wilson. Ihrem Mann gehört die Werkstatt. Wie zum Teufel ist das passiert?«

»Na ja, ich wollte noch das Steuer herumreißen …« Er brach ab, und plötzlich dämmerte mir die Wahrheit.

»Ist Daisy gefahren?«

»Ja«, sagte er nach einem Moment, »aber ich nehme natürlich alles auf mich. Wissen Sie, als wir New York verließen, war sie sehr nervös, und sie dachte, das Fahren würde sie beruhigen – und dann stürzte diese Frau auf uns zu, gerade als uns ein anderes Auto entgegenkam. Es ging

minute, but it seemed to me that she wanted to speak to us, thought we were somebody she knew. Well, first Daisy turned away from the woman toward the other car, and then she lost her nerve and turned back. The second my hand reached the wheel I felt the shock—it must have killed her instantly."

"It ripped her open—"

"Don't tell me, old sport." He winced. "Anyhow—Daisy stepped on it. I tried to make her stop, but she couldn't, so I pulled on the emergency brake. Then she fell over into my lap and I drove on.

"She'll be all right to-morrow," he said presently. "I'm just going to wait here and see if he tries to bother her about that unpleasantness this afternoon. She's locked herself into her room, and if he tries any brutality she's going to turn the light out and on again."

"He won't touch her," I said. "He's not thinking about her."

"I don't trust him, old sport."

"How long are you going to wait?"

"All night, if necessary. Anyhow, till they all go to bed."

A new point of view occurred to me. Suppose Tom found out that Daisy had been driving. He might think he saw a connection in it—he might think anything. I looked at the house; there were two or three bright windows down-stairs and the pink glow from Daisy's room on the second floor.

alles blitzschnell, aber mir schien, dass sie mit uns sprechen wollte, uns für jemanden hielt, den sie kannte. Tja, zuerst lenkte Daisy den Wagen von der Frau weg und auf das andere Auto zu, aber dann verlor sie die Nerven und lenkte zurück. In derselben Sekunde, in der meine Hand ins Steuer griff, spürte ich den Aufprall – sie muss sofort tot gewesen sein.«

»Es hat sie zerrissen –«

»Ersparen Sie's mir, alter Knabe.« Er zuckte zusammen. »Jedenfalls – Daisy trat aufs Gas. Ich wollte, dass sie anhielt, aber sie konnte nicht, also zog ich die Notbremse. Dann kippte sie einfach um, in meinen Schoß, und ich fuhr weiter.

Morgen geht es wieder besser«, sagte er kurz darauf. »Ich warte hier nur, um zu sehen, ob er sie wegen dieser unschönen Szene heute Nachmittag behelligt. Sie hat sich in ihrem Zimmer eingeschlossen, und wenn er auf irgendeine Weise gewalttätig wird, schaltet sie das Licht aus und wieder an.«

»Er wird sie nicht anrühren«, sagte ich. »Er denkt im Moment nicht an sie.«

»Ich traue ihm nicht, alter Knabe.«

»Wie lange wollen Sie warten?«

»Die ganze Nacht, wenn nötig. Jedenfalls bis alle im Bett liegen.«

Mir kam plötzlich ein neuer Gedanke. Angenommen, Tom fand heraus, dass Daisy gefahren war. Er könnte glauben, dass es da einen Zusammenhang gab – er könnte alles Mögliche glauben. Ich schaute zum Haus hinüber; unten waren zwei oder drei Fenster erleuchtet, darüber glühte der rosa Schein aus Daisys Zimmer im ersten Stock.

"You wait here," I said. "I'll see if there's any sign of a commotion."

I walked back along the border of the lawn, traversed the gravel softly, and tiptoed up the veranda steps. The drawing-room curtains were open, and I saw that the room was empty. Crossing the porch where we had dined that June night three months before, I came to a small rectangle of light which I guessed was the pantry window. The blind was drawn, but I found a rift at the sill.

Daisy and Tom were sitting opposite each other at the kitchen table, with a plate of cold fried chicken between them, and two bottles of ale. He was talking intently across the table at her, and in his earnestness his hand had fallen upon and covered her own. Once in a while she looked up at him and nodded in agreement.

They weren't happy, and neither of them had touched the chicken or the ale—and yet they weren't unhappy either. There was an unmistakable air of natural intimacy about the picture, and anybody would have said that they were conspiring together.

As I tiptoed from the porch I heard my taxi feeling its way along the dark road toward the house. Gatsby was waiting where I had left him in the drive.

"Is it all quiet up there?" he asked anxiously.

"Yes, it's all quiet." I hesitated. "You'd better come home and get some sleep."

He shook his head.

»Sie warten hier«, sagte ich. »Ich sehe mal nach, ob es irgendwelche Hinweise auf einen Streit gibt.«

Ich ging am Rand des Rasens entlang zurück, überquerte behutsam den Kiesweg und stieg auf Zehenspitzen die Verandastufen hinauf. Die Salonvorhänge waren geöffnet, und ich sah, dass der Raum leer war. Ich schlich über die Veranda, auf der wir an jenem Juniabend vor drei Monaten gegessen hatten, und kam zu einem kleinen Rechteck aus Licht, vermutlich das Fenster des Anrichtezimmers. Das Rouleau war heruntergezogen, aber unten beim Fensterbrett bemerkte ich einen Spalt.

Daisy und Tom saßen einander gegenüber am Küchentisch, zwischen ihnen ein Teller mit kaltem gebratenen Huhn, daneben zwei Flaschen Ale. Er redete über den Tisch hinweg entschlossen auf sie ein, und in seinem Ernst hatte sich seine Hand auf die ihre gesenkt und sie ganz bedeckt. Gelegentlich blickte sie zu ihm auf und nickte zustimmend.

Sie waren nicht glücklich, und keiner hatte das Huhn und das Ale auch nur angerührt – aber unglücklich waren sie auch nicht. Es lag ein unverkennbarer Ausdruck natürlicher Vertrautheit in dieser Szene, und wohl jeder hätte bestätigt, dass die beiden sich gerade verschworen.

Als ich von der Veranda zurückschlich, hörte ich, wie mein Taxi sich über die dunkle Straße langsam zum Haus vortastete. Gatsby wartete in der Einfahrt, dort wo ich ihn hatte stehen lassen.

»Ist alles ruhig da oben?«, fragte er besorgt.

»Ja, alles ist ruhig.« Ich zögerte. »Sie sollten lieber mit nach Hause kommen und ein wenig schlafen.«

Er schüttelte den Kopf.

"I want to wait here till Daisy goes to bed. Good night, old sport."

He put his hands in his coat pockets and turned back eagerly to his scrutiny of the house, as though my presence marred the sacredness of the vigil. So I walked away and left him standing there in the moonlight—watching over nothing.

»Ich möchte hier warten, bis Daisy schlafen geht. Gute Nacht, alter Knabe.«

Er schob die Hände in die Jackentaschen und wandte sich angespannt wieder der Beobachtung des Hauses zu, als störte meine Anwesenheit das heilige Ritual seiner Nachtwache. So ging ich davon und ließ ihn dort im Mondschein stehen – wachend über nichts.

Chapter 8

I couldn't sleep all night; a fog-horn was groaning incessantly on the Sound, and I tossed half-sick between grotesque reality and savage, frightening dreams. Toward dawn I heard a taxi go up Gatsby's drive, and immediately I jumped out of bed and began to dress—I felt that I had something to tell him, something to warn him about, and morning would be too late.

Crossing his lawn, I saw that his front door was still open and he was leaning against a table in the hall, heavy with dejection or sleep.

"Nothing happened," he said wanly. "I waited, and about four o'clock she came to the window and stood there for a minute and then turned out the light."

His house had never seemed so enormous to me as it did that night when we hunted through the great rooms for cigarettes. We pushed aside curtains that were like pavilions, and felt over innumerable feet of dark wall for electric light switches—once I tumbled with a sort of splash upon the keys of a ghostly piano. There was an inexplicable amount of dust everywhere, and the rooms were musty, as though they hadn't been aired for many days. I found the humidor on an unfamiliar table, with two stale, dry cigarettes inside. Throwing open the French windows of the drawing-room, we sat smoking out into the darkness.

"You ought to go away," I said. "It's pretty certain they'll trace your car."

"Go away *now*, old sport?"

Kapitel 8

Ich konnte die ganze Nacht nicht schlafen; ein Nebelhorn stöhnte unablässig über den Sund, und ich warf mich halbkrank zwischen verzerrter Wirklichkeit und wilden Angstträumen hin und her. Kurz vor Tagesanbruch hörte ich ein Taxi in Gatsbys Auffahrt einbiegen, und sofort sprang ich aus dem Bett und zog mich an – ich hatte das Gefühl, ihm etwas sagen, ihn vor etwas warnen zu müssen, und am Morgen wäre es dafür zu spät.

Ich ging über seinen Rasen und sah, dass die Haustür noch offen stand und er in der Halle an einem Tisch lehnte, ganz benommen vor Mutlosigkeit oder Müdigkeit.

»Es ist nichts passiert«, sagte er matt. »Ich habe gewartet, und gegen vier Uhr kam sie ans Fenster und stand dort für eine Minute, dann löschte sie das Licht.«

Sein Haus war mir nie so riesig vorgekommen wie in jener Nacht, als wir die geräumigen Zimmer nach Zigaretten durchstöberten. Wir schoben Vorhänge beiseite, die an Festzelte erinnerten, und tasteten schier endlose dunkle Wände nach Lichtschaltern ab – einmal stolperte ich und landete mit Getöse auf den Tasten eines geisterhaften Klaviers. Überall lag unerklärlich viel Staub, und die Zimmer rochen muffig, als wären sie seit Tagen nicht gelüftet worden. Auf irgendeinem Tisch fand ich den Humidor, mit zwei alten, trockenen Zigaretten darin. Wir stießen die Fenstertüren des Salons auf und rauchten hinaus in die Dunkelheit.

»Sie sollten verschwinden«, sagte ich. »Man wird Ihren Wagen mit ziemlicher Sicherheit ausfindig machen.«

»Verschwinden, *jetzt*, alter Knabe?«

"Go to Atlantic City for a week, or up to Montreal."

He wouldn't consider it. He couldn't possibly leave Daisy until he knew what she was going to do. He was clutching at some last hope and I couldn't bear to shake him free.

It was this night that he told me the strange story of his youth with Dan Cody—told it to me because "Jay Gatsby" had broken up like glass against Tom's hard malice, and the long secret extravaganza was played out. I think that he would have acknowledged anything now, without reserve, but he wanted to talk about Daisy.

She was the first "nice" girl he had ever known. In various unrevealed capacities he had come in contact with such people, but always with indiscernible barbed wire between. He found her excitingly desirable. He went to her house, at first with other officers from Camp Taylor, then alone. It amazed him—he had never been in such a beautiful house before. but what gave it an air of breathless intensity, was that Daisy lived there—it was as casual a thing to her as his tent out at camp was to him. There was a ripe mystery about it, a hint of bedrooms up-stairs more beautiful and cool than other bedrooms, of gay and radiant activities taking place through its corridors, and of romances that were not musty and laid away already in lavender but fresh and breathing and redolent of this year's shining motor-cars and of dances whose flowers were scarcely withered. It excited him, too, that many men had

»Fahren Sie für eine Woche nach Atlantic City oder rauf nach Montreal.«

Er zog es nicht einmal in Betracht. Er konnte Daisy unter keinen Umständen zurücklassen, solange er nicht wusste, was sie tun würde. Er klammerte sich an eine allerletzte Hoffnung, und ich brachte es nicht fertig, ihn davon loszureißen.

In dieser Nacht erzählte er mir die sonderbare Geschichte seiner Jugend bei Dan Cody – erzählte sie mir, weil »Jay Gatsby« an Toms harter Boshaftigkeit zerborsten war wie Glas und der lang gehegte fantastische Traum damit ausgeträumt war. Ich glaube, er hätte jetzt alles zugegeben, rückhaltlos, aber er wollte über Daisy sprechen.

Sie war das erste »feine« Mädchen, das er kennenlernte. Bei verschiedenen nicht näher bezeichneten Gelegenheiten war er bereits mit ihresgleichen in Kontakt gekommen, aber stets war ein unsichtbarer Stacheldraht dazwischen gewesen. Er fand sie auf erregende Weise begehrenswert. Er besuchte sie in ihrem Haus, zunächst mit anderen Offizieren vom Camp Taylor, später allein. Es machte ihn sprachlos – nie zuvor hatte er ein derart prächtiges Haus betreten. Doch was ihm eine Aura atemloser Spannung verlieh, war, dass Daisy dort lebte – für sie war das alles so alltäglich wie für ihn sein Zelt draußen im Lager. Etwas Geheimnisvolles ging von ihm aus, eine Ahnung von Schlafzimmern im oberen Stock, prächtiger und kühler als andere Schlafzimmer, von ausgelassenem, heiterem Treiben auf seinen Fluren und von Romanzen, die nicht muffig und schon in Lavendel erstickt, sondern frisch und lebendig waren, die nach den neuesten glänzenden Autos dufteten und nach Bällen,

already loved Daisy—it increased her value in his eyes. He felt their presence all about the house, pervading the air with the shades and echoes of still vibrant emotions.

But he knew that he was in Daisy's house by a colossal accident. However glorious might be his future as Jay Gatsby, he was at present a penniless young man without a past, and at any moment the invisible cloak of his uniform might slip from his shoulders. So he made the most of his time. He took what he could get, ravenously and unscrupulously—eventually he took Daisy one still October night, took her because he had no real right to touch her hand.

He might have despised himself, for he had certainly taken her under false pretenses. I don't mean that he had traded on his phantom millions, but he had deliberately given Daisy a sense of security; he let her believe that he was a person from much the same stratum as herself—that he was fully able to take care of her. As a matter of fact, he had no such facilities—he had no comfortable family standing behind him, and he was liable at the whim of an impersonal government to be blown anywhere about the world.

But he didn't despise himself and it didn't turn out as he had imagined. He had intended, probably, to

deren Blütenschmuck eben erst zu welken begann. Es erregte ihn auch, dass Daisy bereits von vielen Männern geliebt worden war – in seinen Augen steigerte das ihren Wert. Überall im Haus spürte er die Gegenwart dieser Männer, die die Luft mit den Schatten und dem Widerhall noch immer vibrierender Leidenschaften erfüllte.

Allerdings war ihm bewusst, dass nur ein ungeheurer Zufall ihn in Daisys Haus geführt hatte. Wie glorreich seine Zukunft als Jay Gatsby auch werden mochte, momentan war er ein mittelloser junger Mann ohne Vergangenheit, und schon im nächsten Augenblick konnte ihm der unsichtbare Deckmantel seiner Uniform von den Schultern rutschen. Also nutzte er die Zeit, so gut es ging. Er nahm, was er kriegen konnte, gierig und skrupellos – und irgendwann in einer stillen Oktobernacht nahm er auch Daisy, nahm sie, weil er eigentlich nicht mal das Recht hatte, ihre Hand zu berühren.

Er hätte sich dafür verachten können, denn er hatte sie zweifellos unter Vorspiegelung falscher Tatsachen erobert. Ich will damit nicht sagen, dass er seine Fantasiemillionen ins Spiel gebracht habe, aber er hatte Daisy vorsätzlich ein Gefühl der Sicherheit vermittelt; er ließ sie glauben, dass er nahezu der gleichen gesellschaftlichen Sphäre entstamme wie sie selbst – dass er voll und ganz in der Lage sei, für sie zu sorgen. In Wirklichkeit verfügte er über keinerlei Mittel dazu – er hatte keine wohlhabende Familie hinter sich, und ganz nach Belieben einer unpersönlichen Staatsmacht konnte es ihn jederzeit in jeden Winkel der Welt verschlagen.

Aber er verachtete sich nicht, und alles kam anders, als er es sich vorgestellt hatte. Wahrscheinlich hatte er sich neh-

take what he could and go—but now he found that he had committed himself to the following of a grail. He knew that Daisy was extraordinary, but he didn't realize just how extraordinary a "nice" girl could be. She vanished into her rich house, into her rich, full life, leaving Gatsby—nothing. He felt married to her, that was all.

When they met again, two days later, it was Gatsby who was breathless, who was, somehow, betrayed. Her porch was bright with the bought luxury of star-shine; the wicker of the settee squeaked fashionably as she turned toward him and he kissed her curious and lovely mouth. She had caught a cold, and it made her voice huskier and more charming than ever, and Gatsby was overwhelmingly aware of the youth and mystery that wealth imprisons and preserves, of the freshness of many clothes, and of Daisy, gleaming like silver, safe and proud above the hot struggles of the poor.

"I can't describe to you how surprised I was to find out I loved her, old sport. I even hoped for a while that she'd throw me over, but she didn't, because she was in love with me too. She thought I knew a lot because I knew different things from her ... Well, there I was, 'way off my ambitions, getting deeper in love every minute, and all of a sudden I didn't care. What was the use of doing great things if I could have a better time telling her what I was going to do?"

men wollen, was er kriegen konnte, um dann weiterzuziehen – doch nun merkte er, dass er sich der Suche nach einem Gral verschrieben hatte. Er wusste, dass Daisy eine außergewöhnliche Frau war, aber noch war ihm nicht klar, wie außergewöhnlich ein »feines« Mädchen tatsächlich sein konnte. Sie verschwand in ihrem reichen Haus, in ihr reiches, üppiges Leben und ließ Gatsby zurück – mit nichts. Er fühlte sich mit ihr verheiratet, das war alles.

Als sie sich zwei Tage später wiedertrafen, war Gatsby der Atemlose, der irgendwie Betrogene. Daisys Veranda erstrahlte im Luxus gekauften Sternenlichts; das Weidengeflecht der Sitzbank quietschte vornehm, als sie sich zu ihm drehte und er ihren neugierigen, reizenden Mund küsste. Sie hatte sich erkältet, sodass ihre Stimme heiserer und betörender klang denn je, und Gatsby war überwältigt von der Jugend und dem Geheimnis, die der Reichtum umhegt und erhält, von der Frische der vielen Kleider und von Daisy, glänzend wie Silber, sicher und stolz erhoben über die hitzigen Kämpfe der Armen.

»Ich kann Ihnen nicht beschreiben, wie überrascht ich war, als ich herausfand, dass ich sie liebte, alter Knabe. Eine Zeit lang hoffte ich sogar, sie würde mir den Laufpass geben, aber das tat sie nicht, weil sie sich auch in mich verliebt hatte. Sie dachte, ich wüsste viel, weil ich andere Dinge wusste als sie … Tja, da stand ich nun, meilenweit von meinen Zielen entfernt, mit jeder Minute heftiger verliebt, und mit einem Mal war mir alles andere gleichgültig. Wozu noch große Taten vollbringen, wenn es doch viel reizvoller war, ihr zu erzählen, welche Taten ich gerade plante?«

On the last afternoon before he went abroad, he sat with Daisy in his arms for a long, silent time. It was a cold fall day, with fire in the room and her cheeks flushed. Now and then she moved and he changed his arm a little, and once he kissed her dark shining hair. The afternoon had made them tranquil for a while, as if to give them a deep memory for the long parting the next day promised. They had never been closer in their month of love, nor communicated more profoundly one with another, than when she brushed silent lips against his coat's shoulder or when he touched the end of her fingers, gently, as though she were asleep.

He did extraordinarily well in the war. He was a captain before he went to the front, and following the Argonne battles he got his majority and the command of the divisional machine-guns. After the Armistice he tried frantically to get home, but some complication or misunderstanding sent him to Oxford instead. He was worried now—there was a quality of nervous despair in Daisy's letters. She didn't see why he couldn't come. She was feeling the pressure of the world outside, and she wanted to see him and feel his presence beside her and be reassured that she was doing the right thing after all.

For Daisy was young and her artificial world was redolent of orchids and pleasant, cheerful snobbery and orchestras which set the rhythm of the year, sum-

Am letzten Nachmittag, bevor er nach Übersee ging, saß er mit Daisy in seinen Armen lange Zeit schweigend da. Es war ein kalter Herbsttag, ein Feuer brannte im Zimmer und ihre Wangen waren gerötet. Dann und wann rührte sie sich und er bewegte leicht seinen Arm, und einmal küsste er ihr dunkles glänzendes Haar. Der Nachmittag hatte sie für eine Weile zur Ruhe kommen lassen, als wollte er ihnen eine bleibende Erinnerung schenken für die lange Trennung, die der folgende Tag bereithielt. In ihrem Monat der Liebe waren sie einander nie näher gewesen, hatten sich nie enger verbunden gefühlt als jetzt, da sie mit stummen Lippen die Schulter seines Jacketts streifte oder er ihre Fingerkuppen berührte, so sanft, als schliefe sie.

Im Krieg bewährte er sich hervorragend. Er ging als Hauptmann an die Front, und nach der Schlacht in den Argonnen wurde er zum Major befördert und erhielt das Kommando über die Maschinengewehrabteilung der Division. Nach dem Waffenstillstand bemühte er sich fieberhaft um seine Heimkehr, doch aufgrund irgendeiner Komplikation oder eines Missverständnisses wurde er stattdessen nach Oxford geschickt. Er sorgte sich jetzt – in Daisys Briefen zeigte sich eine gewisse nervöse Verzweiflung. Sie verstand nicht, warum er nicht kommen konnte. Sie fühlte den Druck der äußeren Welt, und sie wollte ihn sehen, wollte seine Gegenwart neben sich spüren und sich vergewissern, dass sie wirklich das Richtige tat.

Denn Daisy war jung, ihre künstliche Welt duftete nach Orchideen, nach wohltuendem, heiterem Snobismus und nach Orchestern, die den Rhythmus des Jahres vorgaben

ming up the sadness and suggestiveness of life in new tunes. All night the saxophones wailed the hopeless comment of the *Beale Street Blues,* while a hundred pairs of golden and silver slippers shuffled the shining dust. At the gray tea hour there were always rooms that throbbed incessantly with this low, sweet fever, while fresh faces drifted here and there like rose petals blown by the sad horns around the floor.

Through this twilight universe Daisy began to move again with the season; suddenly she was again keeping half a dozen dates a day with half a dozen men, and drowsing asleep at dawn with the beads and chiffon of an evening dress tangled among dying orchids on the floor beside her bed. And all the time something within her was crying for a decision. She wanted her life shaped now, immediately—and the decision must be made by some force—of love, of money, of unquestionable practicality—that was close at hand.

That force took shape in the middle of spring with the arrival of Tom Buchanan. There was a wholesome bulkiness about his person and his position, and Daisy was flattered. Doubtless there was a certain struggle and a certain relief. The letter reached Gatsby while he was still at Oxford.

It was dawn now on Long Island and we went about opening the rest of the windows down-stairs, filling the house with gray-turning, gold-turning light. The shadow

und in immer neuen Melodien die Traurigkeit und Vieldeutigkeit des Lebens einfingen. Nächtelang heulten die Saxofone den wehmütigen *Beale Street Blues*, während Hunderte Paare goldener und silberner Tanzschuhe durch den schimmernden Staub glitten. Zur grauen Teestunde pochte so mancher Raum unablässig in diesem matten, süßen Fieber, und frische Gesichter schwebten mal hierhin, mal dorthin wie von traurigen Hornklängen übers Parkett geblasene Rosenblüten.

Im Zwielicht dieser Welt bewegte Daisy sich allmählich wieder im Rhythmus der Jahreszeit; plötzlich hatte sie wieder jeden Tag ein halbes Dutzend Rendezvous mit einem halben Dutzend Männer; bei Tagesanbruch fiel sie in einen dämmrigen Schlaf, und neben ihrem Bett auf dem Boden lagen wild verstreut die Perlen und der Chiffon eines Abendkleids zwischen welkenden Orchideen. Und die ganze Zeit über schrie etwas in ihr nach einer Entscheidung. Sie wollte, dass ihr Leben Gestalt annahm, auf der Stelle – und die Entscheidung musste durch irgendeine rasch greifbare Macht – der Liebe, des Geldes, der fraglosen Zweckmäßigkeit – herbeigeführt werden.

Eine solche Macht nahm Mitte des Frühlings Gestalt an, als Tom Buchanan auftauchte. Seine Erscheinung und seine Stellung hatten etwas wohltuend Wuchtiges, und Daisy fühlte sich geschmeichelt. Sicherlich gab es ein gewisses Ringen und eine gewisse Erleichterung. Der Brief erreichte Gatsby, während er noch in Oxford war.

Inzwischen dämmerte der Morgen über Long Island, und wir machten uns daran, die restlichen Fenster im Erdgeschoss zu öffnen, füllten das Haus mit zunächst grau, dann

of a tree fell abruptly across the dew and ghostly birds began to sing among the blue leaves. There was a slow, pleasant movement in the air, scarcely a wind, promising a cool, lovely day.

"I don't think she ever loved him." Gatsby turned around from a window and looked at me challengingly. "You must remember, old sport, she was very excited this afternoon. He told her those things in a way that frightened her—that made it look as if I was some kind of cheap sharper. And the result was she hardly knew what she was saying."

He sat down gloomily.

"Of course she might have loved him just for a minute, when they were first married—and loved me more even then, do you see?"

Suddenly he came out with a curious remark.

"In any case," he said, "it was just personal."

What could you make of that, except to suspect some intensity in his conception of the affair that couldn't be measured?

He came back from France when Tom and Daisy were still on their wedding trip, and made a miserable but irresistible journey to Louisville on the last of his army pay. He stayed there a week, walking the streets where their footsteps had clicked together through the November night and revisiting the out-of-the-way places to which they had driven in her white car. Just as Daisy's house had always seemed to him more mysterious and gay than other houses, so his idea of the city

golden werdendem Licht. Der Schatten eines Baums fiel jäh über den Tau, und zwischen den blauen Blättern begannen geisterhafte Vögel ihren Gesang. Ein leiser, angenehmer Lufthauch, kaum Wind zu nennen, regte sich und versprach einen kühlen, herrlichen Tag.

»Ich glaube nicht, dass sie ihn je geliebt hat.« Gatsby drehte sich von einem Fenster zu mir herum und sah mich herausfordernd an. »Denken Sie daran, alter Knabe, wie aufgewühlt sie den ganzen Nachmittag über war. Er sagte ihr all diese Dinge auf eine Art, die ihr Angst machte – die mich wie einen schäbigen kleinen Ganoven aussehen ließ. Und das Ergebnis war, dass sie kaum wusste, was sie sagte.«

Mit düsterer Miene setzte er sich.

»Natürlich, mag sein, sie hat ihn für einen kurzen Moment geliebt, als sie frisch verheiratet waren – aber selbst da hat sie mich noch mehr geliebt, verstehen Sie?«

Unvermittelt machte er eine sonderbare Bemerkung.

»Jedenfalls«, sagte er, »war das rein persönlich.«

Wie anders sollte man das verstehen, als in seiner Vorstellung von der ganzen Sache eine Intensität zu vermuten, die nicht messbar war?

Er kehrte aus Frankreich zurück, als Tom und Daisy noch in den Flitterwochen waren, und begab sich mit dem letzten Rest seines Solds auf eine schmerzliche, aber unwiderstehliche Reise nach Louisville. Er blieb eine Woche, schlenderte durch die Straßen, in denen ihre Schritte gemeinsam durch die Novembernacht geklappert hatten, und besuchte noch einmal die abgelegenen Orte, an die sie mit ihrem weißen Wagen gefahren waren. So wie Daisys Haus ihm stets geheimnisvoller und heiterer erschienen war als

itself, even though she was gone from it, was pervaded with a melancholy beauty.

He left feeling that if he had searched harder, he might have found her—that he was leaving her behind. The day-coach—he was penniless now—was hot. He went out to the open vestibule and sat down on a folding-chair, and the station slid away and the backs of unfamiliar buildings moved by. Then out into the spring fields, where a yellow trolley raced them for a minute with people in it who might once have seen the pale magic of her face along the casual street.

The track curved and now it was going away from the sun, which as it sank lower, seemed to spread itself in benediction over the vanishing city where she had drawn her breath. He stretched out his hand desperately as if to snatch only a wisp of air, to save a fragment of the spot that she had made lovely for him. But it was all going by too fast now for his blurred eyes and he knew that he had lost that part of it, the freshest and the best, forever.

It was nine o'clock when we finished breakfast and went out on the porch. The night had made a sharp difference in the weather and there was an autumn flavor in the air. The gardener, the last one of Gatsby's former servants, came to the foot of the steps.

andere Häuser, so war auch sein Bild der Stadt, obwohl Daisy aus ihr verschwunden war, von melancholischer Schönheit durchdrungen.

Bei seiner Abreise hatte er das Gefühl, als hätte er Daisy dort finden können, hätte er nur gewissenhafter gesucht – als ließe er sie dort zurück. In dem billigen Abteil – er besaß jetzt keinen Penny mehr – war es heiß. Er trat hinaus auf die offene Plattform und setzte sich auf einen Klappstuhl; der Bahnhof entschwand dem Blick, die Rückseiten fremder Gebäude glitten vorüber. Dann tauchten sie ein in die Frühlingsfelder, wo ein gelber Straßenbahnwagen ihnen ein kurzes Wettrennen lieferte, mit Leuten darin, die einst vielleicht auf irgendeiner Straße dem blassen Zauber von Daisys Gesicht begegnet waren.

Die Trasse beschrieb eine Kurve und führte nun weg von der Sonne, die sich im Niedersinken wie segnend über die schwindende Stadt zu breiten schien, in der Daisy einst geatmet hatte. Er streckte verzweifelt die Hand aus, wie um wenigstens einen Lufthauch einzufangen, ein kleines Stück jenes Ortes zu bewahren, den sie für ihn so reizvoll gemacht hatte. Doch unter seinem verschwommenen Blick glitt nun alles zu schnell vorüber, und er wusste, dass er diesen Teil, den frischesten und besten, für immer verloren hatte.

Es war neun Uhr, als wir das Frühstück beendeten und auf die Veranda hinaustraten. Über Nacht hatte das Wetter sich merklich verändert, und ein herbstliches Aroma lag in der Luft. Der Gärtner, der letzte von Gatsbys ehemaligen Angestellten, erschien am Fuß der Treppe.

"I'm going to drain the pool to-day, Mr Gatsby. Leaves'll start falling pretty soon, and then there's always trouble with the pipes."

"Don't do it to-day," Gatsby answered. He turned to me apologetically. "You know, old sport, I've never used that pool all summer?"

I looked at my watch and stood up.

"Twelve minutes to my train."

I didn't want to go to the city. I wasn't worth a decent stroke of work, but it was more than that—I didn't want to leave Gatsby. I missed that train, and then another, before I could get myself away.

"I'll call you up," I said finally.

"Do, old sport."

"I'll call you about noon."

We walked slowly down the steps.

"I suppose Daisy'll call too." He looked at me anxiously, as if he hoped I'd corroborate this.

"I suppose so."

"Well, good-by."

We shook hands and I started away. Just before I reached the hedge I remembered something and turned around.

"They're a rotten crowd," I shouted across the lawn. "You're worth the whole damn bunch put together."

I've always been glad I said that. It was the only compliment I ever gave him, because I disapproved of

»Ich will heute den Pool trockenlegen, Mr Gatsby. Ziemlich bald fängt das Laub an zu fallen, und dann gibt's immer Probleme mit den Abflüssen.«

»Lassen Sie's heute noch gut sein«, antwortete Gatsby. Er wandte sich entschuldigend an mich. »Wissen Sie, alter Knabe, dass ich diesen Pool den ganzen Sommer lang nie benutzt habe?«

Ich schaute auf meine Uhr und stand auf.

»Mein Zug geht in zwölf Minuten.«

Ich wollte nicht in die Stadt fahren. Ich taugte heute zu keiner anständigen Arbeit, doch das war nicht alles – ich wollte Gatsby nicht allein lassen. Ich verpasste diesen Zug und auch den nächsten, ehe ich mich losreißen konnte.

»Ich rufe Sie an«, sagte ich schließlich.

»Tun Sie das, alter Knabe.«

»Ich melde mich dann gegen Mittag.«

Wir stiegen langsam die Treppe hinunter.

»Bestimmt wird Daisy auch anrufen.« Er betrachtete mich ängstlich, als erhoffte er sich von mir eine Bestätigung.

»Ja, bestimmt.«

»Also, auf Wiedersehen.«

Wir gaben uns die Hand, und ich ging davon. Doch kurz bevor ich die Hecke erreicht hatte, fiel mir etwas ein, und ich drehte mich um.

»Das ist ein elendes Pack«, schrie ich über den Rasen. »Sie sind mehr wert als der ganze verdammte Haufen zusammen.«

Noch heute erleichtert es mich, das gesagt zu haben. Es ist das einzige Kompliment, das ich ihm je gemacht habe,

him from beginning to end. First he nodded politely, and then his face broke into that radiant and understanding smile, as if we'd been in ecstatic cahoots on that fact all the time. His gorgeous pink rag of a suit made a bright spot of color against the white steps, and I thought of the night when I first came to his ancestral home, three months before. The lawn and drive had been crowded with the faces of those who guessed at his corruption—and he had stood on those steps, concealing his incorruptible dream, as he waved them good-by.

I thanked him for his hospitality. We were always thanking him for that—I and the others.

"Good-by," I called. "I enjoyed breakfast, Gatsby."

Up in the city, I tried for a while to list the quotations on an interminable amount of stock, then I fell asleep in my swivel-chair. Just before noon the phone woke me, and I started up with sweat breaking out on my forehead. It was Jordan Baker; she often called me up at this hour because the uncertainty of her own movements between hotels and clubs and private houses made her hard to find in any other way. Usually her voice came over the wire as something fresh and cool, as if a divot from a green golf-links had come sailing in at the office window, but this morning it seemed harsh and dry.

weil mir im Grunde alles an ihm missfiel. Zuerst nickte er höflich, dann breitete sich auf seinem Gesicht jenes strahlende, verständige Lächeln aus, als wären wir in diesem Punkt seit jeher ganz und gar einer Meinung gewesen. Sein rosa Prachtfetzen von einem Anzug bildete einen leuchtenden Farbfleck vor den weißen Stufen, und ich dachte zurück an den Abend vor drei Monaten, an dem ich zum ersten Mal sein feudales Anwesen betreten hatte. Auf dem Rasen und in der Einfahrt hatten sich die Gesichter all derer gedrängt, die über seine Unlauterkeit spekulierten – und er hatte auf ebendiesen Stufen gestanden und seinen lauteren Traum verborgen gehalten, als er ihnen zum Abschied zuwinkte.

Ich dankte ihm für seine Gastfreundschaft. Dafür hatten wir alle ihm stets gedankt – ich und die anderen.

»Wiedersehen«, rief ich. »Danke fürs Frühstück, Gatsby.«

In der Stadt mühte ich mich eine Weile mit einer schier endlosen Liste von Aktiennotierungen ab, ehe ich in meinem Drehstuhl einschlief. Kurz vor zwölf weckte mich das Telefon, und als ich hochschrak, fühlte ich, wie auf meiner Stirn der Schweiß ausbrach. Es war Jordan Baker; sie rief mich oft um diese Zeit an, weil ihr eigener Tagesablauf zwischen Hotels und Clubs und Privathäusern zu unberechenbar war, als dass man sie auf andere Weise hätte erreichen können. Normalerweise kam ihre Stimme so frisch und kühl durch die Leitung, als wäre ein Rasenstück von einem grünen Küstengolfplatz durch das Bürofenster hereingesegelt, doch an diesem Morgen klang sie trocken und hart.

"I've left Daisy's house," she said. "I'm at Hempstead, and I'm going down to Southampton this afternoon."

Probably it had been tactful to leave Daisy's house, but the act annoyed me, and her next remark made me rigid.

"You weren't so nice to me last night."

"How could it have mattered then?"

Silence for a moment. Then:

"However—I want to see you."

"I want to see you, too."

"Suppose I don't go to Southampton, and come into town this afternoon?"

"No—I don't think this afternoon."

"Very well."

"It's impossible this afternoon. Various—"

We talked like that for a while, and then abruptly we weren't talking any longer. I don't know which of us hung up with a sharp click, but I know I didn't care. I couldn't have talked to her across a tea-table that day if I never talked to her again in this world.

I called Gatsby's house a few minutes later, but the line was busy. I tried four times; finally an exasperated central told me the wire was being kept open for long distance from Detroit. Taking out my time-table, I drew a small circle around the three-fifty train. Then I leaned back in my chair and tried to think. It was just noon.

»Ich bin bei Daisy ausgezogen«, sagte sie. »Ich bin in Hempstead, und heute Nachmittag fahre ich runter nach Southampton.«

Wahrscheinlich war es taktvoll gewesen, bei Daisy auszuziehen, aber es ärgerte mich, und ihre nächste Bemerkung ließ mich stocksteif werden.

»Du warst nicht sonderlich nett zu mir gestern Abend.«

»Hätte es denn etwas geändert?«

Kurzes Schweigen. Dann:

»Wie dem auch sei – ich möchte dich sehen.«

»Ich möchte dich auch sehen.«

»Wie wär's, wenn ich nicht nach Southampton ginge und stattdessen heute Nachmittag in die Stadt käme?«

»Nein – heute Nachmittag besser nicht.«

»Wie du willst.«

»Es geht heute Nachmittag nicht. Es gibt da …«

So redeten wir eine Weile, und dann plötzlich redeten wir nicht mehr. Ich weiß nicht, wer von uns mit einem scharfen Klicken den Hörer auflegte, aber ich weiß, dass es mich nicht kümmerte. An jenem Tag war ich einfach nicht in der Lage, bei einer Tasse Tee mit ihr zu plaudern, selbst wenn das hieß, dass ich in diesem Leben nie wieder mit ihr plaudern würde.

Ein paar Minuten später rief ich bei Gatsby an, doch es war besetzt. Ich versuchte es viermal; schließlich meldete sich aufgebracht die Telefonzentrale und teilte mir mit, die Leitung werde für ein Ferngespräch mit Detroit frei gehalten. Ich nahm meinen Fahrplan heraus und zog einen kleinen Kreis um den Drei-Uhr-fünfzig-Zug. Dann lehnte ich mich in meinem Stuhl zurück und versuchte nachzudenken. Es war gerade zwölf.

When I passed the ashheaps on the train that morning I had crossed deliberately to the other side of the car. I supposed there'd be a curious crowd around there all day with little boys searching for dark spots in the dust, and some garrulous man telling over and over what had happened, until it became less and less real even to him and he could tell it no longer, and Myrtle Wilson's tragic achievement was forgotten. Now I want to go back a little and tell what happened at the garage after we left there the night before.

They had difficulty in locating the sister, Catherine. She must have broken her rule against drinking that night, for when she arrived she was stupid with liquor and unable to understand that the ambulance had already gone to Flushing. When they convinced her of this, she immediately fainted, as if that was the intolerable part of the affair. Some one, kind or curious, took her in his car and drove her in the wake of her sister's body.

Until long after midnight a changing crowd lapped up against the front of the garage, while George Wilson rocked himself back and forth on the couch inside. For a while the door of the office was open, and every one who came into the garage glanced irresistibly through it. Finally someone said it was a shame, and closed the door. Michaelis and several other men were with him; first, four or five men, later two or three men. Still later Michaelis had to ask the last stranger to wait there fifteen minutes longer, while he went back to his own

Als mein Zug an jenem Morgen an den Aschehügeln vorbeifuhr, saß ich mit Absicht auf der anderen Seite. Ich stellte mir vor, dass sich dort den ganzen Tag eine Menge Schaulustiger herumtrieb, dass kleine Jungen im Staub nach dunklen Flecken suchten und irgendein redseliger Mensch wieder und wieder erzählte, was passiert war, bis es selbst ihm immer weniger real erschien, sodass er es nicht mehr erzählen konnte und Myrtle Wilsons tragisches Ende vergessen war. Ich möchte jetzt ein kleines Stück zurückgehen und berichten, was in der Werkstatt geschah, nachdem wir sie am Abend zuvor verlassen hatten.

Es erwies sich als schwierig, Catherine, die Schwester, ausfindig zu machen. An jenem Abend hatte sie offenbar ihre selbst auferlegte Alkoholabstinenz vergessen, denn als sie ankam, war sie sturzbetrunken und unfähig zu begreifen, dass der Krankenwagen bereits auf dem Weg nach Flushing war. Als man es ihr endlich klargemacht hatte, fiel sie auf der Stelle in Ohnmacht, als wäre das der unerträgliche Teil der Geschichte. Irgendjemand setzte sie aus Freundlichkeit oder Neugier in sein Auto und fuhr sie zur Totenwache beim Leichnam ihrer Schwester.

Bis weit nach Mitternacht züngelte ein Menschengewühl gegen die Stirnseite der Werkstatt, während George Wilson sich drinnen auf der Couch vor- und zurückwiegte. Eine Zeit lang stand die Tür zum Büro offen, und jeder, der die Werkstatt betrat, warf unweigerlich einen Blick hinein. Schließlich sagte jemand, es sei beschämend, und schloss die Tür. Michaelis und ein paar andere Männer waren bei ihm; zuerst vier oder fünf, später zwei oder drei. Und wieder einige Zeit später musste Michaelis den letzten Verbliebenen bitten, noch fünfzehn Minuten dort zu war-

place and made a pot of coffee. After that, he stayed there alone with Wilson until dawn.

About three o'clock the quality of Wilson's incoherent muttering changed—he grew quieter and began to talk about the yellow car. He announced that he had a way of finding out whom the yellow car belonged to, and then he blurted out that a couple of months ago his wife had come from the city with her face bruised and her nose swollen.

But when he heard himself say this, he flinched and began to cry "Oh, my God!" again in his groaning voice. Michaelis made a clumsy attempt to distract him.

"How long have you been married, George? Come on there, try and sit still a minute and answer my question. How long have you been married?"

"Twelve years."

"Ever had any children? Come on, George, sit still—I asked you a question. Did you ever have any children?"

The hard brown beetles kept thudding against the dull light, and whenever Michaelis heard a car go tearing along the road outside it sounded to him like the car that hadn't stopped a few hours before. He didn't like to go into the garage, because the work bench was stained where the body had been lying, so he moved uncomfortably around the office—he knew every object in it before morning—and from time to time sat down beside Wilson trying to keep him more quiet.

ten, während er zu sich nach Hause ging und eine Kanne Kaffee kochte. Danach blieb er bis zum Morgengrauen mit Wilson allein.

Gegen drei Uhr veränderte sich Wilsons zusammenhangloses Gemurmel – er wurde ruhiger und begann, über den gelben Wagen zu reden. Er verkündete, dass er schon noch herausfinden werde, wem der gelbe Wagen gehöre, und dann platzte er heraus, ein paar Monate zuvor sei seine Frau mit zerschlagenem Gesicht und geschwollener Nase aus der Stadt zurückgekehrt.

Doch als er sich das sagen hörte, fuhr er zusammen und verfiel aufs Neue mit ächzender Stimme in sein klagendes »O mein Gott!«. Michaelis unternahm einen unbeholfenen Versuch, ihn abzulenken.

»Wie lange bist du nun schon verheiratet, George? Na komm, los, jetzt versuch mal, einen Augenblick still zu sitzen und auf meine Frage zu antworten. Wie lange bist du nun schon verheiratet?«

»Zwölf Jahre.«

»Je Kinder gehabt? Na los, George, sitz still – ich hab dich was gefragt. Hast du jemals Kinder gehabt?«

Harte braune Käfer prallten unentwegt gegen die trübe Lampe, und wann immer Michaelis draußen ein Auto die Straße entlangrasen hörte, klang es für ihn wie der Wagen, der ein paar Stunden zuvor nicht angehalten hatte. Er mochte nicht in die Werkstatt gehen, weil auf der Werkbank, dort wo die Leiche gelegen hatte, Flecken zu sehen waren, und so lief er nervös im Büro hin und her – noch ehe der Morgen anbrach, kannte er jeden Gegenstand in dem Raum –, setzte sich von Zeit zu Zeit neben Wilson und versuchte weiter, ihn zu beruhigen.

"Have you got a church you go to sometimes, George? Maybe even if you haven't been there for a long time? Maybe I could call up the church and get a priest to come over and he could talk to you, see?"

"Don't belong to any."

"You ought to have a church, George, for times like this. You must have gone to church once. Didn't you get married in a church? Listen, George, listen to me. Didn't you get married in a church?"

"That was a long time ago."

The effort of answering broke the rhythm of his rocking—for a moment he was silent. Then the same half-knowing, half-bewildered look came back into his faded eyes.

"Look in the drawer there," he said, pointing at the desk.

"Which drawer?"

"That drawer—that one."

Michaelis opened the drawer nearest his hand. There was nothing in it but a small, expensive dog-leash, made of leather and braided silver. It was apparently new.

"This?" he inquired, holding it up.

Wilson stared and nodded.

"I found it yesterday afternoon. She tried to tell me about it, but I knew it was something funny."

"You mean your wife bought it?"

"She had it wrapped in tissue paper on her bureau."

»Gibt's irgendeine Kirche, in die du ab und zu gehst, George? Auch wenn du lange nicht da warst? Vielleicht könnte ich in der Kirche anrufen und 'nen Priester bitten herzukommen, um mit dir zu reden, weißt du?«

»Bin in keiner Kirche.«

»Du solltest aber 'ne Kirche haben, George, für Zeiten wie die hier. Du bist doch sicher irgendwann mal zur Kirche gegangen. Hast du nicht in 'ner Kirche geheiratet? Hör zu, George, hör mir zu. Hast du nicht in 'ner Kirche geheiratet?«

»Das ist lange her.«

Die Anstrengung, die ihn das Antworten kostete, brachte ihn aus seinem Wiegerhythmus – und er schwieg für einen Moment. Dann zeigte sich erneut jener halb wissende, halb irre Blick in seinen verblassten Augen.

»Schau in die Schublade da«, sagte er und zeigte auf den Schreibtisch.

»In welche?«

»In diese da – da drüben.«

Michaelis öffnete die Schublade, die ihm am nächsten war. Es lag nichts darin außer einer kleinen, kostspieligen Hundeleine aus Leder und geflochtenem Silber. Sie war offensichtlich neu.

»Die?«, fragte er und hielt sie hoch.

Wilson starrte vor sich hin und nickte.

»Die hab ich gestern Nachmittag gefunden. Sie wollte mir dazu irgendeine Geschichte auftischen, aber ich wusste gleich, dass da was faul war.«

»Du meinst, deine Frau hat das Ding gekauft?«

»Es lag in Seidenpapier eingewickelt auf ihrer Kommode.«

Michaelis didn't see anything odd in that, and he gave Wilson a dozen reasons why his wife might have bought the dog-leash. But conceivably Wilson had heard some of these same explanations before, from Myrtle, because he began saying "Oh, my God!" again in a whisper—his comforter left several explanations in the air.

"Then he killed her," said Wilson. His mouth dropped open suddenly.

"Who did?"

"I have a way of finding out."

"You're morbid, George," said his friend. "This has been a strain to you and you don't know what you're saying. You'd better try and sit quiet till morning."

"He murdered her."

"It was an accident, George."

Wilson shook his head. His eyes narrowed and his mouth widened slightly with the ghost of a superior "Hm!"

"I know," he said definitely, "I'm one of these trusting fellas and I don't think any harm to *nobody*, but when I get to know a thing I know it. It was the man in that car. She ran out to speak to him and he wouldn't stop."

Michaelis had seen this too, but it hadn't occurred to him that there was any special significance in it. He believed that Mrs Wilson had been running away from her husband, rather than trying to stop any particular car.

"How could she of been like that?"

Michaelis konnte nichts Seltsames daran finden, und er nannte Wilson ein Dutzend Gründe, weshalb seine Frau die Hundeleine gekauft haben könnte. Doch vermutlich hatte Wilson einige dieser Erklärungen bereits von Myrtle gehört, denn er verfiel wieder in sein »O mein Gott!«, diesmal mit Flüsterstimme – und sein Tröster ließ davon ab, weitere Gründe aufzuzählen.

»Dann hat er sie umgebracht«, sagte Wilson. Plötzlich stand ihm der Mund offen.

»Wer?«

»Das finde ich schon noch raus.«

»Du bist nicht ganz bei Trost, George«, sagte sein Freund. »Das alles hat dir mächtig zugesetzt, und du weißt nicht, was du da redest. Am besten versuchst du, bis zum Morgen ganz ruhig hier zu sitzen.«

»Er hat sie ermordet.«

»Es war ein Unfall, George.«

Wilson schüttelte den Kopf. Seine Augen verengten sich, und sein Mund dehnte sich leicht im Anflug eines überlegenen »Hm!«.

»Ich weiß schon«, sagte er entschieden, »ich bin einer von diesen vertrauensseligen Typen, und ich will *keinem* was Böses, aber wenn ich einmal was weiß, dann weiß ich's. Es war der Mann in dem Auto. Sie ist rausgerannt, um mit ihm zu reden, und er hat einfach nicht angehalten.«

Michaelis hatte dasselbe gesehen, aber er war nicht auf den Gedanken gekommen, dass es irgendeine besondere Bedeutung haben könnte. Er war überzeugt, Mrs Wilson sei einfach vor ihrem Mann davongelaufen und habe keinen bestimmten Wagen anhalten wollen.

»Wieso hätte sie das tun sollen?«

"She's a deep one," said Wilson, as if that answered the question. "Ah-h-h—"

He began to rock again, and Michaelis stood twisting the leash in his hand.

"Maybe you got some friend that I could telephone for, George?"

This was a forlorn hope—he was almost sure that Wilson had no friend: there was not enough of him for his wife. He was glad a little later when he noticed a change in the room, a blue quickening by the window, and realized that dawn wasn't far off. About five o'clock it was blue enough outside to snap off the light.

Wilson's glazed eyes turned out to the ashheaps, where small gray clouds took on fantastic shape and scurried here and there in the faint dawn wind.

"I spoke to her," he muttered, after a long silence. "I told her she might fool me but she couldn't fool God. I took her to the window"—with an effort he got up and walked to the rear window and leaned with his face pressed against it—"and I said 'God knows what you've been doing, everything you've been doing. You may fool me, but you can't fool God!'"

Standing behind him, Michaelis saw with a shock that he was looking at the eyes of Doctor T. J. Eckleburg, which had just emerged, pale and enormous, from the dissolving night.

"God sees everything," repeated Wilson.

"That's an advertisement," Michaelis assured him. Something made him turn away from the window and

»Sie hat's faustdick hinter den Ohren«, sagte Wilson, als beantwortete das die Frage. »Ah-h-h…«

Er wiegte sich nun wieder vor und zurück, und Michaelis stand da und drehte die Leine in der Hand.

»Hast du vielleicht irgendeinen Freund, den ich anrufen könnte, George?«

Das war nur eine schwache Hoffnung – er war sich fast sicher, dass Wilson keinen Freund hatte: Selbst für seine Frau reichte es ja nicht. Wenig später bemerkte Michaelis erleichtert eine Veränderung im Raum, einen bläulichen Schimmer beim Fenster, der ihm die Morgendämmerung ankündigte. Gegen fünf Uhr war das Blau draußen hell genug, um das Licht auszuschalten.

Wilsons glasiger Blick wanderte hinaus zu den Aschehügeln, wo kleine graue Wolken unwirkliche Formen annahmen und im leisen Morgenwind mal hierhin, mal dorthin trieben.

»Ich hab mit ihr gesprochen«, murmelte er nach langem Schweigen. »Hab ihr gesagt, mir kann sie vielleicht was vormachen, aber nicht Gott. Ich hab sie zum Fenster gezogen« – schwerfällig erhob er sich, ging zum hinteren Fenster und presste sein Gesicht an die Scheibe – »und ihr gesagt: ›Gott weiß, was du getan hast, alles weiß er. Mir kannst du vielleicht was vormachen, aber nicht Gott!‹«

Michaelis stand hinter ihm und sah mit einem Schreck, dass er in die Augen von Doktor T. J. Eckleburg blickte, die, blass und riesenhaft, eben aus der schwindenden Nacht aufgetaucht waren.

»Gott sieht alles«, wiederholte Wilson.

»Das ist eine Reklame«, beschwichtigte Michaelis ihn. Dann wandte er sich unwillkürlich vom Fenster ab und

look back into the room. But Wilson stood there a long time, his face close to the window pane, nodding into the twilight.

By six o'clock Michaelis was worn out, and grateful for the sound of a car stopping outside. It was one of the watchers of the night before who had promised to come back, so he cooked breakfast for three, which he and the other man ate together. Wilson was quieter now, and Michaelis went home to sleep; when he awoke four hours later and hurried back to the garage, Wilson was gone.

His movements—he was on foot all the time—were afterward traced to Port Roosevelt and then to Gad's Hill, where he bought a sandwich that he didn't eat, and a cup of coffee. He must have been tired and walking slowly, for he didn't reach Gad's Hill until noon. Thus far there was no difficulty in accounting for his time—there were boys who had seen a man "acting sort of crazy," and motorists at whom he stared oddly from the side of the road. Then for three hours he disappeared from view. The police, on the strength of what he said to Michaelis, that he "had a way of finding out," supposed that he spent that time going from garage to garage thereabout, inquiring for a yellow car. On the other hand, no garage man who had seen him ever came forward, and perhaps he had an easier, surer way of finding out what he wanted to know. By half-past two he was in West Egg, where he asked someone the way to Gatsby's house. So by that time he knew Gatsby's name.

schaute wieder ins Zimmer. Wilson jedoch stand noch lange dort, das Gesicht dicht an der Fensterscheibe, und nickte hinaus in die Dämmerung.

Gegen sechs Uhr war Michaelis völlig erschöpft und hörte dankbar, wie draußen ein Wagen vorfuhr. Es war einer der Männer, die am Abend zuvor Wache gehalten und versprochen hatten wiederzukommen, und so bereitete Michaelis ein Frühstück für drei, das er und der andere Mann zu sich nahmen. Wilson war jetzt ruhiger, und Michaelis ging nach Hause, um zu schlafen; als er vier Stunden später erwachte und zur Werkstatt zurückeilte, war Wilson verschwunden.

Seine Spur – er war die ganze Zeit zu Fuß unterwegs – ließ sich nachträglich bis Port Roosevelt und von dort bis Gad's Hill verfolgen, wo er eine Tasse Kaffee bestellte und sich ein Sandwich kaufte, das er nicht aß. Offenbar war er müde und lief nur langsam, denn er erreichte Gad's Hill erst gegen Mittag. Bis hierher war sein Weg ohne Weiteres nachzuvollziehen – ein paar Jungen hatten einen Mann gesehen, der sich »irgendwie verrückt aufführte«, und einige Autofahrer berichteten, er habe sie vom Straßenrand aus so merkwürdig angestarrt. Dann verschwand er für drei Stunden von der Bildfläche. Die Polizei stützte sich auf seine Äußerung gegenüber Michaelis, er werde »das schon noch rausfinden«, und vermutete, dass er in dieser Zeit sämtliche Werkstätten der Gegend abgelaufen sei und sich dort nach einem gelben Wagen erkundigt habe. Andererseits meldete sich kein einziger Werkstattbesitzer, der ihn gesehen hätte, und vielleicht hatte Wilson eine einfachere, sicherere Methode, um herauszufinden, was er wissen wollte. Gegen halb drei war er in West Egg, wo er jeman-

At two o'clock Gatsby put on his bathing-suit and left word with the butler that if any one phoned word was to be brought to him at the pool. He stopped at the garage for a pneumatic mattress that had amused his guests during the summer, and the chauffeur helped him pump it up. Then he gave instructions that the open car wasn't to be taken out under any circumstances—and this was strange, because the front right fender needed repair.

Gatsby shouldered the mattress and started for the pool. Once he stopped and shifted it a little, and the chauffeur asked him if he needed help, but he shook his head and in a moment disappeared among the yellowing trees.

No telephone message arrived, but the butler went without his sleep and waited for it until four o'clock—until long after there was any one to give it to if it came. I have an idea that Gatsby himself didn't believe it would come, and perhaps he no longer cared. If that was true he must have felt that he had lost the old warm world, paid a high price for living too long with a single dream. He must have looked up at an unfamiliar sky through frightening leaves and shivered as he found what a grotesque thing a rose is and how raw the sunlight was upon the scarcely created grass. A new world, material without being real, where poor ghosts, breathing dreams like air, drifted fortuitously about ... like

den nach dem Weg zu Gatsbys Haus fragte. Zu diesem Zeitpunkt also kannte er bereits Gatsbys Namen.

Um zwei Uhr zog Gatsby sich seinen Badeanzug an und trug dem Butler auf, falls irgendjemand anrufe, möge man ihn benachrichtigen, er sei unten am Pool. Er ging zur Garage hinüber, um eine Luftmatratze zu holen, mit der seine Gäste sich den Sommer über vergnügt hatten, und der Chauffeur half ihm, sie aufzupumpen. Dann gab er Anweisung, der offene Wagen dürfe unter keinen Umständen herausgefahren werden – was merkwürdig war, denn der vordere rechte Kotflügel hatte eine Reparatur nötig.

Gatsby schulterte die Matratze und machte sich auf den Weg zum Pool. Einmal blieb er stehen und rückte sie ein wenig zurecht, und der Chauffeur fragte ihn, ob er Hilfe brauche, aber er schüttelte den Kopf und verschwand einen Augenblick später zwischen den sich gelb färbenden Bäumen.

Es kam kein Telefonanruf, doch der Butler verzichtete auf seinen Mittagsschlaf und wartete bis vier Uhr – bis es längst niemanden mehr gab, dem er eine Nachricht hätte überbringen können. Ich stelle mir vor, dass Gatsby selbst nicht mehr mit dem Anruf rechnete, dass es ihn inzwischen vielleicht gar nicht mehr kümmerte. Falls das so war, dann muss er gespürt haben, dass er die alte, warme Welt verloren und einen hohen Preis dafür gezahlt hatte, allzu lang mit einem einzigen Traum zu leben. Er muss durch ein beängstigendes Blätterdach in einen ihm fremden Himmel hinaufgeschaut haben, muss gezittert haben, als er erkannte, welch groteskes Ding eine Rose ist und wie grausam das Sonnenlicht auf das kaum gediehene Gras fiel.

that ashen, fantastic figure gliding toward him through the amorphous trees.

The chauffeur—he was one of Wolfshiem's protégés—heard the shots—afterward he could only say that he hadn't thought anything much about them. I drove from the station directly to Gatsby's house and my rushing anxiously up the front steps was the first thing that alarmed any one. But they knew then, I firmly believe. With scarcely a word said, four of us, the chauffeur, butler, gardener, and I, hurried down to the pool.

There was a faint, barely perceptible movement of the water as the fresh flow from one end urged its way toward the drain at the other. With little ripples that were hardly the shadows of waves, the laden mattress moved irregularly down the pool. A small gust of wind that scarcely corrugated the surface was enough to disturb its accidental course with its accidental burden. The touch of a cluster of leaves revolved it slowly, tracing, like the leg of transit, a thin red circle in the water.

It was after we started with Gatsby toward the house that the gardener saw Wilson's body a little way off in the grass, and the holocaust was complete.

Eine neue Welt, stofflich zwar, doch nicht real, in der armselige Geisterwesen, Träume atmend wie Luft, ganz zufällig umhertrieben … so wie jene aschfahle, unwirkliche Gestalt, die zwischen den formlosen Bäumen hindurch auf ihn zuschwebte.

Der Chauffeur – einer von Wolfshiems Schützlingen – hörte die Schüsse; später konnte er nur sagen, er habe sich nichts weiter dabei gedacht. Ich fuhr vom Bahnhof aus direkt zu Gatsbys Haus, und erst als ich in banger Sorge die vordere Treppe hinaufstürmte, zeigte sich dort überhaupt irgendjemand alarmiert. Doch sie wussten es schon, davon bin ich fest überzeugt. Kaum ein Wort fiel, als wir zu viert, der Chauffeur, der Butler, der Gärtner und ich, hinunter zum Pool eilten.

Eine schwache, kaum wahrnehmbare Bewegung lief über das Wasser, während der frische Zustrom sich seinen Weg vom einen Ende zum Abfluss am anderen bahnte. Auf winzigen Wellen, ja eigentlich nur einem leichten Kräuseln trieb die beladene Matratze auf dem Pool umher. Ein leiser Windstoß, der kaum die Oberfläche aufrührte, genügte, um den zufälligen Kurs der Matratze mit ihrer zufälligen Last zu stören. Als sie an ein paar Blätter stieß, drehte sie sich langsam um sich selbst und zeichnete, wie der Schenkel eines Zirkels, eine dünne rote Kreisbahn ins Wasser.

Wir hatten uns mit Gatsby bereits auf den Weg zum Haus gemacht, als der Gärtner ein kleines Stück abseits Wilsons Leiche im Gras liegen sah, und das Massaker war perfekt.

CHAPTER 9

After two years I remember the rest of that day, and that night and the next day, only as an endless drill of police and photographers and newspaper men in and out of Gatsby's front door. A rope stretched across the main gate and a policeman by it kept out the curious, but little boys soon discovered that they could enter through my yard, and there were always a few of them clustered open-mouthed about the pool. Someone with a positive manner, perhaps a detective, used the expression "madman" as he bent over Wilson's body that afternoon, and the adventitious authority of his voice set the key for the newspaper reports next morning.

Most of those reports were a nightmare—grotesque, circumstantial, eager, and untrue. When Michaelis's testimony at the inquest brought to light Wilson's suspicions of his wife I thought the whole tale would shortly be served up in racy pasquinade—but Catherine, who might have said anything, didn't say a word. She showed a surprising amount of character about it too—looked at the coroner with determined eyes under that corrected brow of hers, and swore that her sister had never seen Gatsby, that her sister was completely happy with her husband, that her sister had been into no mischief whatever. She convinced herself of it, and cried into her handkerchief, as if the very suggestion was more than she could endure. So Wilson was reduced to a man "deranged by grief" in order that

Kapitel 9

Heute, zwei Jahre später, erinnere ich den Rest jenes Tages und den Abend und den folgenden Tag nur als einen endlosen Zug von Polizisten und Fotografen und Reportern, die zu Gatsbys Haustür hinein- und hinausmarschierten. Vor dem Haupttor war ein Seil gespannt, ein Polizist stand davor und hielt die Schaulustigen zurück, doch ein paar kleine Jungen hatten bald entdeckt, dass sie durch meinen Garten hineingelangen konnten, und die ganze Zeit über drängten sich einige von ihnen gaffend um den Pool. Jemand mit entschlossenem Auftreten, vielleicht ein Kriminalbeamter, gebrauchte den Ausdruck »Wahnsinniger«, als er sich an jenem Nachmittag über Wilsons Körper beugte, und die beiläufige Autorität seiner Stimme prägte die Tonart der Zeitungsberichte vom nächsten Morgen.

Die meisten dieser Berichte waren Schauergeschichten – grotesk, weitschweifig, aufgeregt und falsch. Als Michaelis' Zeugenaussage Wilsons Argwohn gegenüber seiner Frau ans Licht brachte, glaubte ich schon, die ganze Geschichte würde nun als schlüpfriges Rührstück serviert – doch Catherine, die alles Mögliche hätte sagen können, sagte kein Wort. Sie bewies dabei sogar ein erstaunliches Maß an Charakterstärke – schaute dem Untersuchungsrichter unter ihren nachgebesserten Brauen mit festem Blick in die Augen und schwor, dass ihre Schwester sich niemals mit Gatsby getroffen habe, dass ihre Schwester mit ihrem Mann vollkommen glücklich gewesen sei, dass ihre Schwester überhaupt nie etwas Unrechtes getan habe. Schließlich hatte sie auch sich selbst davon überzeugt und weinte in ihr Taschentuch, als wäre schon der bloße Ver-

the case might remain in its simplist form. And it rested there.

But all this part of it seemed remote and unessential. I found myself on Gatsby's side, and alone. From the moment I telephoned news of the catastrophe to West Egg village, every surmise about him, and every practical question, was referred to me. At first I was surprised and confused; then, as he lay in his house and didn't move or breathe or speak, hour upon hour, it grew upon me that I was responsible, because no one else was interested—interested, I mean, with that intense personal interest to which every one has some vague right at the end.

I called up Daisy half an hour after we found him, called her instinctively and without hesitation. But she and Tom had gone away early that afternoon, and taken baggage with them.

"Left no address?"

"No."

"Say when they'd be back?"

"No."

"Any idea where they are? How I could reach them?"

"I don't know. Can't say."

I wanted to get somebody for him. I wanted to go into the room where he lay and reassure him: "I'll get somebody for you, Gatsby. Don't worry. Just trust me and I'll get somebody for you—"

dacht mehr, als sie ertragen konnte. So galt Wilson am Ende schlicht als ein Mann, der »vor Kummer verrückt geworden« war, damit man den Fall so simpel wie möglich halten konnte. Und dabei blieb es.

Doch dieser Teil der Geschichte schien nebensächlich und ohne Belang. Ich fand mich auf Gatsbys Seite wieder, und zwar allein. Von dem Augenblick an, als ich die Nachricht von der Katastrophe telefonisch nach West Egg Village übermittelt hatte, verwies man sämtliche Mutmaßungen über ihn und sämtliche praktischen Fragen an mich. Zuerst war ich überrascht und verwirrt; dann, während er Stunde um Stunde in seinem Haus lag und sich nicht bewegte noch atmete noch sprach, begriff ich allmählich, dass ich verantwortlich war, weil niemand sonst Anteil nahm – und damit meine ich jene tiefe persönliche Anteilnahme, auf die letztlich wohl jeder Mensch ein gewisses Anrecht hat.

Eine halbe Stunde nachdem wir ihn gefunden hatten, rief ich Daisy an, unwillkürlich und ohne zu zögern. Aber sie und Tom waren am frühen Nachmittag weggefahren und hatten Gepäck mitgenommen.

»Sie haben keine Adresse hinterlassen?«

»Nein.«

»Oder gesagt, wann sie zurückkommen?«

»Nein.«

»Irgendein Hinweis, wo sie sind? Wie ich sie erreichen könnte?«

»Ich weiß nicht. Keine Ahnung.«

Ich wollte ihm jemanden herholen. Ich wollte in das Zimmer gehen, wo er lag, und ihm versichern: »Ich hole Ihnen jemanden her, Gatsby. Machen Sie sich keine Sorgen. Vertrauen Sie mir, ich hole Ihnen jemanden her …«

Meyer Wolfshiem's name wasn't in the phone book. The butler gave me his office address on Broadway, and I called Information, but by the time I had the number it was long after five, and no one answered the phone.

"Will you ring again?"

"I've rung them three times."

"It's very important."

"Sorry. I'm afraid no one's there."

I went back to the drawing-room and thought for an instant that they were chance visitors, all these official people who suddenly filled it. But, though they drew back the sheet and looked at Gatsby with shocked eyes, his protest continued in my brain:

"Look here, old sport, you've got to get somebody for me. You've got to try hard. I can't go through this alone."

Some one started to ask me questions, but I broke away and going up-stairs looked hastily through the unlocked parts of his desk—he'd never told me definitely that his parents were dead. But there was nothing—only the picture of Dan Cody, a token of forgotten violence, staring down from the wall.

Next morning I sent the butler to New York with a letter to Wolfshiem, which asked for information and urged him to come out on the next train. That request seemed superfluous when I wrote it. I was sure he'd start when he saw the newspapers, just as I was sure there'd be a wire from Daisy before noon—but neither a wire nor Mr Wolfshiem arrived; no one arrived except

Meyer Wolfshiems Name stand nicht im Telefonbuch. Der Butler gab mir seine Büroadresse am Broadway, und ich rief bei der Auskunft an, doch als ich die Nummer endlich hatte, war es längst nach fünf, und niemand nahm ab.

»Versuchen Sie's noch mal, bitte.«

»Ich hab's doch schon dreimal versucht.«

»Es ist sehr wichtig.«

»Tut mir leid. Ich fürchte, es ist keiner da.«

Ich ging zurück in den Salon, und einen Augenblick lang erschienen mir all diese Amtspersonen, vor denen es dort plötzlich wimmelte, wie zufällige Besucher. Doch obwohl sie das Laken zurückschlugen und Gatsby mit entsetztem Blick betrachteten, hörte ich ihn in meinem Kopf weiter protestieren:

»Wirklich, alter Knabe, Sie müssen mir jemanden herholen. Sie müssen tun, was Sie können. Ich verkrafte das hier nicht allein.«

Irgendjemand fing an, mir Fragen zu stellen, aber ich machte mich davon und lief nach oben, wo ich hastig die unverschlossenen Fächer von Gatsbys Schreibtisch durchsuchte – er hatte mir nie ausdrücklich gesagt, dass seine Eltern gestorben waren. Doch da war nichts – nur die Fotografie von Dan Cody, ein Andenken an vergessene Eskapaden, blickte starr von der Wand herab.

Am nächsten Morgen schickte ich den Butler mit einem Brief an Wolfshiem nach New York, in dem ich um einige Auskünfte bat und ihn beschwor, mit dem nächsten Zug herzukommen. Noch bei der Niederschrift kam mir diese Bitte überflüssig vor. Ich war sicher, er würde sich auf den Weg machen, sobald er die Zeitungen gesehen hatte, so wie ich sicher war, dass noch am Vormittag ein Telegramm von

more police and photographers and newspaper men. When the butler brought back Wolfshiem's answer I began to have a feeling of defiance, of scornful solidarity between Gatsby and me against them all.

Dear Mr Carraway. This has been one of the most terrible shocks of my life to me I hardly can believe it that it is true at all. Such a mad act as that man did should make us all think. I cannot come down now as I am tied up in some very important business and cannot get mixed up in this thing now. If there is anything I can do a little later let me know in a letter by Edgar. I hardly know where I am when I hear about a thing like this and am completely knocked down and out.

Yours truly

Meyer Wolshiem

and then hasty addenda beneath:

Let me know about the funeral etc do not know his family at all.

When the phone rang that afternoon and Long Distance said Chicago was calling I thought this would be Daisy at last. But the connection came through as a man's voice, very thin and far away.

"This is Slagle speaking ..."

Daisy eintreffen würde – doch es kam weder ein Telegramm noch Mr Wolfshiem; es kam überhaupt niemand, abgesehen von weiteren Polizisten und Fotografen und Reportern. Als der Butler mit Wolfshiems Antwort zurückkehrte, begann sich in mir so etwas wie Trotz zu regen, eine verächtliche Solidarität zwischen Gatsby und mir gegen alle anderen.

Lieber Mr Carraway. Einen so fürchterlichen Schock habe ich mein Lebtag noch nicht erlebt, und ich kann kaum fassen, dass das alles wahr ist. Was dieser Mann da gemacht hat, ist ein Wahnsinn, und es sollte uns alle ans Nachdenken bringen. Ich kann jetzt nicht rüberkommen, weil ich hier in ziemlich heiklen Geschäften stecke und mich im Moment aus dieser Sache raushalten muss. Wenn ich ein bisschen später mal irgendwas tun kann, schicken Sie mir ein paar Zeilen durch Edgar. Ich weiß kaum, wohin mit mir, wenn ich so was wie das hier höre, und bin restlos fertig und erledigt.

Ihr ergebener

Meyer Wolfshiem

und darunter noch ein eiliger Zusatz:

Sagen Sie mir Bescheid wegen dem Begräbnis usw., kenne überhaupt keinen von seiner Familie.

Als an jenem Nachmittag das Telefon klingelte und die Vermittlung ein Ferngespräch aus Chicago ankündigte, dachte ich, dass dies nun endlich Daisy sei. Doch als die Verbindung stand, ertönte eine Männerstimme, sehr dünn und weit entfernt.

»Hier Slagle am Apparat …«

"Yes?" The name was unfamiliar.

"Hell of a note, isn't it? Get my wire?"

"There haven't been any wires."

"Young Parke's in trouble," he said rapidly. "They picked him up when he handed the bonds over the counter. They got a circular from New York giving 'em the numbers just five minutes before. What d'you know about that, hey? You never can tell in these hick towns—"

"Hello!" I interrupted breathlessly. "Look here—this isn't Mr Gatsby. Mr Gatsby's dead."

There was a long silence on the other end of the wire, followed by an exclamation ... then a quick squawk as the connection was broken.

I think it was on the third day that a telegram signed Henry C. Gatz arrived from a town in Minnesota. It said only that the sender was leaving immediately and to postpone the funeral until he came.

It was Gatsby's father, a solemn old man, very helpless and dismayed, bundled up in a long cheap ulster against the warm September day. His eyes leaked continuously with excitement, and when I took the bag and umbrella from his hands he began to pull so incessantly at his sparse gray beard that I had difficulty in getting off his coat. He was on the point of collapse, so I took him into the music room and made him sit down while I sent for something to eat. But he wouldn't eat, and the glass of milk spilled from his trembling hand.

»Ja?« Der Name sagte mir nichts.

»Hässliche Sache, was? Is mein Telegramm schon da?«

»Hier sind gar keine Telegramme angekommen.«

»Parke junior sitzt in der Tinte«, sagte er schnell. »Die haben ihn sich gegriffen, als er eben die Aktien übern Schalter schob. Nur fünf Minuten vorher war bei denen ein Rundschreiben aus New York mit den Kennziffern eingetrudelt. Was sagt man dazu, hä? In diesen Provinznestern weiß man aber auch wirklich nie –«

»Hallo!«, unterbrach ich ihn atemlos. »Hören Sie – hier ist nicht Mr Gatsby. Mr Gatsby ist tot.«

Langes Schweigen am anderen Ende der Leitung, gefolgt von einem Ausruf … dann ein kurzes Kreischen, als die Verbindung unterbrochen wurde.

Ich glaube, es war am dritten Tag, als ein Telegramm aus einer Stadt in Minnesota eintraf, gezeichnet Henry C. Gatz. Es hieß darin lediglich, der Absender sei umgehend abgereist und man möge mit der Beisetzung auf ihn warten.

Es war Gatsbys Vater, ein ernster alter Mann, der sehr hilflos und bestürzt wirkte und sich gegen den warmen Septembertag in einen langen, billigen Ulster gehüllt hatte. Seine Augen tränten unaufhörlich vor Aufregung, und als ich ihm Tasche und Regenschirm aus den Händen nahm, begann er, ständig an seinem schütteren grauen Bart herumzuzupfen, sodass ich Mühe hatte, ihm den Mantel auszuziehen. Er stand kurz vor einem Zusammenbruch, und so führte ich ihn ins Musikzimmer, ließ ihn dort Platz nehmen und schickte nach etwas zu essen. Doch er wollte nichts essen, und das Glas Milch entglitt seiner zittrigen Hand.

"I saw it in the Chicago newspaper," he said. "It was all in the Chicago newspaper. I started right away."

"I didn't know how to reach you."

His eyes, seeing nothing, moved ceaselessly about the room.

"It was a madman," he said. "He must have been mad."

"Wouldn't you like some coffee?" I urged him.

"I don't want anything. I'm all right now, Mr—"

"Carraway."

"Well, I'm all right now. Where have they got Jimmy?" I took him into the drawing-room, where his son lay, and left him there. Some little boys had come up on the steps and were looking into the hall; when I told them who had arrived, they went reluctantly away.

After a little while Mr Gatz opened the door and came out, his mouth ajar, his face flushed slightly, his eyes leaking isolated and unpunctual tears. He had reached an age where death no longer has the quality of ghastly surprise, and when he looked around him now for the first time and saw the height and splendor of the hall and the great rooms opening out from it into other rooms, his grief began to be mixed with an awed pride. I helped him to a bedroom up-stairs; while he took off his coat and vest I told him that all arrangements had been deferred until he came.

»Ich hab's in der Chicagoer Zeitung gesehn«, sagte er. »Es stand alles in der Chicagoer Zeitung. Ich hab mich sofort auf den Weg gemacht.«

»Ich wusste nicht, wie ich Sie erreichen sollte.«

Seine blicklosen Augen wanderten unablässig im Zimmer umher.

»Das war ein Wahnsinniger«, sagte er. »Er muss wahnsinnig gewesen sein.«

»Möchten Sie nicht vielleicht doch etwas Kaffee?«, drängte ich ihn.

»Ich möchte wirklich nichts. Es geht schon wieder, Mister …«

»Carraway.«

»Nun, es geht schon wieder. Wo haben sie Jimmy hingebracht?« Ich führte ihn in den Salon, wo sein Sohn lag, und ließ ihn dort allein. Ein paar Jungen waren die Treppe heraufgestiegen und spähten in die Eingangshalle; als ich ihnen sagte, wer gerade gekommen war, machten sie sich widerstrebend davon.

Nach einer kleinen Weile öffnete Mr Gatz die Tür und kam heraus; sein Mund stand offen, sein Gesicht war leicht gerötet, aus seinen Augen sickerten einzelne, späte Tränen. Er hatte ein Alter erreicht, in dem der Tod keine grausige Überraschung mehr ist, und als er sich jetzt zum ersten Mal umschaute und die Höhe und Pracht der Halle sowie der übrigen weitläufigen Räume bemerkte, die sich von hier aus öffneten und ihrerseits in weitere Räume führten, mischte sich in seinen Kummer allmählich ein ehrfürchtiger Stolz. Ich geleitete ihn zu einem Schlafzimmer im ersten Stock; während er Mantel und Weste ablegte, erklärte ich ihm, dass sämtliche Vorberei-

"I didn't know what you'd want, Mr Gatsby—"

"Gatz is my name."

"—Mr Gatz. I thought you might want to take the body West."

He shook his head.

"Jimmy always liked it better down East. He rose up to his position in the East. Were you a friend of my boy's, Mr—?"

"We were close friends."

"He had a big future before him, you know. He was only a young man, but he had a lot of brain power here."

He touched his head impressively, and I nodded.

"If he'd of lived, he'd of been a great man. A man like James J. Hill. He'd of helped build up the country."

"That's true," I said, uncomfortably.

He fumbled at the embroidered coverlet, trying to take it from the bed, and lay down stiffly—was instantly asleep.

That night an obviously frightened person called up, and demanded to know who I was before he would give his name.

"This is Mr Carraway," I said.

"Oh!" He sounded relieved. "This is Klipspringer."

I was relieved too, for that seemed to promise another friend at Gatsby's grave. I didn't want it to be

tungen bis zu seiner Ankunft aufgeschoben worden waren.

»Ich wusste nicht, welche Wünsche Sie haben, Mr Gatsby –«

»Mein Name ist Gatz.«

»– Mr Gatz. Ich dachte mir, Sie möchten den Leichnam vielleicht in den Westen überführen.«

Er schüttelte den Kopf.

»Jimmy gefiel es schon immer besser im Osten. Hier im Osten hat er Karriere gemacht. Waren Sie ein Freund von meinem Jungen, Mister …?«

»Wir waren eng befreundet.«

»Er hatte eine große Zukunft vor sich, wissen Sie. Er war noch ein junger Mann, aber hier oben hatte er mächtig viel Grips.«

Er tippte sich bedeutungsschwer an den Kopf, und ich nickte.

»Wenn er weitergelebt hätte, wär er bestimmt ein großer Mann geworden. Einer wie James J. Hill. Er hätt geholfen, das Land aufzubaun.«

»Ganz gewiss«, sagte ich betreten.

Er zupfte ungeschickt an der bestickten Tagesdecke herum in dem Versuch, sie vom Bett zu ziehen, dann legte er sich steif darauf – und schlief sofort ein.

An jenem Abend rief ein offenkundig verängstigter Mann an und wollte zunächst wissen, wer ich sei, ehe er seinen Namen preisgab.

»Hier ist Mr Carraway«, sagte ich.

»Oh!« Er klang erleichtert. »Hier ist Klipspringer.«

Auch ich war erleichtert, da ich nun doch noch auf einen weiteren Freund an Gatsbys Grab hoffen durfte. Ich wollte

in the papers and draw a sightseeing crowd, so I'd been calling up a few people myself. They were hard to find.

"The funeral's to-morrow," I said. "Three o'clock, here at the house. I wish you'd tell anybody who'd be interested."

"Oh, I will," he broke out hastily. "Of course I'm not likely to see anybody, but if I do."

His tone made me suspicious.

"Of course you'll be there yourself."

"Well, I'll certainly try. What I called up about is—"

"Wait a minute," I interrupted. "How about saying you'll come?"

"Well, the fact is—the truth of the matter is that I'm staying with some people up here in Greenwich, and they rather expect me to be with them to-morrow. In fact, there's a sort of picnic or something. Of course I'll do my very best to get away."

I ejaculated an unrestrained "Huh!" and he must have heard me, for he went on nervously:

"What I called up about was a pair of shoes I left there. Iwonder if it'd be too much trouble to have the butler send them on. You see, they're tennis shoes, and I'm sort of helpless without them. My address is care of B. F.—"

I didn't hear the rest of the name, because I hung up the receiver.

After that I felt a certain shame for Gatsby—one gentleman to whom I telephoned implied that he had got

keine Annonce in die Zeitung setzen und dadurch eine Menge Schaulustiger anlocken, und so hatte ich selbst ein paar Leute angerufen. Sie waren schwer zu finden gewesen.

»Die Trauerfeier ist morgen Nachmittag«, sagte ich. »Drei Uhr, hier im Haus. Es wäre schön, wenn Sie allen Bescheid sagen würden, die vielleicht kommen möchten.«

»Oh, mach ich«, stieß er hastig hervor. »Obwohl's kaum wahrscheinlich ist, dass ich irgendwen sehe, aber falls doch, geb ich's weiter.«

Sein Ton machte mich misstrauisch.

»Sie selbst kommen aber doch wohl.«

»Na ja, werd's natürlich versuchen. Weshalb ich eigentlich anrufe –«

»Augenblick mal«, unterbrach ich ihn. »Warum sagen Sie nicht einfach, dass Sie kommen?«

»Na ja, es ist so – also die Sache ist die, ich bin hier gerade bei ein paar Leuten oben in Greenwich, und die haben mich für Morgen offenbar schon fest eingeplant. Scheint ein Picknick zu geben oder so was. Aber ich seh natürlich zu, dass ich hier wegkomme.«

Mir entfuhr ein unbeherrschtes »Was!«, und er hatte mich wohl gehört, denn er fuhr unsicher fort:

»Weshalb ich eigentlich anrufe, ich hab ein Paar Schuhe bei Gatsby vergessen. Wenn's nicht allzu viele Umstände macht, könnte der Butler sie mir dann kurz rüberschicken? Wissen Sie, es sind Tennisschuhe, und ohne die bin ich ziemlich aufgeschmissen. Meine Adresse ist: c/o B. F. –«

Den Rest des Namens hörte ich nicht mehr, weil ich den Hörer auflegte.

Danach empfand ich Gatsby gegenüber eine gewisse Scham – ein Gentleman, den ich anrief, gab mir zu verste-

what he deserved. However, that was my fault, for he was one of those who used to sneer most bitterly at Gatsby on the courage of Gatsby's liquor, and I should have known better than to call him.

The morning of the funeral I went up to New York to see Meyer Wolfshiem; I couldn't seem to reach him any other way. The door that I pushed open, on the advice of an elevator boy, was marked "The Swastika Holding Company," and at first there didn't seem to be any one inside. But when I'd shouted "hello" several times in vain, an argument broke out behind a partition, and presently a lovely Jewess appeared at an interior door and scrutinized me with black hostile eyes.

"Nobody's in," she said. "Mr Wolfshiem's gone to Chicago."

The first part of this was obviously untrue, for someone had begun to whistle *The Rosary*, tunelessly, inside.

"Please say that Mr Carraway wants to see him."

"I can't get him back from Chicago, can I?"

At this moment a voice, unmistakably Wolfshiem's, called "Stella!" from the other side of the door.

"Leave your name on the desk," she said quickly. "I'll give it to him when he gets back."

"But I know he's there."

She took a step toward me and began to slide her hands indignantly up and down her hips.

hen, Gatsby habe bekommen, was er verdiene. Das allerdings war meine Schuld, denn er war einer derjenigen, die sich ein ums andere Mal erst mit Gatsbys Schnaps Mut antranken und dann böse über ihn herzogen, und statt ihn anzurufen, hätte ich es besser wissen sollen.

Am Morgen vor der Beerdigung fuhr ich nach New York, um Meyer Wolfshiem aufzusuchen; anscheinend konnte ich ihn auf keine andere Weise erreichen. Die Tür, die ich dem Hinweis eines Liftboys folgend aufstieß, trug die Aufschrift »The Swastika Holding Company«, und zunächst sah es so aus, als wäre das Büro verwaist. Doch nachdem ich mehrmals vergeblich »Hallo!« gerufen hatte, brach hinter einer Trennwand ein Streit aus, und kurz darauf erschien eine hübsche Jüdin in der Tür und musterte mich mit schwarzen, feindseligen Augen.

»Keiner da«, sagte sie. »Mr Wolfshiem ist in Chicago.«

Die erste Aussage war offenkundig unwahr, denn in dem Zimmer hatte jemand begonnen, unmelodisch *The Rosary* zu pfeifen.

»Sagen Sie ihm bitte, dass Mr Carraway ihn sprechen möchte.«

»Ich kann ihn wohl schlecht aus Chicago zurückholen, oder?«

Im selben Moment rief von der anderen Seite der Tür jemand »Stella!« – es war unverkennbar Wolfshiems Stimme.

»Lassen Sie Ihre Karte auf dem Schreibtisch«, sagte sie schnell. »Ich gebe sie ihm, wenn er zurückkommt.«

»Aber ich weiß doch, dass er da ist.«

Sie trat einen Schritt auf mich zu und ließ ihre Hände empört an ihren Hüften auf und ab gleiten.

"You young men think you can force your way in here any time," she scolded. "We're getting sickantired of it. When I say he's in Chicago, he's in *Chicago*."

I mentioned Gatsby.

"Oh-h!" She looked at me over again. "Will you just—What was your name?"

She vanished. In a moment Meyer Wolfshiem stood solemnly in the doorway, holding out both hands. He drew me into his office, remarking in a reverent voice that it was a sad time for all of us, and offered me a cigar.

"My memory goes back to when I first met him," he said. "A young major just out of the army and covered over with medals he got in the war. He was so hard up he had to keep on wearing his uniform because he couldn't buy some regular clothes. First time I saw him was when he come into Winebrenner's poolroom at Forty-third Street and asked for a job. He hadn't eat anything for a couple of days. 'Come on have some lunch with me,' I sid. He ate more than four dollars' worth of food in half an hour."

"Did you start him in business?" I inquired.

"Start him! I made him."

"Oh."

"I raised him up out of nothing, right out of the gutter. I saw right away he was a fine-appearing, gentlemanly young man, and when he told me he was at Oggsford I knew I could use him good. I got him to join

»Ihr jungen Männer glaubt anscheinend, ihr könnt hier jederzeit einfach so reinplatzen«, giftete sie. »Langsam haben wir's satt. Wenn ich sage, er ist in Chicago, dann *ist* er in Chicago.«

Ich erwähnte Gatsby.

»Oh-h!« Sie musterte mich aufs Neue. »Würden Sie kurz – wie war Ihr Name?«

Sie verschwand. Im nächsten Augenblick stand Meyer Wolfshiem ernst im Türrahmen und streckte mir beide Hände entgegen. Während er mich in sein Büro zog, bemerkte er mit ehrfürchtiger Stimme, es sei eine traurige Zeit für uns alle, dann bot er mir eine Zigarre an.

»Ich hab noch den Tag vor Augen, als ich ihn zum ersten Mal traf«, sagte er. »Ein junger Major, grade aus der Armee raus und mit massenhaft Kriegsorden behängt. Er war dermaßen abgebrannt, dass er dauernd seine Uniform tragen musste, weil er sich keine anständigen Klamotten leisten konnte. Gesehn hab ich ihn das erste Mal, als er in Winebrenners Wettbüro in der Dreiundvierzigsten auftauchte und nach 'nem Job fragte. Er hatte tagelang nichts gegessen. ›Kommen Sie, gehn wir irgendwo was essen‹, hab ich gesagt. Innerhalb von 'ner halben Stunde hat er Futter für mehr als vier Dollar verdrückt.«

»Haben Sie ihn geschäftlich unterstützt?«, erkundigte ich mich.

»Ihn unterstützt? Ich hab ihn gemacht!«

»Oh.«

»Ich hab ihn aus dem Nichts gezogen, direkt aus der Gosse. Hab gleich gesehn, das ist ein vornehmer junger Mann, der macht was her, und als er mir erzählte, er wär in Oggsford gewesen, da wusste ich, den kann ich brau-

up in the American Legion and he used to stand high there. Right off he did some work for a client of mine up to Albany. We were so thick like that in everything"—he held up two bulbous fingers—"always together."

I wondered if this partnership had included the World's Series transaction in 1919.

"Now he's dead," I said after a moment. "You were his closest friend, so I know you'll want to come to his funeral this afternoon."

"I'd like to come."

"Well, come then."

The hair in his nostrils quivered slightly, and as he shook his head his eyes filled with tears.

"I can't do it—I can't get mixed up in it," he said.

"There's nothing to get mixed up in. It's all over now."

"When a man gets killed I never like to get mixed up in it in any way. I keep out. When I was a young man it was different—if a friend of mine died, no matter how, I stuck with them to the end. You may think that's sentimental, but I mean it—to the bitter end."

I saw that for some reason of his own he was determined not to come, so I stood up.

"Are you a college man?" he inquired suddenly.

chen. Ich hab ihm gesagt, er soll in die American Legion eintreten, und er hat's dort ziemlich weit gebracht. Vom Fleck weg hat er oben in Albany für 'nen Kunden von mir ein paar Sachen erledigt. Wir waren so dicke, in allem« – er hielt zwei wulstige Finger hoch – »immer zusammen.«

Ich fragte mich, ob diese Partnerschaft sich wohl auch auf die World's-Series-Geschichte von 1919 erstreckt hatte.

»Jetzt ist er tot«, sagte ich nach einer Weile. »Sie waren sein engster Freund, also werden Sie heute Nachmittag doch sicher zu seiner Beerdigung kommen wollen.«

»Das würd ich gern.«

»Na, dann tun Sie's.«

Die Haare in seinen Nasenlöchern zitterten leise, und als er den Kopf schüttelte, füllten sich seine Augen mit Tränen.

»Ich kann's nicht – ich muss mich da raushalten«, sagte er.

»Es gibt nichts mehr, aus dem Sie sich raushalten müssten. Es ist alles vorbei.«

»Wenn einer umgebracht wird, will ich da nicht mit reingezogen werden, auf keinen Fall. Ich halte mich raus. Als ich jung war, sah die Sache noch anders aus – wenn ein Freund von mir starb, egal wie, hab ich fest zu ihm gehalten, bis zum Ende. Sie finden das vielleicht rührselig, aber ich mein's ernst – bis zum bitteren Ende.«

Ich begriff, dass aus er irgendeinem Grund, den er für sich behielt, entschlossen war, nicht zu kommen, also stand ich auf.

»Waren Sie auf dem College?«, erkundigte er sich unvermittelt.

For a moment I thought he was going to suggest a "gonnegtion," but he only nodded and shook my hand.

"Let us learn to show our friendship for a man when he is alive and not after he is dead," he suggested. "After that my own rule is to let everything alone."

When I left his office the sky had turned dark and I got back to West Egg in a drizzle. After changing my clothes I went next door and found Mr Gatz walking up and down excitedly in the hall. His pride in his son and in his son's possessions was continually increasing and now he had something to show me.

"Jimmy sent me this picture." He took out his wallet with trembling fingers. "Look there."

It was a photograph of the house, cracked in the corners and dirty with many hands. He pointed out every detail to me eagerly. "Look there!" and then sought admiration from my eyes. He had shown it so often that I think it was more real to him now than the house itself.

"Jimmy sent it to me. I think it's a very pretty picture. It shows up well."

"Very well. Had you seen him lately?"

"He come out to see me two years ago and bought me the house I live in now. Of course we was broke up when he run off from home, but I see now there was a reason for it. He knew he had a big future in front of

Für einen Moment glaubte ich, er wolle mir ein paar »Gondagde« vermitteln, doch er nickte nur und schüttelte mir die Hand.

»Wir sollten lernen, einem Mann unsere Freundschaft zu zeigen, solange er lebt, und nicht erst, wenn er tot ist«, erklärte er. »Ich jedenfalls hab mir angewöhnt, mich danach in nichts mehr einzumischen.«

Als ich sein Büro verließ, hatte der Himmel sich verdunkelt, und ich kehrte im Nieselregen nach West Egg zurück. Nachdem ich mich umgezogen hatte, ging ich hinüber und sah Mr Gatz in der Eingangshalle erregt auf und ab gehen. Der Stolz auf seinen Sohn und auf die Besitztümer seines Sohnes wuchs stetig, und jetzt hatte er mir etwas zu zeigen.

»Jimmy hat mir mal das Bild hier geschickt.« Mit zitternden Fingern holte er seine Brieftasche hervor. »Schaun Sie.«

Es war eine Fotografie des Hauses, ganz abgegriffen und an den Ecken verknickt. Eifrig wies er mich auf jede Einzelheit hin. »Schaun Sie!«, rief er und blickte mir Bewunderung heischend ins Gesicht. Er hatte es so oft herumgezeigt, dass es für ihn inzwischen vermutlich wirklicher war als das Haus selbst.

»Jimmy hat's mir geschickt. Ich finde, es ist ein sehr schönes Bild. Macht was her.«

»Das tut es. Haben Sie ihn kürzlich noch einmal gesehen?«

»Vor zwei Jahren ist er zu mir rausgekommen und hat mir das Haus gekauft, in dem ich jetzt wohne. Als er damals von zu Hause abgehaun ist, war'n wir natürlich geschiedene Leute, aber heute seh ich, dass er seine Gründe

him. And ever since he made a success he was very generous with me."

He seemed reluctant to put away the picture, held it for another minute, lingeringly, before my eyes. Then he returned the wallet and pulled from his pocket a ragged old copy of a book called *Hopalong Cassidy*.

"Look here, this is a book he had when he was a boy. It just shows you."

He opened it at the back cover and turned it around for me to see. On the last fly-leaf was printed the word SCHEDULE, and the date September 12, 1906. And underneath:

Rise from bed	6.00	A.M.
Dumbbell exercise and wall-scaling	6.15–6.30	"
Study electricity, etc.	7.15–8.15	"
Work	8.30–4.30	P.M.
Baseball and sports	4.30–5.00	"
Practice elocution, poise and how to attain it	5.00–6.00	"
Study needed inventions	7.00–9.00	"

General resolves

No wasting time at Shafters or [a name, indecipherable]

No more smokeing or chewing

Bath every other day

Read one improving book or magazine per week

hatte. Er wusste, ihm stand eine große Zukunft bevor. Und seit der Erfolg da war, ist er immer sehr großzügig zu mir gewesen.«

Er mochte das Bild gar nicht aus den Händen lassen und hielt es mir noch eine Weile still unter die Nase. Dann steckte er seine Brieftasche wieder ein und zog aus einer anderen Tasche ein altes zerfleddertes Buch hervor mit dem Titel *Hopalong Cassidy*.

»Schaun Sie hier, das hat ihm gehört, als er ein Junge war. Daran sieht man's.«

Er schlug es von hinten auf und drehte es herum, damit ich es mir ansehen konnte. Auf dem hinteren Deckblatt stand das Wort Stundenplan, daneben das Datum 12. September 1906. Und darunter:

Aufstehen	6.00 Uhr
Hanteltraining und Kletterübungen	6.15–6.30 Uhr
Elektrizitätslehre usw. lernen	7.15–8.15 Uhr
Arbeiten	8.30–16.30 Uhr
Baseball und Sport	16.30–17.00 Uhr
Sprechtechnik und sicheres Auftreten üben	17.00–18.00 Uhr
Nötige Erfindungen prüfen	19.00–21.00 Uhr

Allgemeine Vorsätze

Keine Zeit vertrödeln bei Shafters oder [unleserlicher Name]

Keine Zigaretten und Kautabak mehr

Jeden zweiten Tag baden

Pro Woche ein lehrreiches Buch oder eine anständige Zeitschrift lesen

Save $5.00 [crossed out] $3.00 per week
Be better to parents

"I come across this book by accident," said the old man. "It just shows you, don't it?"

"It just shows you."

"Jimmy was bound to get ahead. He always had some resolves like this or something. Do you notice what he's got about improving his mind? He was always great for that. He told me I et like a hog once, and I beat him for it."

He was reluctant to close the book, reading each item aloud and then looking eagerly at me. I think he rather expected me to copy down the list for my own use.

A little before three the Lutheran minister arrived from Flushing, and I began to look involuntarily out the windows for other cars. So did Gatsby's father. And as the time passed and the servants came in and stood waiting in the hall, his eyes began to blink anxiously, and he spoke of the rain in a worried, uncertain way. The minister glanced several times at his watch, so I took him aside and asked him to wait for half an hour. But it wasn't any use. Nobody came.

About five o'clock our procession of three cars reached the cemetery and stopped in a thick drizzle beside the gate—first a motor hearse, horribly black and wet, then Mr Gatz and the minister and I in the limousine, and a

Pro Woche $ 5.00 [durchgestrichen] $ 3.00 sparen
Netter zu den Eltern sein

»Ich hab das Buch ganz zufällig gefunden«, sagte der alte Mann. »Daran sieht man's, stimmt's?«

»Daran sieht man's.«

»Jimmy wollte unbedingt was aus sich machen. Ständig hat er irgendwelche Vorsätze gehabt, so wie die hier. Ist Ihnen aufgefallen, wie versessen er drauf ist, sich zu bilden? Darin war er schon immer ganz groß. Einmal hat er zu mir gesagt, ich würd fressen wie ein Schwein, und ich hab ihm dafür eine verpasst.«

Er mochte das Buch gar nicht wieder zuklappen, las mir jeden Eintrag laut vor und sah mich dann begeistert an. Ich glaube, er erwartete fast von mir, dass ich die Liste für meinen eigenen Gebrauch abschreibe.

Kurz vor drei erschien der lutherische Geistliche aus Flushing, und unwillkürlich fing ich an, am Fenster nach weiteren Wagen Ausschau zu halten. Dasselbe tat Gatsbys Vater. Und während die Zeit verging und die Angestellten hereinkamen und wartend in der Halle standen, begannen seine Augen sorgenvoll zu blinzeln, und er sprach auf ängstliche, bekümmerte Weise vom Regen. Der Geistliche schielte mehrmals auf seine Uhr, also nahm ich ihn beiseite und bat ihn, eine halbe Stunde zu warten. Doch es war zwecklos. Niemand kam.

Gegen fünf Uhr erreichte unsere Prozession aus drei Wagen den Friedhof und hielt in dichtem Nieselregen neben dem Tor – zuerst ein Leichenwagen, grauenhaft schwarz und nass, dann Mr Gatz, der Geistliche und ich in der

little later four or five servants and the postman from West Egg in Gatsby's station wagon, all wet to the skin. As we started through the gate into the cemetery I heard a car stop and then the sound of someone splashing after us over the soggy ground. I looked around. It was the man with owl-eyed glasses whom I had found marvelling over Gatsby's books in the library one night three months before.

I'd never seen him since then. I don't know how he knew about the funeral, or even his name. The rain poured down his thick glasses, and he took them off and wiped them to see the protecting canvas unrolled from Gatsby's grave.

I tried to think about Gatsby then for a moment, but he was already too far away, and I could only remember, without resentment, that Daisy hadn't sent a message or a flower. Dimly I heard some one murmur "Blessed are the dead that the rain falls on," and then the owl-eyed man said "Amen to that," in a brave voice.

We straggled down quickly through the rain to the cars. Owl-eyes spoke to me by the gate.

"I couldn't get to the house," he remarked.

"Neither could anybody else."

"Go on!" He started. "Why, my God! they used to go there by the hundreds."

He took off his glasses and wiped them again, outside and in.

"The poor son-of-a-bitch," he said.

Limousine und nach uns vier oder fünf Angestellte sowie der Postbote aus West Egg in Gatsbys Kombiwagen, allesamt nass bis auf die Haut. Als wir durch das Tor gingen und den Friedhof betraten, hörte ich, wie ein Wagen hielt und kurz darauf jemand über den aufgeweichten Boden hinter uns herplatschte. Ich schaute mich um. Es war der Mann mit der eulenäugigen Brille, den ich in jener Nacht vor drei Monaten staunend vor den Büchern in Gatsbys Bibliothek getroffen hatte.

Seitdem hatte ich ihn nicht mehr gesehen. Ich weiß nicht, wie er von der Beerdigung erfahren hatte, ich kenne nicht einmal seinen Namen. Der Regen strömte über die dicken Gläser seiner Brille, und er nahm sie ab und wischte sie trocken, um zu sehen, wie das schützende Segeltuch von Gatsbys Grab gerollt wurde.

Ich versuchte dann, einen Augenblick lang an Gatsby zu denken, doch er war schon zu weit weg, und das Einzige, was mir – ohne Groll – in den Sinn kam, war, dass Daisy weder eine Karte noch Blumen geschickt hatte. Dumpf hörte ich jemanden »Selig sind die Toten, auf die der Regen fällt« murmeln, dann sagte der eulenäugige Mann mit tapferer Stimme »Amen, so sei es«.

Jeder für sich hasteten wir durch den Regen zu den Wagen. Am Tor sprach Eulenauge mich an.

»Ich hab's nicht bis zum Haus geschafft«, bemerkte er.

»Genau wie alle anderen.«

»Nicht möglich!« Er war erschüttert. »Gütiger Himmel! Sonst kamen sie doch immer zu Hunderten.«

Er nahm seine Brille ab und trocknete sie erneut, außen wie innen.

»Der arme Mistkerl«, sagte er.

One of my most vivid memories is of coming back West from prep school and later from college at Christmas time. Those who went farther than Chicago would gather in the old dim Union Station at six o'clock of a December evening, with a few Chicago friends, already caught up into their own holiday gayeties, to bid them a hasty good-by. I remember the fur coats of the girls returning from Miss This-or-That's and the chatter of frozen breath and the hands waving overhead as we caught sight of old acquaintances, and the matchings of invitations: "Are you going to the Ordways'? the Herseys'? the Schultzes'?" and the long green tickets clasped tight in our gloved hands. And last the murky yellow cars of the Chicago, Milwaukee & St Paul railroad looking cheerful as Christmas itself on the tracks beside the gate.

When we pulled out into the winter night and the real snow, our snow, began to stretch out beside us and twinkle against the windows, and the dim lights of small Wisconsin stations moved by, a sharp wild brace came suddenly into the air. We drew in deep breaths of it as we walked back from dinner through the cold vestibules, unutterably aware of our identity with this country for one strange hour, before we melted indistinguishably into it again.

Zu meinen lebhaftesten Erinnerungen gehört die alljährliche Heimfahrt Richtung Westen, wenn in der Vorbereitungsschule und später am College die Weihnachtszeit begann. Wer von Chicago aus noch weiterfuhr, versammelte sich an einem Dezemberabend um sechs Uhr in der alten dämmrigen Union Station, während einige Chicagoer Freunde, die bereits in ihrem ganz eigenen Ferientaumel gefangen waren, ihnen einen hastigen Abschiedsgruß zuriefen. Ich erinnere mich an die Pelzmäntel der Mädchen, die gerade von irgendeiner Miss Soundso kamen, an das Geschnatter gefrorenen Atems, an winkende Hände über den Köpfen, wenn jemand von uns alte Bekannte gesichtet hatte, an das Vergleichen von Einladungen: »Gehst du auch zu den Ordways? den Herseys? den Schultzes?«, und an die langen grünen Fahrkarten, die wir mit behandschuhten Händen fest umklammert hielten. Und zuletzt an die schmutzig gelben Waggons der Chicago, Milwaukee & St. Paul Railroad, die auf den Gleisen hinter der Schranke so fröhlich wirkten wie das Weihnachtsfest selbst.

Wenn wir hinaus in die Winternacht fuhren, der echte Schnee, unser Schnee sich allmählich neben uns ausbreitete und vor den Fenstern zu funkeln begann und die dämmrigen Lichter kleiner Wisconsin-Bahnhöfe vorbeizogen, lag mit einem Mal eine scharfe, heftige Frische in der Luft. Wir sogen sie tief in uns ein, während wir nach dem Abendessen durch die kalten Verbindungsgänge zurückliefen, und waren uns unserer Zugehörigkeit zu diesem Landstrich eine seltsame Stunde lang auf unaussprechliche Weise bewusst, ehe wir wieder vollkommen mit ihm verschmolzen.

That's my Middle West—not the wheat or the prairies or the lost Swede towns, but the thrilling returning trains of my youth, and the street lamps and sleigh bells in the frosty dark and the shadows of holly wreaths thrown by lighted windows on the snow. I am part of that, a little solemn with the feel of those long winters, a little complacent from growing up in the Carraway house in a city where dwellings are still called through decades by a family's name. I see now that this has been a story of the West, after all—Tom and Gatsby, Daisy and Jordan and I, were all Westerners, and perhaps we possessed some deficiency in common which made us subtly unadaptable to Eastern life.

Even when the East excited me most, even when I was most keenly aware of its superiority to the bored, sprawling, swollen towns beyond the Ohio, with their interminable inquisitions which spared only the children and the very old—even then it had always for me a quality of distortion. West Egg, especially, still figures in my more fantastic dreams. I see it as a night scene by El Greco: a hundred houses, at once conventional and grotesque, crouching under a sullen, overhanging sky and a lustreless moon. In the foreground four solemn men in dress suits are walking along the sidewalk with a stretcher on which lies a drunken woman in a white evening dress. Her hand, which dangles over the side, sparkles cold with jewels. Gravely the men turn in at a house—the wrong

Das ist mein Mittlerer Westen – nicht der Weizen oder das Grasland oder die verstreuten Schwedenstädtchen, sondern die erregenden Heimkehrerzüge meiner Jugend, die Straßenlaternen und Schlittenglöckchen in der eisigen Dunkelheit und die Schatten der Stechpalmenkränze, die aus erleuchteten Fenstern hinaus auf den Schnee fielen. Ich bin ein Teil von all dem, ein wenig ernst wegen der langen Winter und ein wenig selbstgefällig, weil ich im Carraway-Haus aufgewachsen bin, in einer Stadt, in der noch heute wie vor Jahrzehnten die Anwesen den Namen der Familie tragen. Ich verstehe jetzt, dass dies letzten Endes eine Geschichte des Westens ist – Tom und Gatsby, Daisy und Jordan und ich, wir alle stammten aus dem Westen, und vielleicht herrschte in uns allen derselbe Mangel, der uns auf hintergründige Weise für das Leben im Osten untauglich machte.

Selbst als mir der Osten am aufregendsten schien, selbst als ich seine Erhabenheit gegenüber den behäbigen, ausladenden, aufgequollenen Städten jenseits des Ohio mit ihrer grenzenlosen inquisitorischen Neugier, vor der nur Kinder und Greise gefeit waren, am deutlichsten spürte – selbst da kam er mir stets vor wie ein Zerrbild. Vor allem West Egg spielt bis heute in meinen abstruseren Träumen eine Rolle. Es erscheint mir nach Art einer nächtlichen Szene von El Greco: Hundert Häuser, zugleich herkömmlich und grotesk, ducken sich unter einem düsteren, ausladenden Himmel und einem glanzlosen Mond. Im Vordergrund schreiten vier ernste Männer in Abendanzügen den Gehweg entlang und tragen eine Bahre, auf der eine betrunkene Frau in einem weißen Abendkleid liegt. Ihre Hand, die an der Seite herunterbaumelt, funkelt kalt vom Glanz der Bril-

house. But no one knows the woman's name, and no one cares.

After Gatsby's death the East was haunted for me like that, distorted beyond my eyes' power of correction. So when the blue smoke of brittle leaves was in the air and the wind blew the wet laundry stiff on the line I decided to come back home.

There was one thing to be done before I left, an awkward, unpleasant thing that perhaps had better have been let alone. But I wanted to leave things in order and not just trust that obliging and indifferent sea to sweep my refuse away. I saw Jordan Baker and talked over and around what had happened to us together, and what had happened afterward to me, and she lay perfectly still, listening, in a big chair.

She was dressed to play golf, and I remember thinking she looked like a good illustration, her chin raised a little jauntily, her hair the color of an autumn leaf, her face the same brown tint as the fingerless glove on her knee. When I had finished she told me without comment that she was engaged to another man. I doubted that, though there were several she could have married at a nod of her head, but I pretended to be surprised. For just a minute I wondered if I wasn't making a mistake, then I thought it all over again quickly and got up to say good-bye.

lanten. Würdevoll steuern die Männer auf ein Haus zu – das falsche Haus. Doch niemand kennt den Namen der Frau, und niemanden kümmert es.

Nach Gatsbys Tod hatte der Osten für mich etwas Spukhaftes, war zu einem Zerrbild geronnen, das mein Blick nicht mehr zu korrigieren vermochte. Und als der blaue Rauch spröder Blätter in der Luft lag und der Wind die nasse Wäsche auf der Leine steif blies, fasste ich den Entschluss, nach Hause zurückzukehren.

Eine Sache blieb mir noch zu tun, bevor ich abreiste, eine unangenehme, peinliche Sache, die man vielleicht besser hätte auf sich beruhen lassen. Aber ich wollte die Dinge ins Reine bringen und nicht allein darauf vertrauen, dass jenes entgegenkommende und gleichmütige Meer meinen Abfall schon wegspülen werde. Ich traf mich mit Jordan Baker und redete über das und um das herum, was mit uns beiden geschehen war und was danach mit mir geschehen war, und sie lag vollkommen reglos in einem großen Sessel und hörte mir zu.

Sie trug einen Golfdress, und ich erinnere mich, dass sie mir vorkam wie eine gelungene Illustration, das Kinn unbekümmert ein wenig erhoben, das Haar von der Farbe eines Herbstblatts, das Gesicht von der gleichen Bräune wie der fingerlose Handschuh auf ihrem Knie. Als ich fertig war, verkündete sie kommentarlos, sie sei mit einem anderen Mann verlobt. Das bezweifelte ich, auch wenn es mehrere Kandidaten gab, die sie nach einem leisen Nicken sofort hätte heiraten können, und dennoch gab ich mich überrascht. Für einen kurzen Moment fragte ich mich, ob ich nicht einen Fehler machte, dann rief ich mir rasch alles noch einmal in Erinnerung und stand auf, um mich zu verabschieden.

"Nevertheless you did throw me over," said Jordan suddenly. "You threw me over on the telephone. I don't give a damn about you now, but it was a new experience for me, and I felt a little dizzy for a while."

We shook hands.

"Oh, and do you remember"—she added—"a conversation we had once about driving a car?"

"Why—not exactly."

"You said a bad driver was only safe until she met another bad driver? Well, I met another bad driver, didn't I? I mean it was careless of me to make such a wrong guess. I thought you were rather an honest, straightforward person. I thought it was your secret pride."

"I'm thirty," I said. "I'm five years too old to lie to myself and call it honor."

She didn't answer. Angry, and half in love with her, and tremendously sorry, I turned away.

One afternoon late in October I saw Tom Buchanan. He was walking ahead of me along Fifth Avenue in his alert, aggressive way, his hands out a little from his body as if to fight off interference, his head moving sharply here and there, adapting itself to his restless eyes. Just as I slowed up to avoid overtaking him he stopped and began frowning into the windows of a jewelry store. Suddenly he saw me and walked back, holding out his hand.

»So oder so, du hast mich fallen lassen«, sagte Jordan plötzlich. »Am Telefon hast du mich fallen lassen. Inzwischen bist du mir völlig egal, aber es war eine neue Erfahrung für mich, und eine Zeit lang war ich ein bisschen verwirrt.«

Wir gaben uns die Hand.

»Oh, und erinnerst du dich an das Gespräch«, fügte sie hinzu, »das wir damals übers Autofahren hatten?«

»Na ja – nicht genau.«

»Als du gesagt hast, ein schlechter Fahrer ist nur so lange sicher, bis er auf einen anderen schlechten Fahrer trifft? Tja, ich bin wohl auf einen anderen schlechten Fahrer getroffen, nicht wahr? Ich meine, es war sorglos von mir, die Sache falsch einzuschätzen. Ich dachte, du wärst ein ziemlich ehrlicher, offener Mensch. Ich dachte, das wär dein heimlicher Stolz.«

»Ich bin dreißig«, sagte ich. »Ich bin fünf Jahre zu alt, um mich selbst zu belügen und es dann ehrenvoll zu nennen.«

Sie antwortete nicht. Verärgert und halb in sie verliebt und ungeheuer traurig, wandte ich mich ab.

Eines Nachmittags Ende Oktober begegnete ich Tom Buchanan. Er ging ein Stück vor mir die Fifth Avenue entlang, auf seine wachsame, angriffslustige Art, die Arme ein wenig nach außen gestreckt, wie um sich mögliche Störenfriede vom Leib zu halten, während sein Kopf mal hierhin, mal dorthin zuckte, um seinem rastlosen Blick zu folgen. Gerade als ich meine Schritte verlangsamte, damit ich ihn nicht einholte, blieb er stehen und besah sich stirnrunzelnd die Auslagen eines Juwelierge-

"What's the matter, Nick? Do you object to shaking hands with me?"

"Yes. You know what I think of you."

"You're crazy, Nick," he said quickly. "Crazy as hell. I don't know what's the matter with you."

"Tom," I inquired, "what did you say to Wilson that afternoon?"

He stared at me without a word, and I knew I had guessed right about those missing hours. I started to turn away, but he took a step after me and grabbed my arm.

"I told him the truth," he said. "He came to the door while we were getting ready to leave, and when I sent down word that we weren't in he tried to force his way up-stairs. He was crazy enough to kill me if I hadn't told him who owned the car. His hand was on a revolver in his pocket every minute he was in the house—" He broke off defiantly. "What if I did tell him? That fellow had it coming to him. He threw dust into your eyes just like he did in Daisy's, but he was a tough one. He ran over Myrtle like you'd run over a dog and never even stopped his car."

There was nothing I could say, except the one unutterable fact that it wasn't true.

"And if you think I didn't have my share of suffering—look here, when I went to give up that flat and

schäfts. Plötzlich entdeckte er mich, kam auf mich zu und hielt mir die Hand hin.

»Was ist los, Nick? Du weigerst dich, mir die Hand schütteln?«

»Ja. Du weißt, was ich von dir halte.«

»Du bist verrückt, Nick«, sagte er schnell. »Völlig übergeschnappt. Ich hab keinen Schimmer, was mit dir los ist.«

»Tom«, fragte ich, »was hast du an dem Nachmittag damals zu Wilson gesagt?«

Wortlos starrte er mich an, und ich wusste, dass ich mit meiner Vermutung über jene fehlenden Stunden richtig gelegen hatte. Ich wandte mich bereits zum Gehen, doch er kam mir einen Schritt nach und ergriff meinen Arm.

»Ich hab ihm die Wahrheit gesagt«, begann er. »Er stand unten vor der Tür, kurz bevor wir abfahren wollten, und als ich ihm ausrichten ließ, wir wären nicht da, versuchte er, mit Gewalt die Treppe raufzukommen. Er war verrückt genug, mich zu töten, wenn ich ihm nicht gesagt hätte, wem der Wagen gehörte. Solange er im Haus war, hatte er ständig eine Hand an dem Revolver in seiner Tasche …« Trotzig brach er ab. »Ich hab's ihm gesagt, na und? Der Bursche hat's doch selbst drauf angelegt. Er hat dir Sand in die Augen gestreut, genauso wie er's mit Daisy gemacht hat, dabei war er ein eiskalter Dreckskerl. Er hat Myrtle überfahren wie einen Hund und nicht mal angehalten.«

Es gab nichts, das ich hätte sagen können, außer der einen, unaussprechlichen Tatsache, dass die Wahrheit anders aussah.

»Und falls du glaubst, ich hätte nichts zu leiden gehabt – ich sag's dir, als ich losging, um die Wohnung auf-

saw that damn box of dog biscuits sitting there on the sideboard, I sat down and cried like a baby. By God it was awful—"

I couldn't forgive him or like him, but I saw that what he had done was, to him, entirely justified. It was all very careless and confused. They were careless people, Tom and Daisy—they smashed up things and creatures and then retreated back into their money or their vast carelessness, or whatever it was that kept them together, and let other people clean up the mess they had made …

I shook hands with him; it seemed silly not to, for I felt suddenly as though I were talking to a child. Then he went into the jewelry store to buy a pearl necklace—or perhaps only a pair of cuff buttons—rid of my provincial squeamishness forever.

Gatsby's house was still empty when I left—the grass on his lawn had grown as long as mine. One of the taxi drivers in the village never took a fare past the entrance gate without stopping for a minute and pointing inside; perhaps it was he who drove Daisy and Gatsby over to East Egg the night of the accident, and perhaps he had made a story about it all his own. I didn't want to hear it and I avoided him when I got off the train.

I spent my Saturday nights in New York because those gleaming, dazzling parties of his were with me

zulösen, und diese verfluchte Schachtel mit Hundekuchen im Regal stehen sah, hab ich mich hingesetzt und geheult wie ein Baby. Mein Gott, war das furchtbar …«

Ihm zu vergeben oder ihn zu mögen, vermochte ich nicht, aber ich begriff, dass ihm das, was er getan hatte, vollkommen gerechtfertigt erschien. Es war alles sehr sorglos und verworren. Beide, Tom und Daisy, waren sorglose Menschen – sie zerstörten Dinge und Lebewesen und zogen sich dann zurück in ihr Geld oder ihre unermessliche Sorglosigkeit oder was immer es war, das sie zusammenhielt, und ließen andere Leute das Chaos beseitigen, das sie angerichtet hatten …

Ich schüttelte ihm die Hand; es schien albern, es nicht zu tun, denn ich fühlte mich plötzlich, als spräche ich mit einem Kind. Dann ging er in das Juweliergeschäft, um eine Perlenkette zu kaufen – oder vielleicht nur ein Paar Manschettenknöpfe –, von meiner provinziellen Zimperlichkeit auf ewig erlöst.

Gatsbys Haus stand immer noch leer, als ich abreiste – das Gras seines Rasens war inzwischen genauso hoch wie meins. Einer der Taxifahrer aus dem Dorf fuhr niemals mit einem Fahrgast am Eingangstor vorbei, ohne für einen Augenblick anzuhalten und hineinzudeuten; vielleicht war er es, der Daisy und Gatsby am Abend des Unfalls hinüber nach East Egg gebracht hatte, und vielleicht hatte er sich darüber eine ganz eigene Geschichte zurechtgelegt. Ich wollte sie nicht hören, und ich ging ihm aus dem Weg, wenn ich aus dem Zug stieg.

Die Samstagabende verbrachte ich in New York, da der Gedanke an Gatsbys glänzende, blendende Partys in mir

so vividly that I could still hear the music and the laughter, faint and incessant, from his garden, and the cars going up and down his drive. One night I did hear a material car there, and saw its lights stop at his front steps. But I didn't investigate. Probably it was some final guest who had been away at the ends of the earth and didn't know that the party was over.

On the last night, with my trunk packed and my car sold to the grocer, I went over and looked at that huge incoherent failure of a house once more. On the white steps an obscene word, scrawled by some boy with a piece of brick, stood out clearly in the moonlight, and I erased it, drawing my shoe raspingly along the stone. Then I wandered down to the beach and sprawled out on the sand.

Most of the big shore places were closed now and there were hardly any lights except the shadowy, moving glow of a ferryboat across the Sound. And as the moon rose higher the inessential houses began to melt away until gradually I became aware of the old island here that flowered once for Dutch sailors' eyes—a fresh, green breast of the new world. Its vanished trees, the trees that had made way for Gatsby's house, had once pandered in whispers to the last and greatest of all human dreams; for a transitory enchanted moment man must have held his breath in the presence of this continent, compelled into an æsthetic contemplation he neither understood nor desired, face to face for the

so lebendig war, dass ich noch immer zu hören meinte, wie Musik und Gelächter schwach und unablässig aus seinem Garten herüberdrangen und wie die Wagen seine Zufahrt hinauf- und hinunterglitten. Eines Nachts hörte ich dort tatsächlich einen Wagen und sah das Licht der Scheinwerfer an Gatsbys Vordertreppe haltmachen. Doch ich ging dem nicht weiter nach. Wahrscheinlich war es irgendein letzter Gast, der eben vom Ende der Welt zurückkehrte und nicht wusste, dass die Party vorüber war.

Am letzten Abend, mein Koffer war gepackt und mein Auto an den Lebensmittelhändler verkauft, ging ich hinüber und betrachtete noch einmal jene riesige, absurde Karikatur eines Hauses. Deutlich hob sich im Mondlicht ein Schimpfwort von den weißen Stufen ab, hingekritzelt von irgendeinem Jungen mit einem Stück Ziegel, und ich wischte es weg, indem ich mit meinem Schuh über den Stein schabte. Dann schlenderte ich hinunter zum Strand und streckte mich auf dem Sand aus.

Die meisten der großen Villen am Ufer waren inzwischen verlassen, und es war kaum ein Licht zu sehen außer dem schattenhaften, dümpelnden Schimmer einer Fähre auf der anderen Seite des Sunds. Und während der Mond höher stieg, schmolzen die seelenlosen Häuser allmählich dahin, bis ich immer klarer jenes alte Eiland vor mir sah, das einst für die Augen holländischer Seefahrer erblühte – die frische grüne Brust einer neuen Welt. Seine verschwundenen Bäume, jene Bäume, die Gatsbys Haus hatten weichen müssen, hatten einst wispernd den letzten und größten aller Menschheitsträume genährt; einen flüchtigen, verzauberten Augenblick lang muss der Mensch im Angesicht dieses Kontinents seinen Atem angehalten haben,

last time in history with something commensurate to his capacity for wonder.

And as I sat there brooding on the old, unknown world, I thought of Gatsby's wonder when he first picked out the green light at the end of Daisy's dock. He had come a long way to this blue lawn, and his dream must have seemed so close that he could hardly fail to grasp it. He did not know that it was already behind him, somewhere back in that vast obscurity beyond the city, where the dark fields of the republic rolled on under the night.

Gatsby believed in the green light, the orgastic future that year by year recedes before us. It eluded us then, but that's no matter—to-morrow we will run faster, stretch out our arms farther ... And one fine morning—

So we beat on, boats against the current, borne back ceaselessly into the past.

hineingezwungen in eine ästhetische Betrachtung, die er weder verstand noch ersehnt hatte, und zum letzten Mal in der Geschichte schaute er staunend das Antlitz eines für ihn fassbaren Wunders.

Und während ich so dasaß und jener alten, unbekannten Welt nachgrübelte, dachte ich an das Wunder, dem Gatsby sich gegenübersah, als er zum ersten Mal das grüne Licht am Ende von Daisys Pier erkannte. Er hatte einen langen Weg hinter sich bis zu diesem blauen Rasen, und sein Traum muss ihm so nah erschienen sein, dass er nur noch danach zu greifen brauchte. Er wusste nicht, dass er bereits hinter ihm lag, irgendwo inmitten des unermesslichen Dunkels jenseits der Stadt, wo sich die düsteren Felder des Landes unter dem Nachthimmel dehnten.

Gatsby glaubte an das grüne Licht, an die verheißungsvolle Zukunft, die Jahr für Jahr vor uns zurückweicht. Gestern noch ist sie uns entkommen, aber was macht das schon – morgen laufen wir schneller, strecken die Arme noch weiter aus … Und eines herrlichen Morgens …

So legen wir uns in die Riemen, rudern gegen den Strom, und fortwährend zieht es uns zurück in die Vergangenheit.